Die Cobra Dynastie

2. Siedler der fünf Welten

TIMOTHY ZAHN

DIE COBRA DYNASTIE

BAND 2

SIEDLER DER FÜNF WELTEN

Aus dem Amerikanischen
von Caspar Holz

vgs

Die Deutsche Bibliothek – CIP-Einheitsaufnahme

Zahn, Timothy:
Die Cobra-Dynastie / Timothy Zahn. Aus dem Amerikan. von Caspar
Holz. – Köln : vgs
Bd. 2. Siedler der fünf Welten. – 1. Aufl. – 1997
ISBN 3-8025-2498-5

Die amerikanische Erstausgabe erschien 1986 unter dem Titel
COBRA STRIKE bei Baen Books, New York.

1. Auflage 1997
Verbreitungsrechte der lizensierten deutschen Hardcoverausgabe
bei vgs verlagsgesellschaft, Köln

Lektorat: Andreas Helweg
Umschlaggestaltung: Papen Werbeagentur, Köln
Titelillustration: Vincent Di Fate
Satz: ICS Communikations-Service GmbH, Bergisch Gladbach
Druck: Clausen & Bosse, Leck
Printed in Germany
ISBN 3-8025-2498-5

1. Kapitel

Das Heulen der Trofttriebwerke kam mit der spätsommerlichen Brise durch das Fenster hereingeweht und riß Jonny Moreau unsanft aus dem Schlaf. Eine Schrecksekunde lang befand er sich wieder mitten im Krieg auf Adirondack. Als er jedoch seinen verstellbaren Sessel in die senkrechte Stellung brachte, riß ihn der plötzliche Schmerz in Ellenbogen und Knien mit einem Ruck in die Wirklichkeit zurück. Eine Minute lang saß er einfach nur da, sah starren Blicks hinaus auf die Skyline von Capitalia und versuchte, Geist und Körper in Übereinstimmung zu bringen. Dann langte er vorsichtig zu seinem Schreibtisch hinüber und tippte auf den Interkomschalter seines Telefons.

Jonny lehnte sich wieder zurück in seinen Sessel und nahm dabei ein Fläschchen mit Schmerztabletten vom Schreibtisch. »Ist Corwin schon von der Ratssitzung zurück?«

Das Bild sprang über auf einen anderen Schreibtisch und auf Jonnys siebenundzwanzigjährigen Sohn. »Ich bin noch gar nicht dort gewesen, Dad«, antwortete der. »Das Treffen ist erst in einer Stunde.«

»Ach ja?« Jonny blinzelte auf seine Uhr. Er hätte *schwören* können, die Sitzung sei für zwei Uhr anberaumt gewesen ... doch tatsächlich, es war erst wenige Minuten nach eins. »Ich dachte, ich hätte länger geschlafen«, murmelte er. »Nun gut. Bist du soweit fertig?«

»So ziemlich, es sei denn, du hättest noch etwas Neues. Warte – ich komme rein, dann können wir uns unterhalten.«

Der Bildschirm erlosch. Jonny streckte probeweise die Ellenbogen und liebäugelte mit den Schmerztabletten. *Nachher,* entschied er fest. Seine Arthritis würde etwas besser werden, sobald er sich ein wenig bewegte, außerdem benebelten die Arzneien seinen Verstand mehr als ihm lieb war.

Die Tür ging auf, und Corwin Moreau betrat forschen Schritts das Büro, das unvermeidliche Combord unterm Arm. Der Junge – der *Mann,* verbesserte sich Jonny – widmete sich mit einem Eifer der Politik, den der ältere Moreau niemals hatte aufbringen können. Corwin erinnerte Jonny immer mehr an seinen eigenen Bruder Jame, der sich bis in die höchsten politischen Führungsebenen des Imperiums der Menschen hochgearbeitet hatte. Vor vierzehn Jahren war Jame Berater eines Mitgliedes des Zentralen Komitees gewesen. Was mochte er heute sein, fragte Jonny sich oft – Berater, designierter Nachfolger oder selbst Komiteemitglied?

Das jedoch würde Jonny nie erfahren. Das war eine der Folgen der Schließung des Troftkorridors, die er noch immer von ganzem Herzen bedauerte.

Corwin legte sein Combord auf einer Ecke von Jonnys Schreibtisch ab und zog einen Sessel heran. »Also gut, dann wollen wir mal sehen. Die Hauptpunkte, die ich deiner Ansicht nach vorbringen sollte, waren die Monopolklausel des neuen Handelsvertrags mit Hoibe'ryi'sarai« – der Name der Troftdomäne kam Corwin flüssig über die Lippen – »die Notwendigkeit, zusätzliche Cobras zum Einsatz gegen Stachelleoparden in die äußeren Bezirke zu verlegen, sowie die Frage, ob es sich tatsächlich lohnt, an Caelian festzuhalten.«

Jonny nickte. Er empfand ein gewisses Schuldgefühl dabei, daß er sich wieder einmal vor seinen Pflichten im Rat drückte, die er als Gouverneur a. D. in Kauf zu nehmen hatte. »Vor allem im letzten Punkt solltest du Druck machen – ich weiß nicht, woher die Stachelleoparden wissen, daß ihre Zahl geschrumpft ist, ihre Geburtenrate ist jedoch der beste Beweis dafür. Du mußt auch dem dümmsten Senator begreiflich machen, daß wir es nicht mit einer Stachelleopardenplage aufnehmen *und* gleichzeitig auf Caelian weiterkommen können, ohne die Standards in der Cobrakaderschmiede zu senken.«

Ein besorgter Ausdruck huschte über Corwins Gesicht. »Wo wir gerade von der Akademie sprechen . . .« Er hielt verlegen inne.

Jonny schloß kurz die Augen. »Justin. Hab ich recht?«

»Nun . . . ja. Mum wollte, daß ich noch einmal mit dir über ein Veto im Rat gegen seine Bewerbung spreche.«

»Welchen Sinn sollte das haben?« Jonny seufzte. »Justin ist klug, emotional außergewöhnlich stabil, anpassungsfähig und will nichts anderes, als seiner Welt auf diese Weise zu dienen. Ich hoffe doch, du verzeihst einem Vater seinen Stolz.«

»Das weiß ich alles –«

»Um es noch deutlicher zu formulieren«, unterbrach ihn Jonny, »er ist zweiundzwanzig Jahre alt und wollte ein Cobra werden, seit er sechzehn ist. Das ist ein Zeitraum, wie du bemerkt haben wirst, in dem er reichlich Gelegenheit hatte, sich genau zu überlegen, was die Cobraausrüstung einem Mann in wenigen Jahrzehnten antun kann.« Er hob die Hände, so als wollte er seinen Körper zur Besichtigung freigeben. »Wenn ihn das nicht von seinem Entschluß abbringt, dann werde ich auch gegen seine Aufnahme kein Veto einlegen. Er ist genau die Sorte Mann, die wir bei den Cobras brauchen.«

Corwin gab sich geschlagen. »Nur Mum zuliebe würde ich dir gern widersprechen. Aber ich fürchte, ich muß dir recht geben.«

Jonny sah aus dem Fenster. »Deine Mutter hat in ihrem Leben eine Menge durchgemacht. Ich wünschte, ich wüßte, wie ich das wiedergutmachen kann.«

Eine ganze Weile war es still im Raum. Dann rührte Corwin sich und griff nach seinem Combord. »Stachelleoparden und Caelian wären also die beiden Punkte«, faßte er zusammen und erhob sich. »Wirst du hier sein oder im Behandlungszimmer, wenn die Sitzung vorüber ist?«

Jonny drehte sich zu seinem ältesten Sohn um und verzog das Gesicht. »*Das* mußtest du mir unbedingt noch reinreichen, ja? Ach, also gut, ich werde die Folterknechte glücklich machen. Was von mir noch übrig ist, wird wieder hier sein, wenn du fertig bist.«

Corwin nickte. »Gut. Aber sei nett zu ihnen – sie versuchen doch nur, ihren Job zu machen.«

»Sicher. Bis später.« Jonny wartete, bis sein Sohn die Tür hinter sich geschlossen hatte, dann schnaubte er. »Ihren Job, daß ich nicht lache«, murmelte er kaum hörbar. »Ein Haufen experimentierfreudiger Wissenschaftler, die sich an menschlichen weißen Ratten vergreifen.« Und das alles in der Hoffnung, eine Heilmethode zu finden, die eines Tages die Aufzucht ganzer Generationen von Cobras möglich machen sollte.

Von denen einer sein eigener Sohn sein würde.

Jonny seufzte, umfaßte die Lehnen seines Sessels und stand

vorsichtig auf. Er würde es allein bis nach draußen zum Wagen schaffen, und zwar ohne seine Pillen, selbst wenn es ihn umbrachte. *Noch* war der alte Mann, wie er es gerne ausdrückte, nicht völlig hilflos.

Obwohl der Verkehr in der Hauptstadt der Cobrawelten mittlerweile recht dicht geworden war, würde die Fahrt zur Ratssitzung im Haus des Imperiums nur zehn Minuten dauern. Trotzdem suchte Corwin seine MagCards und den anderen Kram so rasch wie möglich zusammen, in der Hoffnung, früh genug einzutreffen, um bei den anderen Ratsmitgliedern ein wenig die Stimmungslage vorfühlen zu können. Sein Vater war zur Therapiesitzung gegangen, und er selbst war gerade im Begriff, ebenfalls aufzubrechen, als seine Mutter hereinkam.

»Hallo Theron«, lächelte sie Yutu zu. »Corwin, ist dein Vater noch da?«

»Er ist gerade gegangen.« Corwin spürte, wie sich seine Muskeln in Erwartung der bevorstehenden Auseinandersetzung anspannten. »Er wird nach seiner Physiotherapie wieder hierherkommen.«

»Was hat er gesagt?«

Corwin mußte sich zwingen, es auszusprechen. »Tut mir leid, Mum. Er wird es nicht verhindern.«

Die Altersfältchen, die ihr Gesicht umrahmten, schienen noch tiefer zu werden. »Die Stimme wirst *du* abgeben«, sagte sie, und es war klar, was sie damit meinte.

»Dann laß es mich anders ausdrücken: *Wir* werden es nicht verhindern.«

»Das war's dann also, ja?« erwiderte sie kühl. »Du wirst also einfach zulassen, daß man deinen Bruder –«

»Mutter!« Corwin stand auf und bot ihr seinen Sessel an. »Tu mir einen Gefallen und setz dich, ja?«

Sie zögerte, schließlich tat sie es. Corwin zog einen Besuchersessel heran. Dabei bemerkte er ganz am Rande, daß Yutu offenbar plötzlich noch etwas in Jonnys Büro zu erledigen hatte und dorthin verschwand. Als er sich setzte, nahm er sich die Zeit, seine Mutter anzusehen – *richtig* anzusehen.

Chrys Moreau war in jüngeren Jahren wunderschön gewesen, das wußte er von alten Fotos und Videos, und selbst für eine Frau in den mittleren Jahren war sie immer noch auffallend attraktiv. Doch in letzter Zeit, und das ließ sich nicht nur mit der langen Krankheit ihres Mannes erklären, schien sie seltener zu lächeln und bewegte sich mit den verhaltenen Bewegungen eines Menschen, der eine Höllenangst davor hat, etwas umzustoßen. Was zum Teil mit Justins Entscheidung zusammenhing, wie Corwin wußte, aber da war noch mehr, und bislang hatte er nicht die richtigen Worte gefunden, um in diesen Teil der Gedanken seiner Mutter vorzudringen.

Und das würde auch diesmal nicht anders sein. »Wenn du mir jetzt mit den alten Argumenten kommen willst, wieso Justin ein Cobra werden soll, dann spar dir die Mühe«, begann Chrys. »Ich kenne sie alle, ich habe immer noch keine logischen Gegenargumente, und ich würde ihnen wahrscheinlich sogar zustimmen, wäre er nicht mein Sohn. Aber er *ist* mein Sohn, und so irrational es klingen mag, ich finde es nicht fair, daß ich ihn auch noch an die Cobras verlieren soll.«

Corwin ließ sie zu Ende sprechen, auch wenn ihre Worte keinen neuen Standpunkt darstellten. »Hast du Joshua schon gebeten, mit ihm zu reden?« fragte er.

Chrys schüttelte kaum merklich den Kopf. »Er wird es nicht tun. Das solltest *du* eigentlich besser wissen als jeder andere.«

Trotz des ernsten Augenblicks spürte Corwin, wie wegen der Erinnerungen, die dies wachrief, kurz ein Lächeln um seine Lippen spielte. Joshua war fünf Jahre älter als die Zwillinge, nichtsdestotrotz war er schon häufiger, als ihm lieb war, von allen in die Pflicht genommen worden. Ihre unerschütterliche Loyalität gegenüber dem jeweils anderen, selbst bei drohenden elterlichen Strafen, hatte für ebenso unerschütterliche Alibis gesorgt. »Dann, fürchte ich, haben wir es nicht mehr in der Hand«, sagte er freundlich zu seiner Mutter. »Rechtlich – ethisch ohnehin – steht es Justin absolut frei, selbst zu entscheiden, was er mit seinem Leben machen will. Abgesehen davon wären die politischen Auswirkungen solcher Vetternwirtschaft nur unter großen Unannehmlichkeiten wieder zu bereinigen.«

»Politik.« Chrys wandte den Kopf ab und starrte aus dem Fenster. »Ich hatte gehofft, dein Vater hätte genug davon, als er sich von seinem Posten als Gouverneur zurückgezogen hat. Mir hätte klar sein müssen, daß sie ihn nicht so leicht davonkommen lassen würden.«

»Wir brauchen seinen Scharfsinn und seine Kenntnisse, Mum.«

Corwin sah auf die Uhr. »Wo wir gerade davon sprechen, ich fürchte, ich muß dem Rat jetzt seine monatliche Dosis davon verabreichen.«

Ein Schatten legte sich kurz über Chrys' Gesicht, doch sie nickte und stand auf. »Verstehe. Kommst du heute abend zum Essen vorbei? Die Zwillinge haben gesagt, sie könnten es einrichten.«

Außerdem wäre es die letzte Gelegenheit für alle, vor dem Ende von Justins Cobraausbildung noch einmal zusammenzukommen. »Sicher«, meinte Corwin und brachte sie zur Tür. »Ich spreche nach der Sitzung mit Dad. Wir kommen dann, sobald wir fertig sind.«

»Also gut. Gegen sechs?«

»Einverstanden. Bis später.«

Er brachte sie zu ihrem Auto und sah zu, wie sie davonfuhr. Dann seufzte er, ging zu seinem eigenen Wagen und fuhr zum Haus des Imperiums. Wieso, fragte er sich, waren die Probleme seiner Familie offenbar immer schwerer zu lösen als die, denen sich drei komplette Welten gegenübersahen? *Wahrscheinlich deshalb*, überlegte er respektlos, *weil der Rat mich nicht mehr überraschen kann.*

Später sollte er sich noch einmal an diesen Gedanken und an den unglücklich gewählten Zeitpunkt erinnern . . . und dabei erschrecken.

2. Kapitel

In den frühen Tagen der Kolonie war der Rat der Senatoren – so seine offizielle Bezeichnung – eine eher zurückhaltende Versammlung von Senatoren des Planeten gewesen, die in unregelmäßigen Abständen zusammenkamen. Man diskutierte über Probleme und legte die Richtung fest, in der sich die Kolonie entwickeln sollte. Indes die Bevölkerung wuchs und auf zwei weiteren Welten Brückenköpfe errichtet wurden, gewann auch der Rat, dem Grundmuster des weit entfernten Imperiums der Menschen folgend, an Größe und politischem Gewicht. Anders als das Imperium jedoch beherbergte dieser Außenposten der Menschheit annähernd dreitausend Cobras inmitten seiner Bevölkerung von einer halben Million Menschen. Die daraus resultierende unvermeidliche Verteilung politischer Macht hatte entscheidenden Einfluß auf die Zusammensetzung des Rats gehabt. Zwischen den Ebenen der Senatoren und des Generalgouverneurs war der Rang eines Gouverneurs eingeführt worden, was der Machtspitze ein wenig von ihrer Schärfe nahm. Darüber hinaus waren die Cobras dank ihrer Doppelstimme auf allen Ebenen der Regierung gut vertreten.

Grundsätzlich stellte Corwin die politische Weltanschauung, die diese Abwandlung der Struktur des Imperiums hervorgebracht hatte, nicht in Frage. Vom Standpunkt reiner Zweckmäßigkeit aus betrachtet, fand er den fünfundsiebzig Mitglieder starken Rat hingegen zu groß und damit zu unhandlich.

Heute allerdings, zumindest während der ersten Stunde, lief alles glatt. Zur Debatte standen überwiegend Themen, die man bereits in früheren Sitzungen diskutiert hatte und von daher sachlich und ohne große Polemik anging. Einige Vorlagen reiften bis zur Beschlußfassung, andere Entscheidungen wurden, sei es zwecks weiterer Analyse, nochmaligen Überdenkens oder schlicht des Zeitgewinns wegen zurückgestellt. Und während so ein Tagesordnungspunkt nach dem anderen abgehakt wurde, sah es fast so aus, als würde die Sitzung vorzeitig enden.

Und dann ließ Generalgouverneur Brom Stiggur eine Bombe platzen.

Es begann mit einem altbekannten Thema. »Sie werden sich noch an einen Bericht von vor zwei Jahren erinnern«, sagte er und ließ den Blick durch den Raum wandern, »in dem das Fernerkundungsteam zu dem Schluß kam, daß es, von unseren drei gegenwärtigen Welten abgesehen, innerhalb eines Radius von zwanzig Lichtjahren um Aventine keine Planeten gibt, auf die wir uns in Zukunft ausdehnen können. Damals sind wir darin übereingekommen, daß unser Bevölkerungs- und Entwicklungsstand eine unmittelbare Lösung dieses langfristigen Problems kaum erforderlich macht.«

Corwin richtete sich ein wenig in seinem Sessel auf und spürte ringsum ähnliche Reaktionen. Stiggurs Worte klangen durchaus neutral, doch ihr Unterton deutete darauf hin, daß dieser Einleitung etwas Hochexplosives folgen würde.

»Während der letzten Tage jedoch«, fuhr Stiggur fort, »hat sich in dieser Hinsicht etwas ergeben, das meinem Dafürhalten nach diesem Gremium sofort unterbreitet werden sollte.« Stiggur sah kurz zu dem Cobrawachtposten hinüber, der an der Tür stand, und nickte. Der Mann erwiderte das Nicken und öffnete die Tür . . . und herein kam ein einzelner Troft.

Ein leises, überraschtes Gemurmel ging durch den Raum, und Corwin spürte, wie er sich ohne es zu wollen versteifte, als der Alien auf Stiggur zuging und neben ihm stehenblieb. Seit mittlerweile fast vierzehn Jahren waren die Trofts Handelspartner dieser Welt, doch Corwin erinnerte sich noch sehr gut an die unterschwellige Angst vor ihnen, mit der er aufgewachsen war. Die meisten im Rat besaßen sogar noch eindrucksvollere Erinnerungen: die Besetzung der zum Imperium gehörigen Welten Silvern und Adirondack durch die Trofts lag erst dreiundvierzig Jahre zurück und hatte letztendlich den Anstoß für das Cobraprojekt geliefert. Es war kein Zufall, daß die meisten, die zur Zeit direkt mit den Trofthändlern zu tun hatten, noch keine dreißig Jahre alt waren. Nur die jüngeren Aventinier konnten den Trofts gegenübertreten, ohne zusammenzuzucken.

Der Troft hielt an der Tischkante inne und wartete, bis die Ratsmitglieder ihre mit dem Übersetzer verbundenen Kopfhörer hervorgeholt und eingestöpselt hatten. Ein oder zwei der jüngeren Senatoren machten sich diese Mühe gar nicht erst, und in Corwin flackerte kurz Neid auf, während er seine Kopfhörer auf niedrige Lautstärke einstellte. Er hatte die gleiche Stundenzahl in Gebrauchssprache absolviert wie sie, doch Fremdsprachen waren nicht gerade seine Stärke.

»Männer und Frauen des Rats der Cobrawelten«, raunte der Kopfhörer ihm ins Ohr, »ich bin Sprecher Eins der Tlos'khin'fahi-Domäne der Troft-Assemblage.« Die hohe Gebrauchssprache ging noch eine Sekunde weiter, als die Übersetzung bereits zu Ende war – beide Völker hatten gleich zu Anfang beschlossen, daß die ersten drei Parasilben der Domänenbezeichnungen der Trofts für die Menschen mehr als ausreichend waren und daß eine wörtliche Übersetzung der Eigennamen der Aliens die Mühe nicht lohnte. »Der Herrscher der Tlos'khin'fahi-Domäne hat die Anfrage Ihres Domänenherrschers innerhalb der Assemblage weitergeleitet, und das Ergebnis ist ein trilaterales Angebot der Domänen Pua'lanek'zia und Baliu'ckha'spmi.«

Corwin verzog das Gesicht. Abmachungen, die zwei oder mehr Domänen der Trofts betrafen, hatte er noch nie gemocht, sowohl wegen des empfindlichen politischen Gleichgewichts, daß die Welten oft zu wahren hatten, als auch deswegen, weil die Menschen niemals etwas über die Abmachungen zwischen den Troftpartnern erfuhren. Und diese Abmachungen gab es mit Sicherheit – die einzelnen Domänen schenkten sich, wenn überhaupt, nur selten etwas.

Derselbe Gedanke schien auch anderen im Raum durch den Kopf zu gehen. »Sie sprechen von einem trilateralen anstelle eines quadrolateralen Angebots«, meldete sich Gouverneur Dylan Fairleigh zu Wort. »Welche Rolle erwartet die Tlos'khin'fahi-Domäne dabei zu spielen?«

»Der Herrscher meiner Domäne hat sich für die Rolle des Katalysators entschieden«, lautete die prompte Antwort. »Doch daraus werden Ihnen keinerlei Kosten erwachsen.« Der Troft befingerte etwas auf seiner Leibschärpe, und auf Corwins Bildschirm leuchtete eine Karte auf, die die halbe Troft-Assemblage zeigte. Am Rand der einen Seite begannen drei Sterne rot zu blinken. »Die Cobrawelten«, stellte der Troft diese Sterne überflüssigerweise vor. Ein Stück davon entfernt blinkte, ebenfalls außerhalb des Troftterritoriums, ein einzelner Stern grün auf. »Die Welt, die von ihren Bewohnern Qasama genannt wird. Laut Beschreibung der Baliu'ckha'spmi-Domäne handelt es sich um eine fremde Art, die möglicherweise eine große Gefahr für die Assemblage darstellt. Hier ungefähr« – diesseits des blinkenden, grünen Sterns erschien eine vage umrissene Kugel – »befindet sich eine dichte Ansammlung von fünf Welten, auf denen Bedingungen herrschen, die menschliche Besiedlung zuließen. Der Herrscher der Pua'lanek'zia-Domäne wird Ihnen ihre Lage mitteilen sowie eine Erklärung abgeben, mit der die Assemblage die Inbesitznahme durch die Menschen anerkennt. Voraussetzung ist lediglich, daß Ihre Cobras die Bedrohung durch Qasama eliminieren. Ich erwarte Ihre Entscheidung.«

Der Troft machte kehrt und ging . . . und nur ganz allmählich merkte Corwin, daß er den Atem anhielt. Fünf brandneue Welten . . . für den Preis, sich dafür zum Söldner zu machen.

Er fragte sich, ob der Troft eine Vorstellung von der Größe der Schlangengrube hatte, die er gerade geöffnet hatte.

Wenn der Alien es nicht wußte, im Rat wußte man dies ganz sicher. Fast eine volle Minute lang war es im Raum so still wie in einem Isolationstank, während sich offenbar jedes einzelne Ratsmitglied das Gewirr möglicher Folgen vorzustellen schien. Schließlich räusperte sich Stiggur. »Wir haben selbstverständlich nicht die Absicht, heute schon auf dieses Angebot zu reagieren oder es auch nur zu diskutieren, trotzdem wäre mir sehr daran gelegen, erste Stellungnahmen zu hören.«

»Ich für meinen Teil lehne Spekulationen ins Blaue hinein ab«, sagte Gouverneurin Lizabet Telek. Ihre stets rauhe Stimme enthüllte in nichts ihre Meinung. »Ein paar Informationen über die Bewohner von Qasama könnten nicht schaden – Biospezifikation, technischer Stand, genauere Angaben über die angebliche Bedrohung und dergleichen mehr.«

Stiggur schüttelte den Kopf. »Sprecher Eins besitzt entweder keine weiteren Daten oder möchte sie nicht so ohne weiteres herausrücken – ich habe sie bereits ausdrücklich von ihm verlangt. Ich persönlich vermute ersteres. Seitens der Tlos-Domäne besteht kein Interesse, etwas zu kaufen, das für sie nicht viel mehr als abstraktes Wissen darstellt. Und um weiteren Fragen vorzugreifen: dasselbe gilt für die fünf Welten, die die Pua-Domäne uns angeblich anbietet.«

»Mit anderen Worten, man verlangt von uns, einen Vertrag zu unterzeichnen, dessen Folgen für uns unabsehbar sind?« wollte einer der neueren Senatoren wissen.

»Im Prinzip nicht.« Gouverneur Jor Hemner schüttelte den Kopf, eine Bewegung, die bei dem zerbrechlich wirkenden Menschen riskant erschien. »Wir haben eine ganze Reihe von Optionen, darunter den Ankauf der Daten von der Baliu-Domäne oder die Entsendung eines eigenen Erkundungsteams, das sich erst einmal umsieht. Wie im Handel mit den Trofts üblich, müssen wir solche Vorschläge selbst einbringen. Was *mir* Sorgen macht, ist, ob es eine gute Idee wäre, einen derartigen Präzedenzfall zu schaffen.«

»Wieso nicht?« meldete sich jemand auf Corwins Seite zu Wort. »Die Angst vor den Cobras ist es, weshalb die Trofts friedlich bleiben, oder etwa nicht? Wie könnte man ihnen besser beweisen, daß diese Art der Vorsicht gute Politik ist?«

»Und wenn die Sache in die Hose geht?« fragte Hemner steif.

»Die Cobras haben bislang noch nie versagt.«

Corwin sah kurz zu Gouverneur Howie Vartanson von Caelian hinüber und fragte sich, ob dieser das kommentieren würde. Der jedoch verzog nur leicht den Mund und schwieg. Corwin war aufgefallen, daß Politiker von Caelian dazu neigten, sich bedeckt zu halten, wenn sie nach Aventine kamen, trotzdem war er der Ansicht, daß auch ihr Standpunkt zur Sprache gebracht werden sollte. Mit Bedacht, wenn möglich. »Ich möchte zu Bedenken geben«, meldete er sich zu Wort, »daß einer oder mehrere neue Planeten uns in die Lage versetzen würden, das Problem mit Caelian zu lösen, ohne den neunzehntausend Menschen dort das Recht auf eine eigene Welt zu nehmen.«

»Nur, wenn sie bereit wären, Caelian zu verlassen«, wandte Stiggur ein. Doch die Erwähnung von Caelian lenkte die Gedanken der Ratsmitglieder, wie Corwin beabsichtigt hatte, auf das gegenwärtige Patt zwischen den Cobras und der feindlichen Ökologie jener Welt. »Fließende genetische Anpassung« hieß das elegant in den offiziellen Berichten. Der Begriff der Caelianer selbst dafür war erheblich eindeutiger: *Schmelzofen der Hölle.* Jede Spezies auf dem Planeten, von der einfachsten

Flechte bis zum größten Raubtier, schien rücksichtslos dazu entschlossen, seine ökologische und territoriale Nische gegen alle Bemühungen zu verteidigen, sie von dort zu verdrängen. Man rodete ein Stück Land und tränkte es mit flüssiger Vegetationsbarriere, und innerhalb von Tagen versuchten neue Pflanzenarten bereits, es zurückzuerobern. Man baute ein Haus, wo einst ein Dickicht gestanden hatte, und es dauerte nicht lange, bis Pilze an den Wänden wucherten. Man baute eine Stadt oder auch nur eine kleine Ortschaft, und irgendwie schafften es die von dort verjagten Tiere, wieder ihren Weg dorthin zu finden . . . und nicht etwa nur die kleinen. Es war eine Welt im ständigen Belagerungszustand, hatte Jonny es einst genannt. Die Caelianer allein wußten, warum – und wie – sie das ertrugen.

Wiederum war es eine ganze Weile still im Raum. Stiggur blickte sich um und kommentierte, was er sah, mit einem Nikken. »Nun. Ich denke, wir können Gouverneur Telek sicher zustimmen, daß wir beträchtlich mehr Informationsmaterial benötigen, bevor wir eine Entscheidung auch nur in Erwägung ziehen können. Fürs erste sollte die Sache also geheimgehalten werden. Nun gut – als letzter Tagesordnungspunkt steht die Liste der Cobrabewerber an, der der Rat zustimmen muß.« Die zwölf Namen – eine ungewöhnliche hohe Zahl – erschienen auf Corwins Bildschirm, zusammen mit ihren Heimatstädten und Distrikten. Sämtliche Namen waren ihm bekannt. Die Tester hatten ihre Ergebnisse fast einen Monat zuvor eingeschickt. Justin Moreau war der siebte Name auf der Liste.

»Gibt es Einwände dagegen, daß diese Bürger Cobras werden?« Stiggur stellte die übliche Frage. Ein paar Köpfe in der Nähe drehten sich in Corwins Richtung. Er biß die Zähne aufeinander und hielt den Blick fest auf den Generalgouverneur gerichtet. »Nein? Damit bestätigt der Rat die Entscheidung der Vertreter der Cobraakademie und weist sie hiermit an, mit den unumkehrbaren Stufen des Cobraprozesses zu beginnen.« Stiggur drückte auf einen Knopf, und die Bildschirme im Raum erloschen. »Die Ratssitzung ist hiermit geschlossen.«

Die unumkehrbaren Stufen. Corwin hatte diese Worte wenigstens schon zwanzig Mal zuvor bei diesen Sitzungen gehört, doch irgendwie hatten sie niemals so endgültig geklungen. Andererseits hatte sein jüngerer Bruder auch noch nie auf der Liste gestanden.

Justin Moreau ließ den Wagen vor dem Haus ausrollen und spürte, wie sich die Anspannung in seinen Schultern durch seine Arme hindurch bis in seine Hände fortsetzte. Er umklammerte das Lenkrad, bis sich die Knöchel weiß färbten. Erst vor einer Stunde hatte er per Telefon die Nachricht erhalten, daß der Rat seiner Bewerbung zugestimmt hatte. Morgen würden die Operationen beginnen, mit denen er endgültig in die Fußstapfen seines Vaters trat ... heute abend jedoch mußte er zunächst einmal seiner Mutter in die Augen sehen.

»Bist du bereit?« fragte Joshua auf dem Sitz neben ihm.

»So bereit wie nie zuvor.« Justin öffnete die Tür, stieg aus und machte sich zum Haus auf. Sein Bruder fiel hinter ihm in seinen Schritt ein.

Auf Joshuas Klopfen öffnete Corwin, und trotz seiner Angespanntheit ertappte er sich dabei, wie er die halbe Sekunde genoß, die sein älterer Bruder benötigte, um ihn zu erkennen. Selbst für eineiige Zwillinge waren Joshua und Justin außergewöhnlich schwer auseinanderzuhalten, ein Umstand, der in ihrem Leben ungezählte Male für Verwirrung gesorgt hatte. Die Familie und die engen Freunde brachten das Kunststück normalerweise fertig, doch auch ihnen blieb ein heimlicher Tausch der Uniformjacken manchmal stundenlang verborgen. Als sie noch jünger gewesen waren, hatten sie derlei Unfug unzählige Male getrieben, ein Spiel, das sie erst drangegeben hatten, als ihr Vater damit drohte, sie mit großzügigen Mengen von Farbe zu kennzeichnen.

»Joshua, Justin«, nickte Corwin und sah sie dabei nacheinander an, als wollte er damit beweisen, daß er sie richtig getroffen hatte. »Die, die ihr hier eintretet, lasset alle Hoffnung auf eine lockere Unterhaltung fahren. Heute abend tagt der Kriegsrat der Moreaus.«

Na, großartig, stöhnte Justin innerlich. Doch Corwin war zur Seite getreten, Joshua war bereits auf dem Weg ins Haus, und es war zu spät, jetzt noch einen Rückzieher zu machen. Justin drückte die Schultern durch und folgte ihm.

Seine Eltern saßen auf dem Wohnzimmersofa, und aus Gewohnheit musterte Justin seinen Vater kurz von Kopf bis Fuß. Er sah vielleicht ein wenig schwächer aus als beim letzten Mal, aber nicht viel. Vielsagender war das leicht gequälte Flakkern in seinen Augen, als er sie mit einem knappen Wink begrüßte. Im Grunde beeinträchtigten die Schmerztabletten gegen die Arthritis seine Konzentrationsfähigkeit kaum, und wenn er sich entschied, ohne sie auszukommen, lief sein Verstand auf Hochtouren. Ein kurzer Blick auf das verbitterte Gesicht seiner Mutter bestätigte das, und eine volle Minute lang fragte sich Justin, ob er das Maß des Widerstandes innerhalb der Familie gegen seinen Ehrgeiz, ein Cobra zu werden, nicht drastisch unterschätzt hatte.

Doch sollte er sich gründlich getäuscht haben. »Das Abendessen ist in ungefähr einer halben Stunde fertig«, erklärte Jonny den Zwillingen, als sie Platz nahmen. »Bis dahin würde ich gerne wissen, was ihr über den Vorschlag denkt, mit dem Stiggur heute die Ratssitzung überrascht hat. Corwin?«

Corwin wählte sich einen Platz, von dem aus er alle im Blick hatte. »Das soll natürlich geheim bleiben«, sagte er... und dann begann er mit der unglaublichsten Geschichte, die Justin je gehört hatte.

Jonny ließ ein paar Sekunden verstreichen, nachdem sein Ältester geendet hatte, dann zog er die Augenbrauen hoch und sah die Zwillinge an. »Nun? Eure Meinung?«

»Ich traue ihnen nicht«, meinte Joshua sofort. »Besonders nicht der Tlos-Domäne. Wieso sollten sie ohne Gegenleistung ihre Aufbauhilfe anbieten?«

»Zumindest das ist vollkommen klar«, meinte Jonny zu ihm. »Man nennt es kostenlose Probe – und es gilt für beide Seiten. Wenn wir den Job übernehmen und der Baliu-Domäne gefällt unsere Arbeit, werden sich die Tlossys zweifellos bei anderen Domänen als unsere Agenten anbieten.«

»Und wenn uns die Abmachung zusagt, werden sie versuchen, uns weitere Aufträge zu verschaffen«, meinte Corwin und nickte. »Mit dem gleichen Lockmittel haben sie operiert, als wir anfangs in den Handel mit den Trofts eingestiegen sind. Was mit ein Grund dafür ist, das dieser jetzt zu einem so großen Teil über sie läuft.«

»Also schön«, meinte Joshua achselzuckend. »Angenommen, das Angebot ist korrekt. Sind fünf Planeten zweifelhafter Nutzbarkeit es wert, einen Krieg zu führen? Noch dazu einen, der nicht provoziert wurde?«

»Betrachte die Sache doch einmal von der anderen Seite«, sagte Corwin. »Angenommen, diese neuen Aliens stellen tatsächlich eine unmittelbare Bedrohung dar. Können wir riskieren, diese einfach zu ignorieren, und darauf hoffen, daß sie uns nicht finden? Wäre es nicht tatsächlich besser, sie auszuschalten, solange dies noch vergleichsweise einfach zu bewerkstelligen ist?«

»Und was bedeutet ›vergleichsweise einfach‹?« konterte Joshua.

Justin sah kurz in das verschlossene Gesicht seiner Mutter. Von jetzt an lief es nach bekanntem Schema: Corwin übernahm bei solchen Diskussionen gewöhnlich die Rolle des Advokats des Teufels, was darauf hindeutete, daß Jonny der Angelegenheit ablehnend gegenüberstand. Es wäre interessant, seine Gründe zu erfahren, doch die würde er erst äußern, nachdem die Zwillinge ihre Meinung kundgetan hatten. Chrys dagegen war vielleicht nicht so zurückhaltend. »Mum, du hast noch gar nichts gesagt. Wie denkst *du* darüber?«

Sie blickte ihn an, ein mattes Lächeln zuckte um ihre Mundwinkel. »Jetzt, wo du bald ein Cobra wirst? Natürlich will ich dein Leben nicht für irgendwelche Welten aufs Spiel setzen, die wir frühestens in tausend Jahren brauchen. Aber von solchen Gefühlen einmal abgesehen, logisch betrachtet kommt man nicht um die Frage herum, wieso die Trofts wollen, daß gerade *wir* das übernehmen. Sie verfügen über eine Kriegsmaschinerie, die dem des Imperiums ebenbürtig ist – wenn sie nicht mit der Bedrohung durch diese Aliens fertig werden, was erwarten sie dann von uns?«

Justin blickte Joshua an und entdeckte im Gesicht seines Bruders bestenfalls eine Spur seiner eigenen plötzlichen Nachdenklichkeit. Verständlich; Joshua wußte weit mehr als Justin sowohl über die Fähigkeiten als auch die Grenzen der Cobras. Er drehte sich zu seinem Vater um, der wiederum ihn beobachtete. »Seltsam«, meinte er.

»Stimmt«, gab Jonny ihm recht. »Der einzige Vorteil, den Cobras gegenüber Truppen in Kampfausrüstungen bieten, ist der, daß unsere Waffen verdeckt sind. Es ist schwer, sich einen Nicht-Guerillakrieg vorzustellen, in dem das ein entscheidender Faktor sein soll.«

»Die nächsten Kampfausrüstungen befinden sich natürlich weit weg im Imperium –« begann Corwin.

»Aber wenn sie uns anheuern können, dann ganz sicher auch die Menschen dort«, beendete Justin den Satz für ihn. »Richtig?«

Corwin nickte. »Was, zumindest für mich, nur eine Antwort auf Mums Frage zuläßt.«

Es entstand eine kurze Pause. »Es ist ein Test«, sagte Joshua schließlich. »Sie wollen wieder einmal versuchen, Einblick in die wirkliche Kampfkraft der Cobras zu bekommen.«

Jonny nickte. »Einen anderen Grund kann ich nicht erkennen. Zumal die Domänen auf dieser Seite der Assemblage während des Krieges wahrscheinlich keinerlei direkten Kontakt mit den Streitkräften des Imperiums hatten. Sie kennen nur die Berichte der Domänen von der anderen Seite und halten sie vielleicht für übertrieben.«

»So . . . und was machen wir jetzt?« fragte Joshua. »Gehen wir auf Nummer sicher und sagen, wir wären uns zu schade für Söldnerarbeit?«

»Das wäre meine Empfehlung«, seufzte sein Vater. »Leider – erzähl du es ihnen, Corwin.«

»Ich habe mir gleich nach der Sitzung rasch einen Überblick über die Meinung im Rat verschafft«, sagte Corwin. »Die acht Senatoren und zwei Gouverneure, mit denen ich gesprochen habe und die der gleichen Ansicht sind, waren sich völlig uneins darüber, ob ein Rückzieher nicht vielleicht ein gefährliches Zeichen der Schwäche wäre.«

»Und wenn wir das Wagnis unternehmen und scheitern, was für ein Zeichen wäre *das?*« schnaubte Joshua.

Justin sah Corwin an. »Was ist mit den anderen Cobras im Rat?« wollte er wissen. »Hast du mit ihnen gesprochen?«

»Mit einem von ihnen, ja. Er war mehr an den erforderlichen Maßnahmen interessiert, um die Cobras wieder in volle Kriegsbereitschaft zu versetzen.«

»Genaugenommen braucht man dazu nur das optische Verstärkersystem auszutauschen«, meinte Jonny. »Die jetzigen verfügen nicht über die Mehrfachzielerfassung, die wir im Einsatz benötigen. Außerdem müßten einige der theoretischen und praktischen Inhalte der Ausbildung geändert werden, aber abgesehen davon wäre eine Anpassung nicht schwierig. Die Nanocomputer enthalten sicher noch das gesamte Kampfreflexprogramm.«

Justin fuhr sich kurz mit der Zunge über die Lippen. *Kampfreflexe.* Die Infobroschüren der Cobras waren nie so deutlich geworden, aber, natürlich, genau das bedeutete die ›Fähigkeit zur Spontanverteidigung‹ in Wirklichkeit. *Kampfreflexe.* Was bei einer Auseinandersetzung eins gegen eins mit einem Stachelleoparden durchaus vernünftig klang, schien im Durcheinander eines Krieges nicht annähernd so verläßlich und wirkungsvoll.

Dennoch ... einer dieser kleinen Computer hatte dazu beigetragen, daß sein Vater drei Jahre Guerillakrieg gegen die Trofts überlebt hatte – sein Vater und Cally Halloran und Hunderte andere. Der Computer und die knochenverstärkenden Beschichtungen, das Netz aus Servomotoren, die Laser, die Schallwaffen ... Er ertappte sich dabei, wie er den Blick über den Körper seines Vaters wandern ließ, während er die dort implantierten Waffen und Ausrüstungsteile auflistete ... jene Ausrüstungsteile, die Chirurgen der Cobraakademie ab morgen auch seinem Körper einsetzen würden ...

Irgend jemand rief seinen Namen. Aus seinen Tagträumen gerissen, sah Justin seinen älteren Bruder an. »Entschuldige. Ich war mit den Gedanken woanders. Was hast du gesagt?«

»Ich habe gefragt, was du von der Vorstellung hältst, ein Söldner zu sein, denn darauf läuft es am Ende ja wohl hinaus«, wiederholte Corwin. »Vom ethischen Standpunkt aus betrachtet, meine ich.«

Justin zuckte verlegen mit den Achseln und vermied es, seiner Mutter in die Augen zu sehen. »Also, meiner Ansicht nach können wir in dieser Angelegenheit eigentlich gar nicht ausschließlich Söldner sein. *Möglicherweise* verteidigen wir unsere Welten tatsächlich gegen eine Bedrohung von außen, auf jeden Fall aber tun wir der gesamten Troft-Assemblage gegenüber kund, über welche Verteidigungsmöglichkeiten wir hier verfügen. Wie auch immer, letzten Endes dienen wir unserem eigenen Volk ... und genau dazu sind Cobras da.«

»Mit anderen Worten, du hättest nichts dagegen, loszuziehen und zu kämpfen?« fragte Chrys leise.

Ihr Ton ließ Justin zusammenzucken, trotzdem sprach er mit fester Stimme. »Ich habe nichts dagegen zu kämpfen, wenn es nötig ist. Aber ich glaube auch nicht, daß wir diese Entscheidung den Trofts überlassen sollten. Der Rat sollte sämtliche Informationen über diese Aliens zusammentragen und dann, ohne Berücksichtigung der Tatsache, daß man uns diese fünf Planeten vor die Nase hält, eine Entscheidung fällen.«

Aus der Küche kam ein leises Summen. »Zeit fürs Abendessen«, verkündete Jonny und stemmte sich vorsichtig vom Sofa hoch. »Und beim Essen sollten wir uns das Gerede über Politik sparen. Danke für eure Meinung – schön zu wissen, daß wir innerhalb der Familie in diesem Punkt einig sind. Und jetzt ab in die Küche und helft eurer Mutter. Der Tisch muß gedeckt, das Gemüse muß noch geputzt werden, und ich glaube, du Corwin, bist mit dem Aufschneiden des Bratens an der Reihe.«

Corwin nickte und ging in die Küche, dicht gefolgt von Joshua. Chrys blieb an Jonnys Seite, und Justin trödelte gerade lange genug herum, um zu sehen, wie sein Vater umständlich die Fläschchen mit seinen Schmerztabletten hervorholte. *Das Gerede über Politik können wir uns wirklich sparen,* dachte er bei sich.

Er ließ seine Eltern allein und ging in die Küche, um seinen Brüdern zu helfen.

3. Kapitel

Irgendwann in den vergangenen ein oder zwei Jahren war eines der heftigen aventinischen Frühlingsunwetter über diesen Teil des Trappers Forest hinweggefegt, und der höchste Hügel in der Region hatte ordentlich etwas abbekommen. Einen Baum hatten die Blitze in Kleinholz zerlegt, sechs weitere waren durch den Wind umgelegt worden. Das Ergebnis war eine Hügelkuppe, die trotz des miserablen Untergrundes einen ungehinderten Blick dreißig Meter weit in jede Richtung ermöglichte. Ein überflüssiger Luxus für den durchschnittlichen Cobra-Befehlsposten . . . andererseits wurde die durchschnittliche Cobramission auch nicht von Zivilisten beobachtet, auf die es aufzupassen galt.

Die akustischen Verstärker auf volle Leistung gestellt, ließ Almo Pyre den Blick langsam an Rand der Lichtung entlangwandern und war sich dabei in aller Deutlichkeit der Frau mittleren Alters bewußt, die neben ihm stand. Eine Zivilistin war schlimm genug, aber einen der drei Gouverneure hier draußen zu haben gehörte zu der Sorte unnötigen – um nicht zu sagen idiotischen – Risikos, die kein Cobratruppführer eingehen würde, der recht bei Verstand war. *Ich hätte sie nicht mitnehmen sollen,* überlegte Pyre gereizt. *Das offizielle Theater wäre nichts gewesen im Vergleich zu dem, was los ist, wenn sie getötet wird.*

Ein leises Summen – drei kurze Töne – ertönte im Empfänger in seinem rechten Ohr: Winward hatte einen ihrer drei anvisierten Stachelleoparden entdeckt. Pyre summte zur Bestätigung in das Drahtmikro längs seiner Wange und fügte eine Warnung an die anderen hinzu. Der Summcode war begrenzt und manchmal etwas unpraktisch, hatte aber den Vorzug, nicht so laut zu sein, um die Abschaltung des akustischen Verstärkers auszulösen.

»Hmm?« summte Gouverneurin Lizabet Telek lauter, als es ein Cobra getan hätte, aber wenigstens war sie klug genug, ihre Frage nicht auszusprechen.

Pyre schaltete den akustischen Verstärker zurück und richtete gleichzeitig seine Aufmerksamkeit mehr auf seine visuellen Sucher. »Michael hat einen gefunden«, erklärte er flüsternd. »Die anderen werden ihn jetzt in einer Netzformation vor sich hertreiben und nach Jungtieren und weiteren ausgewachsenen Tieren Ausschau halten.«

»Jungtiere.« Teleks Stimme klang gelassen, und doch schwang mehr als ein Hauch Unzufriedenheit darin mit.

Pyre zuckte kaum merklich die Achseln. Hatte er dort zwischen zwei Bäumen eine Bewegung gesehen? »Dieses Jahr sind es noch Jungtiere, nächstes Jahr vermehren sie sich bereits«, erinnerte er sie. »Wenn ihr Biologen eine Methode findet –«

Rechts hörte Pyre ein Geräusch im Geäst und wirbelte herum. Ein katzenartiger Körper kam aus den Bäumen auf sie zugeschossen.

Der Sprung war zu kurz – das war sofort ersichtlich – doch Pyre wußte, daß das Raubtier in vollem Lauf landen würde. Seine Hände befanden sich bereits in Feuerstellung – die kleinen Finger waren auf den Stachelleoparden gerichtet, während die Daumen auf den Nägeln der Ringfinger ruhten – und als das Tier die Hinterläufe nach unten reckte, um zu landen, drückte er ab.

Die Laser in seinen kleinen Fingern spien dem Stachelleoparden Lichtnadeln ins Gesicht, verschmorten Fell, Knochen und Hirngewebe. Doch das von Pyre anvisierte Ziel, die Augen, entging der Zerstörung, und das eher dezentralisierte Nervensystem des Tieres steckte den Hirnschaden weg, als hätte es ihn überhaupt nicht registriert. Der Stachelleopard landete, seine Füße gerieten auf dem mit Ästen übersäten Boden leicht ins Straucheln –

Pyre hatte sich umgedreht, schwenkte sein linkes Bein herum und zielte, als Telek erschrocken keuchte. »Hinter ihnen!« stieß sie hervor.

Ein Blick über die Schulter, mehr war aus Pyres Blickwinkel nicht möglich, doch er genügte. Die Bewegung, die er im Wald gesehen hatte, hatte sich in einen zweiten Stachelleoparden verwandelt, der sie einem pelzigen Geschoß gleich angriff.

Und solange er sich nicht umdrehte, war er auch nicht in der Lage, irgend etwas dagegen zu unternehmen. »Runter!« blaffte er Telek an, in der verzweifelten Hoffnung, den Angriff des Stachelleoparden auf sich lenken zu können. Seine programmierten Reflexe gaben ihm im Falle eines Kampfes eine Chance, doch die gleichzeitige Verteidigung von Unbeteiligten war nicht vorgesehen ... Einen Augenblick später hatte sein linkes Bein Feuerstellung eingenommen, und aus dem Absatz seines Stiefels schoß lanzenartig der gleißend helle Lichtspeer des Antipanzerlasers hervor.

Zeit, den Schaden zu begutachten, blieb ihm nicht – er mußte einfach hoffen, daß der erste Stachelleopard zumindest vorübergehend außer Gefecht gesetzt war. Er setzte die Drehung fort, ließ sein linkes Bein zu Boden sinken und hob das rechte an –

Gerade noch rechtzeitig, um den zweiten Stachelleoparden mit dem Fuß mitten im Gesicht zu treffen.

So unsicher, wie er stand, konnte er unmöglich die volle Wucht des Angriffs auffangen – und noch während das Tier sich in seinen Stiefel zu verbeißen suchte, spürte er, wie er seitlich wegkippte. Er knickte das linke Bein ein, riß sein rechtes aus den Fängen zurück ... und als der Stachelleopard über ihn hinwegsegelte, streckte er das Bein ruckartig aus und versetzte dem Tier einen harten, servounterstützten Tritt in den Bauch.

Es brüllte auf, und selbst inmitten des hektischen Bewegungsgewirrs konnte Pyre erkennen, wie die Stacheln seiner Vorderbeine nach außen in die Verteidigungsstellung schnellten. Das Tier wußte, daß es verletzt war ... wenn auch vielleicht nicht, daß sein Schicksal besiegelt war. Denn wie harmlos der Schaden vielleicht auch war, den Pyre mit seinem Tritt angerichtet hatte ... er hatte das Tier damit auch ein Stück höher in die Luft befördert – und die zusätzliche Halbsekunde, um die sich dadurch die Landung des Stachelleoparden verzögerte, war alles, was er an Zeit brauchte, damit er sein linkes Bein in Feuerstellung bringen konnte. Der Antipanzerlaser blitzte zweimal auf, und das Raubtier landete in einem rauchenden Haufen.

Pyre rappelte sich auf und suchte automatisch nach der reglosen Gestalt des ersten Stachelleoparden. Erst dann vergewisserte er sich, ob Telek etwas zugestoßen war.

Die Gouverneurin lag auf Händen und Knien in dem kleinen Hohlraum zwischen zwei umgestürzten Baumstämmen, die kleine Schrotpistole, die sie mitgebracht hatte, fest mit einer Hand umklammert. »Kann ich wieder rauskommen?« fragte sie mit leichtem Beben in der Stimme.

Pyre unterzog den Waldrand einer sorgfältigen Prüfung. »Ich denke schon«, sagte er und trat zu ihr, um ihr aufzuhelfen. »Danke für die Warnung.«

»Keine Ursache.« Sie verbat sich seine Hilfe mit einer Handbewegung, kam auf die Beine und wischte sich das alte Laub ab. »Ich habe Berichte aus anderen Gebieten gehört, denen zufolge Stachelleoparden in jüngster Zeit auch zu zweit auf Beutezug gehen, aber ich hätte nicht gedacht, daß es hier auch schon angefangen hat. In den großen Wäldern müßte der Druck eigentlich größer sein.«

»Er ist groß genug«, meinte Pyre erbittert zu ihr. »Und wie ich gerade sagte, solange ihr Biologen keine Methode findet, dem entgegenzuwirken, werden wir sie weiterhin jagen müssen.«

»Zur Zeit stehe ich kaum in der vordersten Front biologischer Forschung –«

Sie brach ab, als Pyre die Hand hob. »Meldung«, sagte er leise in sein Drahtmikro. »Ja. Braucht ihr Hilfe? ... Gut. Kommt hierher zurück, sobald ihr fertig seid.«

Telek sah ihn an. »Sie haben das Versteck gefunden«, berichtete er. »Mit zehn Jungtieren drin.«

Sie kniff die Lippen zu einer schmalen Linie zusammen. »Zehn. Vor zwanzig Jahren war ein Wurf der Stachelleoparden nie größer als zwei oder drei Junge. Nie.«

Pyre zuckte verlegen mit den Achseln und fuhr sich mit der Hand durch das dünner werdende Haar. *Siebenundvierzig Jahre war er und jagte durch den Wald wie ein frisch einberufener Jüngling.* Vielleicht wäre er verbittert gewesen, wenn dieser Dienst nicht lebenswichtig wäre. »Wir haben zu viele ihrer Reviere gesäubert«, meinte er kopfschüttelnd. »Wie auch immer sie es machen, sie *wissen,* daß es auf Aventine Platz für sehr viel mehr Stachelleoparden gibt. Theoretisch.«

Telek stieß ein leises Schnauben aus. »Theoretisch, Sie sagen es. Stachelleoparden in den Straßen von Capitalia.« Jetzt schüttelte sie den Kopf. »Wenn Sie nur wüßten, Pyre, wie oft wir Biologen uns nach einer Planetenökologie gesehnt haben, die sich selbst heilt. Jetzt haben wir zwei davon ... und beide sind eine gottverdammte Plage.«

»›Plage‹ ist wohl kaum der Ausdruck, der die Lage auf Caelian trifft, Gouverneurin«, murmelte Pyre.

»Wie wahr.« Etwas in ihrem Tonfall ließ ihn kurz hinübersehen, und er ertappte sie dabei, wie sie mit zusammengepreßten Lippen in den Wald starrte. »Na ja ... Vielleicht können wir ja doch etwas dagegen tun.«

»So ziemlich das einzige, was man im Fall von Caelian machen kann, ist den Planeten zu verlassen«, gab er zurück.

»Genau daran hatte ich auch gedacht«, meinte sie mit einem Nicken. »Sagen Sie, stünden Sie übermorgen für eine Beratung bei einer Ratssitzung zur Verfügung? Ich brauche dringend den fachmännischen Rat eines erfahrenen Cobratruppführers.«

»Warum nicht«, stimmt er widerstrebend zu. »Aber nur, wenn wir hier draußen fertig sind.«

»Also gut«, willigte sie ein. »Ich denke, Sie werden meinen Vorschlag sehr interessant finden.«

Das bezweifle ich, dachte er verdrießlich und richtete seine Aufmerksamkeit auf den Wald. *Wieder mal ein politischer Verstand, der mit einer ›interessanten‹ politischen Lösung aufwartet. Einmal – nur ein einziges Mal – würde ich gerne etwas anderes hören. Ganz egal, was.* Ungebeten erschien das Gesicht von Tors Challinor vor seinem inneren Auge: Challinor, der vor Jahren versucht hatte, Aventine der Herrschaft des Militärs zu unterwerfen. *Na gut,* kommentierte er seine Erinnerung mit Schaudern. *Ganz egal vielleicht nicht.*

4. Kapitel

»Hiermit ist die Sitzung offiziell eröffnet«, verkündete Generalgouverneur Stiggur und ließ seine Hand in einer dramatischen Geste fallen, um den versiegelten Recorder in Gang zu setzen.

Irgendwie, überlegte Corwin, verlor das Ganze viel von seiner Eindruckskraft, wenn man in einem Raum von der Größe eines Büros saß und nur sechs Zuhörer anwesend waren. »Ich habe Sie hergebeten«, fuhr Stiggur fort, »um die in der Ratssitzung vor zwei Wochen aufgeworfenen Frage zu diskutieren: nämlich, ob wir den uns von der Tlos-Domäne angebotenen Auftrag annehmen sollen.«

Corwin ließ den Blick verstohlen in die Runde wandern und betrachtete die fünf Gouverneure. Wie nie zuvor bei Ratssitzungen spürte er das schiere Gewicht politischer Autorität, das sich um ihn versammelt hatte. Es war ein erdrückendes, fast erstickendes Gefühl.

Bis Gouverneurin Telek sich zu Wort meldete und die Seifenblase zum Platzen brachte. »Ich bin mir bewußt, Brom, daß Sie hier für die Nachwelt sprechen«, meinte sie an Stiggur gewandt, »aber können wir nicht versuchen, ohne diese wuchtigen historischen Phrasen auszukommen?«

Stiggur versuchte sie wütend anzusehen, war aber offensichtlich nicht so recht mit dem Herzen bei der Sache. Keiner von ihnen war vor all den Jahren mit politischen Ambitionen nach Aventine gekommen, und obwohl sie alle mit beachtlichem Erfolg in diese Stellungen hineingefunden hatten, so waren sie nichtsdestotrotz unter all dem Drum und Dran allesamt keine Politiker. »Also gut – Einwand akzeptiert«, seufzte Stiggur. »Schön. Wer hat etwas zu berichten?«

»Zuallererst würde ich gern wissen, wo Gouverneur a. D. Moreau steckt«, meldete sich Gouverneur Howie Vartanson von Caelian zu Wort. »Meiner Ansicht nach hat dieses Thema Vorrang vor therapeutischen Sitzungen oder Ähnlichem.«

»Mein Vater befindet sich zur Zeit im Krankenhaus«, entgegnete Corwin und widerstand dem Drang, eine böshafte Bemerkung über die unbedachte Gefühllosigkeit des anderen fallenzulassen. Schließlich *wußte* der Kerl doch, daß Jonny ein Cobra der ersten Generation war. »Probleme mit dem Immunsystem, sagen die Ärzte.«

»Wie ernst ist es?« erkundigte sich Stiggur mit besorgter Miene.

»Offenbar nicht sehr. Es ist allerdings gestern abend recht plötzlich aufgetreten.«

»Sie hätten jemanden informieren sollen«, meinte Jor Hemner, dessen zerbrechliche Hand nervös mit seinem dünnen Bart spielte. »Wir hätten die Sitzung verschieben können.«

»Nicht, wenn wir eine Empfehlung für die Vollversammlung des Rates heute nachmittag bekommen wollen«, erwiderte Corwin mit einem kurzen Seitenblick auf Hemner, bevor er sich wieder Stiggur zuwandte. »Ich kenne die Ansichten meines Vaters, Sir, und ich bin bevollmächtigt, für ihn zu sprechen. Ich nehme an, Sie akzeptieren mich als sein Stellvertreter für diese Sitzung?«

»Also, wenn es strikt nach dem Gesetz –«

»Also, Herrgottnochmal, Brom, lassen Sie ihn einspringen und fertig«, warf Telek ein. »Wir haben heute vormittag eine Menge zu erledigen, und ich will endlich anfangen.«

»Na schön.« Stiggur zog die Augenbrauen hoch und sah die anderen an. »Irgendwelche Einwände? Gut. Ist es jemandem gelungen, von den Trofts irgend etwas über dieses Qasama in Erfahrung zu bringen?«

Olor Roi von Palatine räusperte sich. »Ich habe es bei Sprecher Eins mit der alten Masche von den unabhängigen Planeten versucht, aber ich denke, das nutzt sich langsam ab. Sie haben mittlerweile spitzgekriegt, daß wir politisch eine Einheit sind, auch wenn wir alle unsere eigenen Handelsvereinbarungen treffen. Trotzdem, ich denke, er war ehrlich, als er meinte, er hätte uns bereits alles gesagt, was er weiß.«

»Vielleicht hat er es in der Hoffnung verschwiegen, wir würden Sie überbieten«, schlug Dylan Fairleigh vor, der dritte Gouverneur Aventines. Eine ziemlich naive Bemerkung, fand Corwin, was auf einen Mangel an Erfahrung im Handel mit den Trofts schließen ließ, was dem Mann nicht zu verdenken war, da er für die Far-West-Region zuständig war.

Wie vorherzusehen war, dachte Vartansan überhaupt nicht daran, dies zu berücksichtigen. »Reden Sie kein dummes Zeug«, schnaubte er. »Trofts halten *nichts* zurück, ohne einem zu verstehen zu geben, daß sie etwas zu verkaufen haben. Wo haben Sie die letzten vierzehn Jahre verbracht?«

Fairleighs Miene verfinsterte sich, doch bevor er etwas erwidern konnte, mischte sich Telek ein. »Gut, gut – die Tlossys wissen also nichts. Als nächster Schritt bietet sich demnach an, jemanden zu suchen, der etwas weiß. Ich sehe zwei Möglichkeiten: die Baliu-Domäne oder Qasama selbst.«

»Augenblick mal«, warf Corwin ein. »Wäre der nächste Schritt nicht der, festzustellen, ob wir diese Informationen überhaupt brauchen?«

Telek sah ihn stirnrunzelnd an. »Natürlich brauchen wir sie. Wie sollten wir sonst zu einer Entscheidung kommen?«

»Die vernünftigste Entscheidung wäre die, den Tlossys augenblicklich ein schlichtes Nein mitzuteilen«, antwortete Corwin. »Wenn wir das tun –«

»Seit wann ist es vernünftig, sich vor der Realität zu verstecken?« unterbrach ihn Telek bissig.

»Wenn wir jetzt nein sagen, würden wir damit unsere prinzipielle Haltung klarstellen«, erklärte Corwin ihr und spürte, wie ihm der Schweiß auf die Stirn trat. Jonny hatte ihn gewarnt, daß diese Meinung vermutlich nicht sehr gut ankommen würde, doch auf eine derart ablehnende Reaktion war Corwin nicht vorbereitet gewesen. »Damit würden wir zu verstehen geben, daß wir nicht daran interessiert sind, Söldner zu werden, nur um –«

»Was ist mit unseren eigenen Interessen?« warf Vartanson ein. »Wenn Qasama eine Bedrohung für die Trofts darstellt, dann vielleicht auch für uns.«

»Ja, aber ...« Corwin hielt inne, als Worte und Logik sich plötzlich zu einem Durcheinander vermengten. *Entspann dich,* befahl er sich selbst. *Hier ist niemand, vor dem du Angst haben müßtest.*

Doch noch während er mit seiner plötzlichen Gehemmtheit rang, kam Stiggur ihm zur Hilfe. »Ich glaube, Corwin will folgendes sagen: Wir können auch dann noch Expeditionen nach Qasama oder wohin auch immer entsenden, wenn wir das

Geschäft mit der Baliu-Domäne ausgeschlagen haben«, sagte er. »Zum gegenwärtigen Zeitpunkt brauchen wir uns nicht durch die Wünsche der Trofts unter Druck setzen zu lassen, sondern können tun, was immer wir für angemessen halten.«

»Klingt sehr nobel«, meinte Telek und nickte. »Leider gibt es da noch ein paar kleine praktische Einzelheiten. Nämlich, wer bezahlt das alles, wenn nicht die Trofts?«

Fairleigh rutschte unruhig auf seinem Sessel hin und her. »Ich hatte den Eindruck, die Trofts hätten uns nur diese fünf Planeten angeboten, und nicht auch noch, die Kosten zu übernehmen.«

»Noch ist keine offizielle Vereinbarung getroffen worden – wir könnten die Übernahme der Kosten zum Bestandteil der Gesamtvereinbarung machen«, gab Roi nachdenklich zu bedenken. »Trotzdem würden dadurch nach wie vor eine Menge Cobras für einen Zeitraum von bis zu mehreren Jahren aus dem Verkehr gezogen. Wie schnell könnte die Akademie sie ersetzen?«

»Chirurgische Eingriffe und Ausbildung dauern zusammen drei Monate«, meldete sich Corwin zu Wort, der sich im großen und ganzen erholt hatte. »Plus zwei weitere Wochen für die Auswahl der Kandidaten.«

»Der ganze Vorgang läßt sich allerdings auf weniger als sieben Wochen verkürzen«, warf Telek ein und schwenkte kurz eine MagCard, bevor sie sie in ihr Lesegerät gleiten ließ. »Ich habe in den letzten paar Tagen mit einigen Kennern der Cobramaterie gesprochen: mit Cally Halloran, der während des Krieges gegen die Trofts Jonnys Truppkamerad war, und Almo Pyre, der gegenwärtig der Leiter der Cobraoperationen im Syzra-Distrikt ist. Gemeinsam haben sie das für eine Kostenanalyse sowohl der ersten Erkundungsexpedition als auch der drei wahrscheinlichsten militärischen Operationen notwendige Datenmaterial zusammengestellt.«

Corwin starrte auf die Zahlen, die auf seinem Monitor erschienen, während die beiden Namen, die sie so beiläufig in die Diskussion geworfen hatte, wie Blindgänger durch sein benommenes Gehirn polterten. Cally Halloran – einer der ältesten und besten Freunde seines Vaters, und Almo Pyre – ein Freund der Familie Moreau, solange Corwin zurückdenken konnte. Er warf einen verstohlenen Blick auf seinen Bildschirm und bemerkte, wie Telek ihn dabei in aller Ruhe beobachtete ... und plötzlich wurde ihm klar, was sie vorhatte.

Indem sie Jonnys Freunde als Experten heranzog, hoffte sie, alle Einwände gegen ihre Zahlen vom einzigen Cobra in diesem kleinen Kreis im Keim zu ersticken ... Und als Corwin mit der Durchsicht der Zahlen begann, sah er den logischen Schluß, zu dem sie unweigerlich führten.

Selbst für die bescheidenste hier entworfene militärische Operation wären die Kosten schwindelerregend. Halloran und Pyre hatten ein Minimum von neunhundert Cobras geschätzt – ein volles Drittel des gegenwärtigen Kontingents aller drei Welten –, die sich zwischen sechs und zwölf Monate auf oder in der Nähe von Qasama würden aufhalten müssen. Ausrüstung, Transport, Nachschub, Ersatz für die Verwundeten – all das war weit mehr, als die Welten mit ihren bescheidenen Wirtschaftssystemen hoffen durften, aufbringen zu können. Allein der plötzliche Abzug so vieler Cobras würde sämtliche Territorialerweiterungen auf Aventine und Palatine abrupt zum Stillstand bringen – auf Caelian könnte er leicht zur endgültigen Zerstörung oder Aufgabe der geplagten Kolonie dort führen.

Fairleigh brach als erster das Schweigen. »Wir sollten darauf hoffen, daß die Qasamaner keine allzu unmittelbare Bedrohung darstellen«, murmelte er. »Neunhundert bis dreitausend Cobras. Wie lange würde es dauern, sie zu ersetzen? Ach, hier steht es ja.«

Corwin fand die Zeile auf seinem Bildschirm. »Hier geht man allerdings von einem unbegrenzten Nachschub an qualifizierten Kandidaten aus«, wandte er ein.

»Nun, wenn diese Grundlage nicht existiert – und auch nicht geschaffen werden kann –, stecken wir bereits jetzt in ernsthaften Schwierigkeiten«, knurrte Roi. »Unsere Sicherheit vor den Troft-Domänen fußt auf einem gesunden Respekt vor der Kampfkraft der Cobras. Wenn sie geglaubt haben, unsere dürftigen zweitausendachthundert Mann sind alles, womit sie es jemals zu tun bekommen werden ...« Er schüttelte den Kopf.

»Um so mehr ein Grund, ihnen zu beweisen, wie problemlos sich das Cobraprogramm ausbauen läßt«, argumentierte Telek. »Wir *können* es schaffen – vor allem dann, wenn die Trofts es selbst bezahlen.«

Die Diskussion ging noch eine halbe Stunde lebhaft weiter, Corwin erkannte jedoch, daß die Schlacht verloren war. Von den sechs anderen im Raum Anwendenden schienen nur Hemner und Roi überhaupt bereit, Jonnys Standpunkt in Betracht zu ziehen. Wenn keiner der beiden die Seiten wechselte, würde Corwins Doppelstimme beim Stand von vier gegen vier für ein Patt sorgen, und demzufolge würde man die Angelegenheit der Vollversammlung ohne eine offizielle Empfehlung vorlegen müssen. Selbst mit einer Empfehlung war die Art und Weise, wie der Rat die Dinge abhandelte, riskant genug, ohne sie konnte niemand vorraussagen, was dabei herauskam.

Und während die Wahrscheinlichkeit eines Sieges immer weiter gegen null ging, erkannte Corwin zum ersten Mal, seit er die Vertretung seines Vaters übernommen hatte, daß er aus eigener Initiative ein Abkommen würde treffen müssen. Ein Abkommen, für das ihm Jonnys Zustimmung alles andere als sicher war . . .

Gegen alle Wahrscheinlichkeit hoffend, wartete er bis zum letzten Augenblick, doch als der Generalgouverneur zur Abstimmung rief, hob er seine Hand. »Ich möchte um eine kurze Unterbrechung bitten, bevor wir fortfahren. Mir scheint, ein paar ungestörte Überlegungen oder vertrauliche Gespräche könnten ganz nützlich sein, bevor wir unser Urteil dem Protokoll anvertrauen.«

Stiggur runzelte die Stirn, doch er nickte, ohne zu zögern. »Also gut. Wir treffen uns in zwanzig Minuten wieder hier.«

Der allgemeine Aufbruch verlief leise – offenbar verspürten auch die anderen das Bedürfnis nach einer Unterbrechung –, und eine oder zwei Minuten später saß Corwin in dem Büro, das man seinem Vater nach wie vor im Haus des Imperiums zur Verfügung stellte. Eine ganze Weile starrte er das Telefon auf dem Schreibtisch an und überlegte, ob er die Sache mit jemandem besprechen sollte, bevor er seine Entscheidung traf. Sein Vater jedoch befand sich mitten in seiner biochemischen Behandlung, und was seine Mutter dazu sagen würde, konnte er sich denken. Theron Yutu, am anderen Ende der Stadt in Jonnys Hauptbüro? Nein. Die Zwillinge – mit ihnen sollte er schon darüber sprechen. Aber Justin befand sich im OP-Trakt der Cobraakademie und war nicht zu erreichen, und nur Joshua davon zu erzählen wäre nicht fair . . . und plötzlich wurde Corwin klar, daß er bloß Zeit zu schinden versuchte. Er holte tief Luft, erhob sich aus dem Sessel seines Vaters und machte sich auf den Weg zum Büro von Gouverneurin Telek.

Wenn sie überrascht war, ihn zu sehen, war ihr davon nichts anzumerken. »Corwin«, meinte sie und nickte, schloß hinter ihm die Tür und geleitete ihn zu einem Stuhl. »Ein schönes Dilemma haben wir da, was meinen Sie? Was kann ich für Sie tun?«

Corwin wartete, bis sie wieder an ihrem Schreibtisch saß, bevor er zu sprechen begann. »Wie sehen Sie die Abstimmung?« fragte er ganz offen.

Wieder zeigte sie sich nicht überrascht. »Ich selbst, Brom, Dylan und Howie dafür, Sie, Jor und Olor dagegen. Ein Patt. Sind Sie hergekommen, um mich zu bewegen, meine Meinung zu ändern?«

Er schüttelte den Kopf. »Sie wußten, daß mein Vater gegen die ganze Geschichte sein würde, nicht wahr? Deswegen haben Sie Cally und Almo mit hineingezogen.«

»Ihr Vater war einer der Hauptgegner der Cobraakademie, als sie vor gut fünfundzwanzig Jahren eingerichtet wurde«, erinnerte sie ihn. »Es war nicht schwer zu erraten, daß er gegen jeden Vorschlag stimmen würde, der die Anzahl der Cobras vermehrt.«

Damit stellte sie Jonnys grundsätzliche Einwände gegen Söldner-Cobras als bloße Tarnung für eine alte, zur Gewohnheit gewordene Reflexhandlung hin. Corwin hatte schwer an der Erwiderung zu schlucken, die sich ihm aufdrängte. Doch jetzt war nicht der richtige Zeitpunkt, den Standpunkt seines Vaters zu verteidigen. »Was also wollen Sie genau?« fragte er statt dessen. »Eine vertragliche Verpflichtung für den Umgang mit der Bedrohung von Qasama, wie immer die aussieht?«

»Natürlich nicht«, schnaubte sie. »Niemand, der seinen Verstand beisammen hat, würde den Trofts einen solchen Blankoscheck ausstellen. Ich will nichts weiter, als daß wir uns zu einer Erkundungsmission verpflichten – auf Kosten der Trofts.«

»Würde uns das nicht auch zur Übernahme alles übrigen verpflichten?«

»Nicht, wenn das Abkommen mit der nötigen Umsicht abgefaßt wird.« Sie schürzte die Lippen. »Sie wollen die Imagefragen aufwerfen, die erst akut werden, falls wir nur einen Blick auf Qasama werfen und uns gleich darauf wieder zurückziehen. Darauf habe ich eigentlich keine bessere Antwort als die, die ich schon vor fünfzehn Minuten gegeben habe. Das Risiko, *nicht* zu wissen, welche Bedrohung Qasama darstellt, ist größer als das Risiko, in den Augen der Trofts schwach zu erscheinen.«

Corwin holte tief Luft. »Dementsprechend soll also die offizielle Empfehlung an den Rat lauten?«

»Das wäre mir sehr lieb«, sagte sie vorsichtig. »Was würde es mich kosten?«

Corwin deutete mit einer Handbewegung auf den Sitzungssaal am Ende des Ganges. »Wie ich mich erinnere, gehen Sie in Ihrem Vorschlag davon aus, als Erkundungsmission allerhöchstens zwölf Mann sowie die Besatzung eines Schiffes loszuschicken. Ich möchte, daß zwei dieser zwölf von meinem Vater ausgewählt werden.«

»Damit seine skeptische Haltung die Aufrichtigkeit der Mission garantiert?« Sie setzte ein schiefes Lächeln auf. »Um ganz offen zu sein, das ist vermutlich eine gute Idee . . . Aber dem Gouverneur a. D. sechzehn Prozent der Gesamtlösung zu überlassen wird nicht leicht durchzusetzen sein.«

»Ich könnte Ihnen den Handel erheblich versüßen. Was halten Sie von dem Vorschlag, einen *nicht-identifizierbaren* Cobra bei der Mission einzusetzen?«

Zu seiner Genugtuung sah er, wie sie überrascht die Augen aufriß. »Ich dachte, ein sorgfältiger Tiefenkörperscan würde sogar die Cobraausrüstung ans Licht bringen.«

»Richtig«, nickte Corwin. »Doch um einen Scan dieses Typs durchzuführen, braucht man fast fünfzehn Minuten. Wie oft wird ein Gastgeber Würdenträger eines anderen Volkes wohl einer solchen Prozedur unterziehen?«

Mehrere Herzschläge lang sah sie ihn stirnrunzelnd an. »Mein erster Gedanke ist, daß sie sich anthropomorph bis zum äußersten verhalten. Angenommen, deren Tiefenkörperdings reagiert zum Beispiel empfindlicher oder ist einfach nur schneller als unsere. Aber gehen wir einmal davon aus, Sie haben recht. Was dann? – sollen wir ein Cobra-Operationsteam in die *Dewdrop* einschleusen, das das eben mal auf die Schnelle erledigt?«

»Gar nicht. Ich schlage vor, einen Cobra und einen Nicht-Cobra zu entsenden, die praktisch nicht voneinander zu unterscheiden sind. Meine Zwillingsbrüder Joshua und Justin.«

Nachdenklich stieß Telek die Luft aus. »Clever. Sehr clever. Der Cobra bleibt also an Bord des Schiffes, bis die Aliens ihre Untersuchung des Landetrupps abgeschlossen haben, und dann tauschen die beiden einfach ihre Plätze? Interessanter Vorschlag. Aber angenommen, die Qasamaner benutzen zur Identifikation etwas anderes als das Äußere? Die Stimme oder den Geruch, zum Beispiel?«

Corwin zuckte mit den Achseln und versuchte, der Geste etwas Beiläufiges zu verleihen. »Dann haben wir eben Pech gehabt. Aber die meisten uns bekannten Landraubtiere vertrauen auf das, was sie sehen. Ich denke, die Chancen stehen nicht schlecht, und wenn es nicht funktioniert, haben wir im Grunde nichts verloren.«

»Bis auf zwei Plätze bei der Mission, die andere hätten einnehmen können.« Telek lehnte sich in ihrem Sessel zurück, den Blick auf irgendeinen Punkt hinter Corwins Kopf gerichtet. Er wartete, zwang sich, ruhig zu atmen. Plötzlich sah sie ihn wieder an und nickte. »Also gut, einverstanden . . . unter einer Bedingung. Sie – oder besser, Ihr Vater – müssen meinen Antrag auf Teilnahme an der Mission unterstützen.«

»Ihren Antrag?« platzte Corwin heraus. »Aber das ist –«

»Lächerlich? Ganz und gar nicht. Bei der Mission werden sowohl wissenschaftliche als auch politische Experten gebraucht, und ich bin der einzige Gouverneur, der in beiden Bereichen qualifiziert und gesund genug ist, um die Reise anzutreten.«

»Ihr Biologiestudium liegt lange zurück.«

»Ich habe mich in dem Bereich auf dem laufenden gehalten. Außerdem brauchen wir jemanden im Gouverneursrang, falls eine größere politische Entscheidung ansteht. Es sei denn, Sie kennen jemand anderes, dem Sie diese Aufgabe anvertrauen wollen.«

Aber kann ich Sie denn Ihnen anvertrauen? Er schürzte die Lippen, unschlüssig, was er tun sollte.

»Sie haben noch Zeit, es sich zu überlegen«, sagte sie ruhig, als sich sein Schweigen in die Länge zog. Sie blickte auf die Uhr und erhob sich. »Über die Zusammensetzung des Teams für die Mission wird frühestens in ein oder zwei Wochen entschieden. Besprechen Sie es mit Jonny, gehen Sie das Für und Wider durch – ich denke, Sie werden mir beipflichten, daß ich an Bord sein sollte. Aber jetzt sollten wir wieder reingehen und dem Rat eine Empfehlung geben, über die er sich den Kopf zerbrechen kann.«

Corwin erhob sich ebenfalls. »Also gut ... aber wenn ich jetzt mit Ihnen abstimme, dann möchte ich, daß Sie meinen Vorschlag unterstützen, Joshua und Justin an Bord zu holen – unabhängig davon, ob mein Vater Ihren Antrag letzten Endes unterstützt oder nicht.«

Sie lächelte sarkastisch. »Jetzt haben Sie gemerkt, daß Sie zuviel fortgegeben haben, was? Nun, auf diese Weise lernt man. Nun gut, ich werde Ihre Brüder unterstützen. Die Idee gefällt mir ... und um ganz ehrlich zu sein, eigentlich gehe ich davon aus, auch ohne Jonnys Stimme an der Mission teilnehmen zu können.«

Es stand vier gegen zwei zugunsten von Teleks Vorschlag, als Corwin mit der Stimmabgabe an die Reihe kam. Er vermied es, Hamner und Roi in die Augen zu sehen, während er das Ergebnis auf sechs zu zwei erhöhte, spürte jedoch ihre erstaunten Blicke auf sich, als Stiggur das Ergebnis zu Protokoll gab.

Drei Stunden später machte die Vollversammlung es amtlich.

Jonny lag hochgestützt in seinem Krankenhausbett und hörte sich schweigend Corwins Bericht von der Gouverneurssitzung an, von der Ratssitzung und der geheimen Absprache, die er getroffen hatte. *Eigentlich sollte ich wütend sein,* dachte Jonny, der sich dunkel der intravenösen Schläuche bewußt war, die klare Flüssigkeiten in seine Arme speisten. *Enthält diese antibiotische Voodoomixtur irgendein Beruhigungsmittel? Oder wußte ich von Anfang an, daß mein Plan keine Chance hatte, sich durchzusetzen?*

Corwin beendete seinen Bericht und wartete. Die Spannung stand ihm deutlich ins Gesicht geschrieben. »Hast du schon mit Justin oder Joshua darüber gesprochen?« fragte Jonny. »Oder mit deiner Mutter?«

Corwin zuckte tatsächlich zusammen. »Zweimal nein. Die Grundidee ist mir letzte Woche gekommen, ich hatte allerdings gehofft, sie nicht vorschlagen zu müssen. Jedenfalls nicht, ohne mit dir vorher darüber zu sprechen. Allerdings werden sie, glaube ich, nicht nein sagen.«

»Oh, sie werden bestimmt nicht nein sagen – das ist nicht

das Problem.« Jonny drehte den Kopf, um aus dem Fenster sehen zu können. Unten waren die Straßenlaternen von Capitalia zu erkennen. Die Stadtlandschaft legte sich über das Spiegelbild des Krankenzimmers. »Ihr Jungs wart für eure Mutter immer sehr wichtig, weißt du«, sagte er. »Ihr habt für das Extra an familiärer Wärme gesorgt, das ich ihr oft nicht habe geben können. Zu oft nicht habe geben können. Als Cobra... dann als Senator... dann als Gouverneur... Es kostet sehr viel Zeit, den Menschen zu dienen, Corwin. Zeit, die die Familie abtreten muß. Du arbeitest jetzt schon mit mir zusammen, Justin wird ein Cobra... und jetzt wird ihr Joshua auch noch weggenommen.« Plötzlich wurde ihm bewußt, daß er weitschweifig wurde, und richtete seine Augen wieder auf Corwin.

Sein Gegenüber machte einen ziemlich elenden Eindruck. »Sie *können* immer noch einen Rückzieher machen.«

Jonny schüttelte den Kopf. »Nein, du hast das Richtige getan, bis zur letzten Konsequenz. Die Zwillinge an Bord zu holen könnte uns einen entscheidenden taktischen Vorteil verschaffen, und die Vollversammlung hätte vermutlich ebensowenig Interesse an meinem Vorschlag gezeigt wie Brom und Konsorten. Vor allem nach der Kostenschätzung, die Cally und Pyre vorbereitet haben.« Er schüttelte den Kopf. »Schade, leider ist Cally zu alt, um mitzumachen – es wäre verdammt gut, einen Cobra mit militärischer Erfahrung dabeizuhaben...« Er ließ den Satz nachdenklich im Raum stehen, dann kam ihm plötzlich eine Idee.

»Du hast doch nicht etwa vor, selbst teilzunehmen, oder?« fragte Corwin argwöhnisch mitten in seinen Gedankengang hinein.

»Was? Oh, nein. Eigentlich nicht. Ich habe nur gerade nach einer Möglichkeit gesucht, wie man all das deiner Mutter gegenüber wiedergutmachen könnte.« Er amtete tief durch und seufzte herzhaft. »Tja. Morgen früh bin ich hier raus, so hieß es zumindest – früh genug, um es ihr beizubringen. Warum sprichst du heute abend nicht mit Joshua und fragst ihn, was er davon hält. Ich denke, wir sollten, wenn möglich, alle zusammen sein, wenn wir es Chrys erzählen.«

»Alle bis auf Justin«, erinnerte Corwin ihn. »Er wird noch eine Woche in der OP-Isolation sein.«

»Ich weiß«, sagte Jonny. Ein Hauch von Bitterkeit machte

sich in seiner medikamentös gedämpften Gefühlswelt breit. »Aber wir drei sollten da sein.«

»Gut«, nickte Corwin und stand auf. »Dann lasse ich dir jetzt deine Ruhe. Wir sehen uns morgen früh. Ich erkundige mich auf dem Weg nach draußen, wann du entlassen wirst, und hole dich dann ab.«

»Schön. Ach, und wenn du schon dabei bist, könntest du den Arzt bitten, kurz reinzuschauen? Es gibt ein paar Dinge, die ich mit ihm besprechen möchte.«

»Klar«, sagte Corwin. Er blickte seinem Vater noch eine Sekunde lang in die Augen, drehte sich dann um und ging.

Jonny nahm eine bequemere Stellung ein, schloß die Augen und ließ alle Anspannung von sich abfallen. Hatte Corwin nicht wieder diesen argwöhnischen Zug im Gesicht gehabt, als er gegangen war? Jonny war nicht sicher. Aber eigentlich war es auch gleichgültig. Im Gegensatz zu seinem Sohn konnte er mit mehreren anderen Gouverneuren außer Telek ein Abkommen aushandeln . . . und wenn Corwin dahinterkam, wäre alles längst arrangiert.

Und er würde es bestimmt gutheißen. Letzten Endes.

5. Kapitel

Die erste Überraschung war das Zimmer, in das sie ihn gebracht hatten – Justin hatte geglaubt, man würde die frischen Rekruten für ihre erste postoperative Orientierungssitzung zusammenlassen. Ein kurzer Blick durch das Büro, nachdem seine Begleitung ihn allein gelassen hatte, sorgte für den zweiten Schock: kein Cobraausbilder konnte ein derart edel ausgestattetes Büro besitzen. Der Schreibtisch – hatte er dessen geschnitztes Zyprenenholz nicht in den Vortragsvideos über die Cobras gesehen, die er sich vor seiner Bewerbung angeschaut hatte? Wenn, dann war dies das Privatbüro von Koordinator Sun höchstpersönlich. Was immer hier geschah, es war nicht Teil des öffentlich bekannten Verfahrens.

Hinter dem Tisch öffnete sich eine private Tür. Justin nahm innerlich Haltung an – und als ein Mann den Raum betrat, spürte er, wie sich ein erleichtertes Grinsen auf seinem Gesicht breitmachte. »Almo! Ich dachte, du wärst immer noch draußen im Syzra-Distrikt auf Stachelleopardenjagd.«

»Hallo, Justin – nein – bitte bleib doch sitzen.« Pyre nahm hinter dem Schreibtisch Platz.

Und plötzlich wurde Justin bewußt, daß sein Gegenüber zur Begrüßung nicht einmal gelächelt hatte. »Was ist, Almo?« fragte er, während sich seine freudige Überraschung in Wohlgefallen auflöste. »Stimmt etwas nicht? Lieber Himmel – hat es was mit Dad zu tun?«

»Nein, mit deiner Familie ist alles in Ordnung«, beeilte sich Pyre, ihn zu beruhigen. »In ein paar Monaten allerdings –« Er brach ab. »Fangen wir noch mal von vorn an. Was weißt du über diese Qasamageschichte?«

Justin zögerte. Pyre gegenüber zuzugeben, daß sein Vater vertrauliche Informationen an seine Familie weitergegeben hatte, war an sich keine große Sache . . . Unter *diesen* Umständen jedoch ... »Ich kenne das Angebot der Trofts lediglich in groben Zügen«, antwortete er. »Mein Vater wollte die moralischen Aspekte mit uns noch besprechen.«

»Gut«, meinte Pyre mit einem Nicken. »Dann brauche ich das mit dir ja nicht durchzugehen. In den letzten drei Wochen hat sich die Angelegenheit ein wenig vertrackter entwickelt – durch den Rat und, ob du es glaubst oder nicht, durch deinen Bruder.«

Justin lauschte schweigend, während Pyre den Expeditionsplan des Rats und Corwins Vorschlag erläuterte, und fand – zwischen Schock und Aufgeregtheit hin- und hergerissen – kaum noch Raum für vernünftige Überlegungen. »Der Rat hat zugestimmt, euch beide mit an Bord zu nehmen, *vorausgesetzt*, ihr seid beide dazu bereit«, schloß Pyre. »Irgendeine spontane Reaktion?«

Justin brauchte einen Augenblick, um die Sprache wiederzufinden. »Klingt ... interessant. Sehr interessant. Was hat Joshua dazu gemeint ... und wo kommst du ins Spiel?«

»Joshua kannst du selbst fragen – ich schicke ihn rein, wenn ich fertig bin. Und was mich anbetrifft –« Pyres Lippen konnten sich nicht recht entscheiden, ob sie sich zu einem Lächeln oder zu einem gequälten Gesichtsausdruck verziehen sollten. »Ich werde der Kopf des Cobrakontingents an Bord des Schiffes sein – wir sind insgesamt zu viert. Und solltest du dich für eine dieser Positionen entscheiden, werde ich in den kommenden Wochen deine gesamte Cobraausbildung übernehmen.«

Plötzlich wurde Justin sich des Halskrausencomputers bewußt, der sich um seinen Hals schmiegte – des programmierbaren Ausbildungscomputers, der gegen den implantierten Nanocomputer ausgetauscht werden würde, wenn und falls er seine Abschlußprüfung schaffte. »Sondertraining, nehme ich an? Techniken, die man beim Kampf gegen Stachelleoparden nicht braucht?«

»Sowie die programmierten Spezialreflexe, die in den Standardnanocomputer integriert sind, aber für die Arbeit im Wald nicht gebraucht werden«, meinte Pyre und nickte. »Deckensprünge, Rückendreher und dergleichen mehr.«

»Werden deine anderen Cobras das nicht auch brauchen?«

»Sie werden zu uns stoßen, sobald du deine Grundausbildung absolviert hast, in etwa drei bis vier Wochen.« Pyre stützte die Ellenbogen auf den Schreibtisch und legte seine

Fingerspitzen aneinander. »Hör zu, Justin, ich will ehrlich zu dir sein. Du betrachtest das Ganze als ein großes, tolles Abenteuer, aber du solltest dir darüber im klaren sein, wie groß die Wahrscheinlichkeit ist, daß wir am Ende alle auf Qasama umkommen.«

»Ach, hör auf, Pyre«, grinste Justin. »*Du* bist doch schließlich auch dabei, und du hast viel zu viel Glück, um bei so etwas draufzugehen.«

»Red keinen Unsinn!« fuhr Pyre ihn an. »Glück ist eine statistische Wahrscheinlichkeit in einer schwachen Verbindung mit Geschick und Erfahrung. Weiter nichts. Ich habe von beidem ein wenig – und du von beidem praktisch nichts. Wenn irgend jemand draufgeht, wirst du das am ehesten sein.«

Justin sackte, erschrocken von Pyres Wutausbruch, in seinem Sessel zusammen. In jüngeren Jahren war der ältere Mann eines der von Justin am meisten bewunderten Vorbilder gewesen, derjenige, der – im gleichen Maße wie sein Vater – seinen Entschluß, ein Cobra zu werden, mitgetragen hatte. Von seinem Vorbild heruntergeputzt zu werden, war ein größerer Schock, als er sich jemals hätte träumen lassen.

Offenbar standen ihm seine Gefühle ins Gesicht geschrieben, dennoch funkelte Pyre ihn noch mehrere Sekunden lang wütend an, bis sein Blick schließlich wieder etwas freundlicher wurde. »Ich weiß, das war schmerzlich«, sagte er leise, »aber lange nicht so schmerzlich wie ein Laser. Mach dir am besten gleich hier klar, daß es sich hierbei um einen Vorstoß auf *feindliches* Gebiet handelt. Und wie dir dein Vater sagen kann, ist der Kampf gegen einen Stachelleoparden im Vergleich dazu ein Picknick.«

Justin leckte sich über die Lippen. »Du willst mich nicht dabeihaben, stimmt's?«

Zum erstenmal wandte Pyre den Blick von Justins Gesicht ab. »Was ich persönlich will, ist nicht von Bedeutung. Der Rat hat einen Entschluß gefaßt, alle alten Kriegsveteranen waren sich über den taktischen Sinn einig, und Gouverneurin Telek hat sie davon überzeugt, daß ich der richtige Mann bin, das Cobrakontingent anzuführen. Man hat meinen Auftrag klar umrissen, jetzt ist es an mir, ihn auszuführen. Ende.«

»Und du hast Angst, ich könnte nicht damit fertigwerden?« wollte Justin wissen. Langsam begann hinter seiner Benommenheit Zorn aufzukommen.

»Ich fürchte, *keiner* von uns wird damit fertig«, erwiderte Pyre bissig. »Und sollte die ganze Sache auffliegen, muß ich mich nicht nur um die Mission sorgen, sondern auch um dich, was mir ganz und gar nicht behagt.«

»Und wieso?« erwiderte Justin. »Weil du mich kennst, seit ich Windeln getragen habe? Weil du noch länger Dads Freund bist? Ich bin zweiundzwanzig, Almo. Alt genug, um auf mich selbst aufzupassen – und wenn du logische Gründe willst, wie steht es dann damit, daß ich all die Tricks für den Kampf gegen Stachelleoparden nicht zu verlernen brauche wie ihr anderen? Wenn du irgendwelche Einwände gegen meine Jugend hast, dann heb sie dir für nach der Ausbildung auf, einverstanden? Vielleicht gibt es dann konkrete Punkte, über die wir sprechen können.«

Pyre starrte ihn inzwischen wieder an, und unbewußt machte Justin sich auf einen zweiten Wutausbruch gefaßt. Doch der blieb aus. »Na schön«, sagte Pyre leise. »Ich wollte mich nur vergewissern, ob du weißt, worauf du dich einläßt. Du magst es glauben oder nicht, ich *verstehe,* wie du dich fühlst . . . wenn du auch feststellen wirst, daß andere das vielleicht nicht verstehen.« Er erhob sich, und für einen Augenblick schimmerte kurz der alte Almo Pyre durch. »Ich schicke dir jetzt Joshua rein. Ihr findet mich im Büro auf der anderen Seite des Ganges. Kommt einfach rüber, wenn ihr fertig seid. Laßt euch Zeit, aber versucht es nicht in eine dieser ausgedehnten Hungersitzungen ausarten zu lassen, für die ihr berühmt seid.« Mit dem Anflug eines Lächelns im Gesicht verließ er den Raum.

Justin atmete erleichtert auf. Sein Puls war auf dem besten Weg sich wieder zu beruhigen, als einen Augenblick später sein Zwillingsbruder hereinkam. »Almo meinte, wir sollen unsere Besprechung auf maximal sechs Monate beschränken«, meinte Joshua und setzte sich in den eben freigewordenen Schreibtischsessel. »Reden wir wirklich so viel?«

»Nur miteinander«, sagte Justin.

»Stimmt wahrscheinlich«, räumte sein Gegenüber ein und unterzog seinen Bruder einer kritischen Betrachtung. »Gut. Wie fühlst du dich?«

»Was die Operation angeht, prima. Was Almos kleinen Vortrag angeht, ungefähr so, als hätte gerade jemand mit einem übergroßen Gantua nach mir geworfen.«

Joshua verlieh seinem Mitgefühl mit einem Nicken Ausdruck. »Ich weiß, wie du dich fühlst. Also . . . was meinst du?«

»Im Prinzip würde ich durchaus gern mitspielen – zumindest, bevor Almo sich alle Mühe gab, mich zu entmutigen. Und du, irgendwelche Vorbehalte?«

Joshua runzelte die Stirn. »Eigentlich nicht, aber sagen wir es mal so: Ich stehe nicht unbedingt darauf, mich umbringen zu lassen. Hast du geglaubt, ich hätte etwas gegen den Plan?«

»Almo deutete an, jemand hätte damit so seine Schwierigkeiten.«

Aus Joshuas Stirnrunzeln wurde eine gequälte Grimasse. »Wahrscheinlich meinte er damit Mum.«

»Mum.« Vor lauter Ärger darüber, daß er sie in der Aufregung ganz vergessen hatte, schlug sich Justin die linke Faust fest in die rechte Handfläche – und einen Augenblick später erinnerte ihn der stechende Schmerz daran, daß sein neues, kraftverstärkendes Servonetz trotz der ihm von seinem Halskrausencomputer auferlegten Beschränkungen nicht zu den Dingen gehörte, die zu ignorieren er sich leisten konnte. Glücklicherweise hatten die Knochenbeschichtungen seine Knochen praktisch unzerbrechlich gemacht. Somit würde er diesmal mit ein paar blauen Flecken sowohl an seinem Stolz als auch auf der Haut davonkommen. »Verdammt, ich habe überhaupt nicht daran gedacht, was wir ihr damit antun würden«, gestand er Joshua. »Weiß sie schon Bescheid?«

»O ja – und glaube mir, bei deiner Operation hattest du mehr Spaß.« Joshua schüttelte den Kopf. »Ich weiß nicht. Vielleicht sollten wir es sein lassen.«

»Was hat sie gesagt?«

»Ungefähr das, was man erwarten konnte«, seufzte sein Gegenüber. »Gefühlsmäßig war sie absolut dagegen, und vernunftmäßig nur unerheblich mehr dafür. Im großen und ganzen fühlte sie sich einfach verraten, weil Corwin so etwas überhaupt vorschlagen konnte. Wir haben versucht, sie davon zu überzeugen, daß es für dich leichter wäre, als wenn man dich Caelian oder gar den Stachelleopard-Vernichtungseinheiten zuteilen würde, aber ich hatte nicht den Eindruck, als hätte sie uns das abgenommen.«

»Almo glaubt das auch nicht«, merkte Justin trocken an. »Warum sollte sie es dann?«

Joshua gab mit einer Handbewegung zu verstehen, für wie

sinnlos er dies hielt. »Ich habe die Kunst des Wunschdenkens nicht erfunden. Ich versuche hier bloß, Kapital daraus zu schlagen.«

»Ja.« Joshua fand eine leere Ecke, in die er einen Augenblick lang starren konnte, dann sah er seinen Bruder wieder an. »Du glaubst also wirklich, wir sollten uns das entgehen lassen?«

»Um brutal ehrlich zu sein: nein.« Joshua zählte an den Fingern ab. »Corwins Ausgangsidee klingt gut, und wir beide sind offenkundig die einzigen in den Welten, die sie umsetzen können. Wahrscheinlich sind wir auch die einzigen an Bord des Schiffes, die Dads Ansicht teilen, daß wir mit der Übernahme dieses Auftrages einen gefährlichen Präzedenzfall schaffen. Und schließlich –« Plötzlich feixte er verlegen. »Verdammt, Justin, wir wissen es doch schon seit der Schule. Wir sind *Moreaus* – Söhne des Cobra, des Veterans aus dem Troftkrieg, des *Gouverneurs a. D:* des großen aventinischen Pioniers Jonny Moreau persönlich. Die Leute erwarten etwas Großes von uns.«

»Das ist ein ziemlich idiotischer Grund, egal für was.«

»Für sich genommen ja, sicher. Aber denk nur mal daran, welches Gewicht unser Bericht und unsere Empfehlungen haben werden, wenn wir von Qasama zurückkehren . . . und die gegenwärtig vorherrschende Meinung im Rat vorausgesetzt, könnte Dad dieses zusätzliche Gewicht gut gebrauchen, wenn er verhindern will, daß sie dort eine Dummheit machen.«

Dagegen steht, dachte Justin erbittert, *was wir Mum damit antun. Das übliche Nullsummenspiel.* Aber Joshua hatte recht . . . und wenn es etwas gab, das sie von *beiden* Eltern gelernt hatten, dann, daß persönliches Wohlbefinden und persönliche Vorlieben niemals dem Dienst am Ganzen im Weg stehen durften. »Also gut«, sagte er endlich. »Wenn du dabei bist, bin ich es auch. Gantuas oder die Hölle, ich bin bereit! Und so weiter.«

»Gut.« Joshua stand auf. »Dann machen wir uns besser an die Arbeit. Almo wartet bestimmt mit ein paar schwer schweißtreibenden Ausbildungseinheiten auf dich, und für mich halten ein paar Chirurgen am Ende des Ganges schon einen Operationstisch warm.«

»Chirurgen?« fragte Justin und runzelte die Stirn und kam – behutsam – auf die Beine. »Was wollen die denn von *dir?*«

Joshua zwinkerte ihm verschmitzt zu. »Das wirst du schon

noch erfahren. Im Augenblick soll dir genügen, das es um etwas geht, was dir erlaubt, mich so gut es irgend geht zu verkörpern, wenn wir Qasama erreichen.«

»Wie war das? Hör zu, Joshua –«

»Wir sehen uns in zwei Monaten«, feixte Joshua und schlüpfte zur Tür hinaus.

Du und deine dämlichen Ratespiele, dachte Justin, und einen Augenblick lang spielte er mit dem Gedanken, ihm nachzulaufen und es aus ihm herauszuprügeln, was immer es war. Aber auf der anderen Seite des Ganges wartete Almo. *Und außerdem sind wir keine sechzehn mehr,* ermahnte er sich. Er drückte die Schultern durch und verließ den Raum, um seinem neuen Ausbilder gegenüberzutreten.

Telefonbildschirme hatten in ihrer langen Geschichte niemals auch nur annähernd die feine, detaillierte Auflösung erreicht, die selbst für die schlichtesten Computerbildschirme erforderlich war. Dabei handelte es sich um ein nicht etwa aus finanziellen, sondern aus psychologischen Gründen absichtlich eingebautes Manko, wie Jonny einmal gehört hatte. Fältchen, Sorgenfalten, kleinere emotionale Unausgewogenheiten – all das wurde in großem Maß herausgefiltert. Und wirkte das Bild auf dem Monitor dann doch einmal traurig oder verärgert, durfte man vermuten, daß der Gefühlszustand der betreffenden Person ernstzunehmen war.

Daher war es ein Schock, als Jonny sah, wie übermüdet Corwin aussah.

»Seit zehn Minuten befinden wir uns wieder in einer Pattsituation«, berichtete sein ältester Sohn ihm kopfschüttelnd. »Natürlich verhandeln die Tlossys in Wirklichkeit im Auftrag der Baliu-Domäne, und Sprecher Eins verfügt nur über begrenzten Verhandlungsspielraum. Das gilt besonders für das Budget der Erkundungsmission. Jedesmal, wenn wir etwas hinzufügen, muß er etwas anderes fortnehmen. Behauptet er zumindest.«

Jonny sah kurz über den Monitor hinweg. Chrys, die am Eßzimmertisch saß, tat, als sei sie in die Ansammlung elektronischer Bauteile vertieft, die sie dort ausgebreitet hatte, er wußte jedoch, daß sie dem Gespräch zuhörte. »Vielleicht sollte ich besser noch einmal runterkommen«, meinte er zu Corwin. »Mal sehen, ob ich euch helfen kann.«

»Lohnt nicht.« Sein Gesprächspartner schüttelte den Kopf. »Gouverneurin Telek verhandelt mindestens ebenso hart wie du, und ausnahmsweise treten sich nicht alle gegenseitig auf die Füße. Abgesehen davon ist die Temperatur seit Sonnenuntergang um zehn Grad gesunken.«

Jonny verzog das Gesicht, aber das war lediglich ein weiterer Umweltfaktor, mit dem zurechtzukommen er hatte lernen müssen. Capitalia erlebte seinen ersten herbstlichen Kälteeinbruch, und das ewige Rein und Raus aus geheizten Räumlichkeiten war mehr, als seine arthritischen Gelenke verkrafteten. Die einzige Alternative dazu, sich drinnen zu verstecken, waren beheizte Anzüge oder eine höhere Schmerzmitteldosis, was ihm beides nicht sonderlich zusagte. »Also schön«, meinte er zu seinem Sohn. »Aber wenn ihr nicht bald Schluß für heute abend macht, rufst du mich zurück und ich löse dich ab. Du siehst müde aus.«

»Ich komme schon zurecht. Ich habe hauptsächlich deswegen angerufen, weil ich ein paar Dinge wegen dieser Anfrage zu der parallelen Erkundungstour klären wollte, die du eingebracht hast. Welchen Anteil daran sollten die Welten deiner Ansicht nach übernehmen?«

»Keinen einzigen Vierteldollar«, erklärte Jonny ihm kategorisch. »Unterm Strich ist dies ein Handelsabkommen, Corwin, und *niemand* kauft eine Ware, die er nicht wenigstens gesehen oder sogar untersucht hat. Da es natürlich im Grunde die Pua-Domäne ist, die uns die fünf Welten anbietet, kannst du wahrscheinlich darauf bestehen, daß Sprecher Eins ihnen die Kosten für die Erkundung in Rechnung stellt. Sollen Pua und Baliu die Sache doch untereinander ausmachen, dann haben wir sie wenigstens vom Hals.«

»Ja.« Corwin schüttelte verwundert den Kopf. »Schwer zu glauben, daß diese Halsabschneider sich tatsächlich lange genug zusammengerauft haben, um einen Krieg zu führen.«

»Haben sie aber. Glaube mir, das haben sie. Und es spricht nichts dagegen, daß sie es noch einmal tun.«

»Zugegeben. Also ... bist du einverstanden, daß wir die *Menssana* für die Erkundungsmission benutzen, wenn die Trofts – welche auch immer – alle anderen Kosten übernehmen?«

Jonny biß sich auf die Lippe. »Mir wäre es lieber, wenn sie auch das Schiff zur Verfügung stellen würden. Aber gut –

wenn du gezwungen bist, laß dich ruhig darauf ein. Für den Treibstoff bezahlen sie aber.«

»In Ordnung. Wahrscheinlich werde ich mir diese Karte noch aufsparen. Wir sprechen uns später noch.«Sie beendeten das Gespräch, und einen Augenblick lang starrte Jonny auf den leeren Monitor und versuchte, sich alle möglichen Wege vorzustellen, welche die Verhandlungen nehmen konnten. Aber das glich allzusehr einer überlebensgroßen Partie Dreiseitenschach, die einfach zu viele Möglichkeiten gleichzeitig bot. Er erhob sich – was ihm in dem überheizten Zimmer nicht sonderlich schwer fiel – ging hinüber zum Tisch und setzte sich zu Chrys. »Wie kommst du voran?« erkundigte er sich und betrachtete die Masse aus Drähten, Mikroschaltelementen und Steckschaltreihen, die auf einer Platine steckten.

»Langsam«, sagte sie und drehte probeweise an den Knöpfen ihres Diagnosedisplays. »Allmählich begreife ich, wieso alle Welt es vorzieht, fertige Troft-Elektronik zu kaufen, anstelle der einzelnen Bauteile, um die Geräte dann selbst zusammenzusetzen. Besonders diese Steckschaltreihen weisen außerhalb ihres ›normalen‹ Anwendungsbereiches eine Menge seltsamer und nicht vollkommen nachvollziehbarer Reaktionsweisen auf.«

»Du wirst schon dahinterkommen«, beruhigte Jonny sie. »Du warst mal die beste Elektronikerin in –«

»In Ariel?« Sie schnaubte. »Na, vielen Dank. Wir waren dort gerade mal zu zweit. Mir blieb gar nichts anderes übrig, als die Beste oder die Zweitbeste zu sein.«

»Eindeutig die Beste«, meinte Jonny entschieden. Ein wenig schimmerte Chrys' alter Sinn für Humor durch, der in letzter Zeit so gedämpft gewesen war ... vielleicht bekam sie jetzt endlich die Unruhe der letzten paar Wochen in den Griff.

Oder sie zog sich bloß in ihre Vergangenheit zurück. Es war Jahre her, daß sie sich ernsthaft mit Elektronik beschäftigt hatte.

»Dir ist natürlich klar«, unterbrach sie ruhig seinen Gedankengang, »wenn du die *Menssana* auf diese Erkundungsmission läßt, wird kein Ersatzschiff zur Verfügung stehen, sollte die *Dewdrop* auf Qasama in Schwierigkeiten geraten.«

Jonny schüttelte den Kopf. »Wir hatten ohnehin nicht vor, die *Menssana* dafür einzusetzen. Falls wir auf Qasama ein wenig nachdrücklicher auftreten müssen, werden sich ein oder mehrere Troftkriegsschiffe im Hintergrund halten.«

»Ich dachte, die Trofts wollen nicht gegen die Qasamaner kämpfen.«

»Wenn die Mission in Schwierigkeiten kommt, werden sie das verdammt noch mal müssen«, meinte Jonny grimmig. »Aber eigentlich brauchen sie keine Skrupel zu haben – ein örtlich begrenzter Schlag durch ein Kommandounternehmen ist wohl mit dem Einsatz von Truppen in einem ausgewachsenen Krieg zu vergleichen.«

»Davon abgesehen werden sie ihre Investitionen sichern wollen?«

»Jetzt denkst du schon wie ein Troft.« Er legte ihr den Arm um die Schultern. »Vergiß nicht, Chrys«, fügte er ernsthafter hinzu, »die Baliulys müssen zumindest eine Gruppe von Diplomaten sicher auf Qasama runter- und von dort wieder heraufgeschafft haben, um die Daten zu bekommen, von denen wir wissen, daß sie sie haben. Das Übesetzungsprogramm Stufe drei, das sie uns geben werden, läßt zumindest *daran* keinen Zweifel zu. Joshua und Justin werden schon zurechtkommen. Bestimmt.«

»Ich würde das zu gern glauben«, seufzte Chrys. »Aber du weißt, es ist das Vorrecht einer Mutter, sich Sorgen zu machen.«

»Wenn ich mich recht erinnere, war es vor dreißig Jahren noch das Recht der Ehefrau.«

»Die Dinge ändern sich.« Chrys spielte mit einer sechseckigen Steckschaltreihe. »Laufend.«

»Ja«, gab Jonny ihr recht. »Und nicht immer zum Besseren. Ich meine mich auch an eine Zeit zu erinnern, als wir beide noch zusammen gereist sind – *nur* wir beide, ohne die Kinder. Was würdest du davon halten, das mal wieder zu machen?«

Chrys schnaubte leise. »Glaubst du, der Rat kommt so lange ohne dich zurecht?«

Die angedeutete kritische Ironie ließ ihn zusammenzucken. »Aber sicher«, meinte er und entschied sich, ihre Bemerkung wörtlich zu nehmen. »Corwin kennt sich ebensogut aus wie ich, und solange die Qasama-Mission unterwegs ist, wird aller Wahrscheinlichkeit nach ohnehin nichts Wichtiges passieren. Genau die richtige Zeit, um Ferien zu machen.«

»Augenblick mal.« Sie drehte sich stirnrunzelnd zu ihm

um. »Soll das heißen, du willst Ferien machen, während deine beiden Söhne sich dort draußen in wer weiß was für einer Gefahr befinden?«

»Wieso nicht?« fragte er. »Im Ernst. Von hier aus können wir nicht das geringste für sie tun, selbst wenn wir wüßten, daß etwas schiefgegangen ist. Was aber nicht der Fall sein wird – das Hin- und Herschicken von Shuttles wurde bereits als möglicherweise zu provokativ abgelehnt. Es täte dir gut, wenn du mal an etwas anderes als an deine Sorgen denken würdest.«

Sie deutete mit einer verhaltenen Handbewegung auf die elektronischen Bauteile vor sich. »Wenn mich das nicht ablenken kann, dann bezweifele ich, ob Ferien das schaffen.«

»Aber doch nur, weil du nicht weißt, was für Ferien mir vorschweben«, meinte er und drückte sich im Geiste selbst die Daumen. Wenn er es ihr richtig schmackhaft machte, sprang sie vielleicht sogar darauf an . . . und er selbst war fest davon überzeugt, daß sie beide genau das brauchten. »Ich dachte an eine gemütliche Rundreise. Man macht an verschiedenen Orten halt, entspannt sich ein wenig beim Spazierengehen durch Wald und Heide, badet im warmen Wasser. Gesellschaft mit anderen, wenn wir es wollen, Alleinsein, wenn uns danach der Sinn steht, sowie alle Bequemlichkeiten von Zuhause. Wie hört sich das an?«

Chrys mußte lächeln. »Wie die Kreuzfahrten längs der Küste, für die sie Reklame gemacht haben, als ich noch klein war. Jetzt erzähl mir bloß nicht, irgendeine geschäftstüchtige Seele hat einen Hochsee-Liner von den Trofts gekauft.«

»Äh – nicht ganz. Würde es dir helfen, wenn ich sage, daß die Reiseroute fünf Planeten umfaßt?«

»Fünf Pl – Jonny!« Chrys riß erschrocken die Augen auf. »Du meinst doch nicht – die *Erkundungsmission?*«

»Doch – wieso denn nicht?«

»Was soll das heißen – wieso denn nicht? Das ist eine wissenschaftliche Expedition und kein Freizeitangebot für ältere Semester.«

»Gut, aber schließlich bin ich Gouverneur a. D., schon vergessen? Wenn Liz Telek alle überreden kann, daß sie bei diesem Qasamatrip unbedingt an Bord sein muß, dann kann ich mir gewiß das gleiche Argument zu eigen machen.«

Ein Muskel in Chrys' Kiefer zuckte. »Du hast das alles schon arrangiert, stimmt's?« fragte sie argwöhnisch.

»Ja – aber ich fahre nur, wenn du mitkommst. Ich habe nichts verdreht, Chrys – ich fahre ausschließlich als Beobachter mit, um, falls nötig, ab und an eine politische Entscheidung zu fällen und ansonsten allen anderen nicht in die Quere zu kommen. Für uns beide werden es wirklich nur eine Art ungewöhnlicher Ferien sein.«

Chrys zuckte mit den Achseln. »Das war das Leben auf Ariel auch, als wir geheiratet haben. Damals schien dir das nicht so viel auszumachen.«

»Da war ich noch viel jünger.«

»Ach ja? Und wieso sollen Justin und Joshua allen Spaß allein haben?«

Er hatte gehofft, sie damit aufzumuntern, doch mit dem Lachanfall, in den Chrys ausbrach, hatte er nicht gerechnet. Es war ein ehrliches Lachen, und es steckte ehrliche Freude dahinter. »Du bist unmöglich«, meinte sie vorwurfsvoll und warf ihm einen gespielt wütenden Blick zu. »Habe ich dir nicht gerade gesagt, ich hätte vor, mir um sie Sorgen zu machen? Was sollen wir tun – uns gegenseitig besorgte Briefe schreiben wie zu Weihnachten?«

»Wir könnten auch Corwin dazu verdonnern, uns all das Sorgenmachen abzunehmen«, schlug Jonny vor, ohne eine Miene zu verziehen. »Morgens um die Brüder, nachmittags um die Eltern, und abends kann er sich an meiner Stelle um den Rat Sorgen machen. Chrys, wahrscheinlich ist das unsere einzige Gelegenheit, die Welt kennenzulernen, in der unsere Ur-Urenkel eines Tages leben werden.« *Zumindest unsere einzige gemeinsame Chance,* fügte er bei sich hinzu, *in den drei oder vier Jahren, die mir noch bleiben.*

Ihr Gesicht verriet mit keinem Zug, ob sie dasselbe dachte; einen Augenblick später jedoch seufzte sie und nickte. »Also gut. Einverstanden. Tun wir's.«

»Danke, Liebling«, sagte er leise. Es war sicher kein Ersatz dafür, daß sie ihre Söhne an das Universum verlor . . . aber vielleicht war es wenigstens eine Teilentschädigung, wenn sie für eine Weile ihren Mann zurückbekam.

Er hoffte es. Seinen Beteuerungen zum Trotz war es durchaus möglich, daß dieses Universum ihre beiden Söhne schluckte und sie nie wiederkehren würden.

6. Kapitel

Der Rat – wie auch ein immer größer werdender Kreis aus Mitarbeitern und Eingeweihten – behielt das Geheimnis des Troftvorschlags fast vier weitere Wochen lang bemerkenswert gut für sich – dann aber entschied Stiggur, die Neuigkeit bekanntzugeben. Von Corwins Standpunkt aus hätte der Zeitpunkt nicht ungünstiger gewählt sein können. Er befand sich mitten in den Finanzierungsverhandlungen mit den Trofts, und plötzlich wurde er in eine Position katapultiert, wo er, so schien es gelegentlich, allen dreihunderttausend Bewohnern Aventines Rede und Antwort stehen sollte. Theron Yutu und die anderen aus dem Mitarbeiterstab konnten ihn zwar ein wenig entlasten, doch gab es eine beträchtliche Anzahl politischer Fragestellungen, auf die nur er und Jonny eine Antwort geben konnten, und weil er sich verpflichtet fühlte, seinem Vater so viel Arbeit wie möglich abzunehmen, verbrachte Corwin am Ende erstaunlich viel Zeit am Telefon und im öffentlichen Infonetz.

Glücklicherweise fiel die Reaktion generell positiv aus. Die meisten Einwände betrafen ethische Probleme, die Familie Moreau bereits bei ihrer ersten Beschäftigung mit dem Thema diskutiert hatte, doch selbst die Kritiker unterstützten den Rat im Prinzip. Praktisch niemand brachte zur Sprache, wovor Corwin sich am meisten gefürchtet hatte: wieso der Rat nämlich fast zwei Monate gewartet hatte, bevor er die Öffentlichkeit informierte. Das zu beantworten wäre ihm schwergefallen.

Die Öffentlichkeitsarbeit lenkte ihn von den Verhandlungen um die Detailfragen der Mission ab – das ging tatsächlich soweit, daß er von zwei wichtigen Mitgliedern des vorgeschlagenen Erkundungsteams erst erfuhr, als die Liste veröffentlicht wurde ... und selbst dann noch mußte Joshua ihn anrufen und ihm davon erzählen.

»Ich hatte mich schon gewundert, wieso du es so gefaßt aufnimmst«, meinte Jonny, als Corwin ihn ein paar Minuten später zur Rede stellte. »Wahrscheinlich hätte ich es dir gegenüber erwähnen sollen.«

»Erwähnen, verdammt noch mal?« knurrte Corwin wütend. »Du hättest es zumindest mit uns *durchsprechen* müssen, bevor du einfach angeheuert hast.«

»Warum?« konterte Jonny. »Was deine Mutter und ich mit unserem Leben anfangen, ist unsere Sache – wir sind alt genug, um diese Entscheidungen allein zu fällen. Und wir haben uns für einen Tapetenwechsel entschieden, und dies schien eine günstige Gelegenheit.« Er zog eine Augenbraue hoch. »Oder willst du etwa behaupten, wir beide wüßten nicht, wie man sich in einer fremdartigen Umgebung verhält?«

Corwin biß die Zähne aufeinander. »Ihr seid ja wohl ein bißchen älter als damals, als ihr auf Aventine eingetroffen seid. Ihr könntet dort draußen umkommen.«

»Deine Brüder könnten auf Qasama sterben«, erinnerte Jonny ihn ruhig. »Sollen wir hier vielleicht herumsitzen, während die beiden da draußen ihr Leben riskieren? Auf diese Weise teilen wir wenigstens ihre Gefahr.«

Ein kaltes Frösteln kroch Corwins Rücken hinauf. »Nur im allerweitesten Sinn«, sagte er. »Dadurch, daß ihr euch in Gefahr bringt, wird ihr Risiko nicht kleiner.«

»Ich weiß.« Jonny lächelte bitter, und es war klar, er machte sich nichts vor. »Das ist eines der faszinierendsten Phänomene der menschlichen Psyche – ein tiefes, unbewußtes Gefühl kann stärker als alles andere sein, ohne auch nur den geringsten logischen Sinn zu ergeben.« Er wurde wieder ernst. »Ich habe dich nicht um dein Einverständnis gebeten, Corwin, aber du solltest mir zugestehen, daß ich mich selbst und meine Frau gut genug kenne, um zu wissen, was wir hier tun.«

Corwin winkte ab und gab sich seufzend geschlagen. »Also gut. Aber verdammt noch mal, kommt heil zurück. Ich kann den Rat schließlich nicht allein führen.«

Jonny mußte lachen. »Wir werden uns alle Mühe geben.« Er griff zu seinem Telefon und gab etwas auf dem Display ein. »Mal sehen . . . Ah, gut – im Rat findet heute nachmittag die Diskussion über das Cobrakontingent statt. Die können wir getrost verpassen. Möchtest du vielleicht deinen Vater als praktischen Politiker in Aktion sehen?«

»Klar«, sagte Corwin und fragte sich, worauf sein Vater hinauswollte.

»Gut.« Jonny tippte auf ein paar weitere Tasten. »Hier ist Jonny Moreau. Steht der Lufttransporter bereit, den ich bestellt habe . . . Gut. Geben Sie dem Piloten Bescheid, daß wir in ungefähr zwanzig Minuten starten: meine Wenigkeit sowie zwei zusätzliche Passagiere.«

Er trennte die Verbindung, stand auf und ging zu dem Ständer, an dem sein beheizter Anzug hing. »Geh und hol deine Jacke«, meinte er zu Corwin. »Wir wollen einem Kunden das geben, was wir auf Aventine unter einer Gratis-Kostprobe verstehen . . . für die er mit ein bißchen Glück vielleicht sogar bezahlen wird.«

Wie sich herausstellte, war der dritte Passagier Sprecher Eins.

Corwin betrachtete den Troft mit verstohlener Bewunderung, während sie hoch über der aventinischen Landschaft dahinflogen. Er hatte in seinem Leben schon eine Menge Trofts gesehen, aber nie von so nahem und für so lange. Die nach hinten abknickenden Beine und die Füße mit den gespreizten Zehen, der ein wenig an ein Insekt erinnernde Oberkörper und Unterleib, die Arme mit den beweglichen Kühlmembranen, der übergroße Kopf mit seiner doppelten Kehlkopfblase und dem eigenartigen, hühnerähnlichen Gesicht – sämtliche gröberen anatomischen Einzelheiten waren ihm ebenso vertraut wie die von Menschen oder auch von Stachelleoparden. Doch da waren feine Details, die Corwin bislang nicht einmal bemerkt hatte, wie er jetzt feststellte. Die Haut des Alien zum Beispiel glänzte genauso, nur vielleicht schwächer, wie seine trikotartige Bekleidung. Selbst aus einem Meter Entfernung konnte er das feine Geflecht der Linien auf der Haut erkennen sowie die feinen Härchen, die wuchsen, wo diese sich kreuzten. Der Troft saß auf seinem speziell entworfenen Sitz und bewegte sich während des Flugs nur selten, wenn aber, dann bekam Corwin kurz das Spiel der drahtigen Muskeln unter seiner Haut zu sehen und – manchmal – deutete sich auch die darunterliegende Skelettstruktur an. Die großen Hauptaugen wiesen eine andere Farbe auf als die drei Zusatzaugen, die sich um jedes von ihnen gruppierten. Die Hauptaugen, hatte er einmal gelesen, ermöglichten sowohl das Sehen bei Nacht als auch das Erkennen von polarisiertem Sonnenlicht beim Navigieren nach der Sonne an bedeckten Tagen. Der kurze Schnabel des Alien blieb während des Flugs geschlossen, was Corwin bedauerte. Er hätte zu gern einen Blick auf die dreispitzigen Zähne des Trofts geworfen.

Auch Jonny sprach während des zwanzigminütigen Flugs – abgesehen von den Anweisungen an den Piloten – nicht. Offenbar hatten er und Sprecher Eins dies alles vorab geklärt, und keiner der beiden verspürte das Bedürfnis nach einer weiteren Diskussion. Corwin spielte mit dem Gedanken, seinem Vater Informationen abzunötigen, entschied aber widerstrebend, daß das Schweigen seines Vaters vermutlich seinen Sinn hatte. Abwechselnd beobachtete er so den Troft oder genoß die Aussicht aus dem Fenster und übte sich, so gut es ging, in Geduld.

Sie landeten schließlich in der Nähe eines großen, in etwa rechteckigen Gebäudes, das sich unerklärlicherweise draußen in den schneebedeckten Wald schmiegte, weitab von jedem Dorf, das Corwin kannte. Eine Zwei-Mann-Eskorte wartete, als Jonny ihnen voran das Luftfahrzeug verließ . . . und erst in diesem Augenblick dämmerte Corwin, was sein Vater im Schilde führen mochte.

Oben auf der Brust der beiden Männer befand sich ein Aufnäher mit den Worten: ›Trainings-Center‹, darunter das stilisierte Emblem der Cobraakademie: die Schlange mit dem geweiteten Hals.

»Gouverneur.« Einer der beiden nickte Jonny zu. »Sie und Ihre Gäste haben die Erlaubnis, den Monitorraum zu betreten. Wenn Sie mir bitte alle folgen würden . . .«

Zusammen durchquerten sie eine gepanzerte Tür und gingen einen außergewöhnlich tristen und nichtssagenden Korridor entlang, von dessen Metallwänden ihre Schritte widerhallten. Ihr Führer brachte sie zu einem Aufzug. Dreißig Sekunden später gelangten sie in einen großen, ungleichmäßig ausgeleuchteten Raum, in dem eine Atmosphäre gedämpfter Anspannung herrschte. In den dunkleren Bereichen längs der Wand saßen vor Reihen von Monitoren wenigstens dreißig Menschen, die fleißig Tastaturen und Joysticks bearbeiteten, während in der Mitte eine große, halbkreisförmige Konsole mit größeren Monitoren für ein halbes Dutzend Männer in der schwarz-rot-rautierten Uniform der Cobras den Mittelpunkt des Interesses bildete. Einer von ihnen kam herbei, um die

Ankömmlinge zu begrüßen, und indes er nähertrat, erkannte Corwin Cobra-Koordinator Sun persönlich. *Königlicher Empfang,* dachte er.

»Gouverneur«, sagte Sun und neigte vor Jonny kurz den Kopf. »Sprecher Eins, Mr. Moreau«, fügte er mit einem ähnlichen Nicken an den Troft und an Corwin gewandt hinzu. »Wenn Sie bitte hier herüberkommen wollen, das Team hat gerade den äußeren Begrenzungssektor durchquert.«

»Findet dort ein Angriff statt?« fragte Sprecher Eins, als sie Sun zurück zur sichelförmigen Konsole folgten.

»Sozusagen«, erklärte Sun ihm. »Das Cobrateam, das nach Qasama gehen wird, trainiert Häuserkampftechniken. Sehen wir uns an, wie sie zurechtkommen.«

Auf den Monitoren ging es unterschiedlich lebhaft zu. Corwin überflog sie kurz und war bemüht, sich einen Reim darauf zu machen. Trotz der zahlreichen unterschiedlichen Kameraperspektiven wurde bald klar, daß tatsächlich insgesamt nur vier Cobras beteiligt waren: Almo Pyre, Justin sowie zwei weitere Cobras, die er nur von Fotos und aus Berichten für den Rat kannte, Michael Winward und Dorjay Link. Die beiden letzteren bewegten sich gerade verstohlen durch einen Korridor, während Pyre und Justin vor einer furchterregenden Tür kauerten.

»Diese zwei«, erklärte Sun und zeigte auf Pyre und Justin, »werden durch eine Drucklufttür mit einem elektronisch gesicherten Schloß am Weiterkommen gehindert. Vermutlich könnten sie die Tür gewaltsam mit ihren Antipanzerlasern öffnen, doch zum gegenwärtigen Zeitpunkt wurde noch kein Alarm geschlagen, und es lohnt sich, sich die Zeit zu nehmen und festzustellen, ob sie sich auf leisere Art hindurchschleichen können. Wie es aussieht, wird sie jedoch gleich einer der Qasamaner überraschen.« Dabei tippte er auf ein Display, auf dem ein mechanischer Fernlenkroboter zu sehen war, der sich ihnen näherte –

Die Kamera schwenkte um eine Ecke, hielt an und nahm die Drucklufttür und Justin ins Visier. *Justin allein?* wunderte sich Corwin. *Aber Almo war doch auch dort.*

Plötzlich flackerte der Bildschirm und erlosch. Corwin blickte gerade rechtzeitig zu den Monitoren der feststehenden Kameras hinüber, um zu sehen, wie Pyre sich von der Decke fallen ließ und in Hockstellung neben dem außer Gefecht gesetzten Fernlenkroboter landete, die Finger mit den Fingerspitzenlasern schußbereit gekrümmt. Er warf einen Blick um die Ecke, dann hob er den Roboter auf und trug ihn zur Tür. »Die Luft ist rein«, flüsterte er Justin zu.

»Ich bin hier so gut wie fertig«, flüsterte Justin zurück.

»Drinnen«, erläuterte Sun, »befindet sich eine Kontrollstation für die Kontrolle von Fernlenkwaffen.« Er beugte sich vor, tippte auf einen Schalter, und ein leeres Display erwachte mit einer schematischen Übersicht des gesamten Testgeländes über ihren Köpfen zum Leben. Corwin hatte die Punkte, die seinen Bruder und Pyre darstellten, schnell ausfindig gemacht ... und mußte zu seinem magenzusammenschnürenden Entsetzen feststellen, daß der Raum, in den sie gleich vordringen würden, alles andere als verlassen war. »Wie Sie sehen«, fuhr Sun mit der gleichen emotionslosen Stimme fort, »tun dort drinnen acht Qasamaner Dienst. Alle sind bewaffnet, die Cobras sollten aber den Vorteil der Überraschung auf ihrer Seite haben. Mal sehen ...« Und einen Augenblick, bevor die Tür nach innen schwenkte, zerriß das Schrillen von Alarmglocken die angespannte Stille.

Später erfuhr Corwin, daß es Winward und Link gewesen waren, die aus Versehen den Alarm ausgelöst hatten, doch im ersten Augenblick sah es so aus, als wären Justin und Pyre in eine Falle getappt. Die beiden Cobras schienen das ebenfalls zu glauben, und anstatt in den Raum hineinzustürmen, drückten sie sich an der jeweils gegenüberliegenden Seite an die Wand. Corwin hörte, wie Jonny neben ihm irgendeine derbe Bemerkung von sich gab ... doch als den Cobras zu dämmern schien, daß sie einen Fehler gemacht hatten, war es zu spät. Die Fernlenkroboter im Kontrollaum waren auf der Hut, und als Pyre einen Blick um den Türpfosten riskierte, wurde er dafür fast mit einem Lasertreffer bestraft.

Corwin biß die Kiefer so fest zusammen, daß es schmerzte. Die Figuren auf dem Monitor vergeudeten keine Zeit mit gegenseitigen Vorwürfen. Pyre machte Justin ein halbes Dutzend schneller Handzeichen, bekam eine Bestätigung und hielt sich bereit. Die beiden Männer feuerten etwa eine Sekunde lang scheinbar ziellos mit ihren Fingerspitzenlasern durch den Türeingang ... dann schleuderte Pyre sich, wobei er der Hebelwirkung wegen den Pfosten umklammerte, in den Raum.

In den Raum hinein und nach *oben.*

Die Monitore im Kontrollraum lieferten ein perfektes Bild von ihm, wie er, sich drehend, einem seltsam geformten Kreisel gleich, im Bogen durch die Luft segelte, während der Antipanzerlaser in seinem linken Bein ringsum Zerstörung hinterließ. Er hatte eben den Scheitelpunkt seiner Flugbahn erreicht, als Justin in den Raum stürzte. Nach einem flachen Hechtsprung mit Überschlag landete der jüngere Cobra kreisend in fetaler Körperhaltung auf dem Rücken . . . und auch sein Panzerlaser versprühte einen tödlichen Rundumschlag.

Es war ein klassisches Manöver, das Corwin aus den Kriegserzählungen seines Vaters kannte. Zwischen Pyres sensorgesteuertem »Luftangriff« und Justins horizontaler Salve gab es schlicht keine wirkungsvolle Deckung mehr, und nach vielleicht anderthalb Sekunden waren alle acht Punkte auf den Displays im Kontrollraum erloschen.

Plötzlich wurde Corwin bewußt, daß er den Atem anhielt, und er riskierte einen schnellen Blick, um zu sehen, was Winward und Link im Schilde führten. Sie hatten sich aufgeteilt, seit er sie zum letzten Mal gesehen hatte. Link befand sich offenbar an einer offenstehenden Außentür, während Winward mit den Fingerspitzenlasern im Anschlag an der Kreuzung zweier Gänge stand. Zwischen ihnen zeigte die Übersicht oben eine eindrucksvolle Zahl außer Gefecht gesetzter Fernlenkroboter.

Ein Blitzen und ein Donnerschlag lenkten Corwins Aufmerksamkeit wieder auf die anderen Monitore, und er bekam gerade noch mit, wie Justin seinen rechten Fingerspitzenlaser auf eine der Steuerkonsolen im Kontrollraum richtete und seinen Bogenwerfer auslöste. Corwin ballte die Hände fest zu Fäusten, als der zweite Blitz und der zweite Donner folgten. Als Kind hatte er sich einmal an einer fehlerhaften Steckdose verbrannt, und der hochamperige Bogenwerfer, dessen Strom an einem ionisierten Laserpfad entlangwanderte, bereitete ihm eine Gänsehaut. Trotzdem zwang er sich hinzusehen, als Pyre und Justin sich methodisch durch den Raum arbeiteten und jedes erkennbare Stück elektronischer Ausrüstung zerstörten. Einmal hielt Pyre vor einem großen, abgeschirmten Display inne, und ein tiefes Summen erfüllte plötzlich den Raum. »Ein Zertrümmerer«, kommentierte Sun murmelnd, vermutlich für den Troft. Ein paar Sekunden später glaubte Corwin ein gedämpftes Krachen zu hören, und das Summen verschwand, während Pyre weiterzog.

Ihre Flucht aus dem Raum, zwei Bogenwerferstöße später, verlief so glatt, daß fast so etwas wie Enttäuschung aufkam. Link und Winward hatten, wie jetzt klar wurde, den größten Teil der Zeit damit verbracht, den Fluchtweg freizumachen, und Pyre brauchte nur noch zwei weitere Roboter auszuschalten. Winward schloß sich ihnen an, als sie seinen Posten an der Kreuzung passierten, und als sie dann schließlich, inzwischen mit Link zusammen, hinaus in den Wald liefen, hatte Corwins Puls sich schon fast wieder beruhigt.

»Und das«, meinte Sun, »war's. An alle Roboter: Abschalten, geben Sie dem Team das Zeichen zur Rückkehr.«

Corwin blickte über die zentrale Schaltkonsole hinweg, als in den abgedunkelten Bereichen überall im Raum die Displays erloschen und sich das Bedienungspersonal räkelnd von seinen Plätzen erhob. Corwin spürte, wie ihn sein Vater an der Schulter packte. »Ich hatte vergessen, wie es ist, Cobras in einer echten Kampfsituation zu beobachten«, sagte Jonny, dessen Stimme noch immer einer gewisse Anspannung verriet.

»Erstaunlich, wieviel Adrenalin der Körper ausschütten kann«, meinte eine andere vertraute Stimme. Corwin blickte überrascht an seinem Vater vorbei. Die Monitore hatten ihn vollkommen in Anspruch genommen, und er hatte gar nicht bemerkt, daß Jonnys alter Teamgefährte Cally Halloran zu der von Sun versammelten Gruppe gehörte. Halloran begrüßte Corwin mit einem Nicken und wandte sich dann dem Troft zu, der schweigend neben ihm stand. »Soweit ich verstanden habe, ist die Baliu'ckha'spmi-Domäne der Ansicht, die Kosten dieser ersten Expedition seien zu hoch, Sprecher Eins«, sagte er. »Sind Sie immer noch derselben Meinung, nachdem Sie die Cobras in Aktion gesehen haben?«

Sprecher Eins rührte sich und breitete seine Armmembrane einen Augenblick lang wie Fledermausflügel aus, bevor er sie wieder an seine Oberarme anlegte. »Die Tlos'khin'fahi-Domäne war sich der Kampfkunst der *koubrah*-Krieger immer bewußt«, sagte er.

Was eigentlich keine rechte Antwort auf die Frage war, befand Corwin. Sein Vater ließ sich von der ausweichenden Bemerkung ebenfalls nicht täuschen. »Aber offenkundig nicht genügend beeindruckt, nehme ich an, um die zusätzlichen Kosten zu übernehmen, die die Baliu-Domäne nicht zu zahlen bereit ist?« legte der Ältere Moreau ihm nahe. »Vielleicht möchte der Herrscher Ihrer Domäne sich ein Video dieser Übung ansehen?«

»Wahrscheinlich würde ihn das interessieren«, gab ihm der Troft recht. »Vorausgesetzt, der Preis ist annehmbar.«

»Durchaus«, nickte Jonny. »Schon allein deswegen, weil Sie einen Teil der Kosten decken können, indem Sie der Baliu-Domäne eine Kopie davon verkaufen. Ich könnte mir denken, Ihre beiden Herrscher könnten anschließend zu einer neuen Vereinbarung darüber gelangen, wieviel jeder von ihnen bereit ist, für unsere Dienste auszugeben.«

»Ja«, meinte Sprecher Eins, und Corwin glaubte, einen Unterton von Nachdenklichkeit aus der ausdruckslosen Übersetzerstimme heraushören zu können. »Ja, das könnte ich mir vorstellen.«

Die Vorhersage erwies sich als richtig, und innerhalb von zwei Wochen hörten die finanziellen Haarspaltereien auf der Troftseite des Verhandlungstisches plötzlich auf. Für die eigentlichen Planungsgruppen, die sich bereits darauf festgelegt hatten, nicht mit lebenswichtiger Ausrüstung zu knausern, dabei aber gleichzeitig die Kosten auf ein Minimum zu beschränken, machte das kaum einen Unterschied. Gefühlsmäßig jedoch verschaffte diese Vollmacht allen Beteiligten Auftrieb, und politisch hatten die Cobrawelten, wie Corwin es sah, nicht unwesentlich an Ansehen gewonnen. Bis zu einem gewissen Grad eine gute Sache ... trotzdem erinnerte er sich noch lebhaft an die Zeiten, als die Trofts die Welten als Bedrohung betrachtet hatten. Die engere Verbindung mit dem Imperium der Menschen hatte den Ängsten der Trofts diesbezüglich ein Ende gemacht, trotzdem war unschwer zu erkennen, daß die Gerüchte über die Gefährlichkeit der Cobras die Trofts genauso beunruhigt hatten wie jetzt die Tatsachen. Zum ersten Mal verstand er die Abneigung seines Vaters, die wahre Fähigkeit der Cobras im Kriegseinsatz zu demonstrieren. Doch für einen Rückzieher war es zu spät.

Drei Wochen später – kaum elf Wochen nachdem der Rat das Projekt bewilligt hatte – brachen die beiden Langstreckenraumschiffe der Cobrawelten von Aventine auf. An Bord der *Dewdrop,* mit Ziel Qasama, befanden sich Justin und Joshua, an Bord der *Menssana,* deren Zielorte noch nicht offiziell bekanntgegeben worden waren, fuhren Jonny und Chrys Moreau mit.

Corwin sah zu, wie die Schiffe davonflogen, und es blieb ihm überlassen, sich zu fragen, wie man sich auf einem Planeten mit dreihunderttausend Einwohnern plötzlich so einsam fühlen konnte.

7. Kapitel

In den ersten Tagen der Kolonialisierung war die *Dewdrop* Aventines einziges interstellares Raumschiff gewesen, und da damals ihr einziger Zweck darin bestanden hatte, benachbarte Planetensysteme auf mögliche zukünftige Bewohnbarkeit hin auszukundschaften, hatte es für die Planer des Imperiums wenig Sinn ergeben, etwas Größeres als ein Langstreckenerkundungsschiff in Dienst zu stellen. Bei der üblichen Sollstärke von fünf Mannschaftsmitgliedern und vier Beobachtern hatte man die *Dewdrop* wahrscheinlich für ausreichend geräumig gehalten; jetzt, da ihre Besatzung doppelt so groß war, ging es an Bord verdammt eng zu.

Pyre fand dies nicht unerträglich unbequem, allerdings war er unter Bedingungen aufgewachsen, die auf ihre Art ebenso klaustrophobisch waren. Das kleine Dorf Thanksgiving, umgeben von stachelleopardenverseuchten Wäldern, war wegen seiner räumlichen Enge ein gemütlicher Ort gewesen, und obwohl Pyre seitdem die größere Anonymität größerer Städte und weiter Landschaften des Siedlungsgrenzgebietes auf Aventine kennengelernt hatte, war ihm doch nie die Fähigkeit verlorengegangen, sich mental zurückzuziehen, wenn dies körperlich nicht möglich war.

In unterschiedlichem Maß schienen sich auch die übrigen zehn Passagiere leidlich gut einzuleben. Justin und Joshua hatten sich den größten Teil ihres Lebens ein Zimmer geteilt und kamen selbst in der Enge einer Kabine besser miteinander aus als die meisten anderen Brüderpaare, die Pyre kannte. Die anderen beiden Cobras, Link und Winward, hatten sowohl die Kasernenordnung der Akademie als auch das intensive Training der letzten Wochen überstanden, und zumindest Winward bemerkte einmal, daß im Vergleich dazu das Bordleben eine Erholung sei. Die Mitglieder des Kontaktteams – das neben Joshua aus Yuri Cerenkov, Marck Rynstadt und einem ehemaligen Marine aus dem Imperium, Decker York, bestand – waren mit Hinblick auf alles, was einer Neurose nur entfernt ähnelte, gecheckt worden, und Pyre bezweifelte, ob ihnen *irgend etwas* Kummer bereitete; wenigstens war dies nicht zu bemerken. Und die beiden Chefwissenschaftler, die Doktoren Bilman Christopher und Hersh Nnamdi, waren so sehr damit beschäftigt, Ausrüstung, Programme und Einsatzpläne zu testen, daß ihnen der Mangel an Freiraum vermutlich gar nicht auffiel.

Blieb Gouverneurin Telek.

Pyre war es immer noch ein Rätsel, wieso sie an dieser Mission teilnahm. Den Argumenten bezüglich einer ranghohen Vertretung des Rates zum Trotz fand er es unglaublich, daß Generalgouverneur Stiggur eine Frau bei einer Mission zuließ, die mehr und mehr den Charakter einer militärischen Operation annahm. Pyres Einstellung war so gesund wie die eines jeden anderen auch, und er hatte überhaupt keine Bedenken, was weibliche Wissenschaftler oder Ingenieure anbetraf. Krieg jedoch war etwas anderes, und Stiggur, der fest im alten Imperium verwurzelt war, sollte dafür eigentlich ein klareres Gespür haben als Pyre. Demnach war es offensichtlich eine politische Entscheidung gewesen . . . was wiederum zu der Frage führte, wieso er, Pyre, sich an Bord befand.

Das war das eigentlich Beruhigende. In der letzten Zeit hatte Pyre nicht mehr den gleichen Zugang zu Informationen hinter verschlossenen Türen wie damals, als er im Umfeld der Moreaus gelebt hatte, dennoch hätte Stiggur Telek nicht mitreisen lassen, wenn er nicht von ihr Berichte und Empfehlungen bezüglich Qasama erwartete, die mehr oder weniger mit seinen Hoffnungen übereinstimmten. Pyre war gut mit Jonny Moreau befreundet, der sowohl als Gouverneur als auch jetzt im Ruhestand regelmäßig mit Telek aneinandergeraten war . . . und doch war es *Pyre,* um dessen Schätzungen betreffs Kosten und Arbeitskraft sie sich für ihre Präsentation vor den Gouverneuren bemüht hatte, und es war Pyre, für den sie sich als Anführer des Cobrateams bei dieser Mission stark gemacht hatte.

Warum? Glaubte sie, ihm schmeicheln zu können, damit er ihre eher aggressive Haltung in der Qasamafrage unterstützte? Wollte sie ihm Gelegenheit zu einem letzten, echten Einsatz als Cobra geben, bevor die Implantate begannen, Krankheiten hervorzurufen und seinen Körper langsam, doch unaufhaltsam zu zersetzen? Und das alles in der Hoffnung, er werde aus Dankbarkeit ihr politischer Verbündeter? Oder war sie einfach zu dem Schluß gekommen, er sei der beste Mann für den Job, und zum Teufel dieses eine Mal mit der Politik?

Er kannte die Antwort nicht ... und schnell wurde ihm klar, daß er sie unterwegs auch nicht finden würde. Teleks Erfahrung als Biologin hatte sie auf den überfüllten Zoo an Bord der *Dewdrop* nur unzureichend vorbereitet, und obwohl sie mutig versuchte, sowohl ein Minimum an Umgänglichkeit als auch ihre Verantwortung als offizielle Leiterin der Mission aufrechtzuerhalten, war deutlich, daß es keine Gelegenheit geben würde, sie über ihre Gedanken und Motive auszuhorchen. Vielleicht wäre dafür Zeit, wenn sie Qasama erreicht hatten und das Kontaktteam an Land gegangen war. Vorausgesetzt, es blieb überhaupt für irgend etwas Zeit.

Er verbrachte also seine Zeit damit, die Einsatzpläne mit seinem Team auszuarbeiten, seine Freundschaft mit den Moreau-Zwillingen zu vertiefen und auf das trostlose Hintergrunddröhnen der Motoren der *Dewdrop* zu lauschen, während er darüber nachdachte, ob er etwas übersehen hatte. Er gab sich alle Mühe, die Alpträume von einem plötzlichen, überwältigenden Desaster zu ignorieren.

Bei energieschonenden, hocheffizienten Geschwindigkeiten hätten sie für die fünfundvierzig Lichtjahre bis Qasama ein wenig mehr als einen Monat gebraucht, mit der Höchstgeschwindigkeit der *Dewdrop*, mit zahlreichen Tankstops an Troftsystemen, hätten sie die Distanz in sechs Tagen zurücklegen können. Captain Reson F'ahl entschied sich für einen vernünftigen Mittelweg, sowohl aus Angst um die nicht mehr ganz neuen Systeme der *Dewdrop* als auch – wie Pyre vermutete – aus einem alten, weiter anhaltenden Mißtrauen den Trofts gegenüber.

Fünfzehn Tage lang waren sie also eingepfercht in der Finsternis des Hyperraums, während derer nur die Tankstops tief im All alle fünf Tage die Monotonie vor dem Sichtfenster durchbrachen ... und am sechzehnten Tag erreichten sie Qasama.

Seit Jahrhunderten behaupteten Puristen, keine fotografische Emulsion, kein holographisches Tracer- oder digitalisiertes optisches Aufzeichnungsverfahren besäße annähernd die gleiche Bandbreite oder Wahrnehmungskraft wie das menschliche Auge. Verstandesmäßig neigte Joshua dazu, dem zuzustimmen, auf einer eher instinktiven Ebene stellte er dies zum erstenmal fest, als er jetzt aus dem Bullauge seiner Kabine sah.

Die Dichter hatten tatsächlich recht: es gab nur wenige Anblicke, die majestätischer waren als der einer ganzen Welt, die sich langsam und friedlich unter einem drehte.

Am kleinen Oval aus Dreifachplastik stehend, das Gesicht praktisch dort festgeschweißt, bemerkte er erst, daß Joshua hinter ihm den Raum betreten hatte, als dieser sagte: »Willst du dort festwachsen?«

Er drehte sich nicht mal um. »Geh und such dir dein eigenes Fenster. Auf dieses habe ich die Benutzerrechte während der Landung.«

»Komm schon – rück ein Stück zur Seite«, sagte Justin und zupfte mit symbolischer Kraft an seinem Ärmel. »Solltest du nicht sowieso bei Yuri und den anderen sein?«

Joshua machte eine vage Handbewegung Richtung Interkomdisplay. »Da oben ist kein Platz für jemanden, der größer ist als ein Hamster – ach, na schön.« Mit einem gespielt empörten Schnauben trat er beiseite. Justin nahm seinen Platz am Bullauge ein . . . und Joshua wartete das erste ehrfürchtige Pfeifen seines Bruders ab, bevor er sich dem Interkom zuwandte.

Auf dem Display war der Raum zu sehen, der beschönigend als Salon bezeichnet wurde – und ihn als ›überfüllt‹ zu bezeichnen wäre stark untertrieben gewesen. Dicht gedrängt zwischen den verschiedenen Displays und Überwachungsmonitoren saßen Yuri Cerenkov, die Wissenschaftler Christopher und Nnamdi sowie Gouverneurin Telek. Hinten in der Nähe des Sichtfensters, fast außerhalb der Reichweite der Kamera des Interkom, standen Pyre und Decker York beieinander und tauschten gelegentlich Beobachtungen aus. Joshua drehte die Lautstärke ein wenig auf, gerade rechtzeitig, um Nnamdis nachdenkliches Schnauben zu hören. »Tut mir leid, aber ich vermag einfach nicht zu erkennen, was die Trofts, zum Teufel noch mal, so bekümmert«, meinte er, offenbar an den Raum als Ganzes gerichtet. »Wie kann eine Gesellschaft, die auf Siedlungsgemeinschaften basiert, eine Bedrohung für jemanden außerhalb ihrer Atmosphäre darstellen?«

»Üben wir uns ein wenig in Geduld, was meinen Sie?« sagte Telek, ohne dabei von ihrer Monitorreihe aufzublicken. »Wir haben noch nicht mal eine vollständige Umrundung hinter uns. All die hochtechnischen Städte können sich auf der anderen Seite befinden.«

»Es geht doch nicht nur um Technologie, Gouverneurin«, konterte Nnamdi. »Die Bevölkerungsdichte ist zu gering, um mit einer fortgeschrittenen Gesellschaft vereinbar zu sein.«

»Das ist eine anthropomorphe Vorstellung.« Telek schüttelte den Kopf. »Wenn ihre Geburtenrate niedrig genug ist und sie eine Menge Raum um sich herum lieben, können sie trotzdem hochtechnisiert sein. Bil, was sehen Sie?«

Christopher blieb einen Augenblick lang schweigend sitzen, bevor er antwortete. »Bislang nichts, was überzeugend in die eine oder andere Richtung weisen würde. Zwischen einigen der Siedlungen kann ich Straßen erkennen, aber der Baumbewuchs ist zu dicht, um zu sagen, wie ausgedehnt das Netz ist. Allerdings gibt es keinerlei Satellitenkommunikationssysteme und keinen erkennbaren Funkverkehr.«

Josuha tippte auf die Sprechtaste des Interkom. »Entschuldingen Sie, aber gibt es irgendeine Möglichkeit zu erkennen, welcher Prozentteil des Bodens kultiviert ist? Das könnte ein Hinweis sein.«

Telek blickte zur Kamera des Interkom hinüber. »Auch das ist bislang nicht schlüssig«, sagte sie. »Es gibt ein paar Kandidaten für Getreidefelder von beträchtlicher Größe, aber das Gelände und das Farbschema der Vegetation machen eine genaue Einschätzung zweifelhaft.«

»Abgesehen davon«, warf Christopher ein, »können wir von hier aus auch gar nicht entscheiden, ob eine der besagten Siedlungen Getreide für den Gebrauch vor Ort oder für den Export anbaut.«

Joshua sah erneut seinen Bruder an. Justins Gesicht war nachdenklich, während er den Planeten unten betrachtete ... aber weder in seinem Gesicht noch in seiner Haltung konnte er eine vergleichbare Anspannung erkennen, wie sie sich seiner bemächtigt hatte. »Wir sollten vielleicht nicht ganz so versessen darauf sein, den Landungstrupp vor die Tür zu setzen, was meinst du«, sagte er bissig.

Justin blinzelte ihn an. »Entschuldige – höre ich da Besorgnis heraus?«

»Du klingst übertrieben selbstsicher, und das ist schlimmer. Dein Hang zum Optimismus könnte dort unten glatt gefährlich werden.«

»Wäre es vielleicht besser, wenn wir auf Zehenspitzen herumschleichen, so als hätten wir irgend etwas zu verbergen?«

Joshua verzog das Gesicht. Identisch wie zwei Elektronen, hatte man oft über sie gesagt ... aber wenn es hart auf hart kam, war es wirklich einfach, sie auseinanderzuhalten. Tief im Innern besaß Justin eine mächtige Portion fatalistischen Optimismus, die es ihm schlicht unmöglich machte, zu glauben, das Universum könne ihm etwas anhaben. In Joshuas Augen eine vollkommen unrealistische Sicht der Dinge – und um so unverständlicher, als Justin nicht einfach unfähig war, eine potentielle Gefahr zu erkennen. Er verfügte über ebensoviel Weitblick, konnte ebensogut abwägen wie jeder andere aus der Familie, nur tat er so, als träfe das alles nicht auf ihn zu. Mehr als alles andere war es diese Einstellung, aus der sich Joshuas insgeheime Vorbehalte gegen Justins Cobraambitionen nährten ... und die ihn fast überzeugt hätten, sich mit seinem Bruder ganz aus der Mission zurückzuziehen.

»Aha!« Cerenkovs zufriedener Ausruf aus dem Lautsprecher des Interkom unterbrach Joshuas Überlegungen. »Da haben wir's. Sie wollten eine Stadt, Hersh? Na schön, da ist sie.«

»Verdammt noch mal«, murmelte Nnamdi, während seine Fingerspitzen über die Schalter seines Displays glitten. »Das ist allerdings eine Stadt. Mal sehen ... Elektrizität, so viel steht fest ... aber noch immer kein erkennbarer Funkverkehr ... scheint, als wären die höchsten Gebäude so zwischen zehn und zwanzig Stockwerke hoch. Bil, können Sie irgendwas entdecken, das wie ein Kraftwerk aussieht?«

»Augenblick«, sagte Christopher. »Ich hab' hier ein paar seltsame Neutrinoemissionen – ich werde versuchen, eine Spektralanalyse zu bekommen ...«

»Jetzt wird noch eine Stadt angezeigt – südlich und ein wenig westlich der ersten«, meldete Cerenkov.

Joshua, hin- und hergerissen zwischen dem Bedürfnis, hinunter in den Salon zu eilen und sich die Städte selbst anzusehen, und der Befürchtung, er könnte auf dem Weg dorthin irgendwas Wichtiges verpassen, stieß langsam den Atem zwischen den Zähnen hervor. »Ich glaube, ich kann sie sehen«, sagte Justin hinter ihm. »Komm und sieh dir das an.«

Joshua gesellte sich zu ihm, froh darüber, eine Zwischenlösung gefunden zu haben. Die Städte waren gerade eben so zu erkennen. »Ist mit deinem Teleskopblick irgendwas zu erkennen?« fragte er seinen Bruder.

»Aus dieser Entfernung? Sei nicht albern. Aber warte mal – ich hab' eine Idee.«

Justin ging zurück zum Interkom und machte sich an der Tastatur zu schaffen. Einen Augenblick später wurde der drangvolle Salon durch ein leicht verschwommenes Standbild ersetzt. »Ich hab die ultrahochauflösende Kameraeinstellung«, meinte er zufrieden zu Joshua.

Joshua reckte den Hals, um etwas zu erkennen. Die Stadt wirkte durchaus normal: Gebäude, Straßen, parkähnliche Bereiche ... »Seltsamer Winkel für ein Straßennetz, was meinst du?« bemerkte er. »Ich würde meinen, es wäre einfacher, die Straßen in nord-südlicher und ost-westlicher Richtung laufen zu lassen statt in diesem Winkel, wie groß er immer sein mag.«

Er merkte erst, daß die Sprechverbindung zum Salon noch immer offen war, als Teleks Stimme antwortete. »Der Winkel, für den Fall, das es Sie interessiert, beträgt vierundzwanzig Grad, gegen den Uhrzeigersinn von Norden her gedreht. Und die von Südosten nach Nordwesten verlaufenden Straßen sind beträchtlich breiter als die Querstraßen. Irgendwelche Vermutungen, weshalb das so ist? Irgend jemand?«

»In der zweiten Stadt ist es genauso«, brummte Cerenkov. »Die Straßen treffen im Winkel von dreiundzwanzig Komma acht Grad aufeinander, aber es gibt dort dasselbe Muster aus breiten und schmalen Straßen.«

»Sieht auch nicht so aus, als seien sie umringt wie die Siedlungen«, meldete sich Justin zu Wort, während er die anderen Aufnahmen der Ultrakamera durchblätterte.

Am anderen Ende entstand eine kurze Pause. »Was meinen Sie mit ›umringt‹?« wollte Nnamdi wissen.

»Jede der Siedlungen ist von einem dunklen Ring umgeben«, erklärte ihm Justin und ging ein paar Fotos zurück. »Ich nahm an, es sei der Schatten der umstehenden Bäume, aber jetzt bin ich nicht mehr so sicher.«

»Interessant«, brummte Telek. »Wie sieht es auf diesem Foto aus?«

»Wo Sie gerade dabei sind«, warf Christopher ein, »wir haben das Neutrinospektrum mittlerweile identifiziert. Offenbar benutzen sie ein Tandemsystem aus Kernspalt- und Fusionsreaktor für ihre Energieversorgung.«

Irgend jemand im Salon stieß einen leisen Pfiff aus. »Das ist ziemlich fortgeschritten, oder?« war eine andere Stimme – die von Marck Rynstadt, wie Joshua sie zögernd identifizierte – über das Interkomgerät zu hören.

»Ja und nein«, sagte Christopher. »Offensichtlich verfügen sie über nichts so Verläßliches wie unsere Fusionsanlagenbauweise, sonst würden sie sich nicht mit einem Tandemsystem herumschlagen. Andererseits dürfte die Kernspaltung allein den Möglichkeiten einer dörflichen Gesellschaft um Hunderte von Jahren voraus sein.«

»Eine Doppelkultur also?« wagte sich Joshua vor. »Städte und Siedlungen auf getrennten Wegen der Zivilisation?«

»Wahrscheinlicher ist, daß die Städte von außerplanetarischen Invasoren kontrolliert werden«, meinte Nnamdi geradeheraus, »während die Siedlungen die Heimat der ursprünglichen Eingeborenen darstellen. Was die Technologie anbetrifft, gebe ich Ihnen recht – daher wird auch ziemlich klar, was den Trofts Sorgen macht.«

»Daß Qasama die Speerspitze von Wesen ist, die in das Gebiet der Trofts vordringen wollen«, meinte Telek erbittert. »Moreau – wer von Ihnen beiden auch immer gefragt hat –, wir haben diese Ringschatten mittlerweile identifiziert. Es handelt sich um Mauern, ungefähr einen Meter dick und zwei bis drei Meter hoch.«

Die Zwillinge sahen sich an. »Primitive Verteidigungsanlagen«, sagte Justin.

»Sieht so aus«, meinte Cerenkov. »Gouverneurin, ich denke, wir tun gut daran, diesen Flug auf einen oder höchstens zwei Orbits zu beschränken. Sie haben inzwischen fast sicher mitbekommen, daß wir uns hier oben befinden, und je länger wir mit der Landung warten, desto feindseliger ist der Eindruck, den wir hinterlassen. Bedenken Sie, wir können nicht so tun, als wüßten wir nicht, daß Qasama existiert.«

»Jedenfalls nicht, wenn wir die Absicht haben, uns des Troft-Übersetzers zu bedienen«, gab Telek ihm recht – widerstrebend, wie Joshua fand. Verstohlen warf er einen Seitenblick auf den Bildschirm des Interkom und betrachtete ihr Gesicht ... doch wenn es ihr angst machte, den Befehl zum Abstieg in die Schlangengrube zu erteilen, war davon nichts zu bemerken. *Damit wären sie schon zu zweit,* dachte er verdrießlich, während er sich wieder zu seinem Bruder und dem Sichtfenster umdrehte. *Oder ich bin es, der hier seltsam ist. Vielleicht bin ich übervorsichtig ... oder sogar durch und durch ein Feigling.*

Eigentümlicherweise bereitete ihm diese Möglichkeit keinerlei Schamgefühle. Schließlich würden Justin und Telek die relative Sicherheit der *Dewdrop* im Augenblick der Landung nicht verlassen – Joshua und der Rest des Kontaktteams dagegen schon. Eine Extraportion naiver Vorsicht wäre dort draußen eher von Vorteil als hinderlich.

Sie gingen während des nächsten Orbits über der von Nnamdi als ›Stadtgürtel‹ bezeichneten Region herunter und hielten auf eine Reihe von Landebahnen im Norden der am weitesten nördlich gelegenen Stadt aus der Fünferkette zu. Es hatte einige Aufregungen gegeben, als man die Landebahnen entdeckt hatte. Nnamdi zog sie als Beweis dafür heran, daß Qasama tatsächlich der Vorposten eines raumfahrenden Volkes war. Christopher war dagegen der Ansicht, sie wären ihrer Länge und Breite nach eher für Flugzeuge denn für ferngelenkte Gleitshuttles geeignet, und eine Weile hatte es im Salon eine angespannte Auseinandersetzung gegeben. Decker York war es, der schließlich darauf hinwies, daß die Ausrichtung der Landebahnen eher an den vorherrschenden Windrichtungen orientiert war als an den wahrscheinlichsten Start- und Landevektoren für eine Umlaufbahn.

Für Pyre war dies bislang der nervenaufreibendste Teil der Mission. Festgeschnallt auf einem Notsitz in der Nähe der Hauptausstiegsluke, fühlte er sich hilfloser, als es einem Cobra von Rechts wegen zustand. Wenn die Qasamaner ein Interesse daran hatten, die *Dewdrop* abzuschießen, bot der Gleitanflug dafür die ideale Gelegenheit. Tatsächlich mehr noch, als die Fremden vielleicht selbst vermuteten; sie konnten unmöglich wissen, daß es sich bei der *Dewdrop* um ein Schiff mit Schwerkraftlifts handelte und daß die Mannschaft mit dem Landevorgang auf einer Notlandebahn nur wenig Erfahrung hatte.

Doch niemand eröffnete das Feuer, und mit einem sachten Ruck setzte das Schiff auf. Pyre atmete ohne jede Verlegenheit erleichtert auf, hielt aber dennoch, während er sich losschnallte und erhob, ein Auge auf die Luke gerichtet. Es war geplant, ein paar Minuten abzuwarten und dann Cerenkov hinauszuschicken, der auf das warten sollte, was immer die Qasamaner als Empfangskomitee schicken würden. Während dieser ganzen Zeit stellten Pyre und einer seiner Cobras die einzige wirkliche Verteidigung der *Dewdrop* dar.

Mit seinen von der Landung noch immer auf hohe Leistung eingestellten akustischen Verstärkern fing er im Salon Nnamdis erschrockenes Keuchen auf, das von unten durch den Gang heraufdrang. »Mein Gott, Gouverneurin, sehen Sie doch – es ist – oh, mein Gott!«

Pyre war bereits unterwegs. Seine Hände krümmten sich automatisch in die Feuerstellung seiner Fingerspitzenlaser, als er zur Brücke sprintete, wo Cerenkov sich während der Landung aufgehalten hatte.

Im kleinen, grauen Raum wimmelte es von Farben, als er eintraf, da praktisch jeder Monitor Ansichten der Stadt und des umliegenden Waldes draußen vor dem Schiff zeigte. Pyre war zuvor überhaupt nicht aufgefallen, wie farbenprächtig die Stadt in Wirklichkeit war, deren Gebäude in den gleichen bunten Farben gestrichen waren, wie sie im Wald vorherrschten, so als wollte man sie absichtlich tarnen. Doch im Augenblick war der dekorative Sinn der Qasamaner das letzte, was ihn interessierte. »Was ist passiert?« stieß er hervor.

Cerenkov, der hinter F'ahls Kommandosessel stand, zeigte mit zitterndem Finger auf die nächsten, ein paar hundert Meter entfernten Gebäude. »Die Qasamaner«, sagte er schlicht.

Pyre starrte auf den Bildschirm. Tatsächlich, sechs Gestalten hielten auf die *Dewdrop* zu, jede mit einer Ausbuchtung wie von einer Handfeuerwaffe an der einen, und etwas, das wie ein kleiner Vogel aussah, auf der Schulter der anderen Seite. Sechs Gestalten –

– so menschlich wie jeder einzelne an Bord der *Dewdrop.*

8. Kapitel

Eine volle Minute stand Pyre einfach nur da, während sein Verstand heftig damit rang, die Unfaßbarkeit all dessen mit dem in Einklang zu bringen, was seine Augen sahen. Menschen? *Hier?* – über einhundertfünfzig Lichtjahre von der nächsten Welt des Imperiums der Menschen entfernt? Und obendrein noch jenseits der Troft-Assemblage?

Hinten im Salon räusperte sich jemand, was im Lautsprecher des Interkom auf der Brücke wie ein Schnarren klang. »Sie behaupten also, wir alle denken zu anthropomorph, Gouverneurin?« meinte Nnamdi übertrieben beiläufig.

Ausnahmsweise schien Telek einmal um Worte verlegen. Einen Augenblick später fuhr Nnamdi fort: »Wenigstens wissen wir jetzt sicher, daß die Baliu-Domäne nicht viel mit dem Krieg zwischen den Trofts und dem Imperium zu tun hatte. Sie hätten wohl kaum vergessen zu erwähnen, daß die Qasamaner die gleiche Spezies sind wie wir.«

»Das ist unmöglich«, brummte York. »Hier kann es keine Menschen geben. Das ist einfach ausgeschlossen.«

»Also schön, es kann sie hier nicht geben«, meldete sich Christopher zu Wort. »Sollen wir rausgehen und es ihnen sagen?«

»Vielleicht sind sie eine Art Illusion«, schlug Joshua aus der Kabine der Zwillinge vor. »Eine gesteuerte psychische Halluzination oder dergleichen.«

»An solche Dinge glaube ich nicht«, fauchte York.

»Außerdem«, fügte F'ahl hinzu und tippte auf ein paar Bedienungsknöpfe, »wenn sie eine Halluzination sind, dann eine verdammt stoffliche. Der Nahbereichsradar erfaßt sie problemlos und bestätigt ihre Gestalt.«

»Vielleicht sind es die Sklaven der eigentlichen Qasamaner«, schlug Cerenkov vor. »Nachkommen von Menschen, die vor Jahrhunderten auf der Erde gekidnappt wurden. Ungeachtet dessen, Gouverneurin, wir müssen da raus und sie begrüßen.«

Telek zischte nur etwas hinter geschlossenen Zähnen und schien schließlich ihre Stimme wiedergefunden zu haben. »Captain, was zeigt das Analysegerät an?«

»Bis jetzt nichts Schädliches«, berichtete F'ahl und fuhr mit einem Finger über eines der wenigen Displays, die keine Außenansicht zeigten. »Sauerstoff, Stickstoff, Kohlensäure und andere Spurengase in vertretbaren Mengen. Äh, ... keinerlei Anzeichen für eine Verseuchung durch Radioaktivität oder Schwermetalle. Die Bakterienanalyse hat gerade eben erst begonnen, aber bislang gibt es keine Probleme – der Computer zeigt bei denen, die er analysiert hat, ähnliche DNS- und Proteinstrukturen an, aber keinerlei Gesundheitsrisiken.«

»Hmm. Also, ich würde die Daten später gern selbst überprüfen, aber wenn das Gesamtbild weiter Aventine gleicht, dürften Mikroben kein großes Problem darstellen. Also gut, Yuri, ich denke, Sie können aussteigen. Aber um sicherzugehen, sollten Sie einen Filterhelm tragen. Nummer zwei dürfte angemessen sein, es sei denn, qasamanische Viren sind *erheblich* kleiner als unsere.«

»Gut.« Cerenkov zögerte. »Gouverneurin, da bereits ein Empfangskomitee für uns unterwegs ist, würde ich gern mein ganzes Team mit rausnehmen.«

Die sechs Qasamaner hatten das Schiff jetzt fast erreicht. Pyre betrachtete das vergrößerte Bild, seine Augen wanderten von den Einzelheiten der Gesichter zu den silberblauen Vögeln, die auf der linken Schulter eines jeden hockten, und weiter zu den Pistolen, die jeder um die Hüfte geschnallt trug. »Gouverneurin, ich empfehle, Yuri zuerst alleine rauszuschikken«, schlug er vor.

»Nein, er hat recht – wir sollten Vertrauen zeigen«, meinte Telek mit einem Seufzer.

Cerenkov wartete nicht länger. »Marck, Decker, Joshua – wir treffen uns in voller Ausrüstung an der Rampe.« Er erhielt dreimal eine Bestätigung und verließ eilig die Brücke.

»Almo?« rief Telek, als Pyre sich umdrehte, um ihm zu folgen. »Sie bleiben hier!«

Pyre verzog das Gesicht, den Befehl zu diskutieren war jedoch keine Zeit. »Michael, Dorjay – Sicherungspositionen an der Luke«, rief er in das Interkom. Die beiden Cobras bestätigten den Befehl, und Pyre machte sich erneut auf den Weg nach achtern.

Er lief an dem hektischen Treiben in der Nähe der Luke vorbei, ohne mit jemandem zusammenzustoßen, und als er schließlich neben Telek zum Stehen kam, konnte man auf den Monitoren im Salon verfolgen, wie Cerenkov gerade aus der Luftschleuse stieg.

Wenn die Qasamaner für die Passagiere der *Dewdrop* ein Schock waren, so galt dies umgekehrt genauso. Das Begrüßungskomitee blieb mit einem Ruck stehen, und Pyre sah, wie ein Ausdruck ungläubigen Staunens über ihre Gesichter huschte. Er spannte sich an, doch die Waffen blieben unberührt in ihren Halftern. Einer der Vögel kreischte und schlug mit den Flügeln und beruhigte sich erst wieder, als sein Besitzer nach oben langte, um sachte seinen Hals zu streicheln.

Pyre merkte, wie Telek sich zu ihm herüberbeugte. »Glauben Sie Hershs Theorie über die Baliulys?« raunte sie ihm zu.

»Daß Unwissenheit ein Segen ist?« erwiderte er leise. »Nicht eine Minute. Die Baliulys wußten ganz genau, daß wir derselben Spezies angehören – und wenn wir menschliche Sklaven aus der Herrschaft der Qasamaner hätten befreien sollen, hätten sie uns das todsicher mitgeteilt.«

Telek brummte etwas zur Bestätigung. Pyre sah, daß Nnamdi und Cerenkov das Getuschel am Rande offenbar nicht mitbekommen hatten. Der Cobra richtete sein Augenmerk wieder ganz auf die Displays. Was würden die Qasamaner sagen, und, was zum Teufel, für ein Spiel spielten die Baliulys eigentlich mit ihnen.

Die qasamanische Delegation hatte sich vom Auftritt des Kontaktteams überraschend schnell erholt, was Cerenkov als gutes Zeichen wertete. Ob die Menschen nun Sklaven oder Herren waren, fest stand, daß sie nicht der Kategorie ›unzivilisierte Wilde‹ angehörten. Und das bedeutete . . . ja, was eigentlich? Cerenkov war sich nicht sicher, aber in jedem Fall war es ein gutes Zeichen.

Die Delegation war ein paar Meter vor dem Kontaktteam stehengeblieben. Cerenkov hob die rechte Hand ein Stück und erstarrte mitten in der Bewegung, als einer der Vögel sich plötzlich aufplusterte und ein scharfes Krächzen ausstieß. Er wartete ab, bis sein Besitzer ihn beruhigt hatte, dann hob er die Hand mit der Handfläche nach außen bis auf Brusthöhe. »Ich begrüßte Sie im Namen des Volkes von Aventine«, sagte er. »Wir kommen in friedlicher Absicht. Ich bin Yuri Cerenkov, meine Begleiter sind Marck Rynstadt, Decker York und Joshua Moreau. Mit wem habe ich die Ehre zu sprechen?«

Sein Übersetzeranhänger sprach noch einige Sekunden lang weiter, und Cerenkov schickte rasch ein Gebet gen Himmel, daß die Trofts wirklich ein brauchbares Übersetzungsprogramm zusammengestellt hatten. Das fehlte noch, daß er, ohne es zu wollen, eine Beleidigung in seine Begrüßung eingeflochten hatte . . .

Doch wenn der Übersetzer einen Patzer gemacht hatte, so war davon nichts zu spüren. Einer der Qasamaner trat einen halben Schritt vor, ahmte Cerenkovs Geste nach, indem er seine Hand hob, und begann zu sprechen. »Wir begrüßen Sie ebenfalls«, murmelte er Sekunden später in Cerenkovs Kopfhörer. »Mein Name ist Moff. Ich heiße Sie willkommen im Namen von Bürgermeister Kimmeron aus Sollas und dem Volk von Qasama. Ihr Dolmetscher spricht unsere Sprache gut. Wieso ist er an Bord Ihres Schiffes geblieben?«

»Unser Übersetzer ist eine Maschine«, erklärte ihm Cerenkov behutsam und hätte gern gewußt, wie weit entwickelt diese Menschen technologisch waren. Verstanden sie den Begriff *Computer,* oder schrieben sie den gesamten Vorgang schwarzer Magie zu? »Jedes von mir gesprochene Wort wird über dieses Mikrophon an die Maschine weitergeleitet, die dieses Wort dann mit denen vergleicht, die sie aus Ihrer Sprache kennt –«

»Ich weiß, wie Übersetzungsapparate funktionieren«, unterbrach ihn Moff. »Andere Besucher haben sich bereits dieser Geräte bedient, auf Qasama allerdings brauchen wir sie nicht. Ihr Gerät verwendet viele der gleichen Wendungen wie das ihre.«

Die Frage, die sich dahinter verbarg, war offenkundig, und Cerenkov mußte sich im Bruchteil einer Sekunde entscheiden, wie er sie beantworten wollte. Ehrlichkeit schien ihm die sicherste Methode. »Falls Sie damit die Trofts aus der Baliu-Domäne meinen, wir haben unseren Übersetzer tatsächlich von ihnen gekauft. Von ihnen wissen wir überhaupt von Ihrer Anwesenheit hier, wenn sie auch vergessen haben zu erwähnen, daß wir derselben Art angehören. Wie sind Sie hierhergekommen, so weit entfernt von den anderen Welten der Menschen, wenn ich fragen darf?«

Moff ließ den Blick einen Moment lang über die *Dewdrop* gleiten, bevor er sich wieder Cerenkov zuwandte. »Ein großes Schiff, wenn auch viel kleiner als in den Legenden«, meinte er dazu. »Wie viele Personen kann es normalerweise transportieren?«

Mit anderen Worten, dachte Cerenkov, *wie viele befinden sich noch an Bord?* Wiederum schien Ehrlichkeit das Beste zu sein ... Ehrlichkeit, wenn man davon absah, daß man Justin Moreau unterschlug. »An Bord befinden sich noch sieben Mannschaftsmitglieder sowie sechs Mitglieder der diplomatischen Mission«, erklärte er Moff. »Aus verschiedenen Gründen werden sie auch dort bleiben.«

»Während dieser Zeit beabsichtigen Sie vier, was zu tun?«

Die Frage traf Cerenkov unerwartet. Er hatte angenommen, mit der Führung zu verhandeln und auf eine große Besichtigungstour eingeladen zu werden – doch er hatte nicht damit gerechnet, ein derartiges Anliegen hier draußen vor dem Schiff vorbringen zu müssen. »Wir möchten Ihrem Volk einen Besuch abstatten«, sagte er. »Informationen über gemeinsame Interessen austauschen, vielleicht Handelsgespräche eröffnen. Schließlich haben wir ein gemeinsames Erbe.«

Moffs Blick bohrte sich in seine Augen. »*Unser* Erbe besteht in einem Kampf gegen sowohl Mensch als auch Natur«, erwiderte er unwirsch. »Verraten Sie mir, wo liegt diese Welt Aventine, von der Sie kommen?«

»Sie ist etwa fünfundvierzig Lichtjahre von hier entfernt«, sagte Cerenkov und widerstand dem Drang, mit einer dramatischen Geste Richtung Himmel zu zeigen. »Ich bin mir nicht sicher, was die exakte Richtung anbetrifft, oder ob unsere Sonne aus dieser Entfernung überhaupt zu erkennen ist.«

»Verstehe. In welcher Verbindung stehen Sie zu den Lords von Rajan Putra und der Agra-Dynastie?«

Cerenkov spürte, wie sich sein Puls beschleunigte. Endlich eine Art Hinweis darauf, wann die Qasamaner das Imperium der Menschen verlassen hatten. Er selbst besaß nur eine ganz vage Vorstellung, wann diese Dynastien existiert hatten – und an Rajan Putra erinnerte er sich überhaupt nicht – aber Nnamdi müßte sich als Soziologe eigentlich auch ein wenig mit Geschichte beschäftigt haben.

Aber das würde ihm nicht verraten, was die Qasamaner diesen Dynastien gegenüber empfunden hatten ... und wenn er nicht mit einer hundertprozentig neutralen Anwort aufwartete, konnte es passieren, daß die gesamte Expedition ohne jede Vorwarnung in die Kategorie ›feindlich‹ eingestuft wurde.

»Ich fürchte, mit dieser Frage kann ich überhaupt nichts anfangen«, meinte er zu Moff. »Wir haben die Hauptgruppe der menschlichen Welten selbst vor einiger Zeit verlassen, und zu dieser Zeit existierte keine Regierung, die sich als Dynastie bezeichnete – zumindest nicht, daß ich wüßte.«

Ein leichter Ausdruck des Mißfallens zerfurchte Moffs Stirn. »Die Agra-Dynastie behauptete, ewig zu sein.«

Cerenkov schwieg, und nach einer Weile zuckte Moff die Achseln. »Vielleicht ergibt eine Durchsicht Ihrer Aufzeichnungen, was nach unserem Aufbruch passiert ist«, sagte er. »Gut. Sie möchten unserer Welt also einen Besuch abstatten. Für wie lange?«

Cerenkov zuckte die Achseln. »Das liegt ganz bei Ihnen – wir möchten Ihre Gastfreundschaft nicht übermäßig strapazieren. Wenn Sie wollen, können wir auch unsere eigenen Vorräte mitbringen.«

Moffs Augen schienen sich auf den durchsichtigen Helm zu konzentrieren, der Cerenkovs Kopf umgab. »Es dürfte Ihnen schwerfallen, so zu essen, meinen Sie nicht auch? Oder wollen Sie etwa für jede Mahlzeit in Ihr Schiff zurückkehren?«

»Das wird nicht nötig sein«, meinte Cerenkov und schüttelte den Kopf. »Bis es soweit ist und wir hungrig werden, dürfte unsere Analyse Ihrer Luft abgeschlossen sein. Vermutlich wird sie nichts Gefährliches zutage fördern, trotzdem müssen wir vorsichtig sein.«

»Natürlich.« Moff blickte kurz nach beiden Seiten, so als erwartete er einen Protest von jemandem aus seiner Gruppe. Doch seine Begleiter blieben nach wie vor stumm. »Also gut, Cerenkov, Sie und Ihre Begleiter dürfen mit mir in die Stadt kommen. Aber Sie müssen sich damit einverstanden erklären, meine Befehle ohne Widerspruch zu befolgen – zu Ihrer eigenen Sicherheit. Selbst in Sollas stößt man auf so manche der vielen Gefahren von Qasama.«

»Also gut, einverstanden«, sagte Cerenkov ohne das geringste Zögern. »Wir sind uns durchaus bewußt, wie gefährlich ein Planet für Besucher sein kann.«

»Gut. Dann lautet mein erster Befehl, daß Sie sämtliche Waffen in Ihrem Schiff lassen.«

York, der neben Cerenkov stand, wurde unruhig. »Aber Sie sagten doch gerade, Qasama sei gefährlich«, meinte Cerenkov und wählte seine Worte mit Bedacht. Er hatte das fast erwartet, wollte aber nicht nachgeben, ohne wenigstens zu versuchen, es Moff auszureden. »Wenn Sie befürchten, wir könnten unsere Waffen gegen Ihre Bevölkerung einsetzen, so lassen Sie mich Ihnen versichern –«

»Unsere Bevölkerung hat von Ihren Waffen nichts zu befürchten«, unterbrach ihn Moff. »*Sie* selbst wären in Gefahr. Die Mojos –« er deutete auf den Vogel, der auf seiner Schulter kauerte –»sind darauf abgerichtet, anzugreifen, sobald Waffen gezogen oder benutzt werden, es sei denn zum Zwecke der Jagd oder der Selbstverteidigung.«

Cerenkov betrachtete den Vogel voller Argwohn. Silbrigblau in der Farbe, vom Körperbau her eine Art gedrungener Habicht, erwiderte dieser seinen Blick mit einer scheinbar übernatürlichen Wachsamkeit. Die Krallen, mit denen er sich an die übergroßen Schulterstücke klammerte, waren lang und scharf, die Füße selbst unverhältnismäßig groß. Ein Jagdvogel wie er im Buche stand ... und er hatte genug Geschichten über professionelle Falkner gehört, um vor solchen Geschöpfen gehörigen Respekt zu haben. »Na gut«, sagte er. »Also –«

»Auf mein Kommando, und einer nach dem anderen«, sagte Moff und hob die Hand, um erneut den Hals seines Mojos zu streicheln. »Sie zuerst, Cerenkov. Legen Sie Ihre Hand auf Ihre Waffe, sagen Sie ›bereit‹, und dann ziehen Sie sie heraus ... langsam.«

Cerenkov hatte seinen Laser quer über seinen Gürtel geschnallt, und unter seiner weiten Jacke war nur der Griff zu erkennen. Er langte danach und löste mit dem Daumen den Sicherungsgurt des Halfters. »Bereit«, sagte er und wartete die Übersetzung ab, bevor er ihn ganz herauszog.

Die Mojos reagierten augenblicklich. Praktisch gleichzeitig stießen alle sechs Vögel einen einzigen, scharfen Schrei aus und breiteten die Flügel aus. Zwei der Vögel verließen sogar die Schultern ihrer Besitzer und kreisten in engem Bogen um Cerenkovs Kopf, bevor sie sich wieder auf ihren Schulterstangen niederließen. York neben ihm stieß einen Fluch aus und ging in die Hocke. Cerenkov selbst biß sich fest auf die Zunge und war bemüht, völlig reglos zu verharren.

So schnell wie sie begonnen hatte, war die hektische Aufregung wieder vorbei. Die Mojos, die Flügel immer noch in Lauerstellung, erstarrten zu lebendigen Statuen auf den Schultern der Qasamaner. Mit unendlich vorsichtigen Bewegungen ging Cerenkov zurück zur Luke der *Dewdrop* und legte seinen Laser in die Luftschleuse. Wie auf ein Kommando entspannten sich die Mojos wieder, und Cerenkov kehrte in die Reihe zurück. »Marck?« sagte er, bemüht, seine Stimme ruhig zu halten. »Jetzt sind Sie dran.«

»In Ordnung.« Rynstadt räusperte sich. »Bereit.«

Diesmal reagierten die Mojos etwas gelassener, und bei Joshua und York wurde ihre Reaktion noch entspannter. Sie hatten offenbar recht schnell begriffen, daß es hier nicht zu Feindseligkeiten kam. Ebenso deutlich war, daß sie kein Risiko eingingen.

»Danke«, sagte Moff, als sich alle vier Laser in der Luftschleuse befanden. Er hob beide Hände über den Kopf, und aus den Augenwinkeln erkannte Cerenkov eine Bewegung am Rand der farbenfrohen Stadt. Ein großes Fahrzeug näherte sich, eine Art offener Personenwagen mit zwei Qasamanern darin. Beide Gestalten hatten seltsame Buckel auf den linken Schultern; Cerenkov brauchte nicht genauer hinzusehen, um zu wissen, daß diese Buckel sich als Mojos herausstellen würden. »Bürgermeister Kimmeron erwartet Sie«, fuhr Moff fort. »Man wird uns jetzt in seine Geschäftsräume bringen.«

»Danke«, brachte Cerenkov hervor. »Wir freuen uns darauf, ihn kennenzulernen.«

Er holte tief Luft und versuchte, die Mojos nicht dauernd anzustarren.

Von seinem Studium her wußte Justin, daß es innerhalb des Imperiums der Menschen Kulturen gab, die sehr großen Wert auf die künstlerische Ausgestaltung ihrer Gebäude legten, und sein erster Gedanke war, daß die Qasamaner Abkömmlinge einer solchen Kultur waren. Doch während das Kontaktteam langsam durch die Straßen gefahren wurde, stellte er diese Vermutung zunehmend in Frage. Nirgendwo, so weit er sehen konnte, gab es Wandmalereien oder irgendwelche erkennbaren Darstellungen, weder wirklichkeitsgetreu noch stilisiert, weder von Menschen noch von Tieren. Die Farbkleckse schienen mehr oder weniger beliebig aufgeklatscht worden zu sein, wenn auch auf eine Weise, die der Cobra ästhetisch durchaus als angenehm empfand. Er fragte sich, ob Nnamdi in der Lage wäre, irgendeine Bedeutung in dem Ganzen zu entdecken.

Cerenkov räusperte sich, und rasch wurde klar, daß den Anführer des Kontaktteams etwas anderes als die Kunst der Qasamaner beschäftigte. »Es scheint, als hätten viele von Ihnen einen Mojo bei sich«, meinte er. »Mojos *und* Waffen. Ist die Lage in Sollas *so* gefährlich?«

»Von den Waffen wird nicht oft Gebrauch gemacht, doch wenn, dann geht es um Leben oder Tod«, erklärte ihm Moff.

»Ich hätte gedacht, die Mojos böten genug Schutz«, warf York ein.

»Vor manchen Dingen, ja, aber nicht vor allen. Vielleicht bekommen Sie während Ihres Aufenthaltes die Gelegenheit zu sehen, wie eine Bololinherde oder ein Kriszahn auf der Jagd in die Stadt eindringen.«

»Wenn es dazu kommt, vergessen Sie bitte nicht, daß wir unbewaffnet sind«, meinte Cerenkov. »Es sei denn, Sie haben vor, später Waffen und Mojos an uns auszugeben.«

Sein Ton verriet ganz deutlich, wie wenig er von dieser Möglichkeit begeistert war, Moff jedoch zerstreute alle derartigen Befürchtungen. »Der Bürgermeister wird Ihnen als Fremden kaum das Tragen von Waffen erlauben«, sagte er. »Und die Mojos fühlen sich in Ihrer Gegenwart ganz offenbar zu unwohl, um Ihnen als Beschützer zu dienen.«

»Hm«, machte Cerenkov und schwieg. Justin wandte seine Aufmerksamkeit von den Gebäuden ab und den Menschen zu, die über die Trottoirs spazierten. Und tatsächlich, sie alle trugen die allgegenwärtigen Mojos auf den Schultern. Eine leichte Brise kam auf, zauste menschliches Haar und Mojofedern und pfiff ihm leise in den Ohren. *Ein komisches Gefühl,* dachte er, *den Wind* hören, *aber nicht* spüren *zu können.*

Und das erschien ihm noch eigenartiger als der Umstand, daß er der erste Mensch in der Geschichte war, der fast buchstäblich in die Fußstapfen seines eigenen Bruders trat.

Irgendwo hinter sich hörte er eine Stimme. »Ist das nur eine Ausrede?« wollte Pyre wissen.

»Das glaube ich nicht«, antwortet Teleks Stimme. »Die Mojos in der Nähe des Teams wirken tatsächlich etwas nervöser als jene, die weiter entfernt sind. Ich nehme an, es hat etwas damit zu tun, daß wir etwas anders riechen als die Qasamaner.«

Pyre brummte etwas. »Eine Genverschiebung?«

»Eher ein Unterschied in der Ernährung. Ist irgendwas, Hersh?«

»Ich glaube, wir haben den Zeitpunkt ihres Aufbruchs eingegrenzt«, sagte Nnamdi. »Die Agra-Dynastie war jene Regierung, die Reginine von Zentralasien auf der Erde aus beherrschte. Sie begann im Jahr 2097 und endete 2180, als das Imperium der Menschen offiziell die Macht übernahm.«

»Was ist mit den, äh, Lords von Rajan Putra?« erkundigte sich Telek.

»Dafür werden wir die ausführlichen historischen Archive auf Aventine durchsehen müssen. Jedenfalls gab es eine größere Auswanderungswelle von Reginine, als es zur allgemeinen Kolonialisierung freigegeben wurde, und ich glaube, diese Emigranten waren es, die die Welt Rajput gegründet haben.«

»Hmm. Also im wesentlichen ethnische Separatisten?«

»Keine Ahnung. Meiner Vermutung nach waren die Qasamaner entweder auf einem der Schiffe aus dieser Gruppe, oder aber sie waren eine getrennte Auswanderungsgruppe, die in beiden Fällen allerdings ziemlich drastisch über ihr Ziel hinausgeschossen ist.«

»Mehr als drastisch«, schnaubte Telek. »Wo waren denn die Trofts, als sie durch das Gebiet der Assemblage gezogen sind?«

»Wahrscheinlich haben sie sie nicht einmal kommen sehen«, meldete sich Christopher zu Wort »Im Ernst. Die ersten interstellaren Antriebe des Imperiums waren häßliche, instabile Dinger, und wenn sie in ein überkritisches Stadium eintraten, erreichten sie das Zehnfache unserer heutigen Geschwindigkeit.«

»Klingt eigentlich ganz praktisch«, meinte Pyre.

»Nur wenn man keine Zwischenstops machen muß«, konterte Christopher trocken. »Wenn man in diesem Zustand den Hyperraum verläßt, verschmort dabei der Antrieb und der größte Teil der anderen Elektronik an Bord. Es gibt buchstäblich Dutzende von Kolonialisierungsschiffen – Kolonialisierungsschiffen, wohlgemerkt, nicht einfach bloß Sonden oder

Späher –, die einfach als verschollen geführt werden. Ich vermute, die Qasamaner waren eine der Besatzungen, die Glück hatten.«

»Oder sie waren die Unglücklichen, die gekidnappt und hierher verschleppt wurden«, warf Nnamdi ein. »Wie Sie sich erinnern, können wir diese Möglichkeit noch immer nicht vollständig ausschließen.«

»Wir werden das im Hinterkopf behalten, für den Fall, daß wir Anzeichen einer anderen Lebensform entdecken«, beruhigte Telek ihn. »Aber es fällt schwer, sich vorzustellen, daß man Sklaven das Tragen von Waffen erlaubt.«

Über die direkte Verbindung von Joshuas implantierten optischen Sensoren zu seinen Augen sah Justin, wie der Wagen, der das Kontaktteam transportierte, in eine der breiten Straßen einbog, die ihnen vom Orbit aus aufgefallen waren, und er wartete darauf, daß Cerenkov sich danach erkundigte. Doch der Anführer des Kontaktteams hatte sich offenbar entschlossen, darauf zu verzichten, die Qasamaner nach weiteren Informationen auszuquetschen, zumindest im Augenblick. Was vielleicht ebensogut war, dachte Justin, da es ihm die kurze Pause ermöglichte, sowohl die Stadtlandschaft zu betrachten als auch das Gespräch im Salon rings um ihn herum zu verfolgen.

»Gibt es im Übersetzungsprogramm irgendeinen Anhaltspunkt dafür, was Bololins oder Kriszähne sind?« erkundigte sich Pyre.

Justin konnte förmlich sehen, wie Telek mit den Achseln zuckte. »Lebewesen der hiesigen Fauna, nehme ich an«, meinte sie. »Offenbar ziemlich unangenehme – die Waffen, die sie da haben, wirken nicht gerade harmlos.«

»Zugegeben. Und warum haben sie die Stadt dann nicht wie die Siedlungen mit einer Mauer umgeben?«

Es gab eine kurze Pause. »Keine Ahnung. Hersh?«

»Vielleicht sind die Mauern um die Siedlungen nicht dazu da, die Tiere auszusperren«, schlug er vor, ohne sonderlich überzeugt zu klingen. »Vielleicht fliegen oder springen beide Spezies zu hoch, als daß Mauern etwas nützen würden.«

»Und warum haben die Siedlungen dann welche?« hakte Pyre nach.

»Weiß *ich* doch nicht«, fauchte Nnamdi.

»Na gut, immer mit der Ruhe«, warf Telek ein. »Das herauszufinden ist Yuris Job. Wir wollen uns entspannen und ihm das überlassen, einverstanden?«

Erneut gab es eine Pause. In Sollas drehte Joshua gerade den Kopf, um einer besonders attraktiven Frau nachzublicken, die vorüberging. Justin genoß den Anblick ebenfalls und fragte sich, ob es ihr Aussehen oder die Tatsache war, daß sie den Mojo auf der *rechten* Schulter trug, was die Aufmerksamkeit seines Bruders erregt hatte. Er versuchte zu erkennen, ob auch ihre Pistole auf der anderen Seite festgeschnallt war, doch Joshua wandte sich wieder nach vorn, bevor er dazu kam. *Eine Linkshänderin,* spekulierte er und machte sich in Gedanken eine Notiz, nach weiteren Ausschau zu halten.

Aus der anderen Wirklichkeit meldete sich Christopher zu Wort. »Hersh, haben Sie schon irgend etwas gefunden, woraus man auf die Bevölkerungszahl schließen könnte? Da wir es mit Menschen zu tun haben und da das Raumbedürfnis von Menschen recht gut bekannt sein dürfte . . .«

»Na, ich schätze so zwischen fünfzig und dreihundert Millionen«, sagte Nnamdi. »Dazu hätten sie sich zwar während der letzten drei Jahrhunderte wie die Hamster vermehren müssen, aber gelegentlich stößt an in neuen Welten auf solche Zahlen. Wieso?«

»Kann man bei einer derart großen Zahl auf Grundlage eines einzelnen Namens so viele Menschen verwaltungsmäßig erfassen?«

»Wie zum Beispiel *Moff*? So gut wie ausgeschlossen. Besonders da sie ursprünglich aus einem System mit mehreren Namen stammen.«

»Das heißt, Moff hat uns nicht seinen vollen Namen verraten«, schloß Christopher. »Und das wiederum bedeutet, daß die Mojos nicht die einzigen sind, die wir nervös machen.«

»Ja«, meinte Nnamdi mit schwerer Stimme. »Na ja . . . Argwohn Fremden gegenüber gehört zum Erbe vieler menschlicher Zivilisationen.«

»Oder die Trofts, die hierhergekommen sind, haben eine neue Tradition begründet«, knurrte Telek. »Zum Teufel, ich wünschte, wir hätten ein Protokoll von ihrem Besuch. Wie auch immer, ich denke, wir sollten das Team daran erinnern, daß sie sich benehmen müssen, als befänden sie sich in einem Porzellanladen.«

Ein kaum wahrnehmbares Klicken war zu hören, und Telek

gab über die Leitung des Übersetzers eine kurze Mitteilung an das Kontaktteam durch – eine Mitteilung, die für Justin ein konstruktionsbedingtes Echo mit sich brachte, da die Übertragung über Knochenvibration einen Teil des Geräusches aus Joshuas Ohrhörer an seine implantierten akustischen Empfänger weiterleitete. Der Wagen schien jetzt langsamer zu werden, und Justin überflog die Gebäude im Bildausschnitt und fragte sich, in welchem wohl das Büro des Bürgermeisters untergebracht war. Glücklicherweise hatte die Unterhaltung der anderen im Salon aufgehört, als die Wissenschaftler wieder dazu übergingen, eben diesen Bildausschnitt auf ihren eher nüchternen Displays zu betrachten. Er lief also nicht Gefahr, irgend etwas zu verpassen, solange er seine Aufmerksamkeit primär auf die Übertragung von Joshuas Implantaten richtete. An dieser Anordnung störte ihn einiges, er mußte aber zugeben, sie funktionierte gut. Wann immer er Joshua dort draußen schließlich ersetzen würde, besäße er die gleichen Eindrücke von Qasama wie sein Bruder . . . und diese Eindrücke konnten bei einem solchen Rollentausch leicht zwischen Scheitern und Erfolg entscheiden.

Der Wagen hatte am Bordstein gehalten. Dem Drang widerstehend, mit seinen eigenen Muskeln die entsprechenden Bewegungen zu machen, verharrte Justin still auf seiner Liege, während Joshua Cerenkov und den anderen die drei Stufen hinauf und in das Gebäude hinein folgte.

Decker York war über zwanzig Jahre ein Marine gewesen, bevor er vor achtzehn Jahren das Imperium in Richtung Aventine verlassen hatte. Während seiner Militärzeit hatte er auf acht verschiedenen Welten gedient und buchstäblich Dutzende hoher Funktionäre zu Gesicht bekommen, die an Pomp und Macht vom einfachen Dorfrat bis zum Komiteemitglied des Imperiums reichten. Aus alledem hatte sich seine Vorstellung geformt, wie Führungspersönlichkeiten und ihre Umgebung auszusehen hatten.

An diesem Standard gemessen, war Bürgermeister Kimmeron aus Sollas ein schwerer Schock.

Zum einen war der Raum, in den Moff sie führte, alles andere als ein Büro. Lärmende Musik dröhnte ihnen entgegen, noch bevor die livrierten Wachen, die die Tür flankierten, die schweren Flügel aufzogen. Und die Rauchfahnen, die an ihnen vorüberzogen, als die Gruppe sich anschickte einzutreten, deuteten entweder auf Räucherstäbchen oder Drogengenuß hin. York rümpfte die Nase bei der Vorstellung; glücklicherweise jedoch hielt der Filterhelm, der seinen Kopf umschloß, das meiste zurück. Der Raum war in gedämpftes, orangefarbenes und rötliches Licht getaucht und schien recht groß zu sein, überall frei herabhängende Vorhänge vermittelten allerdings den Eindruck eines Irrgartens mit beweglichen Wänden. Moff führte sie um zwei Ecken herum zum Mittelpunkt des Raumes.

Und mitten hinein in eine Szene aus einer fernen Vergangenheit der Menschheit. Auf einem gepolsterten Thron räkelte sich ein Mann, der zwar nicht gerade fett, aber sichtlich bereits längere Zeit nicht mit anstrengender körperlicher Bewegung in Berührung gekommen war. Ihm gegenüber befand sich eine Gruppe aus Tänzern, sowohl Männern als auch Frauen, in exotischen Kostümen, hinter ihnen saß ein Halbkreis aus Musikern – Live-Musiker –, welche für die Musik sorgten. Auf weiteren überall im Raum verteilten Polstern hatte eine Handvoll Männer und Frauen Platz gefunden, die offenbar allesamt ihre Aufmerksamkeit zwischen den Tänzern und niedrigen, vor ihnen angebrachten Arbeitstischen aufteilten. Als Moff sie zum zentralen Thron führte, warf York einen bemüht beiläufigen Blick auf einen der Tische, wobei ihm inmitten der Papiere besonders ein Gegenstand auffiel, der an eine Art tragbaren Computer oder ein tragbares Computerterminal erinnerte. Offenbar ging die technologische Entwicklung auf Qasama wenigstens ein Stück weit über Autos und Gewehre hinaus.

Jeder im Raum – von den Tänzern abgesehen – wurde von einem Mojo begleitet.

Moff ließ sie ein paar Meter seitlich des Throns anhalten – und falls der Mann, der dort saß, von ihrem Erscheinen überrascht war, so ließ er sich das nicht anmerken. Er machte eine offenkundig gutgelaunte Bemerkung. Seine Stimme war trotz der Musik gut zu verstehen. »Ah, willkommen«, kam die Übersetzung aus Yorks Ohrhörer. Der große Qasamaner hob eine Hand, und ein paar Takte später hatten Musik und Tanz aufgehört. »Mein Name ist Kimmeron, ich bin Bürgermeister der Stadt Sollas und heiße Sie auf Qasama willkommen. Bitte nehmen Sie Platz.«

Moff deutete auf eine Gruppe Polster – vier, wie York auffiel –, die man in einer Reihe vor dem Bürgermeister ausgebreitet hatte. Cerenkov nickte und nahm Platz, die anderen folgten seinem Beispiel. Moff und der Rest ihrer Eskorte blieben stehen.

»Also«, hob Kimmeron an und rieb sich in einer Geste der Neugier die Hände. »Ihre Namen lauten Cerenkov, Rynstadt, York und Moreau, und Sie stammen von einer Welt namens Aventine. Aha. Was genau – bitte bedenken Sie Ihre Antwort – wollen Sie von uns?«

Cerenkov brauchte offensichtlich einen Augenblick, um die Sprache wiederzufinden. »Sie scheinen eine Menge über uns zu wissen«, meinte er schließlich. »Dann wissen Sie sicher auch, daß wir gekommen sind, um die Verbindung zu Brüdern aufzunehmen, von deren Existenz wir nichts wußten, und um Wege zu erkunden, wie ein solcher Kontakt für beide Seiten profitabel gestaltet werden könnte.«

Noch bevor der Übersetzer mit seiner Version der Ansprache fertig war, hatte Kimmeron ein durchtriebenes Lächeln aufgesetzt. »Ja, das ist in der Tat der Grund, den Sie angegeben haben. Aber wieso sollten Sie, die Sie noch immer über die Möglichkeit des Raumfluges verfügen, der Ansicht sein, wir könnten etwas besitzen, das sich der Mühe lohnt?«

Vorsicht, Junge, schickte York eine Warnung in Cerenkovs Richtung. *Primitiv heißt nicht zwangsläufig naiv.* Sein Blick zuckte zu Moff und dem Rest der Eskorte hinüber, und er hätte gern die Körpersprache dieser Zivilisation zu deuten gewußt.

Doch Cerenkov hatte die Situation wieder im Griff, und seine Antwort war ein Meisterstück gespielter Aufrichtigkeit. »Wie sicherlich jeder weiß, der je eine neue Welt eingerichtet hat, Sir, ist jeder Planet einzigartig, was seine Pflanzen und Tiere anbetrifft, und in geringerem Maße auch bezüglich seiner Minerale. Zum einen werden sich Ihre Lebensmittel und pharmazeutischen Erzeugnisse deutlich von den unseren unterscheiden.« Er deutete auf die Musiker und die Truppe der Tänzer. »Und für jedes Volk, das den künstlerischen Ausdruck so zu schätzen weiß wie das Ihre, gibt es noch die zwar weniger handfesten, aber ebenso lohnenden Möglichkeiten des kulturellen Austausches.«

Kimmeron nickte, und noch immer stand die Andeutung

des Lächelns in seinem Gesicht. »Gewiß. Aber angenommen, wir sind mit dem erklärten Ziel nach Qasama gekommen, kulturelle Verunreinigungen zu vermeiden? Was dann?«

»In diesem Fall, Bürgermeister«, sagte Cerenkov ruhig, »möchten wir uns für unser Eindringen entschuldigen und bitten um Ihre Erlaubnis, uns zurückzuziehen.«

Kimmeron betrachtete ihn nachdenklich, und eine ganze Weile herrschte angespannte Funkstille. York sah erneut zu Moff hinüber, und es juckte ihn, jetzt eine Waffe in der Hand zu haben . . . und endlich setzte sich Kimmeron auf seinem Polsterthron zurecht und brach den Bann. »Tja«, meinte er und machte eine beiläufige Handbewegung. »Tja, zum Glück, denke ich, nehmen wir es hier auf Qasama nicht so genau. Auch wenn das manche von uns gern anders sehen.« Als Antwort auf seine Handbewegung war eine Gruppe von fünf Männern von den Seiten des Raumes vorgetreten und hatte sich hinter den Besuchern aufgestellt, eine Gruppe, zu der auch Moff jetzt trat. »Moff, seien Sie bitte so freundlich und begleiten Sie unsere Gäste auf ihre Zimmer«, wandte sich der Bürgermeister an ihn. »Sorgen Sie dafür, daß es ihnen an nichts fehlt und bereiten Sie für morgen eine Besichtigungstour vor. Wenn Sie nichts dagegen haben« – dies galt Cerenkov – »würden wir Sie gern darüber hinaus heute nachmittag einer allgemeinen ärztlichen Untersuchung unterziehen. Zu Ihrem als auch zu unserem Schutz.«

»Dagegen habe ich nichts einzuwenden«, erwiderte Cerenkov. »Doch falls Sie besorgt sein sollten, unsere Erfahrungen auf Aventine lassen den Schluß zu, daß die meisten Krankheitserreger eines Planeten die Geschöpfe eines anderen unbehelligt lassen.«

»Das entspricht auch unseren Erfahrungen«, meinte Kimmeron nickend. »Es kann jedoch nicht schaden, vorsichtig zu sein. Bis morgen dann.«

Cerenkov erhob sich, York und die anderen folgten seinem Beispiel. »Vielen Dank, und auf ein baldiges Wiedersehen«, meinte Cerenkov und verneigte sich leicht vor dem Bürgermeister. Sie machten kehrt, schlossen sich Moff an und verließen den Raum.

Und jetzt geradewegs ins Krankenhaus, dachte York erbittert, als sie erneut auf die Straße und in den Sonnenschein hinaustraten und man sie zum Wagen brachte. Die Untersuchung selbst bereitete ihm kein Kopfzerbrechen, doch er wettete Gulasch gegen Granaten, daß eine Art qasamanischer Waffenexperte den Doktoren assistieren würde. Und wenn es denn irgendwie gelang, herauszufinden, wie seine Taschenrechneruhr, sein Stift und sein sternförmiger Saphirring zusammenpaßten . . . und was aus ihnen in einer solchen Kombination wurde . . .

Cerenkov und Rynstadt saßen bereits im Auto. Jetzt war er mit Einsteigen an der Reihe. Er tat es, bemüht, keine Miene zu verziehen, und redete sich ein, es gäbe keinen Grund zur Sorge. Schließlich war es bei der Entwicklung der Handpfeilpistole der Marines speziell darum gegangen, daß sie nicht entdeckt werden konnte.

Trotzdem machte er sich Gedanken, während sich der Wagen zwischen den mit Farbe bespritzten Mauern in Bewegung setzte. Schließlich gehörte es zum Job eines Soldaten, sich über unvorhersehbare Ereignisse Gedanken zu machen.

In dem Zimmer, das man Joshua und Rynstadt zugeteilt hatte, war es seit fast einer halben Stunde dunkel und still, als Justin sich schließlich von seiner Apparatur für die direkte Dateneinspeisung losmachte und steif in eine sitzende Stellung auf seiner Liege herumwälzte. Auch im Salon der *Dewdrop,* in dem sich außer ihm nur der dösende Pyre befand, war es still. Justin streckte vorsichtig seine Muskeln und ging zur Tür.

»Neben dem Eckterminal steht noch was zu essen, falls du Hunger hast.«

Justin drehte sich um und sah, wie Pyre seufzend die Arme reckte und sich aufrichtete. »Ich wollte dich nicht wecken«, entschuldigte er sich, änderte die Richtung und steuerte auf das Tablett zu, von dem der andere gesprochen hatte.

»Schon gut. Genaugenommen bin ich sowieso nicht im Dienst – ich wollte nur warten, bis du auf bist, um mich zu vergewissern, daß du zurechtkommst.«

»Mir geht's bestens.« Justin ließ sich neben dem anderen Cobra nieder und balancierte das Tablett auf den Knien, während er sich über das Essen hermachte. »Und . . . was hältst du von der Sache?«

»Oh, verdammt, ich hab' keine Ahnung«, seufzte Pyre. »Ich weiß nicht recht, ob wir irgendwas von dem, was sie sagen oder tun, für bare Münze nehmen können. Dieser Bürgermeister, zum Beispiel. Stellt er *tatsächlich* einen Rückfall in die alten, despotischen Traditionen dar, oder war das alles nur eine Inszenierung, um uns zu verwirren? Oder macht man hier tatsächlich auf diese Art Geschäfte?«

»Ach, hör auf«, brummte Justin, den Mund voller gebratener Balis. »Wer könnte sich bei solchem Lärm schon konzentrieren?«

»Lärm war es nur deshalb, weil du nicht daran gewöhnt bist«, sagte Pyre. »Doch womöglich hat die Musik eine beruhigende Wirkung auf die emotionale Funktion des Hirns, was es den Leuten da drinnen ermöglicht, logischer zu denken.«

Justin ließ die Szene noch einmal vor seinem inneren Auge vorüberziehen. Möglich, ja, entschied er – die Leute, die über die niedrigen Tische gebeugt saßen, waren mit irgend etwas beschäftigt gewesen. Und der Qualm? »Unterstützt durch beruhigende Drogen vielleicht?«

»Könnte sein. Ich wünschte, wir hätten eine Probe nehmen und die Luft dort analysieren können.« Er schnaubte. »Auch wenn es wohl kaum etwas genützt hätte.«

Justin verzog das Gesicht. Jedes einzelne der Aufzeichnungs- und Analysegeräte des Kontaktteams war bei der Untersuchung im Krankenhaus höflich, aber entschieden eingezogen worden. Cerenkov hatte mit seinen Protesten Moff bestenfalls das Versprechen entlocken können, man werde ihnen die Ausrüstung beim Abschied zurückgeben. »Ich war zu der Zeit in Joshuas Sensoren eingeloggt, allerdings hatte ich den Eindruck, daß Gouverneurin Telek deswegen ziemlich aufgebracht war.«

»Das ist noch milde ausgedrückt. Sie stand kurz vor einem ausgewachsenen Wutanfall.« Pyre schüttelte langsam den Kopf. »Aber ich denke, sie hatte möglicherweise recht – es sieht immer weniger so aus, als könnte es funktionieren. Yuri kann nichts herausfinden, was die Qasamaner unter Verschluß halten wollen, jedenfalls nicht, solange Moff sie wie zahme Porongs herumführt und seine Apparaturen in irgendeinem Hinterzimmer verborgen sind. Und wir sitzen hier draußen fest und können mit Sicherheit auch nichts unternehmen.«

Justin betrachtete ihn argwöhnisch. »Soll das heißen, jemand sollte in ein, zwei Tagen einen kleinen mitternächtlichen Spaziergang machen?«

»Ich wüßte nicht, wie wir sonst ihr tatsächliches Gefährdungspotential klären sollen«, meinte Pyre achselzukkend.

»Und wenn wir dabei erwischt werden?«

»Gibt es natürlich Ärger. Aus diesem Grund muß die Operation auch von jemandem durchgeführt werden, der weiß, was er tut.«

»Mit anderen Worten, einer der Cobras oder Decker. Und da wir hier auf dem Präsentierteller sitzen und Decker nicht nur beobachtet wird, sondern auch unbewaffnet ist, erscheint es eher unwahrscheinlich, daß er nicht gefaßt wird.«

Pyre zuckte die Achseln. »So wie es im Augenblick aussieht, hast du recht. Aber vielleicht ändert sich das.« Er musterte Justin mit einem langen Blick. »Und in diesem Fall ... eigentlich dürftest du das gar nicht wissen, aber Decker ist *nicht* unbewaffnet. Er hat eine zusammensetzbare Handpfeilpistole bei sich.«

»Er hat *was?* Almo, sie haben ausdrücklich gesagt, keine Waffen. Wenn sie ihn damit erwischen –«

»Steckt er in ernsthaften Schwierigkeiten«, beendete Pyre den Satz für ihn. »Ich weiß. Aber Decker wollte das Team nicht vollkommen hilflos wissen, und immerhin haben sie die Waffe bei der Untersuchung heute nicht entdeckt.«

»So weit du weißt.«

»Er hat sie noch.«

Justin seufzte. »Na, großartig. Hoffentlich hat man ihm bei den Marines nicht nur Schießen, sondern auch Geduld beigebracht.«

»Da bin ich mir allerdings sicher«, brummte Pyre und stemmte sich mit einer Leichtigkeit hoch, die wohl ausschließlich auf seine implantierten Servos zurückzuführen war. »Ich werde mich ein paar Stunden aufs Ohr hauen – wenn du klug bist, machst du das auch, wenn du mit deinem Training fertig bist.«

»Ja«, meinte Justin gähnend. »Aber bevor du das tust – hat Gouverneurin Telek irgendwas davon erwähnt, wann sie Joshua für unseren Wechsel zurückpfeifen will?«

Pyre hielt auf halbem Weg zur Tür inne. Ein verdrießlicher Ausdruck huschte über sein Gesicht.

»Um ganz offen zu sein ... im Augenblick hat sie vor, so weiterzumachen und Joshua vorläufig da draußen zu lassen.«

»Was?« Justin starrte ihn an. »So war das nicht geplant.«

»Ich weiß.« Pyre zuckte hilflos mit den Achseln. »Das habe ich ihr auch klarzumachen versucht – sehr deutlich sogar. Aber zur Zeit scheint die Situation recht stabil zu sein und . . .«

»Und die Datenübermittlungen von Joshua gefallen ihr so gut, daß sie sie nicht missen möchte. Ist es das?«

Pyre seufzte. »Kann man ihr kaum verdenken. Soweit ich weiß, wollte sie ursprünglich das gesamte Kontaktteam mit diesen optischen Sensoren ausrüsten, was aus Kostengründen abgelehnt wurde – so kleine Trennfrequenzsender sind teuer in der Herstellung. Und da man uns jetzt aller anderen Augen beraubt hat, haben wir nur noch Joshua, wenn wir mitbekommen wollen, was passiert.« Er hob beschwichtigend die Hand. »Hör zu, ich weiß, wie du dich fühlst, aber versuch, dir keine Sorgen um ihn zu machen. Die Qasamaner werden im Augenblick kaum ohne guten Grund über sie herfallen.«

»Wahrscheinlich hast du recht.« Justin überlegte einen Moment lang, doch offenbar gab es nichts mehr zu sagen. »Also dann . . . gute Nacht.«

»Nacht.«

Pyre ging, und Justin reckte probeweise die Arme. Nach dreizehn Stunden auf der Liege waren seine Muskeln steif, trotzdem spürte er das Zwacken kaum. Pyres letzte Bemerkung dagegen ließ ihn nicht mehr los. *Ohne guten Grund* . . . Doch was mochte in den Augen der Qasamaner ein solcher Grund sein? Eine aggressive Bemerkung oder Handlung von Cerenkov? Die Entdeckung, daß die angeblich ausschließlich für Sprechverkehr geeignete Funkverbindung zum Schiff auch Bilder übermittelte, was sie ganz offensichtlich hatten verhindern wollen? Der Gebrauch von Yorks illegaler Waffe?

Oder gar die Außenaufklärung, für die sich Pyre offensichtlich bereits entschieden hatte?

Den Blick auf das dunkler werdende Display geheftet, begann Justin seine Übungen und nahm seinen Körper härter ran, als er ursprünglich beabsichtigt hatte.

9. Kapitel

Da sie nicht unbedingt sofort aussteigen mußten – und da es an Bord zum Warten mehr Platz und Komfort gab –, machten sich die Passagiere der *Menssana* gar nicht erst die Mühe, Filterhelme aufzusetzen, sondern blieben einfach im Schiff, bis die Atmosphäreanalysatoren die Luft des Planeten Chata für unbedenklich erklärten.

Eine alte Tradition gab Jonny als Dienstältestem das Recht, als erster den Fuß auf die Oberfläche dieser neuen Welt zu setzen. Jonny jedoch hatte längst gelernt, Zurückhaltung über eitles Gepränge zu stellen, und somit fiel diese Ehre einem der sechs Cobras zu, die ausstiegen, um eine Sensor- und Verteidigungszone rings um das Schiff einzurichten. Wieder mußten die Passagiere warten. Doch als nach einer Stunde die Cobras mit ihrer Arbeit weder Raubtiere aus den nahen Wäldern angelockt noch etwas offenkundig Gefährliches innerhalb der Sicherheitszone aufgescheucht hatten, erklärte Teamführer Ray Banyon die unmittelbare Umgebung der *Menssana* als ausreichend sicher für Zivilisten.

Jonny und Chrys gehörten zu den letzten, die nach den Wissenschaftlern durch die Hauptluke der *Menssana* ausstiegen. Für Jonny war dies ein Schritt in seine Vergangenheit. Chata sah ganz und gar nicht aus wie Aventine, und schon überhaupt nicht nach einer nur oberflächlichen Erkundung des pflanzlichen Lebens und der Landschaft. Doch die schlichte Tatsache der Fremdheit von Chata, verglichen mit dem inzwischen so vertrauten Aventine, machte diese beiden Erfahrungen vergleichbar. Eine neue Welt, von Menschen noch unberührt –

»Das weckt Erinnerungen, nicht wahr?« flüsterte ihm Chrys zu.

Jonny holte tief Luft und genoß die würzigen Gerüche, die

mit der sanften Brise herangeweht wurden. »Wie Aventine, als ich zum ersten Mal dort ankam«, sagte er, langsam den Kopf schüttelnd. »Als Junge von fünfundzwanzig Jahren, überwältigt vom schieren Ausmaß dessen, was wir uns dort draußen vorgenommen hatten. Es war mir völlig entfallen, was für ein Gefühl das ist . . . und was wir alle gemeinsam in den letzten vierzig Jahren geschaffen haben.«

»Es wird schwer werden, das noch mal zu wiederholen«, mutmaßte Chrys. Sie kniete sich hin und betastete behutsam die ineinander verwobenen, schlingpflanzenähnlichen Gewächse, die hier statt Gras zu wachsen schienen. »Chata ist vielleicht nur dreißig Lichtjahre von Aventine entfernt, aber wir verfügen über nichts, was man mit den Transportkapazitäten des Imperiums vergleichen könnte. Es ergibt kaum Sinn, unsere Mittel in einem solchen Projekt zu vergeuden, solange so große Teile von Aventine und Palatine noch immer unbewohnt sind. Vor allem –« Sie hielt plötzlich inne.

»Vor allem, da diese gesamte Planetengruppe nur zehn bis fünfzehn Lichtjahre von Qasama entfernt liegt?« beendete Jonny den Satz für sie.

Sie erhob sich mit einem Seufzer und wischte sich dabei Laubreste von den Fingern. »Ich habe alle Argumente über Pufferzonen und Zweifrontenkriege gehört«, sagte sie, »aber gefallen müssen sie mir deswegen nicht. Und eines wird mir immer klarer: Der *einzige* Grund, weshalb wir Qasama als Bedrohung ansehen, ist der, daß die Trofts es uns einreden.«

Das Piepen seines Telefons kam Jonnys Antwort zuvor. »Moreau«, sagte er in den Hörer.

»Banyon hier, Gouverneur«, war die Stimme das Cobrateamführers zu vernehmen. »Wir haben gerade etwas von unserem Satelliten hereinbekommen. Ich denke, das sollten Sie sich mal ansehen.«

Chrys' Anwesenheit glich einer stummen Ermahnung an sein Versprechen, auf dieser Reise den Passagier zu spielen. »Können Sie und Captain Shepherd das nicht erledigen?« meinte er.

»Nun . . . vermutlich ja. Ich dachte nur, Ihr Rat wäre vielleicht ganz hilfreich.«

»Wenn es sich nicht ausdrücklich um einen Notfall handelt –« Jonny brach ab, als Chrys mit der Hand vor seinem Gesicht herumfuchtelte.

»Was soll das?« flüsterte sie ihm weiterhin hörbar zu. »Sehen wir uns an, was sie haben.«

Und wenn ich tausend Jahr' alt werde, schoß Jonny eine alte Textzeile durch den Kopf. »Also gut«, meinte er zu Banyon. »Ich bin sofort da.«

Sie fanden Banyon und Shepherd auf der Brücke der *Menssana.* Ihre Aufmerksamkeit galt drei Monitoren. »Wir haben es nicht gleich bemerkt«, begann Banyon ohne Vorrede und zeigte auf eine dunkle Masse, die sich inzwischen in der Mitte des größten Displays befand. »Und dann fiel uns auf, daß sie sich bewegt.«

Jonny beugte sich über den Bildschirm. Die Masse schien aus Hunderten oder Tausenden einzelner Punkte zu bestehen. »Die Vergrößerung ist voll hochgefahren?«

Shepherd nickte. »Zur Zeit gibt es in der oberen Atmosphäre genau über uns eine Menge Turbulenzen, die das Material, mit dem der Computer arbeiten muß, drastisch einschränken.«

»Ich würde sagen, es handelt sich um eine Art Herde«, befand Jonny. »Kommt sie auf uns zu?«

»Schwer zu sagen – sie ist noch einhundert Kilometer entfernt – aber im Augenblick sieht es ganz so aus, als würde ihre Flanke über uns hinwegstreichen«, sagte Shepherd. Er tippte auf einen Schalter, und das Infrarotbild auf einem der anderen Bildschirme wurde durch eine schematische Darstellung ersetzt. Die einzelnen extrapolierten Gebiete waren in verschiedenen Farben dargestellt. Und tatsächlich, mit neunzigprozentiger Wahrscheinlichkeit würde das Phänomen die *Menssana* erreichen. Die durchschnittliche Entfernung und Geschwindigkeit der Masse waren ebenfalls angegeben: 106 Kilometer und 8.1 Kilometer pro Stunde.

»Uns bleiben also dreizehn Stunden, bis sie hier sind«, murmelte Jonny. »Gut . . . wenn nötig, können wir innerhalb von einer Stunde die Zelte abbrechen, allerdings wird es den Wissenschaftlern nicht gefallen, wenn sie ihr vor Ort angebrachtes Gerät wieder entfernen müssen. Die logische Konsequenz wäre also, ein Cobrateam loszuschicken, das sich diese Herde ansieht und klärt, ob sie aufgehalten oder umgeleitet werden kann.«

»Genau, Sir. Das dachten wir auch.« Banyon zögerte, und Jonny entdeckte in seinem Gesicht denselben Ausdruck, der – auf den Gesichtern seiner Söhne – gewöhnlich die Bitte um eine Gefälligkeit anzeigte. »Äh, Gouverneur . . . wären Sie bereit, mit dem Team rauszufliegen? Wir würden uns alle besser fühlen, wenn wir jemanden mit Ihrer Erfahrung dabei hätten.«

Jonny sah sich nach Chrys um und zog fragend die Brauen hoch. Chrys' Blick hing allerdings noch immer an den Displays, und als sie schließlich aufsah, schien sie überrascht, daß er überhaupt gefragt hatte. »Paß bloß auf dich auf!«

Und wenn ich zehntausend Jahr' alt werde ... Er drehte sich wieder zu Banyon um und nickte. »Also gut, von mir aus. An die Arbeit.«

Es handelte sich tatsächlich um eine Herde – eine *große* Herde, und für Jonny, der so etwas nur von Videos kannte, war der Anblick so vieler wilder Tiere gleichzeitig ehrfurchtgebietend und ein wenig furchterregend. Selbst einfach nur so dahintrabend erzeugte die Masse braunfelliger Vierbeiner ein Donnern, das noch in einem versiegelten Luftfahrzeug in zweihundert Metern Höhe zu hören war, und ihre breiten Hufe wirbelten trotz der Grasflechte unter ihren Füßen eine Staubwolke auf.

»Ich glaube«, meinte Banyon, während alle Blicke an den Monitoren hingen, »wir werden unseren ursprünglichen Plan noch einmal überdenken müssen.«

Einer der anderen Cobras schnaubte, und ein weiterer gab ein eher bemühtes Glucksen von sich. Jonny wartete ab, bis die spannungslösenden Geräusche in dem überfüllten Luftfahrzeug verhallt waren, dann zeigte er aus dem Fenster. »Fliegen wir ihnen ein paar Kilometer voraus und sehen wir nach, ob uns irgendwas einfällt, wie wir sie von ihrem Kurs abbringen können.«

Banyon nickte und wendete das Fahrzeug, doch während das Donnern hinter ihnen leiser wurde, betrachtete Jonny die Landschaft unter ihnen mit sinkender Hoffnung. Die Cobras hatten bereits nachgewiesen, daß es keine natürlichen Hindernisse zwischen der Herde und der *Menssana* gab, und jetzt, da er wußte, womit sie es zu tun hatten, war es fraglich, ob sie das Gelände verändern und die Herde umleiten konnten. Wahrscheinlich war ein viel drastischerer Schritt nötig. Drastischer und gefährlicher.

Banyon war offenbar zu demselben Schluß gelangt. »Ich fürchte, wir werden sie erschrecken müssen«, murmelte er, gerade laut genug, damit Jonny es verstehen konnte.

»Früher gab es überall auf der Erde und auf Blue Haven Herden von dieser Größe«, sagte Jonny. »Ich wüßte gern, wie man sie gejagt hat. Nun gut. Wir haben nichts an Bord, was echter Munition gleichkäme, und wir wissen nicht einmal, wie die natürlichen Feinde dieser Spezies aussehen. Damit bleibt vermutlich nichts weiter als der Einsatz von Lasern und Schallwaffen aus nächster Nähe.«

»*So kurz* ist die Reichweite der Laser auch wieder nicht – oh, richtig. Wenn sie uns nicht *sehen,* kann niemand garantieren, ob sie begreifen, in welche Richtung sie rennen sollen.«

»Oder ob sie den Angriff überhaupt bemerken.« Jonny überlegte einen Augenblick, doch es fiel ihm keine andere naheliegende Lösung ein. »Gut ... versuchen wir zuerst, sie in geringer Höhe mit dem Luftfahrzeug zu überfliegen. Vielleicht genügt das ja schon.«

Doch offenbar hatten die Tiere keine natürlichen Feinde aus der Luft. Sie setzten, vollkommen blind für das hin- und herschießende Luftfahrzeug über ihnen, unerschütterlich ihren Weg fort. »Und jetzt die harte Gangart?« fragte einer der anderen.

Banyon nickte. »Tja, ich fürchte schon. Aber hoffentlich nicht *zu* hart. Den Biologen ein wenig Arbeit zu ersparen ist es nicht wert, daß jemand sein Leben dabei verliert.«

»Oder auch nur verletzt wird«, warf Jonny ein. »Wir brauchen bloß –«

Das Klingeln des Bildtelefons im Luftfahrzeug unterbrach ihn. »Gouverneur, wir haben hier etwas, das möglicherweise von Bedeutung ist«, berichtete Captain Shepherd, der seine Aufmerksamkeit auf etwas neben der Kamera gerichtet hatte. »Der Satellit hat seine großräumige Geoerkundung abgeschlossen ... und alles deutet darauf hin, daß die Herde sich entlang einer der magnetischen Feldlinien des Planeten bewegt.«

Banyon sah Jonny mit hochgezogenen Augenbrauen an. »Ich dachte, nur Vögel, Insekten und Tweenys bedienen sich geomagnetischer Navigation.«

»Das dachten auch alle Biologen der *Menssana*«, erwiderte Shepherd trocken. »Aber sie wissen keinen triftigen Grund, wieso sich nicht auch größere Tiere dieser Methode bedienen könnten.«

»Nehmen wir einmal an, sie bewegen sich tatsächlich entlang der Feldlinien, ist das Lager dann immer noch in Gefahr?« fragte Jonny.

»Ja. Die Wahrscheinlichkeit erhöht sich sogar um ein paar Prozentpunkte.«

Jonny sah Banyon fragend an. »Ist einen Versuch wert«, brummte dieser. »Captain, gibt es etwas an Bord des Schiffes, mit dem man ein starkes Magnetfeld erzeugen kann?«

»Sicher – die Antriebswandler. Wir brauchen nichts weiter zu tun, als einen Teil der Verkleidung herunterzureißen, und wir bekommen einen ausreichend großen Feldverlust, um ihren Richtungssinn entscheidend zu beeinflussen. Vorausgesetzt, das ist tatsächlich die Ursache.«

»Ist einen Versuch wert«, wiederholte Banyon. »Wie schnell bekommen sie die Verkleidung runter?«

»Daran wird bereits gearbeitet. Sagen wir, in spätestens einer Stunde.«

Selbst unter Aufbietung aller Phantasie konnte das sanft geschwungene Gelände nicht als hügelig bezeichnet werden, dennoch war die Herde der Plattfüßler zu hören, lange bevor man sie sehen konnte. Jonny stand ein paar Meter hinter der Hauptlinie der Cobras, wischte sich den Schweiß von den Handflächen, während das Donnern stetig lauter wurde, und hoffte, es würde funktionieren. Theoretisch müßten die Antipanzerlaser der Cobras in der Lage sein, einen Nährboden für Pilze aus der Herde zu machen, falls irgendwas schiefging ... aber Jonny konnte nicht anders, er mußte daran denken, wie schwer die ebenfalls pflanzenfressenden Gantuas auf Aventine zu erlegen waren.

»Halten Sie sich bereit«, kam es aus seinem Telefon. Er hob kurz den Kopf und sah das Luftfahrzeug ein Stück vor den Cobras schweben. »Sie werden sie jetzt jeden Augenblick sehen können. Warten Sie das Zeichen des Captains ab ...«

Und dann wälzte sich die vorderste Reihe der Herde über eine niedrige Anhöhe – einer dunklen Riesenwelle gleich, die mühelos einen Wellenbrecher nimmt.

Sie hielten nicht unmittelbar auf die Cobras zu und waren ein gutes Stück kleiner als die Gantuas, doch ihre schiere Anzahl machte dies mehr als wett. Jonny biß die Kiefer fest aufeinander und hatte alle Mühe, den Drang zu unterdrücken, kehrtzumachen und in Deckung zu rennen ... Als dann die

Woge über die Anhöhe schwappte, blaffte eine andere Stimme ins Telefon, »*Jetzt!*«

Die Antwort war eine volle Breitseite aus den Antipanzerlasern der Cobras – gezielt nicht auf die Plattfüßler, sondern auf die Gruppen von Felsbrocken, die die Cobras unter großen Mühen fünfzig Meter weiter in Richtung Herde in Stellung gebracht hatten. Sehr spezielle Felsbrocken . . . und wenn die Geologen der *Menssana* sich bezüglich dieser speziellen Formation nicht geirrt hatten –

Hatten sie nicht. Die Mischung aus sich mehr oder weniger stark ausdehnenden Mineralien hielt dem Gleißen des Lasers bestenfalls eine Sekunde oder weniger stand, bevor sie sich mit einem Krachen in ihre Bestandteile auflöste, das sogar noch das Donnergrollen der Herde übertönte. Einer Kette aus Silvesterkrachern gleich explodierten die Felsen, während die Cobras ihren Beschuß fortsetzten . . . und wie Silvesterkracher erzeugten sie wenig mehr als Lärm. Doch es reichte – und als das ungestüme Vorwärtsstürmen der Herde durch die plötzliche Verwirrung ins Stocken geriet, konnte Jonny fast sehen, wie sie ihren angeborenen Orientierungssinn verloren. Einen Augenblick später war es vorbei mit dem Zaudern, und die Herde verdoppelte ihr Tempo in heilloser Flucht . . . jedoch in leicht veränderter Richtung, die durch das zusätzliche Magnetfeld bestimmt wurde, das die *Menssana* für sie von ihrer neuen Position aus, gut zehn Kilometer entfernt, erzeugt hatte. Jetzt würde die Herde an den Cobras vorbeilaufen, und wenn die *Menssana* in etwa einer Stunde abhob und die Plattfüßler ihre ursprüngliche Richtung wiederaufnahmen, hätte man ihren Pfad um wenigstens einen Kilometer an dem Lager der Menschen vorbeigeleitet.

Theoretisch. Es blieb jedoch genügend Zeit, sich dessen zu vergewissern.

Das Luftfahrzeug senkte sich zu Boden, und die Cobras begannen, sich ihm von allen Seiten zu nähern. »Gute Arbeit«, war Banyons Stimme in Jonnys Ohrhörer zu vernehmen. »Fliegen wir zurück.«

Die wenigen Wolken hatten sich kurz vor Sonnenuntergang verzogen, und der Nachthimmel war voller Sterne. Jonny und Chrys gingen Hand in Hand ein kleines Stück innerhalb der Schutzzone spazieren, benannten abwechselnd die erkennbaren Sternbilder und versuchten, die verzerrteren unter ihnen mit ihren aventinischen Gegenstücken zu vergleichen. Nach einer Weile erkannten sie keine weiteren mehr und eine Zeitlang gingen sie einfach schweigend vor sich hin und genossen die frische Luft. Jonny, der seine akustischen Verstärker eingeschaltet hatte, hörte das ferne Donnern eher als Chrys, und als sie es schließlich ebenfalls bemerkte, bewies der gleichbleibende Lärmpegel, daß ihr Plan funktioniert hatte.

»Die Herde der Plattfüßler?« frage sie und spähte in die Dunkelheit.

»So ist es.« Jonny nickte. »Und näher ran werden sie nicht kommen. Sie sind mindestens einen Kilometer entfernt, wenn nicht zwei.«

Sie schüttelte den Kopf. »Eigenartig. Ich kann mich an eine Biologiestunde in der Schule erinnern, in der der Lehrer sich anmaßte zu ›beweisen‹, daß es kein größeres Landtier als den Condorin mit einem Sinn für Magnetismus geben könne, es sei denn, es existiere ein lächerlich starkes lokales Magnetfeld. Ich wünschte, er wäre hier und könnte das sehen.«

Jonny mußte lachen. »*Ich* kann mich erinnern, die alte Theorie gelesen zu haben, derzufolge alle eingeborenen Pflanzen und Tiere auf den verschiedenen Welten des Imperiums mutierte Abkömmlinge von Sporen oder Bakterien sind, die ursprünglich durch Sonnenwinde von der Erde aus dort hingeweht wurden. Soweit ich weiß, war diese Theorie immer noch weit verbreitet, als die Trofts entdeckt wurden, und ich habe keine Ahnung, was ihre Befürworter über Aventine gedacht haben. Wenn überhaupt noch jemand an diese These glaubt. Das Risiko, sich öffentlich zum Narren zu machen, gehört vermutlich zu den Dingen, mit denen sich Wissenschaftler abfinden müssen.«

»Weißt du, diese Vorstellung eines universellen genetischen Codes hat mich auch immer gestört«, meinte Chrys nachdenklich. »Wieso soll alles Leben, das wir vorfinden, die gleiche DNS- und Proteinstruktur aufweisen? Das klingt irgendwie unsinnig.«

»Auch wenn sich herausstellt, daß dies die einzige mögliche Struktur ist?«

»Ich habe diese Theorie immer abgelehnt. Sie kam mir immer irgendwie überheblich vor.«

Jonny zuckte die Achseln. »Mir gefällt sie auch nicht besonders. Wie ich gehört habe, besagt die Theorie der Trofts, daß irgendeine große Katastrophe vor drei oder vier Milliarden Jahren diese gesamte Region des Alls nahezu sterilisiert und dabei eine frühere raumfahrende Rasse mit sich in den Tod gerissen hat. Die Algen und Bakterien, die auf jeder Welt überlebt haben, stammen demzufolge allesamt von einem gemeinsamen Stamm, wenn sie sich auch seitdem unterschiedlich entwikkelt haben.«

»Das muß eine Katastrophe von riesigem Ausmaß gewesen sein.«

»Ich glaube, angeblich soll es sich dabei entweder um eine Kette von Supernovas oder den endgültigen Kollaps des schwarzen Lochs im Zentrum dieser Galaxie gehandelt haben.«

»Aha. Da ist es fast einfacher, sich vorzustellen, Gott hätte all dies absichtlich so erschaffen.«

»Auf jeden Fall erleichtert es den Kolonialisten das Leben, wenn sie in der Lage sind, die örtliche Fauna und Flora zu verdauen«, gab Jonny ihr recht.

»Wenn das auch andersherum manchmal ein Problem wird.«

Jonny spannte sich an, obwohl Chrys gar nicht vorwurfsvoll geklungen hatte. »Ich weiß zu schätzen, daß du mich heute mit den anderen fliegen lassen hast«, sagte er, da sie schon einmal beim Thema waren. Ich meine, wo ich versprochen hatte, mich auf dieser Reise aus diesen Dingen rauszuhalten –«

»Du konntest schlecht ablehnen, als du gebraucht wurdest«, wandte sie ein. »Außerdem warst du dort draußen schließlich nicht ernsthaft in Gefahr. Ich meine, du mußt nicht nein sagen, wenn man dich braucht. Sei nur einfach vorsichtig.«

»Immer«, beruhigte er sie und wunderte sich über die plötzliche Änderung ihrer Ansichten. Das war wieder die alte Chrys, die, die ihn bei seiner Arbeit unterstützt hatte, als sie damals geheiratet hatten. Doch woher rührte dieses Umdenken? Rief die neue Umgebung Erinnerungen an die Herausforderungen wach, auf die sie damals bei ihrer Ankunft auf Aventine gestoßen waren?

Er wußte es nicht. Aber die Veränderung gefiel ihm ... und er hatte noch die ganze Reise Zeit, sich zu überlegen, wie er ihre Einstellung auch nach ihrer Heimkehr diesbezüglich beeinflussen konnte.

10. Kapitel

Die Erlaubnis zum Abnehmen der Filterhelme war kurz vor der abendlichen medizinischen Untersuchung von der *Dewdrop* erteilt worden, und Joshua hatte geglaubt, seine Nase habe sich seitdem an die exotischen Gerüche der qasamanischen Luft gewöhnt. Doch die Gruppe hatte am nächsten Morgen noch keine drei Schritte aus dem Gästehaus gemacht, als Joshua merkte, daß diese Annahme ein wenig verfrüht gewesen war.

Der neue Geruch erschien ihm wie eine Mischung aus Backaromen, einem nicht eben würzigen Rauch und etwas, das er nicht einmal annähernd identifizieren konnte.

Offenbar war er nicht der einzige, dem es so erging. »Was ist das für ein Geruch?« fragte Cerenkov Moff und schnupperte.

Moff sog nachdenklich die Luft ein. »Ich rieche die Bäckerei eine Straße weiter, die Borraffinerie und die Abgase der Fahrzeuge. Sonst nichts.«

»Eine Borraffinerie?« meldete sich Rynstadt zu Wort. »Mitten in der Stadt?«

»Ja. Wieso nicht?« wollte Moff wissen.

»Nun ...« Rynstadt geriet ein wenig ins Schwimmen. »Vermutlich wäre es sicherer, derartige Industrien fern von dicht besiedelten Zentren zu errichten. Für den Fall eines Unfalls oder so.«

Moff schüttelte den Kopf. »Bei uns gibt es keine Unfälle mit nennenswerten Folgen. Und die Anlage selbst steht da, wo sie steht, am sichersten.«

»Interessant«, murmelte Cerenkov. »Könnten wir diese Raffinerie besichtigen?«

Moff zögerte eine Sekunde, dann nickte er. »Das läßt sich vermutlich einrichten. Hier entlang.«

Er ging an dem Wagen, der für sie am Bordstein wartete, vorbei und machte sich auf den Weg, gefolgt von den vier Aventiniern und fünf weiteren Qasamanern. Wie sich herausstellte, lag die Raffinerie, die in einem unscheinbaren Gebäude mitten zwischen zwei extrabreiten Hauptstraßen von Sollas untergebracht war, weniger als einen Block entfernt.

Joshua hatte eine solche Leichtindustrieanlage noch nie gesehen, und die Vielzahl von Tanks, Röhren und geschäftig hin- und hereilenden Qasamanern vermittelte ihm eher den Eindruck eines Durcheinanders denn den von Produktivität. Rynstadt aber – und in geringerem Maß auch York – schien der Ort zu faszinieren. »Sehr schöne Anlage«, bemerkte Rynstadt, während er sich im Hauptraum umsah. »Von einer Methode zur Borgewinnung mittels eines kalten, durchperlten Gases habe ich noch nie gehört. Was ist das für ein Gas, wenn ich fragen darf?«

»Ich weiß es nicht genau«, erwiderte Moff. »Vermutlich irgendeine Art Katalysator. Sind Sie Experte für diese Art von Chemiebetrieben?«

»Nein, eigentlich nicht.« Rynstadt schüttelte den Kopf. »Ich interessiere mich nur allgemein für Technik – meine Arbeit als Ausbilder verlangt, daß ich fast über jedes Gebiet ein wenig weiß.«

»Ein wissenschaftlicher Generalist also. Verstehe.«

Die Art, wie Moff dies sagte, gefiel Joshua nicht, so als würde Rynstadts angebliche Sachkenntnis gegen die friedlichen Absichten ihrer Mission sprechen. »Wäre eine solche Methode auf Aventine konkurenzfähig, Marck, was meinen Sie?« fragte er deutlich vernehmbar in der Hoffnung, Rynstadt würde den Wink verstehen.

Er tat es. »Mit einiger Sicherheit«, meinte dieser sofort und nickte. »Bor spielt in wenigstens einem Dutzend verschiedener Industrieprozesse eine entscheidende Rolle. Unsere Methoden sind zwar nicht teuer, aber etwas Billigeres wäre immer willkommen. Vielleicht können wir später ausführlicher darüber sprechen, Moff, entweder mit Bürgermeister Kimmeron oder demjenigen, der die Handelsvollmacht für den gesamten Planeten besitzt.«

»Ich werde Ihre Anfrage weiterleiten«, sagte Moff. Seine Stimme klang neutral, doch in Joshuas Augen schien er sich ein wenig zu entspannen. *Bei diesen Leuten glaubt man immer, sich auf Zehenspitzen durch ein Minenfeld zu bewegen,* dachte er.

»Nun, ich denke, dann können wir unsere Tour wohl fortsetzen«, meinte Cerenkov munter. »Ich möchte mir gern noch die Kunstgalerie ansehen, von der Sie gestern sprachen, und vielleicht einen von Ihren Marktplätzen.«

»Natürlich«, stimmte Moff ihm zu. »Zurück zum Wagen also, und dann los.«

»Nun?« wollte Telek wissen.

Christopher richtete sich von seinem Terminal auf. »Ich kann keine Hinweise auf diese Methode zur Borgewinnung finden«, sagte er. »Um es zu wiederholen, diese Aufzeichnungen sind alles andere als vollständig –«

»Sicher, sicher. Sind sie nun im Besitz einer neuen Technik, oder haben sie über die Funktion dieser Anlage gelogen?«

Das Interkom piepte. Pyre beugte sich darüber und blendete die Unterhaltung neben sich aus. »Ja?«

Es war Captain F'ahl. »Ich bin gerade auf eine Verbindung gestoßen, die Sie vielleicht interessieren wird«, sagte er. »Diese extrabreiten Straßen in Sollas und den anderen Städten – also, wie sich herausstellt, verlaufen sie in jedem einzelnen Fall parallel zum geomagnetischen Feld von Qasama.«

Die Schwierigkeiten bei der Veredelung von Bor waren augenblicklich vergessen. »Sagen Sie das noch mal«, meinte Christopher und drehte sich zum Interkom.

F'ahl wiederholte seine Bemerkung. »Können Sie sich irgendeinen Grund dafür denken, Captain?« fragte Telek.

»Keinen, der irgendeinen Sinn ergäbe«, erwiderte F'ahl. »Man muß nicht eine ganze Stadt danach ausrichten, um das Feld für Navigationszwecke benutzen zu können, außerdem ist die Feldstärke viel zu gering, um irgendeinen Einfluß auf Versorgungsleitungen und ähnliches zu haben.«

»Es sei denn, sie schwankt in bestimmten Abständen«, meinte Christopher nachdenklich. »Nein, selbst dann ergibt die Anordnung keinen Sinn.«

»Vielleicht hat es etwas mit ihrem System für die Fernkommunikation zu tun«, schlug Telek vor. »Indem sie Modulationen entlang der Kraftlinien aussenden oder so etwas.«

In einer Ecke des Salons hob Nnamdi genervt den Kopf. »Ich wünschte, Sie alle würden sich von der Vorstellung lösen, daß die Qasamaner *unbedingt* über eine Kommunikationsübertragung per Funk verfügen«, knurrte er. »Wie wir festgestellt haben, ist Sollas sowohl für Energie- als auch Datenübertragung verkabelt – und das ist tatsächlich alles, was sie brauchen.«

»Ohne Verbindung zwischen den Städten – ganz zu schweigen von all den kleinen Siedlungen da draußen?« gab Telek zurück. »Kommen Sie, Hersh – dieses Konzept einzelner, isolierter Stadtstaaten kommt vielleicht Ihrem Sinn fürs Exotische entgegen, aber als praxisnahe Politikerin kann ich Ihnen verraten, daß sich so etwas nicht hält. Diese Menschen besitzen Rechenmaschinen und sogar Computer sowie Autos, automatische Waffen und vermutlich auch irgend etwas, für das sie die Landebahn brauchen, auf der wir stehen. Sie können die Grundlagen elektromagnetischer Wellen oder die Vorteile einer Zentralregierung nicht einfach außen vor lassen.«

»Ach? Und wie erklären Sie sich dann die Mauern um die Siedlungen?«

»Und wieso fehlen sie in den Städten?« Telek schüttelte gereizt den Kopf. »Wir können nicht einfach davon ausgehen, daß diese Siedlungen primitiv sind und sich untereinander bekämpfen, und gleichzeitig sagen, die Städte seien fortschrittlich und tun dies nicht.«

»Können wir doch, vorausgesetzt, es besteht keinerlei Verbindung zwischen Städten und Siedlungen«, beharrte Nnamdi. »Oder wenn die Siedlungsbewohner einer ganz anderen Spezies angehören. Moff oder Kimmeron haben diese Siedlungen zum Beispiel überhaupt nicht erwähnt.«

Pyre machte Telek auf sich aufmerksam. »Es wäre vielleicht wirklich nicht schlecht, sich in diesem Punkt Klarheit zu verschaffen.«

Sie seufzte. »Na schön.« Sie nahm das Mikrofon, das mit dem Übersetzer verbunden war, zur Hand und diktierte eine kurze Nachricht an das Kontaktteam. Pyre wandte seine Aufmerksamkeit wieder den Monitoren zu und wartete darauf, daß Cerenkov das Thema Moff gegenüber zur Sprache brachte.

Er brauchte nicht lange zu warten. Der Wagen näherte sich einer der schmaleren Querstraßen, und als sie die Ecke erreicht hatten, zeigten Joshuas implantierte Kameras, daß die Straße zu beiden Seiten von offenbar festen Verkaufsständen gesäumt war, in denen die Händler ihre Waren auf hüfthohen Auslagen unterhalb eines offenen Fensters ausgebreitet hatten. Dutzende von Menschen waren bereits unterwegs, begutachteten die Waren oder waren in lebhafte Unterhaltungen mit den Händlern vertieft. »Dies ist der Hauptmarkt für diesen Teil von Sollas«, sagte Moff, als der Wagen hinter einer Reihe anderer hielt, die längs des breiten Boulevards geparkt standen. »Es gibt acht weitere an anderen Stellen in der Stadt.«

»Scheint mir eine wenig effiziente Methode, um Waren zu vertreiben«, bemerkte Rynstadt, als sie aus dem Wagen stiegen und auf den Basar zusteuerten. »Ganz zu schweigen davon, daß es im Winter und an Regentagen unbequem ist.«

»Bei schlechtem Wetter können die Straßen überdacht werden«, sagte Moff und zeigte nach oben. Joshua hob den Kopf, und Pyre sah, daß in Höhe des dritten Stocks der seitlich angrenzenden Gebäude zwei lange Dachteile angebracht waren, die man in der Art einer Zugbrücke an die Wände geklappt hatte. »Und was die Ineffektivität anbetrifft, so ziehen wir es vor, dies als Zeichen individueller Freiheit und Unabhängigkeit zu betrachten. Das Fehlen dieser Werte war der Grund, weshalb unsere Vorfahren ursprünglich hierhergekommen sind. Sie haben noch nicht erzählt, weshalb *Ihre* Vorfahren den Herrschaftsbereich der Dynastien verlassen haben.«

»Oh, verdammt«, brummte Telek und griff nach dem Mikrophon. »Bleiben Sie unpolitisch, Yuri«, wies sie ihn an. »Erzählen Sie was von Abenteuerlust, was weiß ich.«

»Wir sind aus verschiedenen Gründen nach Aventine gekommen«, erklärte Cerenkov dem Qasamaner. »Sei es aus Abenteuerlust, oder weil wir eine neue Welt entdecken wollten, aus Unzufriedenheit mit unserem Leben – und dergleichen mehr.«

»Politischer Druck war nicht im Spiel?«

»Vielleicht sind einige auch aus diesem Grund gekommen, aber wenn, dann weiß ich davon nichts«, antwortete Cerenkov vorsichtig.

»Erzählen Sie das mal den ersten Cobras«, murmelte Pyre.

»Still«, brachte Telek ihn zum Schweigen.

Das Kontaktteam und seine qasamanischen Begleiter hatten sich jetzt unter die anderen Kunden gemischt. Der Mojo eines der Käufer kreischte, was zur Folge hatte, daß Rynstadt zur Seite sprang. Pyre zuckte aus Mitgefühl gleich mit zusammen, er hatte fast aufgehört, die allgegenwärtigen Vögel überhaupt noch wahrzunehmen. »Stammen alle Waren aus Sollas und der direkten Umgebung?« erkundigte sich Cerenkov bei Moff, als sie an einem Stand vorüberkamen, an dem säuberlich verpackte Brotlaibe angeboten wurden.

»Nein, unser Handel erstreckt sich auch auf die anderen Städte und Siedlungen«, erklärte ihm dieser. »Das meiste frische Obst und Fleisch stammt aus den Siedlungen östlich von hier.«

»Aha«, nickte Cerenkov und ging weiter.

»Zufrieden?« fragte Christopher Nnamdi.

Dieser sah ihn finster an. »Das beweist noch immer nicht, daß die Siedlungsbewohner Menschen sind«, gab er halsstarrig zu bedenken. »Oder daß sie auf der gleichen Entwicklungsstufe wie die Städte stehen –«

»Almo?«

Pyre drehte sich zu der Liege um, auf der Justin lag.

»Was ist?«

»Ich ... höre etwas ... ein dunkles Rumpeln ... von Joshua.« Der junge Mann hielt inne. Die Anspannung stand ihm deutlich ins Gesicht geschrieben, als er versuchte, seine Aufmerksamkeit soweit von Joshua zu lösen, daß er sprechen konnte. »Es kommt näher ... glaube ich.«

Christopher war bereits an der Steuerung und versuchte das Geräusch einzufangen, das Justins Cobraverstärker aus Joshuas Signal herausgefiltert hatten. »Captain, möglicherweise nähert sich uns ein Flugzeug«, fauchte Pyre in Richtung Interkom.

»Bin schon dran«, erwiderte F'ahl ruhig. »Noch ist nicht das geringste zu erkennen.«

Einen Augenblick später wäre Pyre beinahe durch die Decke des Salons gegangen, als ein Blöken aus dem Lautsprecher des Displays hervorbrach. »Au!« rief Christopher und griff nach dem Lautstärkeregler, den er eben gerade erst aufgedreht hatte. Das Dröhnen schwand zu einem Pfeifen ... und als er einen Blick auf den Bildschirm warf, sah Pyre, daß die Qasamaner ihre Einkaufsbummel beendet hatten und sich zu den breiten Boulevards an beiden Enden des Marktes bewegten. »Was geht da vor sich?« fragte Cerenkov Moff, als sich auch ihre Begleiter dem allgemeinen Menschenstrom anschlossen. Ein zweites Rumpeln mischte sich unter das erste, und Pyre sah gerade noch, wie Autos hastig vom Boulevard entfernt und vermutlich in die schmaleren Querstraßen gefahren wurden.

»Eine Bololinherde ist nach Sollas eingedrungen«, erklärte Moff Cerenkov. »Bleiben Sie zurück – Sie sind nicht bewaffnet.«

Telek schnappte sich das Mikro. »Kümmern Sie sich nicht darum. Joshua – gehen sie wenigstens so nah ran, daß Sie sehen können, was passiert. Decker, Sie begleiten ihn besser.«

Die beiden Männer schlossen sich Moff an. Keiner der Qasamaner schien sonderlich beunruhigt über das, was gleich geschehen würde ... doch, wie Pyre bei genauerem Hinsehen feststellte, traf dies auf die Mojos nicht zu. Alle Vögel in Sichtweite plusterten die Federn auf, spreizten die Flügel und ließen allgemeine Anzeichen von Erregung erkennen.

Jetzt, während Joshua und York sich ihren Weg durch die dritte Reihe der Schaulustigen bahnten, war das Rumpeln deutlich zu hören. »Achtung«, kam eine Stimme schwach über Joshuas Sensoren, und jemand ein Stück weiter rechts zog seine Pistole und hielt sie mit der Mündung nach oben schußbereit. Ein Dutzend weiterer Rufe, und die gesamte vorderste Reihe war diesem Beispiel gefolgt. Auf der anderen Seite des Boulevards konnte Pyre gerade eben eine weitere Ansammlung von Menschen erkennen, die ihre Waffen ebenfalls schußbereit hielten. »Kreuzfeuersituation, Decker«, rief er in das Mikro, das Telek noch immer in der Hand hielt, und übertönte damit sämtliche Instruktionen, die sie ihnen gerade gab. »Passen Sie auf, ob es Schwierigkeiten gibt.«

Aus dem Rumpeln wurde ein Donnern ... und dann erschienen die Tiere.

Pyre war augenblicklich klar, weshalb die Qasamaner es für sinnvoll hielten, bewaffnet herumzulaufen. Die Tatsache, daß eine ganze Herde wilder Tiere in wüster Panik durch ihre Stadt raste, war schlimm genug, doch schon ein einziges von ihnen wäre Grund zu ernsthafter Besorgnis gewesen. Bei ihren jeweils gut zwei Metern Länge waren die Bololins muskulös und kräftig und besaßen Hufe, die aussahen, als könnten sie damit Felsen zermalmen. Aus den massigen Köpfen ragte ein Paar tückisch aussehender Hörner hervor, und über den Rücken lief ein Zackenstreifen aus dreißig Zentimeter langen Federkielen, auf die sogar ein aventinischer Stachelleopard stolz gewesen wäre. Wenigstens einhundert dieser Tiere waren bereits zu sehen. Sie rannten Schulter an Schulter und Kopf an Schwanz, während hinter ihnen immer mehr nachströmten ... und als Pyre sich dank seiner automatischen Kampfreaktion straffte, eröffneten die Qasamaner das Feuer.

Christopher entfuhr ein erschrockener Laut, und selbst Pyre – der geahnt hatte, was ihn erwartete – zuckte bei dem Geräusch zusammen. Das Imperium hatte einfache Explosionsfeuerwaffen vor langer Zeit zugunsten von Lasern und weiterentwickelten Raketenpatronen aufgegeben, doch offenbar war diese Entwicklung an den Qasamanern vorübergegangen. Die Waffen vor Joshua donnerten wie kleine explodierende Granaten ... und einige der Bololins in der Herde kamen plötzlich aus dem Tritt und stürzten.

Zufällig blickte Pyre genau auf einen dieser Vierbeiner, als dieser getroffen wurde, daher war er der erste im Salon, der den bräunlichen Vogel sah, der von dem toten Tierkörper in die Höhe schoß.

Er war wenigstens um die Hälfte größer als ein Mojo, sein Körperbau jedoch schien die gleichen raubtierhaften Züge aufzuweisen. Sein Versteck war, soweit Pyre das beurteilen konnte, das Gestrüpp aus Rückenfederkielen des Bololin gewesen ... Einen Augenblick später reagierte Joshua, der Blickwinkel kippte nach oben, und Pyre sah weitere dieser Vögel, die sich bereits in die Luft erhoben und vermutlich auf ähnliche Weise sterbende Bololins verlassen hatten.

Schnell näherte sich ihnen ein Schwarm Mojos.

»Sie sind verrückt«, sagte Christopher, wegen des Gewehrfeuers kaum hörbar. »Diese Vögel sind größer als sie –«

»Außerdem scheinen es ebenfalls Raubvögel zu sein«, knurrte Telek. »Irgend etwas stimmt hier nicht – Raubtiere fallen normalerweise nicht über andere Raubtiere her. Joshua! Lassen Sie die Vögel nicht aus den Augen.«

Das Bild stabilisierte sich, und Pyre beobachtete mit fasziniertem Grauen, wie ein Mojo von oben hinter einem der größeren Vögel ins Bild kam und mit ausgefahrenen Krallen auf ihn herabstieß. Er prallte gegen ihn – krallte sich fest – und klammerte sich sechs Herzschläge lang in Huckepackstellung an ihn. Der größere Vogel wand sich verzweifelt, ohne Erfolg, fing sich wieder –

– als der Mojo seine Flügel ausbreitete und sich zurückfallen ließ. Ohne Anstalten zu machen, die Verfolgung aufzunehmen, schwenkte er in trägem Bogen ab und flog zurück in die Menschenmenge der Qasamaner.

»Was zum Teufel ist das?« murmelte Telek.

Pyre hätte es selbst kaum besser formulieren können.

Joshuas Blick richtete sich jetzt wieder auf die Straße. Die Herde war außer Sicht, und im aufgewirbelten Staub waren etwa zwanzig tote Tiere zu erkennen, die in unterschiedlichem Maße zerfetzt waren. Einer der Qasamaner – Moff, wie Pyre erkannte – trat hinaus auf den Boulevard und sah sich vorsichtig nach beiden Seiten um. Er steckte seine Pistole ins Halfter, ging wieder zurück, und wie auf ein Kommando verschwanden auf die gleiche Weise auch die andere Waffen, und die Menschenmenge begann sich aufzulösen.

Telek hielt das Mikro fest umklammert. »Yuri – Sie alle – finden Sie soviel wie möglich darüber heraus, was da gerade passiert ist. Besonders über diese Vögel.«

Pyre nickte nur. Allerdings bezweifelte er, ob man dem Kontaktteam diesen Befehl überhaupt erteilen mußte.

Joshua jedenfalls hätte Telek nicht gebraucht, um zu wissen, was zu tun war – vor Neugier platzend, konnte er es kaum erwarten, bis Moff sich einen Weg durch die sich auflösende Menschenmenge gebahnt hatte, damit er seine erste Frage loswerden konnte. »Wie ist es diesen Tieren so leicht gelungen, in die Stadt einzudringen?« erkundigte er sich.

Moff setzte eine finstere Miene auf und warf auch York einen verärgerten Blick zu. »Ich sagte Ihnen doch, Sie sollten zurückbleiben.«

»Entschuldigen Sie. Was waren das für Tiere – Bololins nennen Sie sie? Was wollten sie hier?«

Cerenkov und Rynstadt waren ebenfalls zu dem Grüppchen gestoßen, wie auch die meisten von Moffs Begleitern. »Die Bololins gehen regelmäßig auf Wanderschaft«, sagte er, fast widerwillig. »Für eine solche Wanderung sammeln sie sich stets in großen Herden, und Sie werden mir zustimmen, daß sich diese Herden so gut wie unmöglich aufhalten lassen. Daher haben wir die Stadt auf eine Weise angelegt, die ihnen bei so geringem Schaden wie möglich Durchlaß gewährt.«

York warf einen Blick auf die Kadaver auf dem Boulevard. »Bei so geringem Schaden wie möglich für *Sie* jedenfalls.«

»In Kürze werden Einsatztruppen hier sein, um sie in eine Tierverwertung zu schaffen«, sagte Moff. »Sowohl das Fleisch als auch die Felle werden verwendet.«

»Es wäre einfacher für Sie, ein paar Tiere von der Herde zu trennen und zu stoppen, bevor Sie schießen«, hakte York nach. »Sie hier auf diese Weise zu Tode trampeln zu lassen tut weder dem Fleisch noch den Fellen gut.«

»Was war das eigentlich mit den Mojos und diesen anderen Vögeln?« fragte Joshua, als Moff gerade zur Antwort ansetzte. »Jagen Mojos auf diese Weise, selbst wenn sie nicht die Absicht haben, etwas zu fressen?«

»Zu –? Oh, verstehe.« Moff hob die Hand und strich seinem Mojo über den Hals. »Tarbine sind keine Beutetiere. Die Mojos paaren sich mit ihnen. Cerenkov«, sagte er, sich von Joshua abwendend. »Wir werden unsere Besichtigung des Marktes abbrechen müssen, wenn wir noch in der Galerie eintreffen wollen, solange sie für uns freigegeben ist. Wenn Sie wollen, können wir später hierher zurückkehren.«

»Einverstanden.« Cerenkov warf einen langen Blick auf die Bololinkadaver, während Moff sie den Boulevard hinunter und auf die andere Straßenseite führte, wo man ihren Wagen hingefahren hatte. »Geschieht das oft?«

»Ab und an. In den nächsten Tagen vielleicht etwas häufiger – zur Zeit ist eine größere Wanderung im Gang. Es besteht aber kein Grund zur Beunruhigung. Die Wahrscheinlichkeit, daß Sie sich in der Nähe der betroffenen Straßen befinden, ist gering, und wenn doch, werden Sie die Alarmanlagen auf den Dächern rechtzeitig warnen. Kommen Sie, wir müssen uns beeilen.«

Die Unterhaltung verstummte. Joshua stieß York im Gehen an und verlangsamte seinen Schritt ein wenig. York fiel in sein Tempo ein, und als Moff und die anderen ein paar Schritte Vorsprung hatten, hob Joshua die Hand und legte den Daumen über das Mikro seines umgehängten Übersetzers. »Du hast auf einer Reihe von Welten gelebt«, raunte er dem anderen zu. »Hast du je gesehen, daß Männchen und Weibchen derselben Art sich äußerlich so unterscheiden?«

York zuckte kaum merklich mit den Achseln, die Hand in ähnlicher Weise über seinem Übersetzer. »Ich habe einige gesehen und von einigen gehört, die sogar noch weniger zusammenpaßten . . . aber ich habe noch nie von einem Paarungsakt gehört, der so sehr einer bedingungslosen Attacke gleicht. Fast wie – verdammt, ich sag's einfach: wie eine Vergewaltigung.«

Joshua spürte, wie ihm ein Schauder den Rücken hinaufkroch. »Ja, genauso sah es aus, nicht? Die Mojos sind über sie hergefallen wie Condorine, die sich auf ein Kaninchen herabstürzen.«

»Und die Tarbine haben wie verrückt versucht zu fliehen. Das ist äußerst seltsam, Joshua.«

Weiter vorn sah Moff sich kurz um. Joshua nahm beiläufig die Hand vom Mikrophon und beschleunigte seinen Schritt, während York neben ihm seinem Beispiel folgte. Er wußte, sie würden irgendeinen stillen Augenblick abpassen müssen, um Cerenkov ins Bild zu setzen und ihn dazu zu bringen, nachzuhaken, und er überlegte, wie er eine solche Gelegenheit herbeiführen könnte. Hoffentlich war Cerenkov mit seiner Engelszunge der Herausforderung gewachsen ... denn wenn das Paarungsverhalten der Mojos der Beweis für ein vorherrschendes biologisches Prinzip hier war, konnte es von entscheidender Bedeutung sein, eine derartige Information ans Licht zu fördern.

Doch das Team, das ihnen Rückendeckung gab und in der *Dewdrop* festsaß, würde nichts in dieser Richtung unternehmen können. Das stand jedenfalls fest.

»Nein.« Telek schüttelte den Kopf. »Auf gar keinen Fall. Das ist verrückt.«

»Es ist *nicht* verrückt«, erwiderte Pyre. »Es ist machbar, praktisch, außerdem gibt es keinen anderen Weg, an gesichertes Datenmaterial zu kommen.« Er sah kurz zu der Karte von Sollas auf dem Display, wo eine rote Fläche die vom Computer geschätzte Position der Bololinherde kennzeichnete. »Und uns bleiben vielleicht noch fünfzehn Minuten, um uns diese Herde zunutze zu machen.«

»Sie werden allein da draußen sein – mitten auf unbekanntem und aller Wahrscheinlichkeit nach feindlichem Gebiet«, knurrte Telek und zählte ihre Argumente mit raschen, fast bösartigen Bewegungen an den Fingern ab. »Ihre Kommunikation mit uns wird eingeschränkt sein, mit den Einwohnern hier, sollten Sie auf welche stoßen, wird sie vollkommen unmöglich sein. Und wahrscheinlich besteht nicht die geringste Chance, daß Sie unbemerkt zurückschleichen können – und demnach bin ich, falls Ihnen etwas zustößt, gezwungen, mich zwischen Ihrem Leben und einer Fortsetzung der Mission zu entscheiden.«

»Und wenn ich nicht rausgehe, werden Sie vielleicht nie erfahren, wieso die Mojomännchen ihre Weibchen vergewaltigen«, erwiderte Pyre ruhig. »Ganz zu schweigen davon, weshalb die Tarbine auf den Bololins reiten. Oder, was das anbetrifft, wieso es so schwer ist, den Einfall der Bololins in die Städte zu verhindern.«

Telek blickte Christopher und Nnamdi an. »Und?« wollte sie wissen. »Sagen *Sie* was dazu. Erklären Sie ihm, daß er verrückt ist.«

Die beiden Wissenschaftler wechselten einen Blick, und Christopher zuckte verlegen mit den Achseln. »Gouverneurin, wir sind hier, weil wir soviel wie möglich über diesen Ort in Erfahrung bringen wollen«, sagte er und vermied es, dabei sowohl Telek als auch Pyre in die Augen zu sehen. »Ich gebe zu, es ist gefährlich ... aber Almo hat recht. Die Bololinherde wird vermutlich nicht noch einmal so nahe am Schiff vorbeikommen.«

»Außerdem ist er schließlich ein Cobra«, warf Nnamdi ein.

»Ein Cobra.« Telek spie das Wort förmlich aus. »Und deshalb ist er durch Unfälle oder Schlangenbisse nicht verwundbar?« Sie senkte den Blick und starrte auf das Display der Stadt.

Einen Augenblick lang herrschte Stille. »Wir haben die Notpakete bereits zusammengestellt«, sagte Pyre ruhig. »Eins davon reicht für eine Woche, zwei kann ich mitnehmen. Es gibt Laserkomgeräte, um aus den Wäldern heraus mit Ihnen in Verbindung zu bleiben, ohne daß die Qasamaner etwas davon mitbekommen. Ich habe gesehen, wie biologische Feldanalysegeräte gehandhabt werden, ich bin sicher, daß ich eines für Sie aufstellen oder, falls nötig, auch selbst damit umgehen kann. Außerdem könnte ich ein paar kleine Gefrierboxen mitnehmen, falls sie einen ganzen Tarbin haben wollen, um ihn später zu untersuchen.«

Sie schüttelte den Kopf, den Blick noch immer auf die Bildschirme geheftet. »Sie sind der Cobrateamführer. Machen Sie, was Sie wollen.«

Das klang nicht gerade nach begeisterter Unterstützung, aber Pyre mußte nehmen, was er kriegen konnte. Die Bololins waren nur noch einige Minuten entfernt. »Michael, Dorjay – zwei Notpakete und ein Laserkom zur Backbordladeluke, Ende«, sprach er in das Interkom. Die beiden Cobras bestätigten den Befehl, und Pyre verließ den Salon und lief zu seiner Kabine, um sich rasch geeignetere Kleidung anzuziehen. Unten an der Ladeluke gab es ein verpacktes Biofeldanalysegerät.

Bei seinem Ausstieg konnte er das mitnehmen. Durch die Luke selbst, die sich auf der der Stadt abgewandten Seite befand, müßte er ungesehen in den Schatten des Schiffes gelangen. An diesem Punkt würde er sich einfach darauf verlassen müssen, daß die Bololins tatsächlich den magnetischen Feldlinien folgten . . . und daß die Landebahnen so staubig waren, wie sie aussahen.

Drei Minuten später war er an der Ladeluke. Eine Minute darauf war er, beladen wie ein Packkarren, draußen und drückte sich an den Rumpf der *Dewdrop,* während er sich zum Bug vorarbeitete. Das Donnern der Bololins war jetzt auch ohne Verstärker zu hören, und ein rascher Blick unter die Nase der *Dewdrop* zeigte, daß sie tatsächlich den vorausberechneten Weg einschlugen, der den Rand der Herde bis auf fünfzig Meter an das Schiff heranführen würde. Bereits nach den ersten Reihen begann der Staub, die Stadt dahinter zu verdunkeln, und er wurde sogar noch dichter. Pyre atmete tief durch, ließ den Blick kurz forschend über den Waldrand schweifen und machte sich bereit für den Sprint.

Die vorderste Reihe der Herde donnerte vorbei. Pyre ließ die nächsten Reihen ebenfalls passieren, dann lief er los, vornübergebeugt, um sich so unsichtbar wie möglich zu machen. Mit jedem Schritt schlug seine Ausrüstung scheppernd gegen Rücken und Schenkel, während er einem Bogen folgte, an dessen Ende er, knapp einen Meter von der Herde entfernt, neben ihr herlief.

Sofort wurde offensichtlich, daß die Bololins, die ihm am nächsten waren, etwas gegen seine Anwesenheit hatten. Ein oder zwei brachen mitten im Lauf aus, versuchten ihn seitlich auf die Hörner zu nehmen, doch auch ohne seine einprogrammierten Reflexe war er wendiger als die massigen Tiere und wich ihnen mühelos aus. Unangenehmer – und unerwarteter – waren die zwei Meter langen, peitschenähnlichen Schwänze, die bisher noch niemandem aufgefallen waren. Hätte ihn der erste dieser Schläge nicht auf seinem Rucksack getroffen, wäre zweifellos ein schmerzhafter Striemen oder sogar ein Muskelriß die Folge gewesen. So wie die Dinge lagen, mußte sein Nanocomputer kurz die Steuerung seiner Servos übernehmen, damit er sein Gleichgewicht wiederfand.

Doch bis zum Waldrand waren es nur noch wenige Schritte, und als die Herde die ersten vereinzelten Bäume passierte, trennte sich Pyre von ihr, schwenkte seitlich ab und blieb erst stehen, als hinter ihm nur noch Grün zu sehen war.

Eine ganze Weile stand er einfach da und sondierte mit seinen optischen und akustischen Verstärkern die Umgebung ringsum. Allmählich verhallte der Lärm der Bololins in der Ferne, und an seine Stelle trat ein Zirpen, Schnalzen und Pfeifen von Vögeln, Insekten und weiß Gott was sonst noch. Kleine Tiere huschten durch die Bäume und das Unterholz, und einmal glaubte er etwas erheblich Größeres und Schwereres herumschleichen zu hören.

Vielleicht, aber nur vielleicht, war dies nicht gerade die allerklügste Idee gewesen, die er je gehabt hatte.

Aber jetzt blieb ihm nichts anderes übrig, als weiterzumachen und den Job zu erledigen, wie er es Telek versprochen hatte. Er legte seine Ausrüstung am Fuß eines Baumes ab, vergewisserte sich, daß seine akustischen Verstärker auf höchster Stufe standen, und machte sich an die Arbeit.

11. Kapitel

»Wenn es jemals eine Welt gab, die für die Kolonisierung wie geschaffen war«, meinte Captain Shepherd voller Zufriedenheit, »dann ganz bestimmt diese hier.«

Jonny ließ den Blick über die graubraune Landschaft schweifen und mußte ihm recht geben. Was immer das für Kräfte waren, die diese Region des Alls auch bis hin zu den Nukleinsäuren leergefegt hatten, es war offenkundig, daß Kubha mehr unter ihnen gelitten hatte als die meisten anderen. Nur das allerprimitivste Leben existierte hier: einzellige Pflanzen oder Tiere sowie vielleicht ein paar hundert Arten, die über einen geringfügig komplexeren Organismus verfügten. Eine praktisch leergeputzte Platte, bereit, jedwede ökologische Struktur zu akzeptieren, die eine zukünftige Kolonie sich entschied, hier einzurichten.

Jedenfalls jede Struktur, die diese Hitze aushielt.

Ein junger Biologe, ein ganzes Gestell mit Proberöhrchen vorsichtig an die Brust gedrückt, kam den kleinen Hügel hinaufgestapft, auf dem Jonny und Shepherd standen. »Captain, Gourverneur«, grüßte er mit einem Nicken und blies sich einen Schweißtropfen von der Nase. »Ich dachte, Sie wären vielleicht daran interessiert, einen Blick auf die ersten Ergebnisse des Kompatibilitätstests zu werfen, bevor ich die Proben einordne.«

Jonny verbarg ein Schmunzeln, als er und Shepherd sich vorbeugten, um in die Röhrchen mit den unterschiedlichen Mischungen aus hiesigen und aventinischen Zellen zu linsen. Weder auf Chata, auf Fuson und auch jetzt, hier auf Kubha, hatten die Wissenschaftler in ihrem Bemühen nachgelassen, Shepherd davon zu überzeugen zu wollen, ihnen mehr Zeit für die Entnahme von Proben und allgemeine Beobachtungen zu gewähren, und ihn für die Ergebnisse zu interessieren war lediglich eine der einfallsreicheren Methoden zu diesem Zweck. Natürlich würde es nicht funktionieren. Der Rat hatte auf einer Eilrundreise bestanden, und Shepherd nahm seine Befehle sehr ernst.

»Interessant«, nickte der Captain und richtete sich auf, nach dem er die Röhrchen begutachtet hatte. »Sie sollten das allerdings besser schnell in den Gefrierraum schaffen, wenn Sie noch mehr Proben einsammeln wollen. Wir heben in etwa zwei Stunden ab.«

Ein Anflug von Verärgerung huschte über das Gesicht des Biologen, bevor er etwas dagegen tun konnte. »Jawohl, Sir«, sagte er und machte sich auf den Weg zur *Menssana.*

»Sie sind ein kaltblütiger Zuchtmeister ohne einen Schuß wissenschaftlicher Neugier, wußten Sie das eigentlich?« meinte Jonny.

Shepherds Lippe zuckte. »Hat man mir schon gesagt. Aber im Rat hieß es, man wolle eine schnelle, vorläufige Studie, und exakt die werden sie bekommen. Außerdem will ich zurück sein, wenn die *Dewdrop* eintrifft. Nur für den Fall, daß –«

»Hi, Chrys«, unterbrach ihn Jonny, der sich umdrehte, als seine Frau sich zu ihnen gesellte. Mit Hilfe seines akustischen Verstärkers hatte er ihre Schritte gehört, und das letzte, was er jetzt wollte, war, sie daran zu erinnern, daß sich die *Dewdrop* im Augenblick mit zwei ihrer Söhne an Bord auf einem fremden Planeten befand. »Was hältst du davon?« fügte er hinzu und deutete mit einer ausholenden Handbewegung auf die Landschaft.

»Zu gottverlassen für meinen Geschmack«, sagte sie und schüttelte den Kopf. »Wirkt irgendwie unheimlich. Außerdem bin ich nicht gerade scharf darauf, meinen Verstand hier draußen zu verbrutzeln.« Sie sah Jonny besorgt an. »Und wie fühlst du dich?«

»Gut«, sagte er zu ihr und meinte es auch so. »Die Hitze tut nicht nur meiner Arthritis gut, sie scheint auch meinen Puls und meinen Blutkreislauf soweit zu beschleunigen, daß dies meine Blutarmut ein wenig ausgleicht.«

»Mit anderen Worten, Sie wollen Ihre Blutarmut gegen einen Herzanfall eintauschen;« knurrte Shepherd. »Großartig. Vielleicht gehen Sie besser zurück an Bord, bis wir startbereit sind, Gouverneur.«

»Meinem Herz geht es prima«, protestierte Jonny. »Wahrscheinlich überlebt es mich sogar um zwei Jahre.«

»Aber sicher.« Shepherd deutete mit dem Daumen Richtung *Menssana*. »Gehen Sie schon, Gouverneur. Betrachten Sie dies als einen Befehl.«

Einen Moment lang war Jonny versucht, die Befehlshierarchie zu mißachten. Er fand es draußen im Freien erfrischend – vor allem, solange er nicht Gefahr lief, daß irgend etwas seine Zähne, Krallen, seinen Schnabel oder seine Stacheln in ihn bohrte – und hätte sehr gern die letzten Stunden genossen, die ihm hier blieben. Andererseits hatte er Chrys dieses Versprechen gegeben ... »Ach, na schön«, brummte er. »Aber nur unter Protest.«

Er und Chrys trabten zusammen den Hügel hinunter. »Der Rat hat ihm wirklich den passenden Namen gegeben«, bemerkte Chrys, als sie ebenen Boden erreichten und ein langsameres Tempo anschlugen.

»Wem haben sie den richtigen Namen gegeben? Kubha?«

»Ja. Du weißt schon – die fünf Sterne des Südkreuzes von Asgard –«

»Ich kenne die Kodenamen der Planeten«, unterbrach Jonny sie.

»Na ja, zufällig ist Kubha der heißeste dieser Sterne, und dieses Kubha hier ist der heißeste dieser Planeten, wenigstens bis jetzt. Muß ein Omen sein.«

Jonny schnaubte. »Das sollten wir weder dem Rat *noch* dem Universum allzu hoch anrechnen.«

Chrys mußte lächeln. »He, Kopf hoch«, meinte sie und ergriff seinen Arm. »Alles wird bestens funktionieren. Offenbar hält das Glück des Jonny Moreau sogar an, wenn er einfach nur zum Spaß mitfährt.«

»Na ja. Wenn man einmal von kleinen Dingen wie Schlangengift im Analysegerät für die Nukleinsäuren absieht – «

»Ist längst repariert«, sagte sie. »Wir haben es vor zehn Minuten wieder in Betrieb genommen. Das war auch der Grund, warum ich von meinem Schreibtisch aufstehen und rauskommen durfte, um dich zeternd und um dich schlagend zurückzubringen.«

Er schüttelte in gespielter Empörung den Kopf. »Eins schwöre ich dir, Chrys, deine Vorstellung von einem reinen Passagier hätte ich mir hier nicht erlauben dürfen.«

»Und trotzdem amüsierst du dich köstlich. Komm schon, gib's zu.«

»Warum? Du schickst mich doch sowieso auf mein Zimmer, oder etwa nicht?« sagte er und imitierte das nur zu vertraute Gejammer eines Fünfjährigen. »Du willst doch sonst immer, daß ich draußen spiele, wenn es schön ist.«

Sie verpaßte ihm einen Stoß in die Rippen. »Laß das – von Wutanfällen hatte ich schon vor Jahren genug.«

Er bekam die Hand zu fassen, mit der sie ihn attackierte, und legte sich ihren Arm um die Hüfte, und so gingen sie eine Weile schweigend weiter. »Es wäre wirklich ein idealer Planet für eine Besiedlung, nicht?« sagte sie leise. »Und das wird es um so schwerer machen, nein zu sagen.«

»Den Trofts gegenüber?«

Sie nickte. »Der Rat wird diese Welt haben wollen, und nicht nur diese. Und um sie zu bekommen, werden sie sich mit den Qasamanern herumschlagen müssen . . . ob das klug ist oder nicht.«

Jonny verzog das Gesicht. Derselbe Gedanke ging ihm auch schon seit wenigstens zwei Planeten durch den Kopf. »Der Bericht der *Dewdrop* muß ebenso handfest sein, daß unserer, soweit es diese Entscheidung betrifft, nur eine Fußnote darstellt.«

»Solange Lizabet Telek dafür verantwortlich zeichnet?« schnaubte Chrys. »Sie ist so versessen auf diese Welten, daß ihr schon das Wasser im Mund zusammenläuft. Sie wird sich alle Mühe geben, die Qasamaner, was ihre Kampfkraft anbetrifft, wie verkrüppelte Porongs aussehen zu lassen.«

»Ich weiß nicht, ob sie *so* hinterhältig ist«, wandte Jonny vorsichtig ein. »Und mit Almo, Justin und Joshua an Bord wird sie es schwer haben, allzu großen Einfluß auf die Dinge zu nehmen.«

Trotzdem, dachte er, als sie den Cobraposten an der Luftschleuse der *Menssana* passierten und das kalte, klimatisierte Innere des Schiffes betraten, *es könnte vielleicht nicht schaden, unseren Bericht ein oder zwei Stufen dezenter zu gestalten. Vielleicht sollten wir die Plattfüßler auf Chata hervorheben und die spuckenden Schlangentiere auf Fuson. Jede Welt hat ihre Nachteile – wir brauchen nichts weiter zu tun, als sie zu finden und sie herauszustellen.*

Und darauf zu hoffen, daß man sie im Rat nicht zu ernst

nimmt. Bereits jetzt machte die kühlere Bordluft seinen arthritischen Gelenken zu schaffen, die ihm mit jedem Ziehen daran erinnerten, daß er mit der regelmäßigen Einnahme seiner Medikamente ein wenig lax verfahren war. Er sähe es gar nicht gerne, wenn sich die Menschheit eine Welt wie Kubha ohne Grund entgehen ließe.

Ob das allerdings einen Krieg lohnte . . . nun, diese Entscheidung stand vorläufig noch nicht an.

12. Kapitel

Die komplette Besichtigungstour durch Sollas und Umgebung dauerte sechs Tage, und für Cerenkov war das Erstaunlichste daran, daß es den Qasamanern gelang, sie ständig auf Trab zu halten und ihnen doch nur wenig zu zeigen.

Wenig wirklich Bedeutsames jedenfalls. Viele lange Stunden verbrachten sie damit, Kunstgalerien, Kulturmuseen und Parks abzuklappern, während die Abende gewöhnlich mit Tanz- und Musikveranstaltungen in ihrem Gästehaus und mit Diskussionen mit Bürgermeister Kimmeron oder anderen hochrangigen Amtsinhabern ausgefüllt waren. Zu keiner Zeit – trotz Cerenkovs behutsam formulierter Anfragen – wurde das Kontaktteam zu etwas geführt, das einem Kommunikations- oder Rechenzentrum ähnelte, auch zeigte man ihnen keine der industriellen Produktionsstätten der Stadt.

Und doch existierten solche Betriebe ganz offensichtlich. Die flüchtigen Eindrücke, die sie von städteverbindenden Straßen und dem spärlichen Verkehr darauf bekamen, zeigte, daß Sollas' Güter nicht einfach von irgendwo außerhalb herangeschafft wurden.

»Sie müssen unterirdisch sein«, vermutete Rynstadt an jenem Abend, als die vier Männer sich in dem Salon entspannten, der ihre beiden Schlafzimmer verband. »Und zwar alles: die Raffinerien, die Produktion, die Abfallverwertung – vielleicht gibt es sogar ein Tunnelnetz für die Verteilung der Waren.«

»Außer für kleinere Betriebe wie die Borfabrik, die wir am ersten Tag gesehen haben?« meinte Cerenkov achselzuckend. »Möglich. Sogar wahrscheinlich. Scheint allerdings wirklich eine umständliche Methode zu sein.«

»Kommt darauf an, worauf sie es abgesehen haben«, warf Joshua ein. »Dem äußeren Anschein nach ist dies eine saubere, wunderschöne Stadt, ein guter Ort, um seine Freizeit zu verbringen, selbst wenn man den ganzen Tag unterirdisch arbeiten muß.«

»Oder aber«, meinte York ruhig, »es hat sie einfach gestört, alles draußen unter freiem Himmel zu lassen.«

Cerenkov spürte, wie sich seine Kiefermuskeln verkrampften und zwang sich, sie zu entspannen. Stillschweigend vermuteten sie alle, daß die Qasamaner ihre Unterhaltungen belauschten, und es machte ihn nervös, wenn sich das Gespräch militärischen Themen auch nur näherte. Andererseits wirkte es womöglich noch verdächtiger, wenn ein so normaler Aspekt menschlicher Gesellschaften ausgeklammert wurde. Solange York sein professionelles Interesse im Zaum hielt – »Wie meinst du das? Sie haben unterirdisch gebaut, um ihre Produktionsbasen vor Angriffen zu schützen?«

»Oder vor Entdeckung«, erwiderte York. »Vergiß nicht unseren vermeintlichen Ausgangspunkt: daß es sich um Auswanderer – oder Exilanten – auf der Flucht vor Unterdrückung handelt, die weit über ihr beabsichtigtes Ziel hinausgeschossen sind und jetzt auf Qasama mit einem unbrauchbaren interstellaren Antrieb festsitzen.«

»Sind sie deiner Ansicht nach vielleicht auf ihrem Weg hierher irgendwelchen Troftschiffen begegnet?« fragte Joshua. »Wahrscheinlich war das Imperium zu dem Zeitpunkt, als die Qasamaner aufgebrochen sind, weder auf die Trofts noch auf die Minthisti gestoßen. Hätte *ich* gerade zum ersten Mal einen Troft gesehen, wäre ich bestimmt auch weitergeflogen, bis meine Tanks leer gewesen wären.«

Mit einem Nicken meinte York: »Vermutlich haben sie genau das getan. Die Entfernung scheint gerade der Reichweite des Trockentreibstofftanks eines Siedlerschiffs zu entsprechen.« Er sah wieder zu Cerenkov hinüber. »Ich nehme an, anfangs haben sie ihre gesamte Stadt unterirdisch angelegt, und sind erst nach oben gekommen, als es ihnen dort zu eng wurde und sie feststellten, daß niemand kam, um sie zu vernichten.«

»Und sind genau im Wanderungsgebiet der Bololins aufgetaucht«, seufzte Cerenkov und schüttelte den Kopf. »Ganz offenbar hat da irgend jemand bei der Planung geschludert.«

»Das erklärt aber nicht, woher die Siedlungen stammen«, warf Rynstadt nachdenklich ein. »Wenn wir morgen vielleicht auch einen Teil ihrer Geschichte erfahren werden. Immer unter der Annahme, daß der Ausflug noch auf dem Programm steht.«

Cerenkov zuckte die Achseln. »Soweit ich weiß, fahren uns Moff und Co. morgen früh gleich als erstes dorthin.« Er unterbrach sich, als in der Ferne ein vertrautes Hupsignal ertönte.

York schnitt eine Grimasse. »Noch mehr Bololins. Ich glaube, ich wäre unter der Erde geblieben, bis ich einen Weg gefunden hätte, diese verdammten Biester auszusperren.«

Wenigstens, überlegte Cerenkov, *dürften die Straßen mittlerweile ziemlich menschenleer sein. Ich frage mich, wie viele Menschen diesen Tieren jedes Jahr zum Opfer fallen.* »Sicherlich hatten sie ihre Gründe. Vielleicht taut Moff eines schönen Tages etwas auf und spricht darüber.«

Zum ersten Mal seit einer Woche bin ich nah genug dran, um zuzugreifen, nörgelte Pyre im stillen vor sich hin, *und dann beschließt die verdammte Herde, nachts aktiv zu werden.*

Von Pyres Standpunkt aus betrachtet war es natürlich nicht ganz so schlimm. Seine optischen Verstärker verschafften ihm eine Sicht wie an einem bedeckten Nachmittag, und dank der ebenfalls zugeschalteten Vergrößerung war er in der Lage, jeden in Frage kommenden Tarbin sofort in die Zielerfassung zu nehmen, sobald er zwischen den ihn verdeckenden Gebäuden zum Vorschein kam. Und hatte er die Zielerfassung erst mal aktiviert, konnte er dem Vogel, für den er sich entschieden hatte, in den Wald folgen und ihn abschießen, ohne daß jemand den Laserblitz bemerkte.

Das Problem lag jedoch anders: Da die meisten braven Qasamener gemütlich in ihren Betten lagen, würden vermutlich nicht viele Bololins dort draußen in den Kugelhagel hineinlaufen, und entsprechend wenig geschwängerte Tarbine gäbe es, auf die er Jagd machen konnte. Leise vor sich hinmurmelnd drückte er sich die Daumen und wartete auf die Herde.

Sie kam, und sein Flehen wurde aus einer völlig unerwarteten Richtung erhört. Auf der anderen Seite des Landeplatzes – ungefähr einen halben Kilometer entfernt, ein wenig nordöstlich von seiner gegenwärtigen Position – öffnete sich plötzlich in einem hohen Gebäude, das die Mannschaft der *Dewdrop* vorläufig als Tower bezeichnet hatte, eine Tür, und Menschen strömten hinaus auf den Asphalt. Mündungsfeuer blitzte auf, und noch bevor die Mojos sich in die Lüfte erhoben, erreichte der Lärm von Gewehrfeuer Pyres Ohren. Er wandte seine Aufmerksamkeit wieder der Herde zu und wartete. Innerhalb von Sekunden erschienen die Tarbine.

Seit Jonny Moreaus Krieg war die Mehrfachzielerfassung nicht mehr Bestandteil der optischen Verstärker der Cobras, Pyres Team jedoch hatte vor der Qasamamission damit trainiert, und er hatte einen gesunden Respekt sowohl für ihre Vorzüge als auch für ihre Gefahren entwickelt. Sobald er einen oder mehrere Tarbine in die Zielerfassung nahm, sorgten sein Nanocomputer und die Servos dafür, daß seine nächsten Laserschüsse in diese Richtung abgefeuert wurden – unabhängig davon, ob ihn in der Zwischenzeit ein Raubtier angriff, mit dem er sich zuerst auseinandersetzen mußte. Seit Verlassen der *Dewdrop* waren ihm wenigstens zwanzig dieser Geschöpfe über den Weg gelaufen – die meisten zwar nur hunde- oder affengroß, trotzdem wollte er keinem davon freiwillig den Rücken zukehren. Andererseits dürfte er sich diese Chance nicht entgehen lassen. Während er mit einem Ohr auf verdächtige Geräusche lauschte, aktivierte er die Mehrfachzielerfassung und wartete.

Er sollte nicht lange warten. Wie zuvor griffen die Mojos sehr schnell an, stürzten herab, während die Tarbine versuchten, ihnen auszuweichen. Dank ihres Vorsprungs schafften es die meisten der größeren Vögel jedoch bis in den Schutz der nahen Bäume, bevor die Mojos sich lösen konnten. Pyre nahm zwei der Tarbine in die Zielerfassung, kurz bevor sie den Wald erreichten, und, einer etwas leichtsinnigen Eingebung folgend, auch einen der Mojos. Die Vögel segelten zwischen den Ästen hindurch, lösten sich voneinander . . . und Pyre riß die Hände hoch und feuerte drei Schüsse aus seinem Fingerspitzenlaser ab.

Die Vögel plumpsten durch das Laub ins Unterholz. Pyre sprintete hinüber, sammelte sie auf und machte sich eilig aus dem Staub, als die Hauptherde nachrückte. Ein gutes Stück seitlich von ihnen hielt er weitere hundert Meter in den Wald hinein mit ihnen Schritt. Dann wirbelte er auf dem rechten Fuß herum, riß das linke Bein in die Höhe und feuerte seinen Antipanzerlaser ab.

Die Bäume leuchteten im Widerschein des Lasers auf, als der zielerfaßte Bololin auf der Erde zusammenbrach. Sein Tarbin schoß hoch in den Himmel. Er kam vielleicht zehn Meter weit, bevor Pyres Fingerspitzenlaser ihn herunterholte.

Und während der Rest der Herde weiterzog, kehrte wieder

Stille ein. Pyre sammelte seinen letzten Tarbin ein, trug seine Beute zu dem Gebüsch, wo er seine Gefrierkästen versteckt hatte, und stopfte die Vögel hinein. Dann hockte er sich in Sichtweite des toten Bololin, mit dem Rücken an einen Baum gelehnt, hin und wartete.

Es dauerte eine Stunde, bis das qasamanische Sammelteam seine Arbeit erledigt hatte und zwischen Stadt und Wald wieder Ruhe einkehrte. Während dieser Zeit hatte Pyre auch noch jemand anderen gehört, der am Waldrand herumstöberte und, offensichtlich auf der Suche nach dem Mojo, den Pyre erlegt hatte, gelegentlich vor sich hinpfiff. Doch sowohl er als auch die anderen waren klug genug, nachts nicht zu tief in den Wald hineinzugehen, daher kam niemand auch nur in die Nähe von Pyres Position.

Schließlich waren sie weg, und Pyre konnte sich der Aufgabe widmen, den Bololinkadaver näher zur *Dewdrop* zu schleppen. Dank seiner Servos war das Gewicht des Tieres kein entscheidendes Problem, aber immerhin benötigte er vier Versuche, um einen Griff anzusetzen, der ihn nicht aus dem Gleichgewicht brachte. Einen Pfad zwischen den Bäumen und Büschen hindurch zu finden, der breit genug war, erwies sich als ein zusätzliches Problem, und mehr als einmal fragte er sich, wie, zum Teufel, die Tiere das machten.

Schließlich jedoch erreichte er sein Ziel. Er ließ den Kadaver neben sein getarntes Laserkom fallen, aktivierte dieses und streifte die Kopfhörer über. »Pyre an *Dewdrop*«, sagte er leise. »Jemand zu Hause?«

»Lieutenant Collins«, antwortete prompt eine Stimme. »Ich glaube, Gouverneurin Telek und ihre Leute befinden sich noch immer im Salon, Sir. Ich werde Sie dorthin schalten.«

»Gut«, sagte Pyre. Einen Augenblick später war Telek in der Leitung. »Alles in Ordnung, Almo?« fragte sie.

»Soweit ich das sagen kann. Hören Sie, ich habe einen Bololinkadaver für Sie, sowie zwei Gefrierkästen voll mit Tarbinen und Mojos. Wollen sie Ihre Geräte schon mal warmlaufen lassen oder wollen Sie warten, bis ich sie persönlich bei Ihnen abgeben kann?«

»Sie haben einen Tarbin? Großartig! Geschwängert oder nicht?«

»Sowohl als auch – deswegen habe ich ja auch einen Bololin übrig.«

»Aha. Verstehe. Nun ... vermutlich sollte ich mir den Bololin zuerst vornehmen, bevor die Aasfresser über ihn herfallen. Können Sie das Feldanalysegerät an das Laserkom anschließen?«

»Sicher.«

Es dauerte nur wenige Minuten, das Feldanalysegerät aufzustellen und sein Kabel in den Anschluß des Laserkoms einzustöpseln, und als Pyre damit fertig war, hatte Telek bereits das erforderliche System an ihrem Ende angeschlossen. »In Ordnung«, sagte sie. »Und jetzt treten Sie zurück.«

Das ferngesteuerte Analysegerät, das nach außen hin wie ein großer Doppelseestern mit Profillaufbändern aussah, kroch die Flanke des Bololins hinauf, bis zu der Stelle, wo sich das Herz der meisten von der Erde stammenden Tiere befand. Ein Skalpell schob sich aus einem seiner Arme und nahm einen sauberen Einschnitt in der dunklen Haut vor. Pyre verharrte lange genug, um sich zu vergewissern, daß die Kameras des Analysegeräts sicher an den umstehenden Bäumen befestigt waren, dann machte er sich zu einer Patrouille rings um das Gelände auf. Er durfte nicht zulassen, daß Aasfresser oder Qasamaner jetzt mitten in die Autopsie platzten ... Außerdem stand ihm nicht unbedingt der Sinn danach, bei dieser Prozedur zuzusehen.

Es dauerte drei Stunden, bis die Operation beendet war. Pyre kehrte zurück. Der Bololin war als solcher nicht mehr zu erkennen, und mit abgewandtem Blick setzte Pyre erneut die Kopfhörer auf. »Hier ist Pyre.«

»Oh, Sie sind wieder zurück?« Wenn Telek überhaupt müde war, war das ihrer Stimme nicht zu entnehmen. »Wollen Sie jetzt bitte die Gefrierkästen öffnen und mir einen der Tarbine geben? Am besten beginnen Sie mit dem nicht geschwängerten.«

»Wollen Sie das auch bestimmt hier draußen erledigen?« fragte er unschlüssig.

»Mit der Fernsteuerung habe ich ebensoviel Gefühl wie mit meinen eigenen Händen«, beruhigte Telek ihn, »außerdem würde ich ganz gern ein paar Antworten erhalten, bevor wir aufbrechen müssen. Oder wenigstens einige Fragen, die Yuri dann stellen kann.«

»Sie sind der Boß.« Er fand den richtigen Kasten, öffnete ihn und legte den gefrorenen Tarbin auf ein Stück nackten Erdboden. Der ferngesteuerte Roboter huschte zu ihm hin, und Pyre setzte seinen Rundgang fort.

Zweimal noch kehrte er zurück, um die Sauerei zuerst gegen einen geschwängerten Tarbin auszutauschen und schließlich gegen den Mojo, und jedesmal fragte er sich, wie Telek es schaffte, ohne Schlaf noch immer feinste operative Eingriffe durchzuführen. Doch sie machte weiter, und der Himmel im Osten begann bereits zu glühen, als das Betriebslämpchen des ferngesteuerten Roboters schließlich erlosch. »Und?« fragte er in das Mikro des Kopfhörers, während er die Geräte abbaute.

»Ich bin nicht sicher«, antwortete Telek langsam. »Das Datenmaterial scheint recht eindeutig zu sein ... aber ich weiß nicht recht, ob ich dem glauben soll. Mojos und Tarbine gehören scheinbar völlig unterschiedlichen Spezies an ... und die Mojos scheinen die Tarbine auch nicht zu *schwängern,* sondern eher zu *impfen*.«

»Sie machen *was*?«

»Nun ja ... das einzige äußere Geschlechtsorgan der Mojos ist konstruiert wie eine organische Injektionsspritze. Und die tut folgendes: Sie injiziert eine Samenflüssigkeit, die virusähnliche Nuklei statt komplexerer Spermazellen enthält. Diese Nuklei ... Also, das ist alles noch vorläufig, es sieht aber so aus, als würden sie in einige der Zellen im Rücken der Tarbine eindringen und sie in Mojoembryos verwandeln.«

Pyre starrte den verstümmelten Mojo vor sich an, auf dem es bereits vor Insekten zu wimmeln begann. »Das ist – *völlig verrückt*.«

»Das sagte ich gerade«, gab Telek ihm mit einem Seufzer recht. »Doch je länger ich darüber nachdenke, desto eher ergibt es Sinn. Auf diese Weise überträgt der Mojo sowohl die Ernährung als auch den Schutz seiner Jungen auf ein anderes Individuum – eine vollkommen andere Spezies, um genau zu sein – und braucht sich daher nicht selbst aufzuopfern.«

»Aber was treibt den Tarbin, solange zu leben, bis der Embryo ihn tötet?« wandte Pyre ein. »Und was ist mit der Erziehung, die die meisten Jungtiere von ihren Eltern bekommen?«

Christophers Stimme ertönte in der Leitung. »Sie denken an das bei Insekten übliche Verhaltensmuster, bei dem eine Art ihre Eier im Körper einer anderen ablegt, die daraufhin nach dem Schlüpfen den Larven als Nahrung dient. Der junge Mojo dagegen muß sein Wirtstier nicht unbedingt töten. Wenn Sie sich einmal genau ansehen, wie Haut und Muskeln auf dem Rücken eines Tarbins angeordnet sind, dann sieht es ganz danach aus, als könnte die kritische Zone einfach geöffnet und wieder geschlossen werden, und das bei nur minimaler Verletzung und ohne daß er tatsächlich die Fähigkeit zum Fliegen verliert.«

»Vorausgesetzt, der Mojo überschreitet eine gewisse maximale Größe nicht«, fügte Telek hinzu. »Und was die Erziehung anbetrifft, im Gehirn des Mojos scheint der Teil, in dem die Urprogramme festgelegt sind, größer zu sein als bei vergleichbaren Tieren von der Erde oder von Aventine, die ich untersucht habe. Das ist natürlich bloß eine Vermutung. Die qasamanische Biochemie muß unserer nicht zwangsläufig analog sein –«

»Außerdem haben Sie beim Abschuß einen Teil des Gehirns des Tieres verbrannt –« warf Christopher ein.

»Seien Sie still, Bil. Jedenfalls sieht es ganz danach aus, als könnte das Mojojunge einfach die Haut des Tarbins durchstoßen, seinen eigenen Weg fliegen und sich irgendwo im Wald niederlassen.«

»Oder auf irgend jemandes Schulter ... so, wie die Tarbine auf den Bololins reiten?«

»Ihnen ist die Parallele also auch aufgefallen, ja?« meinte Christopher. »Noch aufregender wird das Ganze, wenn man bedenkt, daß die Tarbine das gleiche Injektionsorgan besitzen wie die Mojos.«

»Wie auch die Bololins selbst«, fügte Telek hinzu. »Auch wenn Gott allein weiß, welche Art *sie* als Wirtstiere benutzen. Vielleicht ihre eigene. Das letzte Glied dieser Kette muß zwangsläufig etwas anders machen.«

»›Große Flöhe haben kleine Flöhe auf ihrem Rücken sitzen, die sie stechen‹« zitierte Pyre das alte Sprichwort.

»›– und die wiederum haben noch kleinere auf dem Rücken sitzen, und so weiter bis in alle Ewigkeit‹« beendete Telek den Satz für ihn. »Sie sind der dritte, der mir heute abend damit kommt. Angefangen bei mir selbst.«

»Äh. Tja ... will das Kontaktteam noch immer morgen auf Besichtigungstour gehen?«

»Ja. Ich denke, ich werde sie über all dies ins Bild setzen, sobald sie aufwachen – vielleicht gelingt es Yuri, Moff noch ein paar weitere Informationen zu entlocken.« Telek hielt inne, und Pyre konnte schwach das Geräusch eines Gähnens mit drohender Kiefersperre hören. »Sie gehen besser wieder in Deckung und schlafen etwas, Almo«, sagte sie. »Ich glaube, unter den gegebenen Umständen können Sie sich die Untersuchung der Uferfauna, über die wir gestern gesprochen haben, zunächst sparen – ich habe genug Daten, um mich für eine Weile zu beschäftigen.«

»Da widerspreche ich Ihnen nicht«, gab Pyre ihr recht. »Ich melde mich, sobald ich aufwache.«

»Achten Sie nur darauf, daß niemand Sie sieht. Gute Nacht – oder besser guten Morgen.«

»Ihnen auch.« Pyre schaltete das Laserkom aus und verbrachte ein paar Minuten damit, seine Ausrüstung zu verstekken und sich selbst zu tarnen. Ein Dutzend Meter entfernt befand sich der Baum mit seiner Schutzbehausung – hoch und mächtig wie er war, befanden sich seine untersten Äste fünf Meter über dem Erdboden. Ein servounterstützer Sprung brachte ihn auf die erforderliche Höhe, und einige Äste darüber erreichte er seine ›Schutzbehausung‹, einen wasserdichten Ein-Mann-Hängesack, der an einem starken Ast hing und von einer Art Klebgitterkäfig umgeben war. Pyre kam sich ein wenig seltsam vor, in einer solchen Schutzhülle zu schlafen, aber es war die einfachste Methode zu verhindern, daß sich ein Fleischfresser an ihn heranschlich, ganz gleich, wie leise dieser war.

Er stieg hinein, verschloß den Käfig und kletterte mit einem Seufzer in den Hängesack. Einen Augenblick lang überlegte er, ob er seinen Wecker stellen sollte, entschied sich aber schließlich dagegen. Wenn irgend etwas passierte, stand die *Dewdrop* über seinen Notkopfhörer mit ihm in Verbindung, und wenn sie mit der Bündelung des Strahls vorsichtig waren, konnte ihn vermutlich nicht einmal ein Infrarotvisier im Kontrollturm des Flughafens abfangen.

Der Kontrollturm. Es hielt ihn noch eine Weile vom Schlafen ab, als er an die Männer denken mußte, die aus diesem dunklen und angeblich verlassenen Gebäude herausgerannt waren und ein Zielschießen auf die Bololins veranstaltet hatten. Ganz sicher stand ihre Anwesenheit nicht mit der vorgeblichen Hauptfunktion des Gebäudes im Zusammenhang – seit Eintreffen der *Dewdrop* hatte kein Flugzeug auch nur seine Nase sehen lassen. Aber wenn sie nicht dort waren, um Flugzeuge abzufertigen, was taten sie *dann* dort? Überwachten sie das Raumschiff der Besucher? Wahrscheinlich. Nun gut, solange sie es nur beobachteten . . .

Pyre schloß die Augen, verbannte das Bild der stummen Beobachter aus seinen Gedanken und glitt hinüber in den Zustand des Vergessens.

13. Kapitel

Für die Fahrt zu den äußeren Siedlungen tauschte Moff ihren üblichen offenen Wagen gegen einen kleinen, geschlossenen Bus ein. Kaum einen Kilometer hinter Sollas führte die Straße immer wieder durch jene kleinen Waldstücke, die aus dem Orbit zu sehen gewesen waren. »Nur eine normale Vorsichtsmaßnahme«, erklärte Moff an einer Stelle bezüglich ihres Fahrzeuges. »Autos werden selten angegriffen, nicht einmal von Kriszähnen. Aber gelegentlich kommt es doch vor.« Joshua schauderte ein wenig bei der Vorstellung und fragte sich zum hundertsten Mal, welcher Teufel Pyre geritten hatte, allein in den Wald zu gehen – und welcher Teufel Telek geritten hatte, ihn ziehen zu lassen. Die *Dewdrop* hatte sich über alles, was Pyres Mission betraf, so verschwiegen verhalten, daß man verrückt darüber werden konnte, was gerade Joshua beklemmend verdächtig fand. Er und Justin hatten während ihrer Reise von Aventine nach Qasama ausgiebig über den Sinn von Pyres Anwesenheit hier diskutiert, allerdings ohne zu einem Schluß zu kommen. Der Gedanke, daß Telek ihn allein deswegen mitgenommen hatte, weil seine politischen Ansichten ihn entbehrlich machten, war Joshua noch nicht gekommen, und als er ihm jetzt durch den Kopf schoß, gefiel er ihm ganz und gar nicht.

Doch im Augenblick zumindest war diese Sorge zweitrangig. Pyre hatte seine Fähigkeit, in der qasamanischen Wildnis zu überleben, unter Beweis gestellt . . . und davon abgesehen war der Erfolg, den er und Telek vergangene Nacht erzielt hatten, einfach zu faszinierend, um ihn zu ignorieren. In der Schule hatte Joshua nur das allernötigste über Biologie gelernt, doch selbst er war in der Lage zu erkennen, wie grundsätzlich sich die qasamanische Ökologie von allem unterschied, was man in den Cobrawelten oder dem Imperium kannte, und er konnte sich ausmalen, was dies für Folgen haben mochte. Bislang hatte das Kontaktteam noch keine geeignete Gelegenheit gefunden, dies ungestört miteinander zu besprechen – vor ihren Gastgebern mußten sie sich unwissend stellen. Doch Joshua sah den anderen an den Augen an, daß sie alle die gleichen Gedanken und Überlegungen hegten. Den Blick auf das leuchtend bunte Blätterwerk draußen geheftet, wartete er voller Ungeduld darauf, daß Cerenkov mit dem vorsichtigen Nachhaken begann, wie Telek vorgeschlagen hatte.

Doch offenbar hatte Cerenkov seine Neugier besser im Griff als Joshua und wartete, bis die fünfzig Kilometer weite Fahrt fast vorüber war, bevor er endlich das Gespräch behutsam in diese Richtung lenkte. »Ich habe zwischen den Bäumen eine ganz beachtliche Menge kleinerer Vögel herumfliegen sehen«, sagte er und zeigte neben sich auf das Fenster, »aber keine, die annähernd so groß waren wie die Mojos oder ihr weibliches Gegenstück, die Tarbine. Nisten sie in den Bäumen, oder ziehen sie ihre Jungtiere in den Federbüscheln auf dem Rücken der Bololins groß?«

»Für die Aufzucht der Jungtiere sind keine Nester erforderlich«, erklärte Moff ihm. »Wenn die Jungen eines Mojos geboren werden, sind sie bereits im Besitz aller notwendigen Überlebensfähigkeiten.«

»Tatsächlich? Muß der Tarbin nicht wenigstens so lange nisten, bis die Eier ausgebrütet sind?«

»Es gibt keine Eier – Mojojunge werden lebend geboren. In dieser Hinsicht sind die meisten vogelähnlichen Geschöpfe Qasamas, gemessen an den Maßstäben der alten Welten, keine echten Vögel.«

»Aha.« Joshua konnte förmlich sehen, wie Cerenkov nach einer Frage suchte, die nicht erkennen ließ, daß er wußte, wie absichtlich irreführend sich Moff ausgedrückt hatte. »Mich interessiert auch das Verhältnis zwischen Tarbinen und Bololins. Ist der Tarbin ausschließlich ein Parasit, der einfach mitgeschleppt wird, ohne selbst etwas beizusteuern?«

»Nein, das Verhältnis ist ausgeglichener. Oft helfen die Tarbine, ihre Bololins gegen Angriffe von Raubtieren zu verteidigen, und man nimmt an, sie suchen aus der Luft geeignete Weidegründe.«

»Ich dachte, die Bololins wandern gern entlang der magnetischen Feldlinien«, warf Rynstadt ein. »Können sie jederzeit von diesem Pfad abweichen, wenn sie auf Nahrungssuche sind?«

Moff warf ihm einen befremdeten Blick zu. »Natürlich, die magnetischen Linien benutzen sie lediglich als Linien zu den Weidegründen im Norden. Woraus haben sie dieses Verhalten abgeleitet?«

»Der entscheidende Hinweis war die Anlage von Sollas«, erwiderte Cerenkov, bevor ihm Rynstadt zuvorkommen konnte. »Die breiten Boulevards sind alle parallel zu den Feldlinien ausgerichtet, jedoch fehlen jegliche Vorkehrungen für den Fall, daß die Bololins in eine andere Richtung ausweichen. Ich glaube, Marcks Frage bezieht sich auf den Umstand, daß die Menschen, als die Herde durch die Stadt zog, sich nur in die Nebenstraßen zurückgezogen haben, so als wüßten sie, daß die Bololins nicht auch nur geringfügig von ihrem Pfad abweichen würden. Einer unserer Wissenschaftler an Bord hat sich gefragt, ob sie nicht sogar gezwungen sind, sich genau an ihren jeweiligen Weg zu halten.«

»Nein, natürlich nicht.« Moffs fragender Blick bekam einen argwöhnischen Zug. »Sonst würden viele gegen Gebäude prallen, anstatt ihren Weg durch die Straßen zu suchen. Aber woher wußte Ihr Kollege eigentlich, wo die Menschen standen?«

Johuas Herz setzte einen Schlag aus. Die Qasamaner hatten sich nicht im geringsten anmerken lassen, ob sie von seinen implantierten Sensoren wußten, und doch kam er sich plötzlich vor, als hätte sich jeder im Bus nach ihm umgedreht. Mit einem Mal fühlte er sich wieder in die Kindheit zurückversetzt, in all die Situationen, in denen seine Mutter mühelos seinen unschuldigen Gesichtsausdruck durchschaut hatte.

Doch Cerenkov war bereits wieder Herr der Situation. »Wir haben ihnen natürlich davon erzählt«, sagte er im Tonfall aufrichtiger Verwunderung. »Wir haben ihnen den gesamten Vorfall geschildert, während Sie geschossen haben. Unsere Leute an Bord waren auch an dem sonderbaren Paarungsverhalten der Mojos interessiert – zumindest kam ihnen das, was ich ihnen darüber berichten konnte, sonderbar vor. War das eine Art ritueller Tanz oder ein sonstiges rituelles Verhalten, das ich nicht ganz mitbekommen habe?«

»Sie scheinen sich sehr für die Mojos zu interessieren«, sagte Moff, während sich sein Blick in Cerenkovs Augen bohrte.

Cerenkov zuckte mit den Achseln. »Wieso auch nicht? Sie müssen zugeben, Ihr Verhältnis zu ihnen ist in der Geschichte der Menschheit einzigartig. Ich weiß von keiner anderen Kultur, in der die Menschen über einen so universellen Schutz verfügen – einen Defensivschutz, meine ich, nicht bloß das weitverbreitete Tragen von Waffen. Das muß doch jede Form der Aggression vermindert haben, von einfachen tätlichen Angriffen bis hin zu großen Kriegen.«

Joshua runzelte die Stirn, als es ihm plötzlich dämmerte. Er war so damit beschäftigt gewesen, die Einzelheiten und Kleinigkeiten qasamanischen Lebens zu beobachten, daß ihm das große Ganze entgangen war. Cerenkov offenbar aber nicht . . . und wenn er recht hatte, dann hatten die Trofts vielleicht doch allen Grund, besorgt zu sein. Eine menschliche Kulturform, die über die Willenskraft verfügte, das Muster zu durchbrechen, demzufolge die Starken die Schwachen zu ihrer Beute machen, besäße reichlich Kooperationsbereitschaft und hätte nur wenig Sinn für Wettbewerb . . . und wäre eine mögliche Bedrohung für ihre Nachbarn, ganz gleich, auf welchem technologischen Stand sie sich befand.

Inzwischen sprach Moff wieder. »Und das haben wir Ihrer Ansicht nach unseren kleinen Mojos zu verdanken?« fragte er und streichelte den Hals seines Vogels. »Unserem Volk oder unserer Lebenseinstellung trauen Sie das nicht zu?«

»Doch, natürlich«, sagte Rynstadt. »Aber es hat zahllose Kulturen in der Geschichte gegeben, die großartige Lippenbekenntnisse über Gerechtigkeit und Angstfreiheit abgegeben haben, ohne tatsächlich etwas für ihre Bürger zu tun. Sie – und besonders jene Generation, die mit der Zähmung der Mojos begann – haben bewiesen, daß die Menschheit zu wirklichem, gelebtem Idealismus fähig ist. Das allein würde eine Kontaktaufnahme zwischen unseren Welten lohnen, von unserem Standpunkt aus ganz sicher.«

»In Ihrer Welt gibt es also Probleme mit Kriegen?« Moffs Blick ging zu Rynstadt.

»Bislang haben wir dieses spezielle Problem vermeiden können«, antwortete Rynstadt vorsichtig. »Aber natürlich bereitet uns die ›ganz normale‹ menschliche Aggression gelegentlich Probleme.«

»Verstehe.« Eine Zeitlang herrschte Schweigen, dann zuckte Moff mit den Achseln. »Nun, Sie werden feststellen, daß wir nicht völlig ohne Aggressionen sind. Nur im Unterschied zu Ihnen haben wir gelernt, unser Augenmerk nach außen zu richten, auf die Gefahren der Wildnis, statt nach innen, auf uns selbst.«

Gefährlich, allerdings dachte Joshua. Und selbst Cerenkovs Blick wirkte besorgt, als das Gespräch daraufhin verstummte.

Ein paar Minuten später erreichten sie die Siedlung Huriseem.

Joshua konnte sich noch an Diskussionen an Bord des Raumschiffes erinnern, in denen es darum ging, ob die Ringe um die Siedlungen tatsächlich Mauern waren. Von ebener Erde aus betrachtet gab es daran nicht den geringsten Zweifel. Errichtet aus riesigen Stein- oder Betonblöcken, tiefschwarz gestrichen, war die Mauer um Huriseem ein krasser Rückfall in das Erdaltertum und die anhaltenden Regionalkriege jener Zeit. Hier wirkte sie unangenehm fehl am Platze, besonders nach der vorangegangenen Diskussion.

Neben ihm räusperte sich York. »Nur ungefähr drei Meter hoch«, murmelte er, »und weder Schießscharten noch sonstige Öffnungen für Waffen.«

Scheinbar hatte Moff seine Worte gehört. »Wie gesagt, Krieg gibt es hier nicht«, wiederholte er – mit einer gewissen Schärfe, wie Joshua fand. »Die Mauer dient dazu, Bololins und die gefährlicheren Raubtiere des Waldes auszusperren.«

»Warum haben Sie die Siedlung nicht in der gleichen offenen Art gebaut wie Sollas?« fragte Cerenkov. »Bei den Bololins funktioniert das doch gut, und Raubtiere haben wir bislang nicht bemerkt.«

»Raubtiere sind in Sollas selten, weil dort viele Menschen leben und es einen breiten Streifen zwischen Stadt und Wald gibt. Hier hingegen wäre ein solches Vorgehen ohne Erfolg.«

Dann rodet doch den Wald, dachte Joshua. Aber vielleicht war der Aufwand größer, als sich für eine einzelne Siedlung lohnte.

Der Bus folgte der Umgehungsstraße zur Südwestseite der Siedlung, wo sie ein schwarzes, in die Mauer eingelassenes Tor vorfanden. Sie wurden offenbar sowohl beobachtet als auch erwartet – das Tor öffnete sich bereits, als sie in Sichtweite kamen. Der Bus fuhr hinein, und Joshua warf einen Blick zurück und sah, wie es sich hinter ihnen schloß.

Der Mauer und der Lage im Wald wegen hatte Joshua unterbewußt eine eher primitive Szenerie mit strohgedeckten

Hütten erwartet, daher war er leicht enttäuscht, als er aus dem Bus stieg und feststellte, daß die Gebäude, Straßen und Menschen ebenso modern waren wie in Sollas. Drei Männer warteten abseits, und als der letzte der qasamanischen Begleiter den Bus verlassen hatte, traten sie vor.

»Bürgermeister Ingliss«, nickte Moff zur Begrüßung, »darf ich Ihnen die Besucher von Aventine vorstellen: Cerenkov, Rynstadt, York und Moreau.«

Bürgermeister Kimmeron in Sollas war beinahe freundlich gewesen, Ingliss dagegen zeigte sich von einer ernsten Höflichkeit. »Ich heiße Sie in Huriseem willkommen«, sagte er mit einem Nicken. »Wie ich gehört habe, möchten Sie sich über das Leben in den Siedlungen auf Qasama informieren. Zu welchem Zweck, wenn ich fragen darf?«

Das Mißtrauen ist auf Qasama also nicht auf die Städte beschränkt. Irgendwie enttäuschte Joshua dies noch mehr als das Fehlen strohgedeckter Hütten.

Cerenkov erzählte wieder einmal etwas über Handelsbeziehungen und kulturellen Austausch, und Joshua ließ den Blick schweifen. Weder gab es in Huriseem die hohen, mehr als sechsstöckigen Gebäude wie in Sollas noch die farbenfroh abstrakten Wandgemälde, doch davon abgesehen hätte die Siedlung ein hierher versetztes Stück der größeren Stadt sein können. Selbst die Mauer hatte nichts Aufdringliches, und es dauerte eine Weile, bis er erkannte, das die Innenseite des Bauwerkes einen wirkungsvollen Tarnanstrich aus Bildern von Gebäuden und Waldszenen aufwies. *Und wieso ist dann die Außenseite schwarz gestrichen?* fragte er sich. Dann traf ihn die Eingebung wie ein Blitz. *Schwarz – dieselbe Farbe wie die Baumstämme. Einem angreifenden Bololin mußte die Siedlung als gigantischer Baum erscheinen, den er zu umgehen hatte.* Und das bedeutete –

Er griff in seinen Kragen und verdeckte so das Mikrophon des Übersetzers. »Ich hab's«, raunte er. »Die Straßenbemalungen in Sollas lassen die Stadt als einen Teil des Waldes erscheinen – dieselben Farben, alles. Dadurch wird verhindert, daß die Bololins ausbrechen.«

Es gab eine so lange Pause, daß er sich bereits zu fragen begann, ob niemand an Bord der *Dewdrop* die Leitung überwachte. Dann meldete sich Nnamdis Stimme über Kopfhörer. »Interessant. Eigenartig, aber durchaus möglich. Hängt teils wohl davon ab, wie gut die Bololins sehen können. Gouverneurin Telek schläft noch, aber ich werde sie darauf hinweisen, wenn sie aufwacht, und sehen, ob sie gestern abend irgendwelches Datenmaterial diesbezüglich gesammelt hat.«

»Sehr schön«, sagte Joshua, »aber können *Sie* vielleicht in der Zwischenzeit feststellen, ob es irgendeinen soziologisch bedingten Grund für den Wunsch gibt, diese Herden durch Sollas trampeln zu lassen?«

»Das zieht Moffs Behauptung, es sei schlicht unmöglich, die Bololins auszusperren, allerdings in Zweifel«, gab Nnamdi ihm nachdenklich recht. »Ich werde mich darum kümmern, aber im Augenblick fällt mir dazu nichts ein. Augenblick mal – sehen Sie doch noch einmal ein wenig nach links, ja?«

Joshua drehte den Kopf gehorsam ein paar Grad in die gewünschte Richtung. »Was ist denn?«

»Das rot umrandete Schild neben dem Tor – so etwas habe ich in Sollas nirgendwo gesehen. Lassen Sie mich den optischen Übersetzer einschalten . . .

Joshua hielt den Kopf einen Augenblick lang still, damit das Bild aufgezeichnet werden konnte, dann wandte er sich wieder den anderen zu. »Also gut«, meinte Nnamdi einen Augenblick später. »Dort steht: ›Kriszahnjagd diesen Monat: am 8. und 22. um zehn Uhr‹. Heute ist, glaube ich, der Achte, wenn wir den qasamanischen Kalender richtig berechnet haben. Ich frage mich, wieso sie trotz der anderen Kommunikationsleitungen, über die sie verfügen, ein Schild aufhängen.«

»Vielleicht ist eine so kleine Siedlung nicht auf dieselbe Weise verkabelt wie Sollas«, schlug Joshua vor. Alles deutete darauf hin, daß Cerenkov und die Qasamaner mit den Begrüßungsworten fertig waren. Bürgermeister Ingliss deutete auf einen offenen Wagen von der Art, wie sie ihn die ganze Woche über in Sollas benutzt hatten. »Ich werde versuchen, es herauszufinden«, fügte er hinzu und nahm die Hand wieder vom Mikrophon.

Jetzt, da sein Mikro für den Übersetzer wieder offen war, schaltete sich dieser wieder zu. »– werden sie später die landwirtschaftlich genutzten Bereiche besichtigen können«, meinte Ingliss gerade. »Im Augenblick sind viele der Arbeiter draußen bei der Jagd, daher gäbe es nur wenig zu sehen.«

»Damit meinen Sie die Kriszahnjagd?« meldete sich Joshua zu Wort.

Ingliss sah ihn an. »Ja, natürlich. Nur Kriszähne und Bololins lohnen eine Massenjagd, und wenn sich eine Bololinherde nähern würde, hätten Sie eine Warnsirene gehört.«

»Richtig, Moff hat ein- oder zweimal von Kriszähnen gesprochen«, meinte Cerenkov. »Ich habe den Eindruck gewonnen, daß sie gefährlich sind, aber darüber hinaus wissen wir nichts.«

»Gefährlich?« Ingliss stieß ein bellendes Lachen aus. »Überaus gefährlich. Zwei Meter oder mehr lang, die Hälfte davon von den Pfoten bis zur Schulter, mit wellenförmigen Zähnen, die einen Mann in Sekunden zerfleischen können. Es sind wilde Jäger, die sowohl unsere Leute hier als auch unsere Nutztiere bedrohen.«

»Klingt ein wenig wie unsere Stachelleoparden«, meinte Rynstadt grimmig. »Ein auf Aventine heimisches Raubtier, das wir bekämpfen, seit wir dort gelandet sind.«

»Hier war es nicht immer so«, sagte Ingliss und schüttelte den Kopf. »Die alten Legenden besagen, daß Kriszähne vergleichsweise friedlich waren. Sie haben unsere ersten Ansiedlungen gemieden und waren bereit, die Bololinherden mit uns zu teilen. Erst später, vielleicht als sie erkannten, daß wir die Absicht hatten zu bleiben, haben sie sich gegen uns gewandt.«

»Oder als sie herausfanden, daß Menschen gut zu verspeisen waren«, schlug York vor. »Ist das plötzlich geschehen oder allmählich?«

Ingliss und Moff sahen sich an, letzterer zuckte die Achseln. »Ich weiß es nicht«, sagte er. »Die Aufzeichnungen aus den frühen Tagen sind lückenhaft – durch die Funktionsstörung, die uns hier hat stranden lassen, ist ein Großteil unseres elektronischen Aufzeichnungsgeräts zerstört worden, und die zwischenzeitlich angefertigten historischen Aufzeichnungen sind nicht immer erhalten geblieben.«

Nnamdis Stimme schaltete sich mit einem Klicken in die Leitung. »Gehen Sie diesem Punkt nach, Yuri, die anderen auch«, meinte er. »Wenn die Kriszähne tatsächlich Anzeichen von großer Intelligenz aufweisen, müssen wir das wissen.«

»Ich meine«, fragte Cerenkov, »wenn sie tatsächlich ›erkannt‹ haben, daß Sie hier seßhaft wurden, könnte es sich nicht möglicherweise um eine intelligente Spezies handeln?«

»Unsere Biologen sind dieser Frage bereits nachgegangen«, erwiderte Moff, »und halten das für unwahrscheinlich.«

»Zum Beispiel legen sie keine große Lernfähigkeit an den Tag«, erklärte Ingliss. »Sämtliche Siedlungen – und auch einige der Städte – veranstalten regelmäßig Jagden, an denen oft bis zu fünfzig Siedlungsbewohner und Besucher teilnehmen. Trotzdem haben es die Kriszähne nicht gelernt, sich von kultivierten Gebieten fernzuhalten.«

Jetzt dämmerte es ihm. »Ah – *deshalb* hängen Sie ein Schild für die Kriszahnjagd ans Tor«, sagte Joshua. »Damit jeder, der vorbeikommt, davon erfährt – genau wie die hiesige Bevölkerung.«

Ingliss nickte. »Richtig. Dadurch erhält das Raubtier Mensch Gelegenheit, seine eigenen Jagdinstinkte zu üben. Jeder, der sich beteiligen möchte, ist willkommen. Kriszahnhäute sind zudem sehr begehrt, und viele halten das Fleisch für schmackhafter als das der Bololins. Wären Sie eine Stunde früher eingetroffen – aber nein, sie haben ja keine Mojos. Und auch keine Waffen, wie ich sehe.«

»Das klingt, als stünden Sie kurz davor, die Tiere auszurotten«, brummte York.

»So ist es tatsächlich«, meinte Ingliss mit einem Nicken, »zumindest in den bewohnten Gebieten von Qasama. Ich sagte, sie seien gefährlich und zahlreich. In Wirklichkeit aber kann eine fünfzigköpfige Jagdtruppe von Glück reden, wenn sie mit ein oder zwei Trophäen zurückkehrt. Damals, als Huriseem erbaut wurde, brauchte sich ein Mann nur auf die Mauer zu stellen und konnte jede Stunde einen schießen.«

»Sie können von Glück reden, daß überhaupt jemand von Ihnen überlebt hat«, befand York.

Ingliss zuckte mit den Achseln, eine betontere Geste als die aventinische Version. »Wie gesagt, wir hatten uns bereits recht gut eingerichtet, bevor sie anfingen, uns ernsthaft zu bedrohen. Und zu diesem Zeitpunkt war die Übernahme der Mojos als Leibwächter bereits voll im Gange. Ironischerweise wurde dieses Programm zu einem großen Teil von der Sorge über die Kriszähne angeregt.«

»Genug jetzt von den alten Geschichten«, warf Moff ein. »Unsere Zeit ist begrenzt. Wenn Sie die Siedlung besichtigen wollen, müssen wir sofort damit beginnnen.«

Eine knappe Sekunde lang glaubte Joshua, einen seltsamen Zug in Moffs Gesicht bemerkt zu haben. Doch dann hatte sich der Qasamaner zu dem offenen Wagen hin umgedreht, der hinter Ingliss und seinen Begleitern anhielt, und Joshua entschied, daß er sich das Ganze nur eingebildet hatte.

Während er den anderen zum Wagen folgte, sah er sich weiter neugierig um.

Es war buchstäblich Jahrzehnte her, daß Telek wie gestern abend eine ganze Nacht im Labor durchgearbeitet hatte – und *niemals* zuvor mittels der Greifer eines ferngelenkten Analysegerätes. Als sie gegen Mittag den Salon der *Dewdrop* betrat, fühlte sie sich wie die lebensechte Computersimulation einer Toten. »Wie läuft es?« fragte sie Nnamdi, während sie sich sofort auf den Weg zum Kahvespender in der Ecke begab.

»Was machen *Sie* denn hier?« meinte er, mißmutig über die Displays gebeugt, zu ihr. »Sie sollten eigentlich im Bett liegen und sich ein paar REMs gönnen.«

»Eigentlich sollte ich eine Mission leiten«, knurrte sie zurück, trug ihren dampfenden Becher herüber und ließ sich in den Sitz neben seinem fallen. »Schlafen kann ich nächstes Jahr. Ist Bil noch immer unten?«

»Ja. Hat die Brücke gebeten, ihn um vier Uhr anzurufen.«

Dabei hatte Christopher kaum mehr getan, als zu beobachten und gelegentlich einen Vorschlag zu machen. *Erstaunlich, wie ermüdend es sein kann, den Kiebitz zu spielen,* dachte sie bissig. »Ist das die Siedlung, die Moff uns versprochen hat?«

»Ja, Huriseem. Der stattliche Kerl links im Bild ist Ingliss, der Bürgermeister. Dies scheint die dortige Version des Marktplatzes zu sein, wie wir ihn in Sollas gesehen haben. Ohne die Bololins.«

»Dann ist der Ort ummauert?«

»Und wie. Joshua hat vor einer Weile eine interessante Frage bezüglich der wilden Farbmuster in Sollas gestellt.«

Telek lauschte mit einem halben Ohr, während Nnamdi Joshuas Idee beschrieb, derzufolge die Städte den Bololins wie Baumgruppen erschienen. Derweil gehörte der Rest ihrer Aufmerksamkeit dem Duft und Geschmack des Kahve und dem geordneten Chaos auf den Displays. Als sie den kleineren Marktplatz der Siedlung betrachtete, wurde ihr zum ersten Mal bewußt, daß dort sowohl Waren als auch Dienstleistungen angeboten wurden. Ein Stand schien einem Bauhandwerker zu gehören. Holz- und Ziegelproben lagen auf einem Tisch im Hintergrund, und auf einem Computermonitor auf der

Theke vorne war so etwas wie ein Grundriß zu erkennen. *Und wieso erledigen sie das nicht ganz am Computer?* fragte sie sich. *Mögen sie den persönlichen Kontakt? Könnte sein.*

Nnamdi beendete seinen Bericht, und sie zuckte mit den Achseln. »Sehr gut möglich. Ich werde das später überprüfen und sehen, wie der Computer die Sehfähigkeit der Bololins einschätzt. Trotzdem scheint es mir ziemlich dumm zu sein, die Bololins noch zu ermutigen, in wilder Panik durch die Städte zu rasen.«

»Fast genau dasselbe hat Joshua auch gesagt«, stimmte Nnamdi nickend zu. »Könnte uns irgendwas entgangen sein? Bezüglich der Menschen und der Bololins, meine ich.«

»Wir dürften nach einer einzigen Woche wohl kaum alle Geheimnisse dieser Gesellschaft gelüftet haben«, erwiderte sie trocken. »An was genau haben Sie gedacht?«

»Nun ja ...« Er machte eine vage Handbewegung. »Ich weiß nicht. Eine Art symbiotischer Beziehung, wie sie die Menschen mit den Mojos haben.«

»Ich persönlich würde die Mojos eher als Haustiere denn als Teil einer symbiotischen Beziehung bezeichnen, aber im Hinblick auf die Übereinkunft zwischen Bololins und Tarbinen ist das kein schlechtes Argument.« Telek blickte stirnrunzelnd ins Leere und versuchte, sich alle Formen von Symbiose ins Gedächtnis zu rufen, die sie kannte. »Ungefähr das einzige, was mir einfällt, ist, daß das muntere Einprügeln auf die Bololins den Stadtbewohnern die Möglichkeit gibt, ihre Aggressionen auszuleben. Dadurch bleiben sie friedlich.«

»Oh, ihre Aggressionen leben sie durchaus nicht aus, sondern die werden höchstens umgelenkt«, schnaubte Nnamdi und deutete auf den Monitor. »Sie hätten die Feilscherei in einem Juwelierladen etwa einen halben Block weiter hinten sehen sollen. Diese Typen würden einem Troft die Schamesröte ins Gesicht treiben.«

»Hmm. Wahrscheinlich ein logischer Ausweg, wenn man das durch die Mojos erzwungene Kampfverbot bedenkt ... Das und vielleicht die Politik ...«

Sie ließ den Satz unbeendet. »Stimmt was nicht?« erkundigte sich Nnamdi.

»Ich bin mir nicht sicher«, meinte sie und griff zum Mikrophon. »Joshua, machen Sie bitte eine langsame Volldrehung, ja?«

Das Bild veränderte sich, als Joshua der Aufforderung Folge leistete und dabei gelegentlich innehielt, während er so tat, als betrachte er den einen oder anderen Stand . . . Und nachdem er seine Drehung abgeschlossen hatte, war Teleks seltsames Gefühl kalter Gewißheit gewichen. »Moff ist verschwunden«, flüsterte sie Nnamdi zu.

»Was?« Er runzelte die Stirn und kippte seinen Sitz näher an das Display, als würde ihm das etwas nützen. »Jetzt hören Sie aber auf – Moff geht doch nicht einmal zur Toilette, es sei denn, das Kontaktteam steht irgendwo abseits in einer Ecke, wo es in nichts verwickelt werden kann.«

»Ich weiß. Yuri, und alle anderen – Moff ist verschwunden. Weiß jemand, wohin er gegangen ist, oder hat ihn jemand verschwinden sehen?«

Es gab eine kurze Pause. Dann sah Telek am Rand des Displays, wie Cerenkov die Hand hob und nach seinem Anhänger griff. »War mir gar nicht aufgefallen, Gouverneurin«, sagte er. »Hier sind so viele Menschen –«

»Genau das könnte der Grund dafür sein, daß er sich diesen Ort ausgesucht hat«, schnitt ihm Telek stöhnend das Wort ab. »Hat er heute morgen irgend etwas Ungewöhnliches gesagt oder getan? Hat jemand einen Vorschlag?«

Vier knappe verneinende Antworten. »Also gut. Sie alle halten Ausschau nach ihm, ohne sich dabei allzu auffällig zu benehmen. Und versuchen Sie, auf seinen Gesichtsausdruck zu achten, wenn er auftaucht.«

Sie schaltete das Mikro ab, saß einen Augenblick da und starrte wütend auf die lärmende Marktplatzszene. »Was hat das Ihrer Ansicht nach zu bedeuten?« unterbrach Nnamdi ihre Gedanken.

»Vielleicht gar nichts. Hoffentlich. Aber ich denke, ich werde die Bänder von heute morgen noch einmal durchlaufen lassen. Mal sehen, ob mir etwas an Moffs Verhalten auffällt. Behalten Sie die Dinge im Blick und sagen Sie mir Bescheid, sobald irgend etwas geschieht.« Sie nahm ihren Kahve, ging an ein nicht benutztes Display in der Ecke und holte sich die entsprechenden Aufzeichnungen auf den Monitor.

»Sollten wir Almo und die Brücke alarmieren?« fragte Nnamdi.

»Die Brücke ja – aber machen Sie keine allzugroße Sache daraus.« Sie zögerte. »Und Almo . . . nein, ihn wollen wir noch nicht damit behelligen. Es ist noch reichlich Zeit, mit ihm zu sprechen, wenn wir herausgefunden haben, was, wenn überhaupt etwas, dort gespielt wird.«

»In Ordnung.«

Telek widmete sich ihrem Display. Das Halbdunkel dort wurde von einem flackernden Licht unterbrochen, der qasamanischen Version eines Wecksignals. Das Bild schwankte erst zur einen, dann zur anderen Seite, als Joshua sich herumwälzte und dann aufsetzte. »Steh auf und strahle, Marck«, meinte er zu Rynstadt auf dem anderen Bett. »Wir haben einen ausgefüllten Tag vor uns.«

»Und was ist daran so neu?« antwortete dieser mit verschlafener Stimme.

Telek tastete, ohne den Blick abzuwenden, nach der Kahvetasse, machte es sich gemütlich und sah zu.

14. Kapitel

Der blaue Himmel über Tacta war vielleicht eine Spur rötlicher als der von Chata oder Fuson, überlegte Jonny träge, als er in seiner Betrachtung des Buschwaldes innehielt, der sich bis auf fünfzehn Meter an die Sicherheitszone um die *Menssana* drängte. Mehr Staub in den höheren Schichten der Atmosphäre, hatten die Experten entschieden, vermutlich dort hingespieen von den Dutzenden aktiver Vulkane, die ihre Analyse vor der Landung lokalisiert hatte. Ein potentiell gefährlicher Ort, um hier zu leben, wenn sich diese Gefahr durch eine kluge Wahl des Wohnortes auch gering halten ließ. Wetter und Klima allerdings unterlagen möglicherweise schnellen Wechseln, ganz gleich, wo man sich niederließ. Alles in allem, entschied er, ein klarer vierter Platz auf ihrer fünf Planeten umfassenden Erkundungstour.

Oder anders ausgedrückt, Junca würde seinen definitiv letzten Platz behalten.

Er richtete den Blick wieder auf das Gestrüpp und sah, daß dort, auf einem der dickeren Äste, ein großer Vogel hockte und ihn ansah.

Als erstes staunte er nur, weil weder seine optischen noch seine akustischen Verstärker sein Nahen bemerkt hatten, doch unmittelbar danach schloß sich die Erkenntnis an, daß der Vogel wahrscheinlich schon so lange still dort gesessen hatte, wie Jonny hier stand, wobei seine Tarnfarbe und seine Reglosigkeit ihn verborgen hatten.

»Du hast Glück«, murmelte Jonny in seine Richtung. »Es gehört nicht zu meinen Aufgaben, Exemplare der Fauna einzusammeln.«

Das Geräusch eines Schrittes hinter ihm ließ ihn herumfahren. Es war Chrys, die einen leicht säuerlichen Ausdruck im

Gesicht trug. »Kommst du dir wieder wie ein Politiker vor?« fragte sie ohne Vorrede.

Jonny warf einen kurzen Blick an ihr vorbei auf das hektische Treiben in der Schutzzone zwischen ihnen und dem Schiff. »Was gibt's?« fragte er und richtete den Blick wieder auf sie.

Sie machte eine angewiderte Handbewegung. »Dieselbe Auseinandersetzung wie bei unserem überhasteten Aufbruch von Junca. Die Wissenschaftler wollen die Zeit, die wir dort nicht genutzt haben, dazu verwenden, zurückzufliegen und sich noch mal auf Kubha oder Fuson umsehen.«

»Und Shepherd will die beiden Tage, die wir dort eingespart haben, einfach aus der Planung streichen und nach Hause fliegen, sobald wir hier fertig sind«, beendete Jonny den Satz mit einem verzweifelten Seufzer für sie. Er hatte die ganze Angelegenheit gründlich satt, zumal mit Shepherds erster Weigerung das Thema eigentlich längst abgeschlossen sein sollte. »Was soll ich also deiner Meinung nach tun?«

»Du sollst überhaupt nichts tun«, fauchte sie zurück. »Aber Rey scheint zu glauben, du könntest vielleicht ein paar wohlgewählte Worte in die Debatte einwerfen.«

Anders ausgedrückt, Banyon wollte, daß er mit einem Machtwort die Wissenschaftler in ihre Labore zurückscheuchte. Jonny hegte keinerlei Zweifel daran, auf welcher Seite die Cobras standen – da man ihnen sowohl den Schutz der Expedition als auch die härteste Arbeit aufgebürdet hatte, waren sie allemal bereit, sich so schnell wie möglich auf den Heimweg zu machen. Die vier, die noch immer mit Verletzungen von ihrer hektischen Flucht von Junca im Lazarett lagen, waren vermutlich dreifach dieser Ansicht.

Außerdem wäre es sicher die einfachste Methode, den Streit beizulegen. Jonny Moreau, Cobra und Gouverneur a. D., besaßen mehr natürliche und rechtmäßige Autorität als jeder andere an Bord, Shepherd eingeschlossen. Er öffnete gerade den Mund und wollte sich geschlagen geben, als er sich Chrys' Gesicht genauer ansah.

Sie war wütend. Sie versuchte, ihren Zorn zu verbergen, doch Jonny kannte sie zu gut, um sich täuschen zu lassen. Die angespannten Fältchen rings um die Augen, die leichte Verkniffenheit um ihren Mund, die gespannten Muskeln in Wangen und Hals – sie war verärgert, kein Zweifel. Verärgert und nebenbei leicht verzweifelt.

Es war derselbe Ausdruck, den er in den letzten Jahren viel zu häufig bei ihr beobachtet hatte.

Und mit diesem Zusammenhang wurde ihm auch plötzlich klar, wie seine angemessene Reaktion auf die inneren Querelen an Bord der *Menssana* aussehen mußte. »Also, Rey und die anderen können das schlicht vergessen«, meinte er zu ihr. »Wenn Shepherd zu höflich ist, um es den Wissenschaftlern klarmachen zu können, dann hat er sich ihr Gejammer selbst zuzuschreiben. Ich mache hier Ferien.«

Chrys' bekam einen Augenblick lang große Augen, aber dann huschte ein verhaltenes Lächeln über ihre Lippen, und die Anspannung in ihrem Gesicht und ihrem Körper löste sich. »Ich werde dich wörtlich zitieren«, sagte sie.

»Tu das. Aber vorher guck dir das hier mal an«, fügte er hinzu, als sie kehrtmachen und ins Lager zurückgehen wollte. »Scheint so, als lockten wir die hiesigen Zuschauer an.«

Der Vogel hockte tatsächlich noch immer reglos auf seinem Ast. »Komisch«, meinte Chrys und betrachtete ihn durch ein zusammenklappbares Fernglas. »Der Schnabel scheint eher zu einem Raubvogel zu passen als zu einem Körner- oder Insektenfresser. Die Füße ebenfalls.«

Jonny stellte seine optischen Verstärker eine Stufe höher. Tatsächlich, jetzt, wo sie es sagte, glichen sie eher den Krallen eines Condorins. »Was ist komisch daran? Wir haben Vögel und Nager verzeichnet, die für ihn als Beute klein genug wären.«

»Ich weiß . . . aber wieso sitzt er einfach da? Wieso ist er nicht auf der Jagd oder tut sonst etwas?«

Jonny runzelte die Stirn. Der Vogel hockte reglos mitten im niedrigen Gestrüpp . . . so als hätte er Angst, das bißchen Dekkung aufzugeben, das sein Platz bot. »Vielleicht ist er verletzt«, schlug er zögernd vor. »Oder er versteckt sich vor einem größeren Raubtier.«

Sie sahen sich an, und er erkannte in ihren Augen, daß sie denselben logischen Gedankengang verfolgt hatte und zum gleichen Ergebnis gekommen war. Welches ihr ebensowenig gefiel wie ihm. »Vor . . . uns zum Beispiel?« sprach sie schließlich aus, was sie beide dachten.

»Ich wüßte nicht, wovor er sich sonst fürchten sollte«, gestand er, während er kurz den Himmel absuchte.

»Ein Bodentier? Nein. Alles von der Größe einer Katze

könnte sich in das niedrige Gesprüpp schleichen.« Chrys blickte zu dem Vogel hinüber. »Aber … woher kann er wissen –«

»Er ist intelligent.« Erst als er die Worte ausgesprochen hatte, merkte Jonny, wie sehr er an sie zu glauben begann. »Er sieht, daß wir Werkzeuge benutzen und daß wir Fremde sind, und er verhält sich einfach entsprechend vorsichtig. Oder er wartet darauf, daß wir mit ihm Kontakt aufnehmen.«

»Wie denn?«

»Na ja … vielleicht sollte ich zu ihm rübergehen.«

Chrys hielt ihn überraschend fest am Arm zurück. »Glaubst du, das wäre sicher?«

»Ich bin schließlich ein Cobra – schon vergessen?« brummte er, jetzt selbst äußerst angespannt. Kontaktaufnahme mit dem Unbekannten … Plötzlich kam seine alte Kampfausbildung wieder zurück. *Regel Nummer eins: für Rückendeckung sorgen.* Vorsichtig, ruckartige Bewegungen vermeidend, zog er sein Feldtelefon aus dem Gürtel. »Dr. Hanford?« sagte er und nannte den einzigen Zoologen, der sich seines Wissens ganz in der Nähe befand, den einzigen, den er in der Nähe des Schiffes gesehen hatte, als Chrys vor ein paar Minuten zu ihm gekommen war.

»Hanford hier.«

»Jonny Moreau. Ich befinde mich im südöstlichen Abschnitt der Schutzzone. Könnten Sie bitte mal rüberkommen, aber leise. Und bringen Sie alle Cobras in Ihrer Nähe mit.«

»Verstanden.«

Jonny steckte das Telefon zurück und wartete. Der Vogel wartete ebenfalls, schien jedoch ein wenig unruhig zu werden. Aber vielleicht bildete sich Jonny das nur ein.

Ein paar Minuten später traf Hanford ein. Er kam mit einem seltsam aussehenden Watschelgang, einem gelungenen Kompromiß zwischen Eile und Unauffälligkeit. Bei ihm waren Banyon sowie ein Cobra namens Porris. »Was gibt's?« flüsterte der Zoologe deutlich hörbar, als er neben Jonny stehenblieb.

Jonny deutete mit einem Nicken auf den Vogel. »Sagen Sie mir, was Sie davon halten.«

»Meinen Sie die Büsche?«

»Nein, den Vogel dort«, sagte Chrys und zeigte auf ihn.

»Den –? Ah.« Hanford holte sein eigenes Fernglas hervor. »Ah ja, wir haben schon andere Exemplare dieser Spezies beobachtet. Allerdings immer aus der Entfernung – ich glaube, bis jetzt ist ihnen niemand so nahe gekommen.«

»Sie sind ziemlich scheu, nicht wahr?« drängte Jonny. »Das heißt, normalerweise.«

»Hm«, brummte Hanford nachdenklich. »Ja. Er scheint in der Tat ungewöhnlich mutig zu sein, nicht?«

»Vielleicht bleibt er sitzen, *weil* er Angst vor uns hat«, meinte Banyon.

»Wenn er Angst hätte, müßte er davonfliegen«, meinte Hanford und schüttelte den Kopf.

»Nicht unbedingt, Sir. Dafür sind wir zu nah.« Banyon verdeutlichte es ihm. »Sobald er das Gebüsch verläßt, hebt er sich als Silhouette gegen den Himmel ab – zudem würde er sich bewegen. Er befindet sich dort, wo er hockt, in einer miserablen Position, aber eine bessere Möglichkeit hat er nicht.«

»Nur, daß er ein Vogel ist und wir ganz offensichtlich nicht«, gab Hanford zurück. »Sobald er in der Luft ist, dürfte er von uns nichts mehr zu befürchten haben.«

»Es sei denn«, schlug Jonny ruhig vor, »er weiß, was Waffen sind.«

Eine Zeitlang sagte niemand etwas. »Nein«, meinte Hanford schließlich. »Nein, das kann ich nicht glauben. Betrachten Sie zunächst mal die Schädelgröße – dort ist einfach nicht genug Platz für ein großes Gehirn.«

»Größe allein ist nicht entscheidend –« setzte Porris an.

»Aber die Anzahl der Zellen«, kam wie aus der Pistole geschossen Hanfords Antwort. »Und die Größe tactanischer Zellen sowie die biochemischen Voraussetzungen sind den unseren durchaus so ähnlich, um sie zu vergleichen. Nein, er ist keine intelligente Lebensform – er ist schlicht starr vor Angst und merkt nicht, daß er jederzeit fliehen kann, wann immer es ihm beliebt.«

»Maikäfer flieg . . .« summte Chrys.

»Tja – na ja, jetzt hat er seine Chance jedenfalls verpaßt«, meinte Hanford munter. »Porris, wissen Sie, wo die Wurfnetze verstaut sind?« Er drehte sich halb zur *Menssana* um –

Und plötzlich schoß der Vogel von seinem Ansitz.

Die Plötzlichkeit erschreckte Chrys – und Banyon neben ihr brachte seine Hände reflexartig in Feuerstellung. »Nicht doch!« blaffte Jonny ihn an. »Lassen Sie ihn fliegen!«

»Was?« kreischte Hanford plötzlich. »*Schießen* Sie, Mann – holen Sie ihn runter!«

Doch Banyon ließ seine Hände sinken.

Der Vogel flog davon. Nicht senkrecht hoch in den Himmel, wie Jonny es für am wahrscheinlichsten gehalten hätte, sondern horizontal, zwischen den Büschen hindurch. Und im Zickzack . . . im Zickzack wie . . .

Er verschwand hinter einer sachten Anhöhe, und Jonny drehte sich um und bemerkte, wie Banyon ihn anstarrte. »Ausweichmanöver«, flüsterte dieser beinahe.

»Wieso haben Sie ihn nicht abgeschossen?« fauchte Hanford und packte Jonny am Arm, während er die andere Hand verzweifelt zur Faust ballte. »Ich habe euch Cobras den ausdrücklichen Befehl gegeben –«

»Doktor«, warf Jonny ein, »der Vogel hat sich erst bewegt, als Sie vorschlugen, wir sollten ihn einfangen.«

»Interessiert mich nicht. Sie hätten –« Hanford brach plötzlich ab, als es ihm zu dämmern begann. »Soll das heißen? Nein, nein. Das glaube ich nicht. Wie hätte er wissen sollen, was wir gesagt haben? Das konnte er nicht.«

»Natürlich nicht.« Banyons Stimme klang finster. »Aber er wußte, er müßte verschwinden, und als er es tat, hat er sich für eine lange Ausweichroute entschieden. So wie man dies unter feindlichem Beschuß tun würde.«

»Und er hat abgewartet, bis Sie, Doktor, ihm den Rücken zugedreht hatten«, fügte Chrys mit einem Schaudern hinzu. »Der Sie den Befehl gegeben haben, ihn einzufangen, Jonny . . . das ist zuviel, um Zufall zu sein.«

»Vielleicht haben sie früher schon Leute gesehen, die Werkzeuge benutzen«, sagte Jonny langsam. »Vielleicht sind die Trofts hier gelandet, als sie die Gegend hier in Augenschein genommen haben. Auf diese Weise könnten sie Waffen kennengelernt haben.«

»Das Ganze könnte Teil eines gemeinsamen Bewußtseins sein«, schlug Porris plötzlich vor. »Auf diese Weise braucht nicht jedes einzelne Individuum intelligent zu sein.«

»Die Theorie eines gemeinsamen Massenbewußtseins ist seit zwanzig Jahren in Verruf«, wandte Hanford ein. Aber er klang nicht allzu überzeugt. »Und überhaupt, das erklärt nicht, woher er unsere Sprache gut genug kannte, um zu wissen, daß ich Sie das Wurfnetz holen geschickt habe.«

Jonny starrte noch immer auf die Stelle, von wo der Vogel verschwunden war. Er sah sich rasch um, doch nirgendwo stürzten sich gewaltige Schwärme angreifender Vögel aus dem Himmel auf sie herab, wie er halb erwartete. Nur gelegentlich und weit entfernt verschandelten winzige Punkte das ansonsten makellose, rötlich getönte Blau. Trotzdem ... »Ich glaube, es wäre eine gute Idee, alles frühzeitig zusammenpakken zu lassen«, sagte er an die anderen gewandt. »Damit wir sofort aufbruchbereit sind, falls ... es erforderlich wird.«

Hanford sah aus, als wollte er widersprechen, schien sich aber eines Besseren zu besinnen und wandte sich statt dessen an Banyon. »Wäre es möglich, ein paar Cobras zu bekommen, die mich auf einem kurzen Jagdausflug begleiten? Ich will einen dieser Vögel – lebendig, wenn möglich, aber ganz so wählerisch bin ich nicht mehr.«

»Ich werde sehen, was sich machen läßt«, meinte Banyon grimmig. »Ich halte es ebenfalls für eine ausgezeichnete Idee, mehr über sie in Erfahrung zu bringen.«

Captain Shepherd akzeptierte schließlich die Empfehlungen, die man ihm unterbreitete. Man traf die Vorbereitungen für den Schnellstart, verdoppelte die Cobraposten in der Schutzzone, und die Wissenschaftler schlugen ein fast verzweifelt hohes Arbeitstempo an. Zwei getrennten Jagdtrupps gelang es jedoch nicht, auch nur Sichtkontakt zu einem der geheimnisvollen Vögel herzustellen. Die Tatsachen, Spekulationen und Gerüchte schlugen weite Kreise ... und volle zwölf Stunden vor der geplanten Zeit hob die *Menssana* ab. Ausnahmsweise beschwerte sich diesmal niemand.

15. Kapitel

Sie verbrachten eine Menge Zeit auf dem Markt in Huriseem – mehr Zeit, überlegte York, als sie auf ihrer gesamten qasamanischen Rundfahrt an irgendeinem anderen Ort verbracht hatten – und im stillen atmete er erleichtert auf, als sich schließlich ein Ende abzeichnete. Besonders nervenaufreibend fand er es, sich so vielen Mojos praktisch Auge in Auge gegenüberzusehen, und Moffs Abwesenheit machte dies nicht besser. Er fragte sich, wie Bürgermeister Ingliss letzteres erklären wollte, was er sofort würde tun müssen, wenn sie das Gedränge auf dem Markt verließen. War das Team erst mit seiner Eskorte allein, konnte er nicht mehr umhin, Moffs Abwesenheit zu ›übersehen‹, und dann mußte Inglis sich irgendeine Geschichte ausdenken.

York wollte sie überhaupt nicht hören. Es würde sich um einen Haufen Lügen handeln, schlimmer noch: um einen Haufen offenkundiger Lügen. Moffs Abgang war zu glatt gewesen, der Zeitpunkt zu gut gewählt, um zufällig zu sein. Ganz offensichtlich hatte das Team sein Fehlen nicht bemerken sollen. Yorks Gefühl nach war es für die Qasamaner nach eigener Einschätzung ebenso schlimm, zugeben zu müssen, daß Moff fortgewesen war, wie zu erklären, wohin er gegangen war und warum. Je mehr York von den Qasamanern mitbekam – je länger er Moffs ausweichenden Antworten auf die Fragen des Kontaktteams zuhörte, je mehr er erkannte, was sie waren, ihm dies aber verheimlicht wurde – desto mehr paßte statt der Begriffe *übervorsichtig* und *mißtrauisch* die Beschreibung *paranoid* auf sie. Ob sie aufgrund ihrer Geschichte Grund dazu hatten, spielte keine Rolle: Im Augenblick zählte, daß York bereits früher mit paranoiden Denkweisen in Berührung gekommen war und wußte, wie diese funktionierten. Die schlichte Tatsache von Moffs Verschwinden verschaffte ihm kein einziges Byte nützlicher Information, den Qasamanern jedoch war das vielleicht nicht bewußt. Ebensogut konnten sie annehmen, daß ihr Komplott – oder Plan, Intrige oder gottverdammte Überraschungsparty, nach allem, was er wußte – auf dem Spiel stand und sie vorzeitig würden Farbe bekennen müssen.

Das wollte York nicht. Wenn Moff irgendwas im Schilde führte – was auch immer –, wäre es für alle Beteiligten sicherer, wenn es reibungslos und wie geplant passierte. *Verdammt, Moff, komm endlich zurück,* dachte er. *Komm zurück und bewahre dir deine Illusion, alles im Griff zu haben.*

Er war so sehr damit beschäftigt, heimlich nach Moff Ausschau zu halten, daß er überhaupt nicht mitbekam, was den Streit auslöste.

Tatsächlich wurde ihm das Gerangel erst bewußt, als einer von Moffs Assistenten ihn plötzlich an der Schulter packte und ihn zu einem Menschenkreis zurückriß, der sich am Rand des Marktplatzes gebildet hatte. Die freie Fläche hatte vielleicht zwanzig Meter Durchmesser. Drinnen, kaum fünf Meter voneinander getrennt, standen sich zwei Männer ohne Mojos gegenüber. Der Ausdruck in ihren Gesichtern grenzte ans Mörderische.

»Was ist los?« fragte York den Qasamaner, der immer noch seinen Arm festhielt.

Es war Ingliss, der antwortete. »Ein Duell«, erklärte er. »Jemand wurde beleidigt. Er hat den Betreffenden herausgefordert, dieser hat angenommen.«

York bekam einen trockenen Mund, als sein Blick zuerst auf die in den Gürtel steckenden Pistolen der Gegner fiel und dann auf die zweihundert oder mehr Menschen, die zusammengekommen waren, um zuzusehen. Sie würden doch *hier* nicht etwa anfangen, herumzuballern –

Auf der gegenüberliegenden Seite des Kreises tauchte ein Mann mit einem silberblauen Stirnband auf und trat zu den beiden Männern. Aus einer großen Schultertasche zog er einen dreißig Zentimeter langen, rattanähnlichen Stock sowie ein Gebilde aus zwei mit einer fünfzig Zentimeter langen milchig-weißen Kordel verbundenen kleinen Kugeln. Er reichte einem der Kombattanten den Stock und die beiden Kugeln, ging zu dem anderen und überreichte ihm einen zweiten Satz aus seiner Tasche. Dann trat er an den Rand des Rings zurück, hob die rechte Hand und zog sie nach unten.

Und der Kämpfer rechts von York, der die Kugeln träge über seinem Kopf hatte kreisen lassen, schleuderte diese unvermittelt auf seinen Gegner.

Und er schleuderte sie gut, mit Kraft und Präzision. Doch der andere war vorbereitet. Er hielt den Stock senkrecht vor sich, fing das Geschoß geschickt damit auf, so daß die Kugeln sich aufwickelten. Einen Augenblick später flogen seine Kugeln kreisend auf den ersten Mann zu, der sie auf ähnliche Weise mit seinem Stock auffing. Jeder der beiden hatte einen kurzen Augenblick Zeit, um die vom Gegner aufgefangene Waffe abzuwickeln, dann waren sie bereit, von vorn anzufangen.

»Was geht hier vor?« flüsterte York.

»Ein Duell, wie ich schon sagte«, raunte Ingliss zurück. »Die beiden Männer schleudern abwechselnd ihre Bola mit den Fluchkugeln aufeinander, bis beide Waffen in der Menge verlorengehen oder einer der Gegner seine Niederlage eingesteht. Die Fluchkugeln hinterlassen ganz ordentliche blaue Flecken, aber nur selten ernsthafte Verletzungen.«

»In der Menge verlorengehen?«

»Geht ein Wurf zu weit oder wird er aus einem anderen Grund nicht aufgefangen, geben die Zuschauer die Kugeln nicht zurück. Zwei solcher Fehlversuche, und das Duell ist, verständlicherweise, zu Ende.«

»Was hindert sie daran, ihren Gegner zwischen den Würfen anzugreifen und ihm die Seele aus dem Leib zu prügeln?«

»Dasselbe, was sie auch daran hindert, ihre Waffen zu ziehen«, antwortete Ingliss ruhig. »Ihre Mojos – dort und da drüben.« Er zeigte auf zwei der Zuschauer, die beide einen zweiten Vogel auf den Schultern sitzen hatten.

York runzelte die Stirn. »Wollen Sie damit sagen, sie verhindern *alle* Angriffe, selbst solche ohne Waffen? Ich dachte, sie reagieren nur auf das Ziehen von Waffen?«

»Oh, natürlich können sie nicht *alle* Angriffe abwehren«, meinte der Bürgermeister achselzuckend. »Sie könnten mich jetzt in diesem Augenblick schlagen, bevor mein Mojo Sie daran hindern könnte. Er würde Sie allerdings daran hindern, Ihren Angriff fortzusetzen.« Er deutete mit einem Nicken auf die Duellanten, die zu Schwitzen begonnen hatten. »Aber sie kämpfen so offensichtlich miteinander, daß ihre Mojos sie voneinander trennen würden.«

»Verstehe.« York dachte darüber nach, was das für die Cobras bedeuten mochte, sollten sie irgendwann gezwungen sein, tatsächlich zu kämpfen. Würden die Mojos sie bei einem Kampf als Quelle der tödlichen Laserstrahlen erkennen? Unmöglich zu sagen. »Zumindest«, kommentierte er das Geschehen laut, »erklärt dies, wieso niemand versucht hat, eine Waffe einzusetzen, die die Mojos nicht als solche erkennen. Man hätte einen Schuß auf sein Ziel frei, aber das wäre es dann auch schon.«

»Die Aventinier scheinen viel in Begriffen wie persönlicher Auseinandersetzung zu denken«, bemerkte Ingliss in einem Tonfall, der eigenartig gespannt wirkte. »Es muß beängstigend sein, auf Ihrem Planeten zu leben. Wenn Sie vielleicht selbst Mojos hätten ... Wie auch immer, Sie haben ganz recht, was alternative Waffen anbetrifft. Während der Anfänge der Mojodomestizierung haben viele versucht, welche herzustellen, mit dem gleichen Ergebnis, zu dem auch Sie eben gekommen sind.«

»Aha«, nickte York und konzentrierte sich aufs Zusehen.

Es schien lange zu dauern, tatsächlich jedoch war das Duell nach wenigen Minuten vorbei. York hätte nicht ohne weiteres sagen können, wodurch es endete, doch als die Menge sich um die Kämpfenden drängte und sie trennte, während sich kleinere Gruppen schulterklopfend um jeden der beiden scharten, kam er zu dem Schluß, daß *sie* alle der Ansicht waren, es habe sich gelohnt. Vielleicht konnte Nnamdi sich an Bord des Schiffes über die soziologischen und psychologischen Einzelheiten Klarheit verschaffen – für York war dies wirklich kein drängendes Problem. Er blickte sich in der sich auflösenden Menschenmenge um und entdeckte die Inseln der Ruhe, die aus dem Rest des Kontaktteams bestanden, aus Bürgermeister Ingliss und den Begleitern.

Und aus Moff.

York kniff die Augen zusammen und versuchte angestrengt, sich seine Überraschung und seinen Ärger nicht ansehen zu lassen. All seinen Bemühungen zum Trotz hatte der Qasamaner sich unbemerkt wieder unter die Gruppe gemischt, genau wie er sie verlassen hatte. Was den Zeitpunkt des Duells plötzlich verdächtig erscheinen ließ ... Und wenn das Duell gestellt war, stieg damit automatisch auch die Bedeutung dessen, was Moff in der Zwischenzeit heimlich erledigt hatte –

und zwar unangenehm hoch. Um eine solche Ablenkung auf die Beine zu stellen, benötigte man entweder eine Menge Leute, die jederzeit bereitstanden, oder eben eine kleine Gruppe, die sowohl die Ortsansässigen als auch die aventinischen Besucher zum Narren halten konnte. Beides setzte große Mühe und ein – möglicherweise – beträchtliches Maß an Planung voraus.

Waren die Qasamaner ihnen auf die Schliche gekommen? Und falls, wann?

»Tut mir leid, daß Sie das mitansehen mußten«, sagte Moff, als das Team und die Begleiter sich gemeinsam entfernten. »Es handelt sich um eine Spielart der Aggression, die wir noch nicht völlig haben ausmerzen können.«

»Sie scheint recht harmlos zu sein im Vergleich zu einigen anderen, die ich auf anderen Welten gesehen habe.«

»In einer zivilisierten Welt sollte so etwas trotzdem nicht vorkommen«, sagte Moff steif. »Unsere Willenskraft sollte nach außen gerichtet sein, auf die Eroberung unseres Planeten.«

»Und darüber hinaus?« murmelte Rynstadt.

Moff sah ihn durchdringend an. »Die Sterne sind die Zukunft der Menschheit«, erwiderte er. »Wir werden nicht immer auf diese eine Welt beschränkt bleiben.«

»Die Menschheit wird nie wieder eingeschränkt sein«, stimmte Cerenkov ihm ernst zu. »Verraten Sie mir eins. Kommt es oft zu dieser Art von Duellen? Wer immer das mit dem Stirnband war, er schien sofort alles im Griff zu haben.«

»Jede Siedlung und jede Stadt hat einen oder mehrere Richter, das hängt von der Bevölkerungszahl ab«, erklärte Moff. »Sie haben neben der Beaufsichtigung von Duellen noch eine Menge anderer Aufgaben. Aber kommen Sie – es gibt hier noch zahlreiche andere Dinge, die wir besichtigen sollten. Bürgermeister Ingliss hat Ihnen noch immer nicht das hiesige Regierungscenter gezeigt, außerdem sollte uns genügend Zeit bleiben, um ein typisches Wohngebiet zu besichtigen, bevor die Kriszahnjäger zurückkehren. Danach können wir die landwirtschaftlich genutzten Flächen besichtigen.«

Cerenkov lächelte. »Ich muß Ihnen recht geben, Moff – wir haben wirklich einen ausgefüllten Zeitplan. Bitte, nach Ihnen.«

Sie bogen um eine Ecke und gingen zu den Wagen, die Ingliss' Leute für sie um den Marktplatz herumgefahren hatten, und in York keimte zurückhaltender Optimismus. Wenn Moff sich weiter an den Besichtigungsplan hielt, glaubte er offenbar, seine Abwesenheit sei nicht bemerkt worden. Und das bedeutete, was immer die Qasamaner im Schilde führten, würde wie geplant ablaufen.

Unvermittelt wurde er sich seiner Rechenuhr am Handgelenk sowie des sternförmigen Saphirs an seiner Hand bewußt. Zusammen mit seinem Stift bildeten sie die Teile seiner Handpfeilpistole . . . einer Waffe, wie sie weder die Qasamaner noch die Mojos je zu Gesicht bekommen hatten. *Einen Schuß haben sie frei,* gingen ihm die Worte durch den Kopf. *Einen Schuß, bevor die Mojos mich stoppen können. Ich sollte, verdammt noch mal, dafür sorgen, daß dieser Schuß Wirkung zeigt.*

Es passierte, als sie sich am selben Abend auf der Rückfahrt nach Sollas befanden, und die erste Warnung waren unvermittelte atmosphärische Störungen, die den Summton in der Funkverbindung mit der *Dewdrop* übertönten. Vorn im Bus stand Moff auf und hielt sich mit seiner linken Hand fest. In der rechten hielt er seine Pistole.

»Sie stehen unter Arrest«, kam donnernd eine Stimme von dem Mann neben ihm – oder besser, aus dem telefongroßen Kästchen in der Hand des Qasamaners. »Sie stehen unter dem Verdacht der Spionage gegen das qasamanische Volk. Bis wir unser Ziel erreicht haben, werden Sie keinerlei aggressive Handlungen unternehmen. Wenn Sie sich widersetzen, wird Ihr Schiff zerstört werden.«

»Was?« fuhr Cerenkov auf, und in seiner Stimme mischten sich Schock, Bestürzung und Empörung. »Was hat das alles zu bedeuten?«

Doch sein Übersetzeranhänger blieb stumm, und die Worte trafen auf taube Ohren. »Moff –« begann Cerenkov, sich halb erhebend.

»Laß gut sein«, riet Rynstadt ihm ruhig. »Das ist bloß eine Bandaufnahme, kein Übersetzer. Wir werden warten müssen, bis wir wieder in Sollas sind, um die Geschichte aufzuklären.«

Cerenkov öffnete den Mund, besann sich dann offensichtlich eines Besseren und ließ sich in seinen Sitz zurückfallen. Moffs Pistole hatte nicht mal gezuckt, wie York mit einem unguten Gefühl registrierte. Ein Mann mit Nerven, der stoische Ruhe bewahrte – was einem nicht gerade viele Möglichkeiten ließ, etwas gegen ihn zu unternehmen. Und sein Mojo . . .

Sein Mojo hatte beim Anblick seines Besitzers, der gegen einen anderen Menschen eine Waffe gezogen hatte, nicht im geringsten reagiert. Keiner der Vögel hatte das getan. Aus welchem Grund auch immer – Aussehen, Geruch, Sprache –, offenbar waren die Aventinier von dem automatischen Schutz, den die Mojos ihren Besitzern gewährten, ausgenommen. York hatte fast zu hoffen gewagt, daß die Mojos auch Gewaltakte der Qasamaner gegen das Kontaktteam verhindern würden. Aber das war ganz offensichtlich nicht der Fall.

»Vermutlich haben sie tatsächlich sowohl unsere Worte als auch ihre Übersetzung aufgezeichnet«, gab Rynstadt zu bedenken. Er wirkte entspannt, fast unbeteiligt, und einen Augenblick lang starrte York ihn vollkommen fassungslos an. Merkte dieser Idiot eingentlich nicht, wie tief sie in der Klemme steckten? *Das ist nicht irgendein Spiel,* schwoll ihm fast der Kamm. *Diese Leute meinen es ernst.*

Er schluckte die Worte ungesagt wieder hinunter. *Natürlich* war Rynstadt nicht besorgt – befanden sich nicht vier Cobras an Bord der *Dewdrop,* bereit, loszuschlagen und sie in einem Gewitter aus Laserfeuer zu befreien?

Nur daß es eben nicht so einfach werden würde – und wenn das keiner von den anderen merkte, York war es klar. Er richtete den Blick aus dem Fenster, betrachtete den dunkler werdenden Himmel und den noch dunkleren Wald, der die Straße säumte. *Moff hat den Zeitpunkt gut gewählt,* dachte er, und der Anflug professionellen Respekts stand im Kontrast zu seinem klopfenden Herzen. Weit entfernt von der *Dewdrop,* in gefährlichem und unvertrautem Gelände bei einbrechender Nacht würde nur ein Verrückter zu fliehen versuchen. Die Sonne blitzte durch eine Lücke zwischen den Bäumen auf, und plötzlich erkannte er, daß sie irgendwann während der letzten paar Minuten nach Südwesten abgebogen und von der direkten Ost-Westroute zwischen Huriseem und Sollas abgewichen waren. Nach Süden, zur nächsten Stadt im Gürtel? Wahrscheinlich. Man halte Geiseln möglichst fern von den potentiellen Rettern, während man diese . . . ja, was eigentlich? Was hatten die Qasamaner mit der *Dewdrop* vor?

Er blickte zu Joshua hinüber und sah, wie sich seine eigenen

Ängste und Ungewißheiten im angespannten Gesicht des jüngeren Mannes spiegelten. Als Sohn eines Cobras, als Bruder eines Cobras, wußte er über die Grenzen der Verteidigungsmöglichkeiten der *Dewdrop* weiter besser Bescheid als Rynstadt.

Ein gewisses Maß an Angst wappnet den Körper innerlich, Panik lähmt ihn, ging ihm der Lieblingsaphorismus seines alten Ausbilders bei den Marines durch den Kopf. Er verlangsamte bewußt seine Atmung, blockierte so seine Panik und ließ der Angst ihren Raum. Wenn sich eine Gelegenheit bot, mußte er vorbereitet sein.

Die Ansage, die für einen kurzen Augenblick im Salon der *Dewdrop* das Knattern der atmosphärischen Störungen durchdrang, war kurz und schmerzlich direkt: »Sie stehen unter dem Verdacht der Spionage gegen das qasamanische Volk. Sie werden keinerlei aggressiven Schritte unternehmen oder zu fliehen versuchen. Wenn Sie sich widersetzen, werden Sie vernichtet werden.«

Die atmosphärischen Störungen setzten mit voller Heftigkeit wieder ein, und Christopher stieß einen gotteslästerlichen Fluch aus. »Wie, zum Teufel, sind sie dahinter gekommen –?«

»Seien Sie still!« fuhr Telek ihn an, während ihr der Puls schmerzhaft bis in die Ohren dröhnte. Ihr schlimmster Alptraum war eingetroffen – und sie hatte es nicht geschafft, ihr Team herauszuholen, bevor die Falle zuschnappte. Sie hatte versagt. *Oh Gott, was soll ich bloß tun?*

Eine Stimme aus dem Interkom drängte sich in ihre Gedanken. »Gouverneurin, ich empfange Bewegungen und Wärmepunkte oben auf dem Tower des Flugplatzes«, berichtete Captain F'ahl. »Waffen oder Personen sind bis jetzt nicht deutlich auszumachen, möglicherweise besitzen sie so etwas wie Mörser oder Wurfgeschosse, mit denen sich direkter Sichtkontakt vermeiden läßt.«

Telek gab sich einen Ruck und schob ihre Panik beiseite. »Verstanden, Captain. Können unsere Laser den Turm als Ganzes niederreißen?«

»Wahrscheinlich nicht – und ich möchte es auch nicht versuchen, bevor wir die anderen – so weit möglich – nicht wieder an Bord haben.«

»Ich habe nicht vorgeschlagen, daß wir jetzt starten sollen«, sagte sie frostig. F'ahl machte sich also bereits innerlich auf Verluste gefaßt. Nun, sie sollte verdammt sein, wenn *sie* sich so leicht geschlagen gab. »Hat der Computercheck irgendwas ergeben? Joshuas Trennfrequenzsignal müßte eigentlich störungsfrei sein –«

Ohne Vorankündigung klarte das Schneefeld auf den Displays plötzlich auf, und sie waren wieder im qasamanischen Bus.

Telek beugte sich vor, die Hände schmerzhaft zusammengepreßt . . . doch das Blutbad, das sie halb erwartet hatte, blieb aus. Die Szene war die gleiche wie vor der Empfangsunterbrechung nur wenige Minuten zuvor, . . . außer, daß Moff den Aventiniern jetzt mit gezogener Waffe gegenübersaß.

Telek tastete nach dem Mikro. »Joshua, zeigen Sie mir den Rest des Teams«, rief sie.

Das Bild blieb unverändert. »Er kann Sie nicht hören«, murmelte Christopher. »Hier können wir unser Signal herausfiltern, aber da draußen haben sie keinen Computer.«

»Na großartig«, preßte Telek zwischen zusammengebissenen Zähnen hervor. »Demnach können wir auch zu Almo keine Verbindung herstellen. Verdammt!« Sie starrte noch einen Augenblick auf das Display, dann drehte sie sich zu den beiden Männern um, die schweigend an der Salontür standen. »Nun, Gentlemen, sieht ganz so aus, als wäre unser bezahlter Urlaub vorbei. Irgendwelche Vorschläge?«

Michael Winward deutete auf eines der Displays, auf dem der nahe Wald zu sehen war. »Vermutlich wissen die Qasamaner nicht, daß Almo dort draußen ist, was für unsere Seite theoretisch von Vorteil ist. Aber wenn wir ihm nicht mitteilen können, was hier vor sich geht, nützt uns dieser Vorteil nicht viel. Irgendwie müssen wir uns bei ihm bemerkbar machen, damit er das Laserkom aufstellt.«

»Mit anderen Worten, Sie glauben, Sie sollten versuchen, zu ihm rauszuschleichen.« Telek zögerte, schüttelte den Kopf. »Nein. Zu riskant. Selbst wenn wir eine Idee hätten, wie wir unsere Bewacher von Ihnen ablenken könnten, würden Sie vermutlich trotzdem gesehen werden, bevor Sie in Deckung sind. Offensichtlich müssen wir warten, bis er sich wieder meldet.«

Der andere Cobra, Dorjay Link, sah Winward an und schüttelte kaum merklich den Kopf. »Möglicherweise stationieren die Qasamaner Leute und Waffen im Wald, um die *Dewdrop* von dieser Seite aus unter Beschuß zu nehmen«, meinte er zu Telek. »Almo könnte aus seinem Nest klettern und mitten zwischen ihnen landen.«

»Er würde sie doch sehen oder hören, oder?« meldete sich Nnamdi zu Wort.

»Cobras sind auch nur Menschen«, erwiderte Winward scharf. »Und wenn er nicht aufwacht, bevor sie in ihren Stellungen sind, werden sie nicht viel Lärm machen.«

Telek starrte das Display an, auf dem der Wald zu sehen war. *Ich verliere allmählich den Boden unter den Füßen,* gestand sie sich ein. *Ohne die geringste Vorwarnung sind wir hier in eine militärische Notlage hineingeraten* –

Nein. Genaugenommen waren sie gewarnt worden, und das war es, was wirklich schmerzte. Jetzt wurde klar, wieso Moff vor ein paar Stunden plötzlich verschwunden war: Er hatte diese Operation in die Wege geleitet und alles über das nach wie vor unbekannte, dreifach verfluchte Langstreckenkommunikationssystem dieser Leute koordiniert. Und in diesem Fall – »Vermutlich sind die Soldaten und Waffen dort draußen schon in Stellung«, sagte sie laut. »Die einzige Möglichkeit, Almo zu wecken und ihm gleichzeitig mitzuteilen, daß es Ärger gibt . . .« Sie hielt inne und drehte sich zu den beiden Cobras um.

Winward nickte – weil er begriffen hatte oder einverstanden war, sie wußte nicht weshalb. »Ein schneller Ausfall. Mit Gewehrfeuer und allem Drum und Dran. Ich schlüpfe nur schnell in meinen Tarnanzug – bin in einer Minute zurück. Dorjay, du gehst sofort an die Arbeit und stellst fest, von wo aus ich mich am günstigsten nähern kann, verstanden?«

»Geht in Ordnung«, meinte Link, als Winward durch die Salontür verschwand. »Besteht die Chance, Gouverneurin, daß wir abwarten können, bis es völlig dunkel ist?«

»Nein«, meldete sich Christopher zu Wort, bevor Telek etwas sagen konnte. »Gouverneurin, wir haben ein neues Problem – das Kontaktteam wird nicht nach Sollas zurückgebracht.«

»Verdammt.« Telek stellte sich neben ihn und betrachtete das Display, auf dem jetzt eine Luftaufnahme des Gebietes zwischen Huriseem und Sollas zu erkennen war. »Woher wissen Sie das?«

»Joshua hat sich ein bißchen umgeschaut – ich habe die Sonne aus dem Seitenfenster gesehen. Mir scheint, sie nehmen diese Straße hier« – er fuhr mit dem Finger darauf entlang – »bis hinunter zur nächsten Stadt südwestlich von hier.«

Telek warf einen Blick auf den Maßstab der Karte. »Verdammt. Da werden sie sich der *Dewdrop* an keinem Punkt mehr als zwanzig Kilometer nähern. Wo ist die nächste Verbindungsstraße? – Oh, hier ist sie. Drei Kilometer hinter besagtem Punkt. Haben Sie irgendeine Ahnung, wo auf dieser Straße sie sich befinden?«

Christopher breitete hilflos die Hände aus. »Der Entfernungsmesser scheint nicht zu funktionieren, solange das Signal gestört wird. Ich könnte höchstens versuchen, ihre Geschwindigkeit zu schätzen und die Entfernung von Huriseem hochrechnen. Sieht so aus, als befänden sie sich ungefähr *hier*, vielleicht fünfzehn oder zwanzig Minuten von besagter Kreuzung entfernt.«

Telek sah zu Justin hinüber, der reglos auf seiner Liege saß. Hätte sie ihn bloß wie geplant gegen seinen Bruder ausgetauscht . . . aber nein, sie hatte unbedingt ihr verdammtes Fenster in die Welt haben müssen. »Wir werden diesem Wagen den Weg abschneiden«, sagte sie, an den Raum im allgemeinen gewandt. »Entweder befreien wir das Team direkt, oder wir versuchen, Joshua auszutauschen. Irgendwie.«

»Jetzt, wo Moff gewarnt ist, bezweifele ich, ob uns diese Möglichkeit noch offensteht«, wandte Link von seinem Platz vor dem Display aus ein, den er von Nnamdi übernommen hatte.

»Ich weiß.« Telek knirschte mit den Zähnen, dann sprach sie ins Interkom: »Captain, schicken Sie sofort eine Pulslasernachricht an die Hilfsschiffe der Trofts. Sagen Sie ihnen, sie sollen so schnell wie möglich herkommen.«

»Jawohl, Gouverneurin.«

Aber nützen wird das überhaupt nichts. Sie wußte das, und jeder andere an Bord des Schiffes wußte das ebenfalls. Die Troftschiffe waren viel zu weit entfernt, um es vor Anbruch der Dämmerung bis in den Orbit zu schaffen. Die *Dewdrop* war auf sich gestellt.

Was bedeutete, daß Winward in wenigen Minuten seinen selbstmörderischen Ausfall machen mußte . . . und Almo immer noch gute Chancen hatte, gefaßt zu werden, bevor er überhaupt merkte, was los war ... und daß es obendrein noch sinnlos war, denn es war völlig ausgeschlossen, daß ein Cobra, oder auch zwei, diesen Bus aus dem Hinterhalt überfallen konnten, ohne bei dem anschließenden Feuergefecht nicht alle Insassen des Busses zu töten oder zu verletzen.

Die unentrinnbare Folgerung daraus war: es wäre besser, jetzt zu starten – in der Hoffnung, die *Dewdrop* wäre schnell genug, um Granaten oder Raketen zu entkommen.

Und die Verluste so gering wie möglich zu halten. Und wenn so ihre Entscheidung lauten sollte, dann mußte sie sie treffen, bevor Winward ausstieg, um sein Leben aufs Spiel zu setzen. Und das hieß: innerhalb der nächsten neunzig Sekunden.

Eine Situation, in der nichts zu gewinnen war ... Und während sie noch überlegte, was sie tun sollte, war im Wald, ein gutes Stück südlich von ihnen, eine Bewegung zu erkennen, und ein unsichtbarer Laserstrahl schoß lanzenartig hervor und traf die *Dewdrop* mitten auf die Schnauze.

16. Kapitel

Pyre lag eine ganze Weile still in seinem Hängebeutel und überlegte, was ihn geweckt haben könnte. Dem Winkel der Sonnenstrahlen nach, die durch die Bäume fielen, mußte es bald dunkel werden. Unter Gewissensbissen wurde ihm klar, daß er den ganzen Tag verschlafen hatte. Wahrscheinlich war er einfach deswegen aufgewacht, weil sein Körper alle Ruhe gehabt hatte, die er brauchte. Er mußte sehr viel müder gewesen sein, als er angenommen hatte.

Er ging gerade daran, seine Arme aus dem Beutel zu ziehen, als er das leise Hüsteln hörte.

Er erstarrte und stellte seine akustischen Verstärker auf volle Kraft. Das gewohnte Rascheln im Wald dröhnte ihm in den Ohren . . . das gewohnte Rascheln sowie das schwächere Geräusch leiser, menschlicher Stimmen. Wenigstens zehn, oder sogar noch mehr.

Eine Gruppe Jäger! war sein erster hoffnungsvoller Gedanke. Doch er hörte keine Schritte zu den Stimmen, nur gelegentlich das Geräusch von jemandem, der seine Stellung leicht verändert. Selbst Jäger auf der Pirsch bewegten sich mehr . . . was darauf hindeutete, daß sich seine unerwarteten Besucher weniger wie Jäger, sondern eher wie Angler verhielten.

Und hier draußen gab es nur zwei Fische, für die sich ein solches aufeinander abgestimmtes Vorgehen lohnte – zumindest, soweit er das wußte: die *Dewdrop* und ihn selbst.

Verdammt.

Langsam, mit unendlich behutsamen und leisen Bewegungen, begann er, sich aus dem Hängebeutel und dem schützenden Käfig zu befreien. Wenn sie nach ihm suchten, konnte es durchaus ein Fehler sein, sich zu rühren, aber ob es sie auf ihn aufmerksam machte oder nicht, er hatte nicht die geringste Absicht, sich eingepackt wie die Reste vom Vortag erwischen zu lassen. Der Käfig knarzte beim Öffnen wie die Explosion einer taktischen Nukleargranate, doch niemand schien es zu bemerken, und eine Minute später stand Pyre über dem Hängebeutel, den Rücken an den Stamm gepreßt.

Und die Beute war bereit, zum Jäger zu werden. Die Stimmen waren aus dem Waldstreifen zwischen ihm und der *Dewdrop* gekommen. Er schob sich auf die gegenüberliegende Seite des Stammes und kletterte hinunter, blieb dabei jedoch auf jedem Ast stehen, um sich umzusehen und zu lauschen.

Er erreichte den Boden, ohne einen der versteckten Qasamaner zu entdecken. Weitere Geräusche hatten ihm eine genauere Vorstellung von ihrer Position gegeben, und er war nicht überrascht, daß niemand auf ihn geschossen hatte. Sie schienen parallel am Waldrand gegenüber der *Dewdrop* zu liegen und hielten ihre Aufmerksamkeit und ihre Waffen fast sicher auf das Schiff gerichtet. Da sie erst *jetzt* eingesetzt wurden, eine volle Woche nach der Landung, mußte etwas schiefgegangen sein. Ob das Kontaktteam gepatzt oder die übertriebene qasamanische Paranoia Oberhand gewonnen hatte, spielte in diesem Augenblick kaum eine Rolle. Was zählte –

Was zählte, war, daß Joshua Moreau da draußen mittendrin war. Und wenn er getötet worden war, während Pyre verschlafen hatte –

Der Cobra biß sich hart auf die Innenseite der Wange. *Schluß jetzt!* fauchte er innerlich. *Werd ruhig und denk nach, anstatt durchzudrehen. Wenn die Qasamaner die Dewdrop noch nicht offen angegriffen hatten, befinden sie sich hier noch immer im Planungsstadium* . . . Falls dem so war, bestand noch Hoffnung, daß Joshua und die anderen noch wohlauf waren. Ein Angriff auf das Kontaktteam würde die *Dewdrop* warnen, und dafür waren die Qasamaner gewiß zu klug.

Und solange weder das Schiff noch Cerenkov nicht Bescheid wußten, kam es jetzt ganz auf Pyre an.

Viele Möglichkeiten hatte er nicht. Sein Notohrhörer funktionierte nur in einer Richtung, eine Möglichkeit, mit dem Schiff zu sprechen, war nicht vorgesehen. Sein Laserkom war gut versteckt und vermutlich noch nicht gefunden worden, aber wenn die Postenkette der Qasamaner nicht buchstäblich darauf saß, so waren sie bestimmt nicht weit davon entfernt. Sollte er die gesamte Gruppe ausschalten? Riskant, möglicherweise selbstmörderisch, und ganz gewiß würde das die Bombe gleich hier an Ort und Stelle hochgehen lassen.

Wenn aber die Mitglieder der Postenkette untereinander nicht in direktem Sichtkontakt standen, war es vielleicht möglich, die beiden, die dem Laser am nächsten waren, leise auszuschalten, ohne die anderen zu warnen. Dann den Laser schnappen, sich an irgendeinen sicheren Ort zurückziehen – auf den Wipfel eines Baumes, wenn nötig – und das Schiff kontaktieren. Gemeinsam ließ sich vielleicht eine Möglichkeit finden, wie sie das Kontaktteam unter Moffs Nase befreien konnten.

Auf den Waldboden unter seinen Füßen achtend, machte Pyre sich vorsichtig auf den Weg zum Versteck des Lasers und versuchte dabei, nach allen Seiten gleichzeitig Ausschau zu halten. Seiner Schätzung nach war er nur noch fünf Meter von seinem Ziel entfernt, als plötzlich neben ihm ein Dröhnen losbrach.

Er hatte seinen seitlichen Sprung bereits zur Hälfte hinter sich, als sein Verstand seine Reflexe eingeholt hatte und er das Geräusch identifizieren konnte: in seinem Notohrhörer kreischten atmosphärische Störungen. Ihn herausdrehen und mit dem Daumen ausschalten war eins, doch während das Echo noch eine weitere Sekunde durch seinen Kopf hallte, erkannte er sinkenden Mutes, daß er zu spät gekommen war. Atmosphärische Störungen in dieser Heftigkeit konnten nur bedeuten, daß die Qasamaner versuchten, sämtlichen Funkverkehr in diesem Gebiet zu unterbinden. Sie machten ihren entscheidenden Zug –

»*Gif*«, zischte eine Stimme.

Pyre erstarrte, während sein Blick zwischen den beiden Qasamanern hin- und herwanderte, die ihn, in halb verborgenen Stellungen hockend, anstarrten. Die Pistolen, die auf ihn gerichtet waren, kamen ihm größer vor als die, die er bei den anderen gesehen hatte. Die Mojos waren startbereit und äußerst aufmerksam. Einer der Männer raunte seinem Gefährten etwas zu und machte einen Schritt in Pyres Richtung, die Waffe fest auf die Brust des Cobras gerichtet.

Um die volle Bedeutung seines Tuns zu überdenken, fehlte die Zeit, genausowenig wie für jede Überlegung, die darüber hinausging, hier rauszukommen, ohne den Rest der Truppe auf sich aufmerksam zu machen. Seine Häscher hofften ganz offensichtlich noch darauf, ihre Anwesenheit vor der *Dewdrop* geheimhalten zu können, und ebenso offenkundig würden sie diese bevorzugte Haltung aufgeben, sobald er seinen entscheidenden Zug machte. Sein erster Angriff mußte schnell und sauber erfolgen.

Pyre hatte noch nie einen Menschen getötet. Am nächsten war er solcher Gewalt an jenem fürchterlichen Tag vor langer Zeit gekommen, als Jonny Moreau und ein offenbar von den Toten Auferstandener in einer nur zwei oder drei Sekunden dauernden Aktion die Feuerkraft ihrer Laser aufs Entsetzlichste demonstriert und Challinars Grünschnäbel von Cobrakriegsherren niedergeschlagen hatten. Für einen nicht einmal Zwanzigjährigen auf einer ums Überleben ringenden Weltenkolonie war ein solches Gemetzel der Stoff für Alpträume – besonders, da Pyre selbst ein kleines, aber bleischweres Stückchen Schuld am Tod der Männer trug, weil er Challinar anfänglich unterstützt hatte. Und sich noch weitere Schuld auf die Schultern zu laden war das letzte, was er wollte.

Doch er hatte keine Wahl. Nicht die geringste. Mit den Schallwaffen konnte er die Männer auf diese Entfernung betäuben, aber nicht lange genug . . . und die erforderlichen Frequenzen hätten bei den beiden Mojos womöglich keinerlei Wirkung. Sie mußten alle zum Schweigen gebracht werden, bevor einer von ihnen – Mensch oder Mojo – Alarm schlagen konnte.

Der erste war jetzt kaum noch zwei Meter entfernt und blieb korrekterweise aus der Schußlinie seines Partners. Vier kurze Augenkontakte, um seinem Nanocomputer seine Ziele einzugeben, der sachte Druck der Zunge gegen den Gaumen seines Oberkiefers, um die automatische Steuerung zu programmieren . . . und als der Qasamaner den Mund öffnete und etwas sagen wollte, feuerte Pyre.

Aus seinen kleinen Fingern schossen Laserfeuerstöße hervor, Arme und Handgelenke wurden von den computergesteuerten Servos geführt. Wie alle seine Cobrareflexe waren sie unglaublich schnell, und die Sache war vorbei, fast noch bevor er Gelegenheit fand, mit der Wimper zu zucken.

War doch gar nicht so schwer, dachte er und ging in die Hocke, während er abwartete, ob jemand das leise Rascheln der fallenden Körper bemerkt hatte. *Es war überhaupt nicht schwer.* Und seine Augen verirrten sich zu dem Toten, der fast genau neben ihm niedergesunken war, zu dem Kopf, wo die Brandwunde des Lasers sein mußte, auch wenn das Unterholz sie verdeckte, zu dem Mojo, der so schnell gestorben war, daß seine Krallen immer noch den Schultersitz umklammert hielten, und er fing wild an zu zittern und mußte sich arg zusammenreißen, um sich nicht zu übergeben.

Er wartete fast eine halbe Minute, bis die schlimmsten Krämpfe in seinem Bauch nachgelassen hatten und der Geschmack nach Galle aus seinem Mund verschwunden war, bevor er sich vorsichtig wieder erhob. Den Rest der Strecke bis zu seinem Laser legte er zurück, ohne erwischt zu werden. Ein einziges Mal nur, er zog gerade das Gerät aus seinem Versteck, sah er einen weiteren Qasamaner, doch der schaute in die andere Richtung, und Pyre konnte sein Werk vollenden, ohne entdeckt zu werden.

Er zog sich tiefer in den Wald zurück, hielt sich südlich und hoffte, daß die Qasamaner nicht den gesamten gottverfluchten Wald mit Soldaten durchsetzt hatten. Wenn doch, würde er schließlich noch auf einen Baum klettern müssen, um Kontakt zum Schiff aufzunehmen.

Aber soweit ging ihre übertriebene Vorsicht dann doch nicht. Hundert Meter vom Versteck seines Lasers entfernt endete die Postenkette. Pyre schlich noch fünfzig Meter weiter, dann arbeitete er sich vorsichtig zum Waldrand vor. Ein Busch gab ihm glücklicherweise Deckung, so daß er sich nicht direkt in das Blickfeld des Towers begeben mußte. Flach auf dem Bauch liegend, stellte er den Laser so schnell wie möglich auf und richtete ihn auf die Stelle, wo er die Bugsensorgruppe vermutete. Er drückte sich die Daumen und schaltete ihn ein. »Hier spricht Pyre«, raunte er ins Mikro. »Bitte melden, wer auch immer.«

Keine Antwort. Er wartete ein paar Sekunden, dann veränderte er seine Zielrichtung ein wenig und versuchte es erneut. Immer noch nichts. *Mein Gott – haben sie die anderen etwa schon ausgeschaltet?* Er suchte den Rumpf nach Spuren von Beschädigungen ab. Gas vielleicht, oder Schallwaffen, die das Schiff selbst nicht in Mitleidenschaft gezogen hatten? Der Geschmack von Angst kroch ihm auf die Zunge. Er richtete erneut sein Ziel aus –

»– *melden,* Almo, sind Sie das? *Almo?*«

Pyre sackte erleichtert in sich zusammen. »Ich bin hier,

Gouverneurin. Puh. Ich dachte schon, Ihnen wäre etwas zugestoßen.«

»Nun, lange kann es nicht mehr dauern«, meinte Telek verbittert. »Irgendwie haben sie spitzgekriegt, daß wir spioniert haben, und die Chancen stehen etwa fünfzig-fünfzig, ob sie versuchen werden, das Schiff zu entern oder sich für den sichereren Weg entscheiden und uns einfach in die Luft sprengen.«

»Schon irgendwas vom Kontaktteam gehört?« erkundigte sich Pyre und zwang seine Stimme, ruhig zu bleiben.

»Moff hält sie in einem Bus fest, aber bis jetzt scheint es ihnen gut zu gehen. Sie werden allerdings nicht nach Sollas, sondern an einen anderen Ort gebracht, wahrscheinlich in die nächste Stadt. Wir hatten gehofft, Sie hätten Gelegenheit, ihnen den Weg abzuschneiden, bevor sie sich zu weit entfernen – vorausgesetzt, wir würden rechtzeitig eine Verbindung zu Ihnen herstellen.«

»Und?«

Telek zögerte. »Nun ja . . . unserer Schätzung nach passiert der Bus die Hauptstraße von Sollas Richtung Süden in zehn oder fünfzehn Minuten. Aber das sind von uns aus gut zwanzig Kilometer –«

»Wie viele Qasamaner sind im Bus?« schnitt er ihr schroff das Wort ab.

»Die übliche Eskorte von sechs Mann«, erklärte sie ihm. »Sowie ihre Mojos. Aber selbst wenn Sie es rechtzeitig bis dorthin schaffen würden, wüßte ich nicht, wie Sie sie sicher dort rausholen sollten.«

»Ich werde schon einen Weg finden. Starten Sie aber nicht, bevor ich mit ihnen wieder hier bin . . . oder bis feststeht, daß ich nicht zurückkehre.«

Er unterbrach die Verbindung, ohne ihre Antwort abzuwarten, und begann rückwärts aus seinem schützenden Gebüsch in den Schutz des Waldes zu robben. Das Laserkom ließ er zur späteren Verwendung einsatzbereit stehen. Zwanzig Kilometer in zehn Minuten. Das war aussichtslos, auch wenn er statt über Waldboden auf einer Straße hätte laufen können . . . aber vielleicht überlisteten sich die Qasamaner diesmal selbst. Sechs Posten in einem gewöhnlichen Bus sprachen für eine recht lockere Organsiation – ungeachtet der Mojos und obwohl es sich nur um vier unbewaffnete Gefangene handelte. An ihrer Stelle würde Pyre die Aventinier bei der erstbesten

Gelegenheit in ein sichereres Fahrzeug umladen . . . und nach seinem Dafürhalten wäre die Straßenkreuzung südlich von hier genau die richtige Stelle für eine solche Aktion.

Und wenn sich seine Annahme als richtig herausstellte, würden sie sich dort ein paar Minuten zusätzlich aufhalten. Vielleicht so lange, bis Pyre eintraf.

Und das war der Zeitpunkt, an dem er nicht nur der Busladung Qasamanern die Stirn bieten mußte, sondern auch den Soldaten, die sie dort für den Transfer zusammengezogen hatten. Doch daran war nichts zu ändern. Für Almo Pyre, Cobra, wurde es Zeit, das zu werden, für das ihn seine implantierte Ausrüstung immer bestimmt hatte: weder Jäger noch Spion noch Vernichter der aventinischen Stachelleoparden.

Sondern ein Krieger.

Er rannte, so schnell der Wald dies zuließ, in Richtung Süden. Jetzt lag alles in seiner Hand.

Jetzt lag alles in seiner Hand.

York atmete ruhig durch, benutzte seine Marine-Biofeedbacktechniken, um seine Muskulatur und seine Nerven zu entspannen und machte sich bereit. Rechts und vorn konnte er die Gebäude von Sollas erkennen, die sich vor dem dunkler werdenden Himmel abhoben, und wenn er die Luftaufnahmen korrekt im Gedächtnis hatte, befanden sie sich jetzt auf dem der Stadt am nächsten gelegenen Punkt dieser Straße. Es war an der Zeit, loszuschlagen . . . und herauszufinden, wie tödlich diese Mojos wirklich waren.

Sein Stift und der Ring ruhten bereits wie zufällig in seiner linken Hand. Er streifte sich die Rechneruhr übers linke Handgelenk, paßte den Stift in das Armband ein und vergewisserte sich, daß die Kontakte fest eingerastet waren. Der Ring glitt über den Halter des Stiftes in seine Kerbe, und die Handpfeilpistole war bereit. Zum Nachladen mußte er drei Tasten auf dem Rechner drücken.

Er schob das Uhrarmband um sein rechtes Handgelenk in Position und hob die Hand über die Lehne des Sitzes vor ihm. Ein paar Kilometer zuvor hatte Moff die Bewachung einem der anderen überlassen, im Augenblick jedoch hatte dieser Qasamaner seine Aufmerksamkeit auf Rynstadt und Joshua gerichtet. *Ich habe einen Schuß frei,* erinnerte sich York schwach, dann zielte er mit dem Stift auf den Posten und drückte ab.

Der Qasamaner zuckte zusammen, als sich der winzige Pfeil in seine Wange bohrte, während er reflexartig seine Waffe auf der Suche nach einem Ziel in weitem Bogen schwenkte. Reflexartig, aber sinnlos – seine Augen wurden bereits glasig, als die starke Mischung von Nervengiften zu wirken begann. York nahm den Mojo auf der Schulter des Sterbenden ins Visier, und ein zweiter Pfeil fand sein Ziel ... doch als er die Handpfeilpistole hochriß, um auf Moffs Mojo zu zielen, brach die Hölle los.

Sie waren tatsächlich gerissen, diese Vögel. Der tote Qasamaner war noch nicht einmal zu Boden gegangen, als die fünf verbliebenen Mojos in der Luft waren und sich wie silberblaue Furien auf ihn stürzten. Es gelang ihm, zwei weitere Schüsse abzugeben, von denen keiner traf – und dann waren sie über ihm. Krallen gruben sich in sein Gesicht und in den Arm mit der Pistole und drückten ihn krachend zurück auf den Sitz. Durch den Schleier seiner Schmerzen hindurch hörte er schwach Rynstadts Schreie und die unverständlichen Rufe der Qasamaner. Mojoflügel peitschten in seine Augen, blendeten ihn, doch er brauchte nichts zu sehen, um zu wissen, daß sein rechter Unterarm in Stücke gerissen, seine rechte Hand von Schnäbeln und Krallen zerfetzt wurde, während die Mojos versessen darum kämpften, ihm seine Handpfeilpistole abzunehmen. Doch die war um seine offene Hand gebunden, wo sie festsaß, obwohl der Wille, sie zu halten, längst erloschen war. Sein Arm stand in Flammen – Welle auf Welle brüllender Schmerzen brandete gegen seinen Verstand – und dann waren die Vögel plötzlich fort, davongeflattert, um ihn von Sitzlehnen oder qasamanischen Schultern aus anzukreischen, und er sah, was sie aus seinem rechten Arm gemacht hatten.

Der emotionale Schock trat ein, in Verbindung mit dem körperlichen ... und Decker York, der auf fünf anderen Welten gesehen hatte, wie Männer verwundet oder getötet wurden, sank wie ein Stein in die zeitweilige Zuflucht der Bewußtlosigkeit.

Als letztes, bevor ihn die Dunkelheit übermannte, dachte er, daß er nie wieder aufwachen würde.

»Oh, mein Gott«, hauchte Christopher tonlos. *»Mein Gott!«*

Telek biß fest auf die Knöchel ihrer rechten Hand, die sie vor dem Mund zu einer hilflosen Faust geballt hatte. Yorks

Arm ... Sie bemühte sich, den Blick abzuwenden, doch der war ebenso fest an der Szene festgefroren wie Joshuas Augen. Es sah aus wie eine wüste, willkürliche Sektion von Yorks Arm – nur daß York noch immer lebte. Im Augenblick noch.

Nnamdi neben ihr würgte und floh aus dem Raum. Sie bemerkte es kaum.

Es schien eine Ewigkeit zu dauern, doch wahrscheinlich waren es nur wenige Sekunden, bis Rynstadt an Yorks Seite auftauchte, in der zitternden Hand eine kleine Dose Wundspray. Er sprühte es York auf den Arm, schludrig und mit der mangelnden Gleichmäßigkeit eines Amateurs, doch als die Dose zischend zur Neige ging, hatte Cerenkov sich aus seiner Starre gerissen und war mit einer frischen Dose zur Stelle. Gemeinsam gelang es ihnen, die schlimmsten Blutungen zu stillen.

Während der ganzen Zeit rührte sich Joshua nicht mal. *Er hat vor Angst den Verstand verloren,* dachte Telek. *Daß ein Junge sowas mitansehen muß!*

»Gouverneurin!« F'ahls Stimme aus dem Interkom ließ sie auffahren. »Wird er durchkommen?«

Sie zögerte. Jetzt, wo der Blutverlust gestoppt war und Antischockmittel im Spray Yorks Kreislauf stabilisierten ... aber sie war klug genug, sich keine falschen Hoffnungen zu machen. »Keine Chance«, meinte sie ruhig zu F'ahl. »Es sei denn, er kommt innerhalb der nächsten Stunde auf die *Dewdrop,* wo wir ihn medizinisch versorgen können.«

»Almo –«

»Könnte ihn vielleicht rechtzeitig herschaffen. Aber das wird er nicht tun. Bei dem Versuch würde er nur selbst draufgehen.« Die Worte brannten ihr im Mund, aber sie stimmten, das wußte sie. Jetzt, da die Qasamaner und ihre Vögel aus der übertriebenen Selbstsicherheit gerissen worden waren, die sie anfangs vielleicht empfunden hatten, würde es Pyre nicht mal schaffen, sich dem Bus auf zehn Meter zu nähern. Versuchen würde er es allerdings trotzdem ...

Damit gab es jetzt keine andere Möglichkeit mehr. »Captain, machen sie die *Dewdrop* startklar«, sagte sie, während ihr Blick sich endlich vom Display löste, nur um sich auf Justin zu heften, der auf seiner Liege lag. Auch er hatte die Fäuste geballt, doch eine Reaktion darauf, daß sie seinen Bruder gerade zum Tod verurteilt hatte, war ihm nicht anzumerken. »Wir werden versuchen, soviele Waffen wie möglich im

Tower und im Wald auszuschalten und darauf hoffen, daß das Schiff dem Rest, den wir nicht zerstören können, standhält.«

»Verstanden, Gouverneurin.«

Telek wandte sich dem Eingang des Salons zu, wo Winward und Link standen. Ihre Gesichter waren blaß und verbittert. »Von hier aus werden wir das nicht alles schaffen«, erklärte sie ihnen ruhig.

»Haben wir uns bereits gedacht«, knurrte Winward. »Wann sollen wir rausgehen?«

Die Startvorbereitungen würden wenigstens zehn Minuten in Anspruch nehmen. »In ungefähr fünfzehn Minuten«, sagte sie.

Winward nickte. »Wir legen die Ausrüstung an.« Die beiden Cobras machten kehrt und verließen den Salon.

»Komplette Notpakete«, rief Telek ihnen hinterher.

»Klar«, hallte die Antwort durch den Gang zurück.

Aber sie konnte niemandem etwas vormachen, und alle wußten das. Selbst wenn die beiden Cobras den bevorstehenden Kampf überlebten, war die Chance nahezu null, daß die *Dewdrop* zurückkommen und sie aufsammeln konnte. Vorausgesetzt, die *Dewdrop* überstand den Spießrutenlauf, den sie vor sich hatte.

Nun, in etwa einer halben Stunde oder weniger würden sie das wissen. Bis dahin –

Bis dahin blieb genügend Zeit mitanzusehen, wie Pyre bei seinem Rettungsversuch draufging.

Weil es ihre Pflicht war, richtete Telek ihre Aufmerksamkeit wieder auf die Displays. Doch der Geschmack der Niederlage klebte ihr bitter auf der Zunge, und sie fühlte sich plötzlich sehr, sehr alt.

17. Kapitel

Joshua klopfte das Herz schmerzhaft bis hinauf in den Hals, seine Augen waren von Tränen der Angst und des quälenden Mitgefühls verklebt. Yorks entsetzliche Armverletzung hatte sich, jetzt vor den Blicken durch die weiße Kruste des Wundsprays verborgen, in Joshuas Gedächtnis eingebrannt, als wollte sich dieses Bild auf ewig dort festsetzen. *Oh Gott, Dekker,* sagte er zu sich selbst. *Decker!*

Und er hatte nichts getan, um zu helfen. Weder während Yorks Fluchtversuch noch danach. Rynstadt und Cerenkov waren sofort mit ihren Verbandpacks zur Stelle gewesen, Joshua dagegen, voller Angst vor den Qasamanern und den Mojos, hatte keinen Finger gerührt. Nur auf ihn angewiesen, wäre York still verblutet.

Die Menschen erwarten große Dinge von uns. Er kam sich vor wie ein kleiner Junge. Ein feiger kleiner Junge.

»Wir müssen ihn zum Schiff zurückbringen«, murmelte Cerenkov und wischte sich mit seinem blutverschmierten Arm über die Wange. »Er wird Bluttransfusionen und weiß Gott was sonst noch alles brauchen.«

Rynstadt murmelte eine Antwort, die zu leise war, als daß Joshua sie hören konnte. Schließlich löste Joshua die Augen von dem Blutbad, blickte in den vorderen Teil des Busses. Moff beobachtete sie. Seine Waffe lag entsichert und bereit auf dem nächsten Sitz hinter ihm. Der Bus hatte beschleunigt, wie Joshua mechanisch registrierte, und vor ihnen im Dämmerlicht konnte er eine Gruppe verschwommener Lichter erkennen. Eine nicht ummauerte Siedlung oder ein Kontrollpunkt an einer Straßenkreuzung? Joshua tippte auf letzteres. Ein halbes Dutzend Fahrzeuge sowie ein kleines, schuppenähnliches Gebäude waren zu sehen.

Und um sie herum wimmelte es von Qasamanern.

Der Bus kam inmitten der Ansammlung von Fahrzeugen zum Stehen. Er hatte kaum angehalten, als ein stämmiger Qasamaner die Tür aufriß und ins Wageninnere sprang. Er wechselte ein halbes Dutzend kurzer Sätze mit Moff, dann musterte er die Aventinier. »Bachuts!« fauchte er und stieß die Hand zur Betonung Richtung Tür.

»Yuri?« flüsterte Rynstadt.

»Natürlich«, meinte Cerenkov bitter. »Was bleibt uns anderes übrig?«

Sie ließen York zurück und gingen an dem neuen Qasamaner vorbei zur Tür hinaus. Joshua folgte als letzter. Sein Magen war ein brodelnder Kessel quälender Gefühle.

Vier weitere schwerbewaffnete Männer warteten in einem Halbkreis vor der Bustür. Bei ihnen stand ein alter Mann mit faltigem Gesicht, hängenden Schultern und einem letzten Rest an weißen Haaren, die an seinem nahezu kahlen Schädel klebten. Seine Augen hingegen strahlten – strahlten beunruhigend hell –, und er war es auch, der das Wort an die drei Gefangenen richtete. »Sie werden beschuldigt, gegen die Welt Qasama spioniert zu haben«, sagte er mit starkem Akzent, aber durchaus verständlich. »Ihr Komplize York wird darüber hinaus beschuldigt, einen Qasamaner und einen Mojo getötet zu haben. Jeder weitere Versuch von Gewaltanwendung wird mit dem sofortigen Tod bestraft. Sie werden jetzt mit ihrer Begleitung an einen Ort gebracht, wo man Ihnen Fragen stellen wird.«

»Was wird aus unserem Freund?« Cerenkov deutete mit einem Nicken auf den Bus. »Er muß sofort medizinisch versorgt werden, wenn er überleben soll.«

Der Alte richtete das Wort an den Mann, der erkennbar der Anführer der neuen Eskorte war, und erhielt eine Antwort in beißendem Tonfall. »Er wird hier behandelt werden«, meinte der Alte zu Cerenkov. »Wenn er stirbt, so ist das lediglich eine gerechte Strafe für sein Verbrechen. Sie werden jetzt mitkommen.«

Joshua holte tief Luft. »Nein«, sagte er entschieden. »Unser Freund wird zum Schiff zurückgebracht. Sofort. Wenn nicht, werden wir alle hier sterben, ohne auch nur eine einzige Frage zu beantworten.«

Der Alte übersetzte, und die Miene des Anführers der Eskorte verfinsterte sich, als er seine Antwort ausspie. »Sie sind nicht in der Position, irgendwelche Forderungen zu stellen«, sagte der Alte.

»Sie täuschen sich«, sagte Joshua so ruhig, wie seine Zunge es ihm gestattete, während ihm das Bild von Yorks Verstümmelung nicht losließ. Wenn man ihn zwang, seine Drohung wahr zu machen ... Und noch während er seine linke Faust hob, wußte er, daß er wirklich ein Feigling war. Plötzlich wurde ihm fürchterlich übel bei dem Gedanken an ein solches Schicksal ... aber jemand mußte es versuchen. »Dieses Gerät an meinem Handgelenk ist eine Ein-Mann-Bombe«, erklärte er dem Alten. »Wenn ich meine Fäuste öffne, ohne sie vorher auszuschalten, werde ich zu Staub zersprengt werden. Zusammen mit Ihnen allen. Ich werde Ihnen das Gerät erst übergeben, wenn ich Decker persönlich ins Schiff begleitet habe.«

Der Übersetzung folgte langes, angespanntes Schweigen. »Sie halten uns wohl noch immer für Narren«, ließ der Anführer schließlich durch den Alten mitteilen. »Wenn Sie das Schiff betreten, werden Sie nicht zurückkommen.«

Joshua schüttelte kaum merklich den Kopf. »Doch. Ich *werde* zurückkommen.«

Der Anführer spuckte aus, aber bevor er wieder das Wort ergreifen konnte, trat Moff neben ihn und flüsterte ihm etwas ins Ohr. Der Anführer sah ihn einen Augenblick lang stirnrunzelnd an, dann schürzte er die Lippen, nickte kurz und sagte etwas zu einem seiner Leute. Dieser verschwand in der Dunkelheit, und Moff wandte sich an den Alten und sprach wiederum zu leise, als daß Joshua ihn hören konnte. Der andere nickte. »Moff hat Ihrer Bitte stattgegeben – als Geste des guten Willens, jedoch nur unter eine Bedingung: Sie werden eine Sprengladung um den Hals tragen, bis Sie wieder aus dem Schiff herauskommen. Sollten Sie länger als drei Minuten drinbleiben, wird man sie zur Explosion bringen.«

Joshuas Kehle schnürte sich unfreiwillig zusammen, und ein paar Herzschläge lang trübten Gedanken an Verrat und Betrug, einer dunklen Flüssigkeit gleich, die vorsichtige Hoffnung, die in ihm aufgekeimt war. Bestimmt gab es einfachere Methoden, ihn zu töten, wenn sich die Qasamaner dazu entschließen sollten ... aber wenn sie sichergehen wollten, daß die *Dewdrop* nie wieder startete, gab es keine simplere Methode, den äußeren Rumpf zu durchdringen. Allerdings könnte sie ein solches Vorgehen das Geheimnis des interstellaren Antriebs kosten – vielleicht war ihnen das egal –, nur wenn er das Risiko nicht einging, war York tot. Und wieso sollten sie andererseits Interesse an einer Geste des guten Willens haben, wenn sie alle Trümpfe in der Hand hielten.

Schließlich richtete er den Blick auf Cerenkov und Rynstadt, die wiederum ihn ansahen. »Was soll ich tun?«flüsterte er ihnen inmitten des Durcheinanders zu.

Cerenkov zuckte kaum merklich mit den Achseln. »Es ist *dein* Leben, das hier auf dem Spiel steht. Du wirst dich nach bestem Wissen entscheiden müssen.«

Sein Leben . . . bloß stimmte das eben nicht, wie Joshua plötzlich erkannte. Sie drei hatten nicht die geringste Chance, gerettet zu werden . . . doch Cerenkov und Rynstadt waren zusammen mit Justin vielleicht imstande, die Wahrscheinlichkeit beträchtlich zu erhöhen.

Ihr aller Leben stand hier auf dem Spiel. Corwins Plan – weshalb die Moreaus überhaupt hier waren – und damit die ganze Mission lagen in Joshuas zitternden Händen. »Also gut«, meinte er zu dem Alten. »Abgemacht.«

Der Alte übersetzte, und der Anführer erteilte eine Serie von Befehlen.

Die nächsten Minuten vergingen schnell. Cerenkov und Rynstadt wurden zu einem anderen, wie es schien gepanzerten Bus gebracht und auf der ursprünglichen Straße Richtung Südwesten in die Dunkelheit hinein davongefahren. York, der immer noch bewußtlos war, wurde mittels einer Trage in ein zweites gepanzertes Fahrzeug umgeladen. Joshua, Moff und der Übersetzer schlossen sich ihm an. Während sie in nördlicher Richtung auf Sollas und die *Dewdrop* zuholperten, paßte einer aus der Eskorte Joshua vorsichtig den Sprengkragen an.

Es war ein einfacher Apparat, der aus zwei gedrungenen Zylindern an den Seiten seines Halses bestand, die mittels eines weichen, zähen Plastikstreifens von ungefähr drei Zentimetern Breite und ein, zwei Millimetern Stärke miteinander verbunden waren. Er erschwerte das Atmen ein wenig . . . aber das war vielleicht nur Einbildung. Joshua leckte sich häufig die Lippen, versuchte, nicht zu oft zu schlucken, und zwang sich statt dessen, an Yorks Zustand und seine Chancen zu denken.

Etwa fünfzig oder sechzig Meter von der Hauptluke der *Dewdrop* entfernt rollte der gepanzerte Wagen aus und hielt.

Zwei Qasamaner luden einen Rolltisch aus und setzten Yorks Trage darauf ab. Moff bedeutete Joshua aufzustehen und hielt ein kleines Kästchen an jeden der beiden Zylinder um den Hals des Aventiniers. Joshua vernahm zwei schwache, klikkende Geräusche, spürte eher, als daß er sie hörte, eine leichte Vibration in der Bombe. »Nur drei Minuten – denken Sie daran«, sagte Moff in passablem Anglisch und sah dem jungen Mann dabei in die Augen.

Joshua befeuchtete sich die Lippen und nickte. »Ich werde zurückkommen.«

Der Weg zum Schiff schien eine Ewigkeit zu dauern, da er sich einerseits beeilen und andererseits York den Weg so angenehm wie möglich machen wollte. Er entschied sich für einen langsamen Trab und betete inständig, daß jemand ihn beobachtete und die Luke für ihn öffnete . . . daß er all dies rasch genug erklären konnte . . . und daß er Justin den Kragen in der bewilligten Zeit übergeben könnte . . .

Er war zwei Schritte von der Luke entfernt, als sie sich öffnete und einer von F'ahls Leuten heraustrat, um die vorderen Griffe der Trage zu packen. Sekunden später waren sie drinnen, wo Christopher, Winward und Link sie im Bereitschaftsraum bereits erwarteten.

»Setz dich«, preßte Christopher angespannt hervor, als jemand Joshuas Hälfte der Trage übernahm.

Joshua brauchte keine Aufforderung. Seine Knie knickten weg, und er fiel wie ein Klumpen Ton auf den gezeigten Sitz. »Dieses Ding um meinen Hals –«

»Ist eine Bombe«, beendete Christopher den Satz für ihn. Der andere tastete den Streifen bereits mit einem kleinen Detektor ab. Seine Stirn glänzte vor Schweiß. »Wissen wir – dein Signal konnten sie nicht stören. Und jetzt sitz still, und wir werden sehen, was wir tun können, um das verdammte Ding herunterzubekommen, ohne es auszulösen.«

Joshua biß die Zähne aufeinander und schwieg – und während er das tat, betrat Justin, nur mit Unterwäsche bekleidet, den Raum. Einen Augenblick lang starrten sich die Zwillinge an . . . und der Ausdruck in Justins Gesicht ließ Joshua augenblicklich die Hälfte des Gewichts, das auf seinen Schultern lastete, vergessen. Noch waren sie nicht aus allem raus – noch lange nicht –, aber in Justins Augen spiegelte sich eine Zufriedenheit, die besagte, daß Joshua seine Sache gut gemacht und genau die Entscheidung getroffen hatte, die ihnen allen eine Chance ließ.

Justin war stolz auf ihn ... und das war es letzten Endes, war wirklich zählte.

Dann war der Moment vorbei, und Justin kniete sich vor seinem Bruder hin und ging daran, ihm die Stiefel auszuziehen. Joshua löste seine Gürtelschnalle, ließ die Hosen heruntergleiten und fing gerade an, an seiner Jacke zu nesteln, als Christopher ein leises Schnauben von sich gab. »Na schön, hier ist es. Mal sehen ... *hier* und *hier* muß es überbrückt werden, Dorjay?«

Joshua fühlte, wie etwas Kühles zwischen den Kragen und seinen Hals geschoben wurde. »Stillhalten«, murmelte Link hinter ihm. Hitzegestreßtes Plastik knisterte ... und plötzlich wich der Druck von Joshuas Kehle, und Winward hob den geteilten Ring über seinen Kopf. »Raus aus dem Sitz«, sagte Link knapp. »Justin?«

Joshuas Bruder nahm seinen Platz ein, und der Kragen legte sich vorsichtig um Justins Hals. »Zeit?« fragte Christopher, als die Cobras die beiden auseinandergebrochenen Enden vorsichtig zusammenschoben und mit der kniffeligen Arbeit begannen, sie wieder miteinander zu verbinden.

»Neunzig Sekunden«, kam F'ahls Stimme über das Interkom des Raumes. »Reichlich Zeit.«

»Sicher«, knurrte Link kaum hörbar. »Wenn man weit genug entfernt ist. *Langsam,* Michael.«

Joshua legte Jacke und Armbanduhr ab und wartete mit klopfendem Herzen, während er Christopher und die Cobras bei der Arbeit beobachtete. Wenn sie es nicht rechtzeitig schafften –

»Das wär's«, verkündete Christopher plötzlich. »Sieht gut aus. Jetzt noch die Überbrückungen ...«

Die Drähte lösten sich, und die Zylinder blieben ganz. Justin stand vorsichtig auf und griff nach Joshuas Uniformjacke, und nachdem Christopher den Schutzring unter dem Kragen herausgezogen hatte, war er fast vollständig angezogen. »Ich weiß nicht, wohin sie Yuri und Marck gebracht haben«, erklärte Joshua ihm, während er ihm die Armbanduhr umband.

»Ich aber«, nickte Joshua. »Ich war schließlich *du,* schon vergessen?«

»Ja. Ich meinte bloß – sei vorsichtig, ja?«

Justin lächelte ihn gequält an. »Ich komme schon klar, Joshua – mach dir um mich keine Sorgen. Das Glück der Moreaus wird mich begleiten.«

Er schlüpfte durch die Luke nach draußen, und Joshua sank zurück auf den Sitz, als ihn der Schock der Geschehnisse einholte und seine Beine zu Gummi wurden. *Das Glück der Moreaus. Großartig. Einfach großartig.* Und das Schlimmste daran war, daß sich Justin tatsächlich einbildete, unverletzlich zu sein und dementsprechend handelte ... und während Joshua tatenlos in der vergleichsweise sicheren *Dewdrop* herumsaß, konnte dieser Fehlglaube seinen Bruder leicht das Leben kosten.

»Verdammt sollen sie alle sein«, fauchte er das Universum im allgemeinen an – und damit alle anderen auch: Moff und die Qasamaner, den Rat der Cobrawelten, der sie hierhergeschickt hatte, sogar seinen eigenen Bruder Corwin, dessen Idee dies letzten Endes gewesen war. »Verdammt sollen sie alle sein.«

Eine Hand legte sich auf seine Schulter. Er sah auf, sein Blick war plötzlich tränenverschleiert, und entdeckte Link, der über ihm stand. »Komm schon«, meinte der Cobra. »Captain F'ahl und Gouverneurin Telek werden deine Einschätzung der Lage dort draußen hören wollen.«

Bestimmt wollen sie das, dachte Joshua erbittert. Der einzige Wert, den ein solcher Bericht haben konnte, bestand darin, ihn so sehr abzulenken, daß er nicht dauernd an Justin dachte. Doch er nickte bloß und stand auf. Er war zu müde, um zu widersprechen ... und genaugenommen war ein wenig Ablenkung im Augenblick vielleicht gar nicht so schlecht.

Er ließ sich ein wenig Zeit, ging zuerst auf einen Sprung in seine Kabine, zog sich an und ließ Link dann vorgehen. York war nirgendwo zu sehen, als er schließlich im Salon eintraf, aber Telek nahm ihm seine schlimmsten Befürchtungen, noch bevor er sie aussprechen konnte. »Deckers Zustand ist stabil, wenigstens im Moment«, sagte sie und sah kurz zu ihm auf, bevor sie den Blick wieder dem Außenmonitor zuwandte. »Er bekommt Infusionen und wird von den medizinischen Geräten überwacht. Bis wir uns überlegt haben, was wir mit seinem Arm machen werden, wird es ihm wieder bessergehen.«

Anders ausgedrückt: an welcher Stelle er amputiert werden muß. Joshua verdrängte den Gedanken, stellte sich hinter Telek und sah ihr über die Schulter. Moff und Justin stiegen gerade in den gepanzerten Bus. Man hatte ihm den Sprengkragen abgenommen, wie er mit spürbarem Nachlassen seiner Anspannung registrierte, wie auch die ›selbstzerstörende‹ Armbanduhr, mit der er die Qasamaner geblufft hatte. »Was soll er jetzt tun?« fragte er Telek. »Ich meine, Sie haben ihm doch bestimmt irgendeine Art Plan gegeben, an den er sich halten soll, oder nicht?«

»Soweit wir dazu in der Lage waren«, brummte Winward vor einem anderen Display. »Wir vermuten, daß sie ihn an denselben Ort wie Yuri und Marck bringen werden. Sobald er drinnen ist – tja, wir hoffen, Almo ist den beiden anderen nach Süden gefolgt. Wenn sowohl drinnen als auch draußen Cobras sind, müßten sie eigentlich in der Lage sein auszubrechen, ganz egal, wo die Qasamaner sie untergebracht haben.«

»Almo sollte uns folgen?«

»Er wollte es versuchen. Wenn er es nicht geschafft hat, rechtzeitig zur Straßenkreuzung zu kommen –« Winward zuckte kaum merklich mit den Achseln. »Hoffen wir, daß er der Straße folgt und versucht, sie einzuholen. Das wäre logisch gesehen das einzige, was er tun kann.«

Der Straße folgen . . . nur wäre Moff bald in einem zweiten Fahrzeug auf der gleichen Straße unterwegs. Joshua schauderte bei der Vorstellung, Pyre könnte allein zwischen zwei Wagenladungen Qasamaner und Mojos ins Kreuzfeuer geraten. Solange der Funkverkehr noch gestört war, gab es keine Möglichkeit, ihn vor dem Zangengriff zu warnen, der sich immer enger um ihn schloß.

Telek lehnte sich auf ihrem Sitz zurück und stieß einen geräuschvollen Seufzer aus. »Tja, das wär's, Gentlemen«, sagte sie. »Fürs erste haben wir alles getan, was wir für Marck und Yuri tun konnten. Als nächstes müssen wir uns überlegen, wie wir die Verteidigungseinrichtungen rund um die *Dewdrop* deaktivieren, damit das Kontaktteam noch ein Schiff vorfindet, in das es zurückkehren kann. Fangen wir also damit an, einverstanden?«

Der gepanzerte Bus raste an Pyres Versteck vorbei. Obwohl die Fenster klein und dunkel waren, ermöglichte es ihm sein optischer Verstärker, zwei der Insassen zu erkennen: Moff und derselbe Fahrer, der den Wagen zuvor auch mit Joshua und dem augenscheinlich verwundeten York in Richtung Sollas gelenkt hatte. Jetzt war er wieder zurück und folgte derselben Straße, auf der vor etwa einer halben Stunde auch Cerenkov und Rynstadt abtransportiert worden waren. Und die entscheidende Frage im Augenblick lautete: Wer genau saß dort drin?

Pyre strich sich mit der Hand über die Stirn, verrieb den Schweiß und Dreck und dachte nach. *York, Joshua und Moff fahren Richtung Sollas, zumindest Moff fährt kurz darauf wieder zurück.* Hatten sie beschlossen, das Kontaktteam aufzuteilen, Cerenkov und Rynstadt irgenwo südlich von hier unterzubringen, während man York und Joshua in Sollas versteckte? Möglich, aber in Anbetracht der Mühe, die sich die Qasamaner gemacht hatten, ihre Gefangenen so weit wie möglich von der *Dewdrop* fernzuhalten, war das nicht wahrscheinlich. Hatten sie York ins nächste Krankenhaus geschafft, um dort seine entsetzliche Armwunde zu behandeln? Nur wieso hatten sie dann Joshua mitgenommen?

Die Geräusche des Busses am Ende der Straße wurden immer leiser. Wenn er ihm folgen wollte, mußte er sich schnell entscheiden.

Als er vorhin bei seinem verrückten Rettungsversuch durch den Wald losgerannt war, hatte sich diese Frage nicht einmal gestellt. Seitdem hatte er jedoch Zeit gehabt, alles zu durchdenken . . . auch wenn ihm das Eingeständnis die Seele aus dem Leib riß, er wußte, was jetzt Priorität hatte.

Das Kontaktteam war, zumindest vom rein militärischen Standpunkt aus betrachtet, verzichtbar. Die *Dewdrop*, mit all den Daten, die sie über Qasama gesammelt hatten, nicht.

Die *Dewdrop* mußte befreit werden . . . und drei Viertel ihrer Cobrakampftruppen saßen immer noch in ihrem Innern fest.

Nach Südwesten hin waren die Geräusche des Busses im Wald verhallt. Pyre stellte seine optischen Verstärker wegen der Dunkelheit höher und umging vorsichtig die Fahrzeuge und die Soldaten, die breitbeinig die Kreuzung versperrten. Ein paar Kilometer weit konnte er im vergleichsweise sicheren Schutz des Waldes bleiben, doch lange bevor er in den Bereich des Flugfeldes kam, mußte er in die Stadt selbst hinein, wenn er überhaupt eine Chance haben wollte, sich den Verteidigungsanlagen der Qasamaner im Tower unbemerkt zu nähern. Das Kontaktteam hatte sich nachts nur kurz auf den Straßen von Sollas aufgehalten – und in der Nähe des Stadtrandes überhaupt nicht. Pyre hatte keine Vorstellung, wie dicht die Menschenmengen waren, durch die er hindurch mußte, sobald er erst den Wald verlassen hatte. Wenn er ein paar qasamanische Kleidungsstücke stehlen könnte . . . aber er sprach kein einziges Wort ihrer Sprache, außerdem würde er durch das auffällige Fehlen eines Mojobegleiters in jedem Fall sofort Verdacht erregen.

Jetzt lag die Kreuzung vermutlich weit genug hinter ihm, daß er nicht mehr schleichen mußte. Alle Sinne wegen der Raubtiere des Waldes in Alarmbereitschaft, fiel er in einen forschen Trab. Egal was ihm einfiel, nur schnell mußte es gehen. In fünf, höchstens zehn Minuten, hätte Sollas seinen ersten Cobra zu Gast.

18. Kapitel

Angeblich waren Joshuas implantierte Sensoren die besten, die die Cobrawelten zu bieten hatten. Doch jetzt, wo er in einem holpernden Fahrzeug einem Mann gegenübersaß, den er eine Woche lang fast ständig beobachtet hatte, wurde Justin mit einem unangenehmen Schock bewußt, wie begrenzt seine Huckepack-Erfahrung von Qasama in Wahrheit doch war. Die Beschaffenheit des Sitzes, auf dem seine Hände ruhten, das eigenartige Straßenpflaster, das man durch die Federung des Busses spürte, und vor allem die scharfen exotischen Gerüche, die überall in der Luft lagen – ihm schien es, als wäre er in ein Gemälde eingetreten und hätte festgestellt, daß die Welt, die es darstellte, real war.

Die Folge war, das Ganze machte ihn nervös. Angeblich war er ein unentdeckbarer Ersatz für seinen Bruder, statt dessen kam er sich vor wie der neue Schüler in der Klasse. Fehlte bloß noch, daß Moff zufällig irgendeine Unstimmigkeit bemerkte und ihn irgendwo hundert Kilometer von Cerenkov und Rynstadt entfernt unterbrachte, während die Qasamaner zu ergründen suchten, was hier eigentlich gespielt wurde.

Wenn deine Verteidigung nichts taugt, greif an. »Ich muß schon sagen, Moff«, sagte er, »ihr Qasamaner seid wirklich erstaunlich gut im Erlernen neuer Sprachen. Seit wann sprechen Sie Anglisch?«

Moffs Augen zuckten zu dem Alten hinüber, der einen Schwall Qasamanisch vom Stapel ließ. Moff antwortete in derselben Manier, dann wandte sich der Übersetzer wieder Justin zu. »Heute stellen *wir* die Fragen«, meinte er. »Ihre Aufgabe ist es, sie zu beantworten.«

Justin schnaubte. »Kommen Sie, Moff – das ist doch wohl längst kein Geheimnis mehr. Nicht, da Ihr Freund hier ebensogut spricht wie ich. Außerdem haben Sie selbst mit mir

Anglisch gesprochen, gleich nachdem Sie die kleine Rückversicherung an meinem Hals eingeschaltet hatten. Also kommen Sie – wie haben Sie alle das so schnell gelernt?«

Beim Sprechen beobachtete er den Alten heimlich, hielt nach einem Zögern bei der Wortwahl oder der Grammatik Ausschau. Doch wenn dieser irgendwelche Schwierigkeiten hatte, so war davon nichts zu bemerken. Moff musterte Justin noch einen Augenblick, nachdem der Übersetzer fertig war, dann sagte er in nachdenklichem Ton etwas, das dem Cobra schon nicht gefiel, bevor er die Version des Alten gehört hatte. »Sie scheinen Ihren Mumm wiedergefunden zu haben. Was haben die Leute an Bord gesagt, um Sie so aufzumuntern?«

»Sie haben mich daran erinnert, was Ihre Vorgesetzten sagen werden, wenn man sie darüber informiert, daß Sie eine friedliche diplomatische Mission bedrohen«, kam Justins Antwort wie aus der Pistole geschossen.

»Ach ja?« meinte Moff via Übersetzer. »Kann sein. Wir werden bald herausfinden, ob das auch eine von Ihren Lügen ist. Wenn wir Purma erreicht haben, oder vielleicht auch schon vorher.«

»Ich nehme es Ihnen persönlich übel, wenn Sie mir Lügen unterstellen.«

»Ganz wie Sie wollen. Aber die Zylinder, die Sie auf dem Weg in Ihr Schiff getragen haben, werden die Wahrheit ans Licht bringen.«

Justin spürte, wie sein Mund trocken wurde. »Wie meinen Sie das?« fragte er und hoffte, sein plötzlicher, fürchterlicher Verdacht sei unbegründet.

Das war er nicht. »Die Zylinder enthielten Kameras und Tonaufzeichnungsgeräte«, erklärte der Übersetzer. »Wir hofften, eine erste Einschätzung der Mannschaftsgröße und der Situation an Bord zu bekommen.«

Und genau mitten auf dem Band befand sich die kleine kostenlose und unerwartete Zugabe, der Austausch der Moreau-Zwillinge. Und wenn sie *den* sahen – »Das wird Ihnen verdammt viel nützen«, schnaubte er und legte soviel Verachtung in seine Stimme, wie er eben aufbringen konnte. »Wir haben Ihnen keine Lügen über unser Schiff oder unsere Leute erzählt. Was erwarten Sie – Hunderte bewaffneter Soldaten, die sich in das kleine Ding zwängen?«

Moff wartete die Übersetzung ab, dann zuckte er die Achseln. *Offenbar versteht er tatsächlich kein Anglisch,* entschied Justin, während die beiden Qasamaner kurz miteinander diskutierten. *Er hat nur diesen einen Satz gelernt, wahrscheinlich, um so dem Drei-Minuten-Limit mehr Nachdruck zu verleihen. Und wir sind wie Primitivlinge darauf reingefallen. Dumm, dumm, dumm.*

»Wir werden sehen, was es dort zu sehen gibt«, meinte der Alte. »Vielleicht hilft es uns bei der Entscheidung, was wir mit Ihnen machen sollen.«

Darauf wette ich, dachte Justin, sagte aber nichts. Moff ließ sich in seinen Sitz zurücksinken und gab damit zu verstehen, daß die Diskussion beendet war . . . und Justin versuchte, seinen Verstand wieder einzuschalten.

Also schön. Wahrscheinlich hatten die Spionagekameras kein Live-Bild aus der *Dewdrop* übertragen – dafür hätten die Qasamaner ihre Funkstörung teilweise aufheben müssen, und etwas Derartiges wäre vermutlich entdeckt worden. Moff und Konsorten wußten also im Moment noch nichts von dem Austausch der Moreaus, und das würde so bleiben, bis die Leute in Sollas die Aufzeichnungen ausgewertet hatten und Alarm schlugen. Demnach war Justin in Sicherheit, solange der Bus unterwegs war. Wenn er seinen entscheidenden Zug machte, bevor sie die nächste Stadt erreichten – Purma, hatte Moff sie genannt –, würde er sie völlig überrumpeln . . .

Und dann würde er die ganze Stadt nach Cerenkov und Rynstadt absuchen müssen.

Jutin verzog das Gesicht. Unter Umständen konnte er es sich leisten, nicht zu wissen, wo die anderen gefangengehalten wurden, aber nur, wenn Pyre ihrem Bus gefolgt war, statt auf Justins zu warten. Es gab keine Möglichkeit, herauszufinden, wie sich der andere Cobra entschieden hatte, und Justin wagte nicht, blind darauf zu setzen. Er mußte sich einfach zu den anderen Gefangenen bringen lassen und darauf hoffen, daß er die zusätzlichen Wachen und Mojos erledigen konnte, die es zweifellos dort gab. Bis dahin half nur beten, denn wenn der Bus vor der Stadt an einem Kontrollpunkt mit einer Fernsprecheinrichtung hielt . . .

Verdammt. Wenn sie *das* taten, waren alle Wetten augenblicklich geplatzt. Moff verhielt sich recht lässig seinem Gefangenen gegenüber, doch das hatte seine Ursache vermutlich in der einwöchigen Beobachtung von Joshuas Charakter und

Reaktionen. Wenn Moff herausfand, daß er jemand anders vor sich hatte, würde er bestimmt die Leine fester anziehen ... und es gab Wege, sogar einen Cobra außer Gefecht machen.

Durch die Windschutzscheibe war im Scheinwerferlicht des Busses außer der Straße und dem Wald zu beiden Seiten nichts zu erkennen. Noch keine Lichter einer Stadt ... Vorsichtig, methodisch, aktivierte Justin seine Mehrfachzielerfassung und erfaßte nacheinander sämtliche Mojos im Fahrzeug. Nur für alle Fälle.

Er machte es sich auf seinem Sitz bequem, beobachtete die Straße vorn und hielt seine Hände von allen Hindernissen fern. Und versuchte, sich zu entspannen.

»Was hält sie Ihrer Ansicht nach auf?« fragte Rynstadt leise von dem ausgesprochen leichten Tisch in der Mitte ihrer Zelle aus.

Cerenkov stand am vergitterten Fenster und sah automatisch auf sein nacktes Handgelenk, dann ließ er die Hand mit einem verärgerten Schnauben an seine Seite sinken. Gleich nach Verlassen der Kreuzung bei Sollas hatte man ihnen allen Schmuck abgenommen – offenbar bekamen sie jetzt die Folgen von Yorks Pistole und Joshuas Bluff mit dem ›Selbstzerstörer‹ zu spüren. Für Cerenkov war es selbst unter besseren Umständen äußerst ärgerlich, wenn er die Uhrzeit nicht wußte, in der gegenwärtigen Lage war es eine regelrechte Folter für ihn. »Vielleicht besagt das gar nichts«, meinte er zu Rynstadt. »So lange sind wir hier noch nicht allein, und wenn Deckers Transport zum Schiff länger gedauert hat als angenommen, sind Moff und Joshua vielleicht noch mal zu spät dran.«

»Und falls –« Rynstadt ließ den Satz unbeendet. »Ja, vielleicht haben Sie recht«, sagte er statt dessen. »Moff will zweifellos dabei sein, wenn sie mit dieser dämlichen Befragung anfangen.«

Cerenkov nickte. Er spürte, wie ein Gefühl von Verzweiflung in ihm hochkam, weil sie beide ihre eindeutig drängendsten Gedanken unterdrücken mußten. Zum Beispiel, ob man York tatsächlich wieder zurück in die *Dewdrop* gelassen hatte ... und ob es Joshua oder Justin sein würde, der in Kürze zu ihnen stoßen würde. Doch trotz des Alten an der Kreuzung konnte Cerenkov nicht davon ausgehen, daß keiner der Posten, die aufgereiht an ihrer Zellenwand standen, Anglisch verstand.

Daher behielt er seine Gedanken und Vermutungen für sich. Aber die Zeit schleppte sich dahin ... und als sich die Minuten langsam zu summieren begannen, bekam er allmählich das Gefühl, er und Rynstadt stünden auf einer Scholle rasch schmelzenden Eises. Wenn Justin gezwungen gewesen wäre, vorzeitig loszuschlagen, würde dies die Verspätung ebenfalls erklären ... und dann säßen die beiden hier in einer Falle.

Draußen flackerte Licht auf, ein Stück weiter rechts, und zog Cerenkovs Aufmerksamkeit auf sich. Er preßte sein Gesicht seitlich ans Glas und konnte gerade eben einen Wagen erkennen, offenbar genau so einer wie der, in dem er und Rynstadt hergebracht worden waren. Eine Handvoll Gestalten nahmen vor dessen Tür Position ein. »Sieht so aus, als wären sie da«, verkündete er über seine Schulter, darum bemüht, ruhig zu bleiben. Jetzt ging der Spaß erst richtig los ... vor allem, weil sie selbst nicht wußten, welchen Zwilling sie vor sich hatten, solange dieser nicht irgend etwas unternahm. Das würde kniffelig werden – Cerenkov wollte nicht unbedingt mitten in einer Schießerei überrumpelt werden, aber auch nicht voller Anspannung auf den Befehl warten, sich flach auf den Boden zu werfen. Moff oder einer der Posten könnten dadurch Verdacht schöpfen –

Seine Ängste wurden auf der Stelle überflüssig. Der Bus entfernte sich von dem Gebäude, das Begrüßungskomitee ging wieder nach drinnen ... aber niemand begleitete es.

Ein leerer Bus? war sein erster, hoffnungsvoller Gedanke ... aber er glaubte es nicht mal einen kurzen Augenblick selbst. Der Wagen beschleunigte und fuhr weiter in die Stadt hinein ... aus irgendeinem Grund wußte Cerenkov, daß Moff und Justin darin saßen. Irgend etwas war schiefgelaufen. Und zwar so schief, daß man die Gefangenen getrennt hatte – offenbar einem plötzlichen Entschluß folgend.

Und Cerenkov und Rynstadt saßen ganz allein in ihrer Höhle. Einer sehr tiefen Höhle.

Langsam wandte er sich vom Fenster ab. »Und?« wollte Rynstadt wissen.

»Falscher Alarm«, murmelte Cerenkov. »Das waren sie nicht.«

Justin verfolgte, wie das hohe Gebäude durch das Fenster aus dem Blick verschwand, derweil der Bus schneller wurde. Seine

Muskeln waren prallvoll mit Adrenalin, und er hatte die beklemmende Gewißheit, daß das Spiel auf die eine oder andere Weise vorbei war. Moff konnte solange er wollte tun, als hätten sie nur wegen einer Information aus Sollas angehalten, doch Justin hatte den Fahrer beobachtet, während Moff sich mit den Männern aus dem Gebäude beriet, und die Überraschung über den Befehl, weiterzufahren, war ihm deutlich anzumerken gewesen. Fast sicher steckten Cerenkov und Rynstadt irgendwo in diesem Gebäude, das jetzt hinter ihnen lag. Moffs aufgesetzte Gelassenheit unterstrich lediglich, daß Justin dem Gebäude keine besondere Beachtung schenken sollte.

Sie wußten also Bescheid. Man hatte die Filme gesichtet, die Kunde hatte sich von Sollas aus blitzschnell verbreitet, und Moff brachte ihn für ein langes Verhör und vermutlich auch eine sorgfältige Untersuchung an einen äußerst sicheren Ort. Justin mußte also schnell handeln, alle im Wagen entweder töten oder kampfunfähig machen und fliehen, bevor die Qasamaner sich genau überlegten, was sie mit ihm anstellen wollten.

Er hatte seine Rundumschallwaffe bereits auf die optimale Betäubungsfrequenz für Menschen eingestellt und stand im Begriff, sie auszulösen, als ihm plötzlich eine ernüchternde Erkenntnis kam.

Egal, wie er dies anstellte, wer immer den Bus anschließend untersuchte, würde sofort erkennen, daß der Angriff aus dem Wageninneren erfolgt war. Von *innen* . . . von einem Mann, den man bereits durchsucht und dem man alles, was möglicherweise eine Waffe sein konnte, abgenommen hatte.

Auf Justins Stirn brach kalter Schweiß aus. Welche Folgerungen würden die Qasamaner daraus ziehen? Würden sie daraus auf die Wahrheit schließen können? Oder ihr auch nur so nahekommen, daß es keinen Unterschied mehr machte? Die Frage hatte für die unmittelbare Gegenwart natürlich nur wenig Bedeutung – die *Dewdrop* hatte hoffentlich längst abgehoben, wenn die hiesigen Experten die Trümmer unter die Lupe nahmen. Aber falls der Rat beschloß, den Söldnerjob für die Trofts zu übernehmen, konnte eine solche Warnung Qasama den hier eintreffenden Cobras gegenüber einen Vorteil verschaffen.

Doch was waren seine Alternativen? Sollte er den Bus nach

der Flucht von außen zerschießen, in der Hoffnung, das überzeugend gestalten zu können? Oder sollte er abwarten, bis man ihn an einen Ort brachte, wo ein bewaffneter Eindringling zumindest vorstellbar war? Oder vielleicht sogar wahrscheinlich – irgendwo draußen trieb sich Pyre herum, und der hatte das andere Gefängnis eben eindeutig nicht zerstört. Vielleicht war er verspätet an der Kreuzung eingetroffen und verfolgte zur Zeit noch Justins Bus.

Moff sagte etwas. Justin drehte sich um und sah ihn an, während der Alte übersetzte: »Wenigstens wird mir jetzt klar, warum Sie so verändert wirkten, als Sie aus Ihrem Schiff herauskamen.«

Einen Augenblick lang spielte Justin mit dem Gedanken, sich dumm zu stellen, entschied dann aber, daß es die Mühe nicht lohnte. »Der Haken war das dreiminütige Zeitlimit«, sagte er ruhig. »Ein bißchen länger, und wir wären vielleicht darauf gekommen, was diese Zylinder wirklich sind.«

Moff nickte, als er die Übersetzung hörte. »Unsere Experten waren der Meinung, zweieinhalb Minuten seien sicherer, aber ich wollte sie nicht so nah an das Schiff heranbringen müssen, damit das Limit vertretbar erschien. Da wußte ich jedoch noch nicht, daß Ihre Leute Sie noch immer überwachten und unser Näherkommen nicht falsch auslegen würden.« Seine Augen bohrten sich in Justins. »Wir sind sehr gespannt auf das Gespräch mit Ihrem Double.«

»Darauf möchte ich wetten«, sagte Justin.

»Ich sollte Ihnen vielleicht noch etwas mitteilen: Einige Leute, die etwas zu sagen haben, halten Sie für eine unabwägbare Gefahr und wollen Sie unverzüglich ausgeschaltet wissen.«

Plötzlich erkannte Justin, daß die Hälfte der acht qasamanischen Posten ihre Pistolen gezogen hatte, wobei zwei von ihnen sogar soweit gingen, damit auf den Cobra zu zielen. »Und wie denken Sie darüber?« fragte er Moff vorsichtig.

Dieser musterte ihn eine ganze Weile. Der Mojo auf seiner Schulter, der vielleicht die allgemeine Anspannung spürte, zuckte nervös mit den Flügeln. »Ich bin auch der Ansicht, daß Sie gefährlich sind«, teilte ihm Moff schließlich über den Alten mit. »Vielleicht ist es töricht, Sie am Leben zu lassen, in der Hoffnung, Ihre Geheimnisse zu erfahren. Aber solange wir nicht wissen, welche Absichten Sie uns gegenüber hegen, können wir auch nicht wissen, wie wir uns angemessen verteidigen sollen. Deshalb werden Sie an einen Ort gebracht, wo Sie ordnungsgemäß verhört werden können.«

»Um mich dann zu beseitigen?«

Moff antwortete nicht ... doch die Unterhaltung hatte Justin die Entscheidung bereits abgenommen. Insgeheim ging Qasama offensichtlich schon von einem bevorstehenden Krieg aus, und ihnen etwas an die Hand zu geben, ohne wirklich dazu gezwungen zu sein, wäre Verrat an denen, die ihm folgen würden. Außerdem war es vielleicht interessant zu erfahren, welche Art von Ort sie für sicher genug hielten, eine unbekannte Bedrohung im Zaum zu halten. Davon abgesehen ...

Er machte sich erneut bei Moff bemerkbar. »Aus reiner Neugier, wie sind Sie darauf gekommen, daß wir Sie ausspionieren?«

Moff schürzte nachdenklich die Lippen. Dann zuckte er kaum merklich die Achseln und begann zu sprechen. »Ihr Double hat heute morgen in der Siedlung Huriseem ein Schild korrekt gedeutet«, sagte der Übersetzer. »Das war der Beweis, daß Sie, unseren Bemühungen zum Trotz, noch immer eine optische Verbindung zu Ihrem Schiff unterhielten. Ein Gerät, von dem Sie uns nichts erzählt haben, und das eindeutig so konstruiert ist, daß man es nicht entdecken kann.«

Justin runzelte die Stirn. »Das war alles, was Sie hatten?«

»Es reichte, um ein Verhör zu rechtfertigen. Yorks gleichermaßen unentdeckbare Waffe – und sein Gebrauch derselben – bestätigte zudem unsere Vermutung.«

»Sie waren es, der auf die Idee mit der versteckten Kamera gekommen ist, nehme ich an?«

Moff nickte knapp, eine schlichte Geste, mit der er die Tatsache ohne das Drum und Dran von Stolz und falscher Bescheidenheit zugab. Justin erwiderte das Nicken und richtete sich darauf ein zu warten. Seine Bemühungen um eine Erklärung waren abgeschlossen. Er verspürte nicht den geringsten Wunsch, bei seinem Ausbruch mehr Menschen als absolut nötig zu töten, doch jemand mit Moffs Beobachtungsgabe als Zeugen zurückzulassen wäre eine schlechte Idee. Nein, er würde warten, bis sie ihr Ziel erreicht hatten und Pyre in Erscheinung trat. Die Qasamaner würden lange darüber rätseln, wie ihnen die Flucht gelungen war, dafür würden die beiden Cobras sorgen.

Also machte er es sich auf seinem Sitz bequem und versuchte, sich den Weg des Busses durch die Nebenstraßen von Purma einzuprägen. Und dachte an die Geschichten, die ihm sein Vater von *seinem* Krieg erzählt hatte.

Der Streifen offenen Geländes, der sich weiter nördlich erstreckte und dort in den Flugplatz überging, war hier am südwestlichen Rand von Sollas kaum sechzig Meter breit. Für Pyre jedoch, der darüber hinweg auf das abgedunkelte Gebäude, sein Ziel, zurannte, war das nur ein schwacher Trost. Offenbar brannten in keinem der Gebäude am Stadtrand viele Lichter – ein weiteres Zugeständnis an die umherwandernden Bololins vielleicht? –, trotzdem kam er sich so vor, als beobachteten ihn auf der ganzen Strecke tausend Augenpaare. Zweitausend Augen, eintausend Gewehre . . .

Doch er erreichte das Gebäude ohne Zwischenfall, und eine Minute lang blieb er an einer vergleichsweise gut gedeckten Stelle stehen und überlegte sich seinen nächsten Zug. Der vierstöckige Bau neben ihm war aus Ziegeln errichtet, und in den Wochen vor der Mission hatten die ersten Cobras ihm beigebracht, wie man kletterte. War er erst mal oben, konnte er theoretisch von Dach zu Dach springen, bis er das offenere Gelände in der Nähe des Flugfeldes erreicht hatte.

Pyre blickte an der ebenen Flanke des Gebäudes nach oben und verzog das Gesicht. *Theoretisch.* Die meisten Straßen, die seinen Weg kreuzten, gehörten zur Sorte der breiteren Bololinbahnen, und obschon ein Sprung über eine von ihnen hinweg durchaus im Bereich seiner Servokräfte lag, war er sich alles andere als sicher, ob er dies ein Dutzend Mal oder öfter wiederholen wollte.

Um die Ecke des Gebäudes drang ein schwaches Scharren an seine Ohren. Die akustischen Verstärker auf volle Kraft gestellt, konnte er das Geräusch als Schritte mehrerer Personen identifizieren.

Pyre schlich zur Ecke und riskierte einen vorsichtigen Blick die Straße hinunter. Kaum zweihundert Meter entfernt, an der nächsten Straßenkreuzung, stand in einem lockeren Kreis eine Gruppe von sechs Qasamanern, die sich mit leiser Stimme unterhielten. Während er sie beobachtete, lösten sich drei von ihnen und kamen entschlossen die Straße entlang – genau auf ihn zu.

Pyre zog sich vorsichtig zurück. Den Stadtrand mit einem Postennetz abzuriegeln war eine Vorsichtsmaßnahme, die er den Qasamanern nicht zugetraut hätte – wenn man davon ausging, daß sie glaubten, alle hinter Schloß und Riegel zu haben.

Es sei denn . . .

Natürlich. Sie hatten die Männer gefunden, die er im Wald getötet hatte.

Er fluchte still in sich hinein. Über all dem was passiert war, hatte er diesen schreienden Beweis seiner Existenz vollkommen vergessen. Und angesichts der alarmierten Patrouillen, die untereinander in Sichtkontakt standen, blieb ihm jetzt keine Wahl mehr. Er krallte seine Finger in die Ziegel direkt neben seinem Gesicht und fing an zu klettern.

Er hatte einen langen Weg vor sich, außerdem war Pyre in diesen Dingen ungeübt, aber offenbar hatte die qasamanische Patrouille es nicht besonders eilig, ihre Posten einzunehmen, daher war er fast oben, als sie um die Ecke bogen. Er erstarrte, hielt den Atem an . . . doch weder die Soldaten noch die Mojos sahen nach oben, und nach ein paar Sekunden setzte er seinen Aufstieg fort, darauf bedacht, auch das geringste Geräusch zu vermeiden.

Was ihm wahrscheinlich das Leben rettete. Als er die niedrige Brüstung erreichte, die um das Dach herumlief, schob er seinen Kopf darüber – und sah sich, kaum drei Meter entfernt, Auge in Auge einem knienden Qasamaner gegenüber, der seine Hände gerade in einem kleinen Stoffbeutel vor sich hatte.

Der Mann riß vor Überraschung Mund und Augen weit auf. Doch seine Hand tastete noch immer nach seiner Waffe, als Pyre den Arm über die Brüstung schwang. Der Laser flackerte kurz auf und traf den Mojo, der die Flügel spreizte, mitten in die Brust. Der Posten war noch immer damit beschäftigt, die Waffe aus dem Halfter zu ziehen, als das zweite Aufflackern ihn traf und er sachte zu Boden sackte, ohne seiner Überraschung Luft gemacht zu haben.

Eine Sekunde später war Pyre über die Brüstung. Er zitterte ob der knappen Entscheidung und der kalten Gewißheit, daß er längst noch nicht in Sicherheit war. Wenn die Posten unten etwas gehört hatten – oder ein Beobachter auf dem Nachbardach Zeuge des Vorfalls geworden war –

Er aktivierte seine optischen Verstärker, hob vorsichtig den

Kopf und kontrollierte die umstehenden Gebäude. Das Dach im Süden war unbesetzt. Auf dem im Norden stand eine weitere Gestalt mit einer Art Restlicht verstärkendem Fernglas vor den Augen und blickte hinaus zum Wald. Ein rascher Blick über die Brüstung zeigte, daß die Posten unten nichts bemerkt hatten. Pyre kroch zu dem toten Qasamaner hinüber, griff in dessen Beutel, fand ein ebensolches Fernglas und etwas, das wie ein Wasserbehälter aussah, sowie eine Art Gemüsekuchen.

Die Posten auf den Dächern hatten offenbar also, genau wie die auf dem Boden, erst jetzt ihre Posten eingenommen, was erklärte, wieso er es ungehindert aus dem Wald heraus bis hierher geschafft hatte. Er war also drinnen, hinter ihren vordersten Linien, und vorläufig unentdeckt. Gut ... und was nun?

Pyre ertappte sich dabei, wie er den toten Mojo anstarrte. Was immer er tat, er benötigte ein gewisses Maß an Tarnung ... Vorsichtig, darauf bedacht, nicht zusammenzuzukken, rollte er den Toten herum und streifte ihm die Jacke ab. Darunter trug der Mann ein pulloverähnliches Kleidungsstück. Er schnitt ein Stück heraus, ribbelte es auf und benutzte den Faden dazu, die Krallen des Mojos auf dem Schulterstück der Jacke festzubinden. Dann strich er die Flügel zurecht und band sie mit einem weiteren Faden zusammen. Das Ganze würde einer halbwegs genauen Prüfung keinesfalls standhalten, aber mit etwas Glück war das auch nicht nötig. Indem er sich eng an das Dach schmiegte, kämpfte er sich in die Jacke hinein, die glücklicherweise eher zu groß als zu klein war. Als nächstes kam das Halfter des Toten an die Reihe, schließlich fiel ihm auch noch das Fernglas auf, und er nahm es an sich. Dann drückte er sich im Geist die Daumen und machte sich auf den Weg zur Stadt zugewandten Seite des Daches.

Erneut gelang ihm dies, ohne offenkundig Alarm auszulösen. Unterhalb von ihm befand sich eine der engeren, von Nordosten nach Südwesten verlaufenden Straßen. Das Dach gegenüber sah verlassen aus. An den beiden nächsten Straßenkreuzungen konnte er Dreierposten erkennen, deren Aufmerksamkeit offenkundig auf den Boden und stadtauswärts gerichtet war. Er ließ den Blick ein letztes Mal über sämtliche Dächer in der unmittelbaren Umgebung schweifen, ging in die Hocke, hielt seinen Mojo fest und sprang.

Seine Beinservos waren der Aufgabe mehr als gewachsen. Eine Sekunde später schlug er auf dem gegenüberliegenden Dach auf und rollte über seine rechte Schulter ab, um das Geräusch des Aufpralls zu dämpfen. Er kam hoch auf ein Knie, setzt das Fernglas an, gab sich alle Mühe, wie ein qasamanischer Posten zu wirken, und wartete auf eine Reaktion.

Die blieb aus, und eine Minute später manövrierte er vorsichtig quer über das Dach und wiederholte die Prozedur. Noch ein Gebäude, und er hatte die Posten sowohl auf den Dächern als auch am Boden weit hinter sich. Zwei Häuser weiter begann er wieder zu atmen.

Und schließlich mußte er eine Entscheidung fällen. Mit jedem Schritt in diese Richtung entfernte er sich ein kleines Stück von der *Dewdrop,* und da er die Schutzzone bereits hinter sich gelassen hatte, war es Zeit, nach Norden abzubiegen. Doch der gerade Weg nach Norden brachte ihn in die Nähe des Stadtzentrums. Zwar waren die Straßen unter ihm menschenleer, aber trotz aller Hoffnung würde es wohl kaum lange so einfach bleiben. In der Stadtmitte befand sich das Büro des Bürgermeisters und vermutlich auch die übrigen Behörden, und er wäre sehr überrascht, wenn es dort nicht von Menschen wimmelte. Also mußte er sich einen Weg drum herum bahnen und sich zwischen dieser belebten Gegend und der Postenkette hindurchschlängeln.

Oder einfach mitten hindurch gehen.

Pyre hielt am Dachrand inne und ließ sich den plötzlichen Einfall durch den Kopf gehen, als wollte er ihn auf seinen Geschmack hin prüfen. Ein Schlag gegen das politische Zentrum Qasamas wäre eine starke Geste, ein Hinweis auf den Mut und die Macht der Cobras, der den Führern hier unmöglich verborgen bleiben konnte. In taktischer Hinsicht würde er außerdem die Aufmerksamkeit der Qasamaner spalten und Feuerkraft von der *Dewdrop* abziehen, vielleicht auch von Cerenkov und den anderen Gefangenen.

Und wo er gerade an sie dachte – wenn es ihm gelang, den Bürgermeister gefangenzunehmen oder irgendein entscheidendes Nervenzentrum zu besetzen, konnte er vielleicht sogar ihre Freiheit herausschinden, ohne die Risiken einzugehen, die ein Vorgehen mit brutaler Gewalt zur Folge hätte.

Alles in allem, entschied er, war es einen Versuch wert.

Er suchte ein letztes Mal die Straße ab, ließ sich über die

Brüstung und zu Boden fallen, und stieß sich dabei auf halbem Weg von einem günstig gelegenen Fenstervorsprung ab, um dem Aufprall bei der Landung ein wenig von seiner Wucht zu nehmen. Er checkte die Querstraße und machte sich in einem täuschend locker aussehenden Trab in nordöstlicher Richtung auf den Weg ins Stadtzentrum, optische und aktustische Verstärker wegen der Qasamaner, auf die er zwangsläufig stoßen würde, in Alarmbereitschaft.

Das statische Knacken des qasamanischen Funkstörmanövers beherrschte den Salon der *Dewdrop*, und seine Monotonie entsprach perfekt dem unveränderten Stilleben auf den Außenmonitoren des Schiffes. Nach den Hinweisen zu urteilen, die sie lieferten, hätte die gesamte Bevölkerung, gleich nach Justins Abtransport vor fast einer Stunde, vom Planeten heruntergefallen sein können. Telek sah auf ihre Uhr und schüttelte dabei den unangetasteten Kahve in ihrem Becher. Drei Minuten waren verstrichen, und nichts deutete darauf hin, daß die Qasamaner die Absicht hatten, ihnen zu antworten. »Versuchen Sie es noch mal«, meinte sie zu Nnamdi.

Er nickte und hob das Mikro an die Lippen. »Hier spricht Dr. Nnamdi an Bord des aventinischen Raumschiffes *Dewdrop*«, sagte er. »Wir bitten dringend um eine Verbindung zu Bürgermeister Kimmeron oder anderen qasamanischen Führern. Bitte antworten Sie.«

Er ließ das Mikro in seinen Schoß sinken, und Telek spitzte die Ohren und lauschte. Der stärkste Bündelsender der *Dewdrop* jagte die Übersetzung von Nnamdis Worten direkt auf den nahen Tower. Gestört oder nicht gestört, irgendwas von diesem Signal mußte einfach durchkommen. Vorausgesetzt, die Qasamaner hörten überhaupt hin.

Wenn nicht, war es reine Zeitverschwendung. Wenn doch, dann hatte Winward vielleicht noch eine Chance – auch wenn sie nicht die Absicht hatten, etwas zu entgegnen.

Vielleicht.

»Stufe zwei«, sagte Telek zu Nnamdi. »Legen Sie ein wenig Gefühl hinein.«

In seiner Wange zuckte es, trotzdem nahm er das Mikro auf. »Hier spricht Dr. Hersh Nnamdi an Bord der *Dewdrop*. Ich würde gern einen unbewaffneten Repräsentanten rausschikken, um mit Ihnen über die Freilassung unserer Mannschaftsmitglieder zu verhandeln. Garantieren sie ihm freies Geleit zu einer Person mit Machtbefugnis?«

Statisches Knacken. Neben Nnamdi rutschte Christopher unruhig hin und her und sah Telek an. »Sie sind sich darüber im klaren, wenn Justin und Almo unten im Süden zum entscheidenden Schlag ausgeholt haben, weiß Kimmeron, daß wir Superkrieger an Bord haben, und er wird Michael nur unter größten Sicherheitsvorkehrungen empfangen wollen?«

Telek nickte wortlos. Winward wußte das natürlich auch. Sie warf einen verstohlenen Blick auf den Cobra, der in ein leises Gespräch mit Link vertieft vor einem der anderen Displays saß. Sie diskutierten über Taktiken und Strategien – doch was ihnen das nützen sollte, konnte sie sich nicht vorstellen. Schüsse oder Granaten, die aus einiger Entfernung von einem unsichtbaren Schützen abgefeuert wurden, waren nicht zu bekämpfen. Nicht einmal von einem Cobra.

»Warum antwortet niemand – *irgend jemand* muß doch antworten – bitte.« Nnamdis Stimme klang leicht gebrochen, und Telek konzentrierte sich wieder auf ihn. Allmählich begann der Streß, ihm zuzusetzen, stellte sie nervös fest. In geringem Maß machte das ihr Vorhaben glaubwürdiger, aber zuviel davon konnte Ärger bedeuten. »Hören Sie, ich werde Ihnen meinen Stellvertreter rausschicken, Mr. Michael Winward«, fuhr Nnamdi fort. »*Bitte,* sprechen Sie mit ihm, einverstanden? Es ist nicht nötig, daß noch mehr Blut vergossen wird. Ich bin sicher, wir werden irgendeine Vereinbarung treffen können, wenn Sie nur bereit sind zu verhandeln.«

Nnamdi hielt inne und sah zu Telek hinüber. Sie holte tief Luft und nickte. Er befeuchtete sich die Lippen und wandte sich wieder dem Mikro zu. »Ich schicke ihn jetzt raus, in Ordnung?«

Die Störungen hielten unvermindert an. Nnamdi legte das Mikro fort, sackte in seinem Sitz zusammen und schloß die Augen. Auf der anderen Seite des Raumes stand Winward schwungvoll auf. »Das war, glaube ich, mein Stichwort«, meinte er, nahm die Jacke seiner Ausgehuniform von der Rückenlehne eines Sitzes und streifte sie über seinen schwarzen Nahkampfanzug.

»Kom steht«, murmelte Link.

»Verstanden«, nickte Winward und nahm den Anhänger mit den Ohrhörern für den Übersetzer vom Tisch vor Nnamdi.

»Gouverneurin, als erstes werde ich versuchen, den Störsender auszuschalten. Aber wenn ich den nicht finden kann, greife ich sofort die Verteidigungsanlage des Towers an. Wenn Sie von dort hinten Gewehrfeuer und Explosionen hören, bestreichen Sie den Wald mit Laserfeuer und schicken Dorjay raus.«

»In Ordnung«, erwiderte Telek und versuchte denselben ruhigen Ton anzuschlagen wie er. »Viel Glück, und gehen Sie keine unnötigen Risiken ein.«

Ein knappes Lächeln in ihre Richtung, dann machte er sich auf den Weg. Telek ließ sich in den Sitz neben Nnamdi fallen und beobachtete den Monitor . . . und eine Minute später zeigten die Außenmonitore, wie der Cobra langsam auf den Tower zuging, wobei er eine halbquadratmetergroße weiße Fahne schwenkte.

Keine Granaten senkten sich aus dem Himmel, als er langsam das Flugfeld überquerte. Teleks Herz pochte schmerzhaft, ihre Gefühle schwankten blitzschnell hin und her zwischen Hoffnung und der Angst, daß zu große Hoffnung unweigerlich in die Katastrophe führte. Link, der herübergekommen war, um ihr über die Schulter zu sehen, griff zweimal nach unten, um die Vergrößerung höher zu stellen. Beim zweiten Mal sahen sie einen Trupp von acht Qasamanern, die sich am Fuß des Towers versammelt hatten, um Winward zu empfangen. Acht Qasamaner – und natürlich acht der unvermeidlichen Mojos.

Zwei traten vor, als Winward sich der Gruppe näherte. Ihre gezogenen Waffen blitzten im schwachen Widerschein der Lichter von Sollas auf. Sie nahmen ihm die Fahne ab und durchsuchten ihn nach Waffen. Dann bildete der gesamte Trupp einen Kessel rings um ihn und führte ihn ab, aber nicht in den Tower hinein, sondern um das Gebäude herum. *Bringen sie ihn zu jemandem, der etwas zu sagen hat?* überlegte Telek. *Vielleicht sogar zu dem Offizier, der für ihre Flugabwehr verantwortlich ist?*

Sie verschwanden alle miteinander um die Ecke . . . und eine Minute später trug der Wind das Geräusch eines einzelnen Gewehrschusses heran.

19. Kapitel

Endlich hielt der Bus vor einem abgedunkelten Gebäude, und Moff deutete mit seiner Pistole auf die Tür. »Raus«, übersetzte der Alte überflüssigerweise. Justin vermied es, hektische, bedrohliche Bewegungen zu machen, erhob sich und ließ sich von den Qasamanern nach draußen führen.

Beim Anblick des Gebäudes stellte sich ein schockierendes Déjà-vu-Gefühl ein, und Justin brauchte nur eine einzige Sekunde, um zu wissen, an was es ihn erinnerte. »Sieht aus wie eine verkümmerte Version des Towers am Flugplatz von Sollas«, meinte er, als Moff ihn zu einer von Wachen flankierten Tür geleitete. »Eigenartig fehl am Platz, hier mitten in der Stadt.«

Moff antwortete nicht. *Wenigstens zwei separate Türen,* bemerkte Justin, als er den Blick beiläufig über das Gebäude schweifen ließ, *und drei Stockwerke mit Fenstern. Eine Menge Wege, um hineinzukommen. Komm schon, Almo – knall diese Typen ab, und dann wollen wir mal sehen, was sich da drinnen verbirgt.*

Doch kein Aufblitzen von Laserfeuer störte sie auf dem Weg zur Tür des Gebäudes. Dort angekommen, blieb Moff stehen, drehte sich um und richtete seine Waffe auf Justins Brust. »Sie werden jetzt die Hände hinter Ihren Rücken nehmen«, sagte der Alte hinter dem Ring aus Qasamanern.

Justin gehorchte, und kalte Metallstreifen schlossen sich fest um seine Handgelenke. *Almo, wo steckst du, verdammt,* dachte er wütend, während sein Blick zu den umliegenden Gebäuden schweifte.

Moff führte ihn zwischen den Wachen hindurch in das Gebäude. Jenes Gebäude, das die Qasamaner als sicher genug erachteten, um eine unbekannte Gefahr zu bannen.

Justin trat der Schweiß auf die Stirn. *Alles in Ordnung,* redete er sich ein. *Alles in Ordnung. Du bist zwar allein, aber schließlich hat man dich für solche Situationen ausgebildet. Zwei Türen und drei Stockwerke mit Fenstern, schon vergessen? Es wird eine Kleinigkeit sein zu fliehen.* Mit den Fingern untersuchte er vorsichtig die Handschellen, mit denen er gefesselt war. Die Ringe um die Handgelenke waren beängstigend dick ... allerdings waren sie durch eine Kette und nicht durch eine massive Stange miteinander verbunden. Ein kurzes Herumexperimentieren ergab, daß er seine beiden Fingerspitzenlaser so krümmen konnte, daß sie jeweils eines der Glieder berührten. Er würde sich zwar möglicherweise dabei verbrennen, aber es dürfte nur ein paar Sekunden dauern, sich loszuschneiden. Jedoch nur, wenn die Zielerfassung nicht zuerst auf die Mojos feuerte ... Er schauderte angesichts des bösen Fehlers, den er beinahe gemacht hätte, und deprogrammierte die Zielerfassung. *Immer mit der Ruhe, Justin – du läßt dich durcheinanderbringen.*

Moff führte sie durch einen Gang zu einem Aufzug. Eine Aufzugkabine wartete auf sie. »Wohin fahren wir?« fragte Justin, nur um das Schweigen zu brechen.

Aber niemand antwortete. Drei der Wachen schoben Justin in die Kabine. Moff und der Alte schlossen sich ihnen an. *Ruhig, Junge, ruhig.* Justin biß gegen seine aufkeimende Angst die Zähne zusammen. *Warte erst mal ab, wohin sie dich bringen, dann machst du sie fertig und ab durch ein Fenster.*

Moff drückte einen Knopf auf einer langen Leiste mit Knöpfen ... und der Aufzug setzte sich in Bewegung – *nach unten.*

Nach unten. In die Erde – *tief* in die Erde, vorausgesetzt die Knöpfe standen jeweils für ein Stockwerk – wo es keine Türen oder Fenster gab, durch die man fliehen konnte. Und vielleicht zum ersten Mal in seinem Leben bekam es Justin richtig mit der Angst zu tun. Das Universum, das ihn stets zu beschützen schien, war hoch oben, weit über seiner kleinen Aufzugkabine. Er war umringt von den bewaffneten Wachen und den leicht reizbaren Mördervögeln einer verängstigten und aufgebrachten Kultur ... und dann wurde ihm mit der Schärfe des Geruchs von Ozon bewußt, daß die Männer, mit denen er es in Kürze zu tun bekommen würde, ihn in diesem tiefen Loch steckenlassen wollten. Sie wußten nicht, daß er ein Moreau war, es scherte sie nicht, ob er ein Cobra war, und wenn sie mit ihm fertig waren, würden sie ihn töten.

Und Justin geriet in Panik.

Alle Gedanken, zunächst herauszufinden, was dies für ein Ort war, alle Überlegungen, sie seine Cobraausrüstung nicht sehen zu lassen, sogar alle Gedanken an Gnade – flohen seinen Verstand angesichts der brodelnden Panikwelle, die in seiner Kehle hochstieg und ihm die Luft abschnürte. Die Männer, die Waffen und die Mojos, die ihn umringten, wurden zu einem Klaustrophobie erzeugenden Kissen, das man ihm aufs Gesicht drückte ... und ohne sich bewußt dafür zu entscheiden, explodierte er.

Seine Fingerspitzen und seine Schallwaffe feuerten zuerst, erstere auf die Kette, die seine Handgelenke fesselte, letztere in einer betäubenden Welle nach allen Richtungen. Einen Augenblick danach stieß sein Kopf gegen eine unsichtbare Mauer, und ihn überkam in einer neuen Woge aus Panik die Erkenntnis, wie verrückt es war, eine Schallwaffe auf so engem Raum einzusetzen. Seine Arme zerrten krampfartig an den Handschellen, als die Laser erneut feuerten, dann plötzlich riß das Metall, und seine Arme waren frei.

Doch der kurze Einsatz der Schallwaffe sowie der Lichtblitz hatten die Qasamaner in Alarmbereitschaft versetzt. Justin war noch damit beschäftigt, seine Arme zu befreien, als diese von kräftigen Händen gepackt wurden. Und zwar fest – doch die Servos unter der Haut und den Muskeln drehten die Arme hoch und nach vorn und schlugen die beiden Männer krachend mit den Köpfen gegeneinander. Ihr Griff ließ nach, er riß sich los – und dann stürzten sich kreischend die Mojos auf ihn.

In diesem Augenblick wurde Justins Verstand vollkommen leer, und die einzige Erinnerung an das, was dann geschah, war der Lärm der Vögel und das entsetzliche, gewitterähnliche Gleißen von einhundert Laserblitzen ...

Wenige Sekunden später holte ihn der Gestank in die Wirklichkeit zurück, der Gestank von verbranntem Fleisch und seinem eigenen Erbrochenen. Unsicher kam er auf die Beine und besah sich das Blutbad. Die Mojos waren tot – alle. Die fünf Qasamaner ... Justin vermochte es nicht zu sagen. Zwei von ihnen mit Sicherheit, sie hatten deutliche Laserverbrennungen an lebenswichtigen Stellen, bei den anderen – darunter Moff – war er weniger sicher. Aber ob der Schock der Verbrennungen, seine Schallwaffe oder seine um sich schlagenden Arme sie außer Gefecht gesetzt hatten, war nicht wichtig. Sie konnten ihm nichts tun, und er verspürte kein Bedürfnis, weiter nachzufragen.

Der Aufzug fuhr noch immer abwärts. Das Ganze hatte eindeutig weniger lange gedauert, als es ihm vorkam, und dann drang es allmählich in Justins verwirrtes Bewußtsein vor: Die Qasamaner, die unten auf ihn warteten – vorausgesetzt, im Aufzug waren keine Überwachungskameras installiert – wußten nicht, was gerade geschehen war. Vielleicht konnte er doch noch fliehen.

Er drückte hektisch auf den Knopf, der ihm am ehesten für das unterste Stockwerk in Frage zu kommen schien . . . und dann auf einen zweiten und einen dritten, bevor er erkannte, daß dieser Aufzug im Gegensatz zu denen auf Aventine keine Stornierungen berücksichtigte. Die Kabine würde immer weiter abwärts fahren, bis sie das von Moff angegebene Stockwerk erreicht hatte. Wo weitere Qasamaner auf ihn warteten.

Er hatte sich quer über die regungslosen Körper auf den Rücken fallen lassen, und sein Antipanzerlaser zeichnete bereits ein Quadrat in die Decke, als ihm klar wurde, daß er nicht bereit war, sich dem zu stellen, was ihn am Boden des Aufzugsschachtes erwartete – er *durfte* sich dem nicht stellen. Die Deckenattrappe und das vergleichsweise dünne Metall dahinter hatten seinem Laser nichts entgegenzusetzen, und als das verkohlte Quadrat ihm praktisch in den Schoß fiel, stand Justin umständlich auf. Er brauchte eine knappe Sekunde, um sein Gleichgewicht zu finden, dann sprang er.

Niemals zuvor, nicht einmal während der Ausbildung, hatte er seine Beinservos bis an die Grenzen verausgabt, und ihm blieb vor Schreck die Luft weg, als er wie eine unförmige Rakete durch die Öffnung schoß. Überall ringsum, und sogar mit Hilfe seiner Verstärker nur undeutlich auszumachen, befanden sich Kabel und Halteseile. Das Licht unter einem Türspalt flackerte auf und war vorbei – dann noch eins und noch eins – er wurde langsamer – stand mitten in der Luft –

Instinktiv packte er zu, und eine Sekunde darauf bewegte er sich wieder abwärts, die Arme fest um das Hauptaufzugskabel geschlungen.

Er war also raus aus der Kabine, und aus der direkten Schußlinie der Qasamaner unten . . . aber immer noch mitten in ihrer Hochburg, außerdem hatte er eine Spur zurückgelassen, der ein Kind folgen konnte. Er mußte einen Fluchtweg finden, und das schnell.

Seltsamerweise allerdings – zumindest kam es ihm so vor – hatte die erstickende Panik soweit nachgelassen, daß er wieder klar denken konnte. Sein unglaublicher Sprung hatte ihn mit der Eindrücklichkeit einer Dampframme sowohl an die Kraft erinnert, die seine Cobraausrüstung ihm verlieh, als auch daran, wie sein Vater einmal auf ähnliche Weise gefangen gewesen war und sich befreit hatte.

Ein Lichtbalken schwebte vorbei – eine der Türen, an denen er Sekunden zuvor vorbeigesprungen war. Einer Eingebung folgend, stieß er sich vom Fahrstuhlseil zur Tür hin ab und fand mit Fingern und Füßen am Türrahmen und an den Riegeln des Schließmechanismus Halt. Er entdeckte einen kleinen Vorsprung, auf dem er stehen konnte, und gewann das Gleichgewicht zurück, während einen Meter entfernt das Seil weiter abwärts glitt.

Vorsichtig holte er Luft und schüttelte sich. *Ich bin Justin Moreau,* erinnerte er sich entschieden. *Ein Cobra in den Fußstapfen meines Vaters. Ich werde – ich werde – das hier überstehen. Also gut. Aber womit fange ich an?*

Eins stand fest: Es lagen noch mehrere Stockwerke vor ihm, bevor er die Oberfläche erreichte. Stets auf der Suche nach Halt, drehte er sich um und beugte sich vor, soweit dies gefahrlos möglich war. *Die Lage der nächsten Tür über ihm ließe sich an dem Lichtschimmer erkennen,* dachte er, aber es waren zu viele Verstrebungen und andere Metallteile im Weg, um sie sehen zu können. Von Stockwerk zu Stockwerk zu springen kam also nicht in Frage, ebensowenig ein Aufstieg über die Verstrebungen, deren Stabilität er nicht kannte. Eine Wartungsleiter? Eine kurze Untersuchung des Schachtes förderte jedoch nichts zutage, das einem solchen Zweck dienen mochte.

Ein Meter entfernt wurde das Kabel plötzlich langsamer und stoppte . . . und von unten drang das schwache Geräusch von sich öffnenden Fahrstuhltüren herauf.

Wieder veränderte Justin seine Stellung und schwenkte sein linkes Bein so herum, daß es genau auf das Loch zielte, welches er in die Kabinendecke geschnitten hatte, gleichzeitig erhöhte er die Vergrößerung seines optischen Verstärkers. Der

Anblick der Toten auf dem Fußboden jagte ihm erneut eine Woge des Ekels durch den Körper, doch bevor er Zeit für mehr als ein kurzes Frösteln hatte, hallten von unten laute qasamanische Stimmen herauf, und jemand trat in die Aufzugkabine.

Verdammt. Justin formte das Wort mit den Lippen, und abermals lähmte ihn seine Unentschlossenheit. Sollte er versuchen, aus dem Schacht herauszukommen, bevor die Qasamaner unten den naheliegenden Schluß über seinen Verbleib zogen, oder sollte er bleiben und ihnen die Lust an der Verfolgung vermiesen?

Die Entscheidung wurde ihm abgenommen. Plötzlich wurde aus der Gestalt unten ein Gesicht und eine Pistole, und der Schacht hallte wider vom Donnern des Schusses.

Der Schuß ging natürlich ins Leere. Der Mann konnte unmöglich eine Vorstellung davon haben, wo Justin sich tatsächlich befand. Die Antwort des Cobra war beträchtlich präziser, und selbst auf diese Entfernung war der Antipanzerlaser für einen solchen Zweck wie geschaffen. Der Schütze sackte über den Leichen unter ihm zusammen. Ein zweites Gesicht erschien, Justin feuerte auch auf dieses –

Dann hörte er, wie sich unten die Kabinentüren schlossen. Eine Sekunde später bewegte sich das Halteseil neben ihm *nach oben.*

Justin sperrte ein paar Herzschläge lang den Mund auf, bevor sein Verstand in Gang kam und er hinübersprang, um sich erneut an das Seil zu klammern. Jetzt wurde klar, was passiert war: der Aufzug hatte das Stockwerk erreicht, zu dem Moff ihn hinbeordert hatte, und reagierte jetzt auf die Knöpfe, die Justin auf dem Weg nach unten gedrückt hatte.

Zumindest im Augenblick schien Justin ihnen ein Stück voraus zu sein.

Nach der Hektik zuvor schien sich die Fahrt zur Oberfläche endlos hinzuziehen, was ihm Gelegenheit gab, seine Verletzungen zu begutachten. Beide Hände, vor allem die kleinen Finger, waren beim Zersprengen der Handschellenkette mit winzigen Sprenkeln geschmolzenen Metalls übersät worden. Die Ringe selbst schnitten tief in seine Handgelenke, und irgend etwas, vermutlich Blut, rann langsam aus einer höllisch brennenden Platzwunde oberhalb seines linken Auges über seine Wange. Ihm war gar nicht aufgefallen, daß ihm einer der Mojos so nahe gekommen war ... und die Vorstellung, was hätte passieren können – oder immer noch passieren konnte –

Die Wirklichkeit drängte sich in seine unangenehmen Spekulationen: Der Aufzug wurde langsamer. Die Kabine befand sich seiner Schätzung nach drei Stockwerke unter ihm. Sobald die Türen aufgingen, würde er sich am Kabel zu ihr herunterlassen, den Antipanzerlaser ausgerichtet und feuerbereit. Wenn die Qasamaner noch immer nicht dahintergestiegen waren, würde er sich durch das Loch in der Decke fallen lassen, zur Tür hinaus und in wilder Hast zum Ausgang stürzen und sich darauf verlassen, daß seine Schnelligkeit und seine computergesteuerten Reflexe ihn durchbrachten.

Unter ihm gingen die Kabinentüren auf – und während sie dies taten, flutete plötzlich Licht in den Schacht, und anhaltender Gewehrdonner dröhnte zu ihm hoch.

Justin bewegte sich ruckartig und hätte fast seinen Halt verloren. Die Kabine verschwand bereits hinter einem Schleier aus Rauch. Durch ihn hindurch blitzte stakkatoartig das Mündungsfeuer auf und erhellte den Schacht mit einem gespenstischen Leuchten. Abgeplatzte Stahlsplitter zischten sichelgleich im Wechsel mit den unsichtbaren, harten Schlägen der Kugeln durch die Luft, die alles in Reichweite zerstörten.

Damit war Justins kurze Erholungspause vorbei.

Gegenüber war im flackernden Licht eine weitere Stockwerkstür zu erkennen. Als das Sperrfeuer von unten seinen Höhepunkt erreichte, schwenkte er sein Bein herum, und der darin enthaltene Laser zeichnete ein verbogenes Oval auf die Doppeltür. Diese eine herzzerreißende Sekunde lang spielte es keine Rolle, daß die Qasamaner vielleicht jede Aufzugstür mit einem Dutzend Bewaffneter umstellt hatten, es spielte nicht mal eine Rolle, daß ein kurzer Blick vielleicht einen Notmechanismus ans Licht gebracht hätte, der sie erheblich weniger vor ihm gewarnt hätte. Was zählte, war allein die Tatsache, daß die Gewehre unten jeden Augenblick nach oben gerichtet werden konnten und daß er *augenblicklich* aus dieser tödlichen Falle herauswollte. Er brachte seine Beine in die Horizontale und stieß sich fest mit den Händen vom Kabel ab. Das verschmorte Oval gab beim Aufprall nach wie Alufolie, und er segelte hilflos in den dahinterliegenden Gang, schlug krachend an die gegenüberliegende Wand, von der er geduckt und kaum im Gleichgewicht abprallte.

Der Gang war menschenleer.

Eine ganze Weile hockte Justin zitternd da, während sein Verstand sich abmühte, die Unwirklichkeit der Situation zu durchdringen und zu begreifen, was geschehen war. Sie *wußten,* daß er sich im Schacht befand – das Donnern von Gewehrfeuer, das nach wie vor von unten heraufhallte, war dafür mehr als Beweis genug. Wieso wurden dann nicht sämtliche Ausgänge des Schachtes bewacht?

Weil sie glaubten, er befinde sich noch immer auf dem Kabinendach?

Wahrscheinlich. Eine versteckte Waffe wäre wohl kaum stark genug gewesen, die beiden Männer aus einer größeren Entfernung als vom Kabinendach aus zu töten. Außerdem hatten sie sicher nicht die geringste Vorstellung, welch große Sprünge ihm seine Servos erlaubten.

Er rappelte sich auf, holte stockend Atem und sondierte die Lage. Der Gang erstreckte sich etwa dreißig Meter in beide Richtungen, die Wände waren mit unverständlich beschrifteten Türen gesäumt. An den beiden fernen Enden warfen kleine Fenster sein Spiegelbild zurück.

Sie waren klein, aber wahrscheinlich groß genug, um hindurchzugelangen. Justin entschied sich für das näherliegende der beiden Enden des Gangs und rannte in vollem Sprint darauf zu.

Und fast hätte er es geschafft. Doch selbst wenn die Bewachung aller Fahrstuhltüren bei den Qasamanern nicht oberstes Gebot war, völlig vergessen hatten sie dies nicht. Wegen seiner eigenen Schritte konnte Justin sie nicht kommen hören, daher wurde er erst durch das blutgefrierende Kreischen eines Mojos direkt hinter ihm gewarnt. Er schraubte sich herum und einen winzigen Augenblick lang bekam er die Krallen zu sehen, die auf sein Gesicht zuschossen, bevor sein Nanocomputer übernahm.

Die Servos in seinen Beinen rissen ihn zur Seite, aus der Flugbahn des Mojos. Der streifte sein Gesicht mit den Flügelspitzen, als er über ihn hinausschoß und erneut kreischte – unheimlicherweise klang es, als sei er wütend. Am Ende des Ganges waren fünf Qasamaner aus dem Nichts aufgetaucht, die Waffen ausgerichtet und bereit – und vier weitere Mojos starteten ihren Angriff.

Und zum zweiten Mal in dieser Nacht raubte ihm der Anblick dieser Vögel alle Vernunft und Selbstbeherrschung. Er ließ sich nach hinten fallen, schlug krachend gegen die Wand, riß die verbrannten Hände hoch . . . und während sich ein Nebel des Grauens über seinen Verstand legte, schickte sein Nanocomputer Fontänen aus Laserfeuer los.

Ein paar Sekunden später kam er wieder zu sich und stellte fest, daß alle fünf Mojos tot waren. Am Ende des Ganges sah er außerdem wenigstens drei qasamanische Leichen. Die Überlebenden – wenn es überhaupt welche gab – waren verschwunden.

Zeugen seiner Cobrafeuerkraft – doch dieser Gedanke kam Justin erst lange Zeit später. Er war wieder auf den Beinen und hielt auf sein Ziel, das Fenster, zu, den Zertrümmerer seiner Schallwaffe darauf gerichtet. Die Waffe erreichte die Primärresonanz, erhöhte die Amplitude . . . und als Justin zwei Schritte entfernt war, zersplitterte das Glas und riß bei seinem heftigen Abgang einen großen Teil des Schieberahmens mit. Justin beschleunigte, senkte den Kopf und warf sich ausgestreckt durch die Öffnung.

Drei Stockwerke unter ihm war das Gelände rings um den Turm in gleißendes Licht getaucht, durchsetzt vom wirren Schattenmuster rennender Soldaten. Justin konnte gerade soviel erkennen, daß er aller Wahrscheinlichkeit nach außerhalb des ausgeleuchteten Bereichs landen würde, bevor sein Nanocomputer seine Arme und Beine heftig an den Körper riß. Als seine Gliedmaßen eine Sekunde später wieder in ihre normale Stellung schnellten, stellte er erleichtert fest, daß die Berechnung seines Computers korrekt gewesen war. Jetzt wieder aufrecht, landete er auf seinen Füßen. Die Servos fingen den Aufprall ab, stemmten sich gegen seine Vorwärtsbewegung, so daß er sein Gleichgewicht wiederfand. In vollem Tempo rannte er auf das Gebäude zu, das gegenüber seinem vormaligen Gefängnis lag. Die Mühe war von Erfolg gekrönt. Er bog ab, lief parallel zum Gebäude, sprintete zur nächsten Ecke und umrundete sie.

Er hatte noch keine Gelegenheit gehabt, sich auf seine Umgebung zu konzentrieren, als er jetzt jedoch wieder Tempo zulegte, erkannte er, daß ihn das Universum ein weiteres Mal im Stich gelassen hatte. Direkt vor ihm gingen die Gebäude und Straßen in jene Art offenen Graslandes über, das auch Sollas umgab. Der Bus hatte ihn mehrere Kilometer weit durch die Stadt transportiert, bevor sie den Turm erreichten, was er demzufolge jetzt vor sich hatte, war die südwestliche Stadtgrenze von Purma.

Er entfernte sich demnach von Cerenkov und Rynstadt ... und von der *Dewdrop.*

Ich sollte umkehren, überlegte er. *Oder zumindest ein oder zwei Straßen weit einen Bogen schlagen und durch eine andere Straße zurücklaufen.* Doch seine Füße liefen weiter, und als er die scharfe Trennlinie zwischen Stadt und Grasland überquerte, wurde ihm endgültig bewußt, daß keine Macht der Welt ihn dazu bringen konnte, sich umzudrehen. Hinter ihm waren die Mojos, und die lähmende Angst, die ihre Krallen in ihm erzeugten, war weit entsetzlicher als die Krallen selbst.

Sein Vater hatte der Macht ganzer Troftarmeen getrotzt und sich, ohne mit der Wimper zu zucken, durchgesetzt ... und sein einziger Cobrasohn hatte sich als Feigling erwiesen.

Die Stadt lag jetzt weit hinter ihm. Als Justin seine optischen Verstärker einschaltete, sah er, daß der Wald, der die Straße nach Purma hinein säumte, hier weit nach Süden zurückwich. An der nächsten Stelle war er, wie ihm der Entfernungsmesser seines optischen Verstärkers verriet, über einen Kilometer entfernt – viel zu weit, um ihn rechtzeitig zu erreichen, falls die Qasamaner die Verfolgung aufgenommen hatten. Justin warf einen Blick über die Schulter, kam rutschend zum Stehen, ließ sich im kniehohen Gras auf den Bauch fallen und drehte sich, alle Sinne in Alarmbereitschaft, Richtung Stadt.

Bislang deutete nichts auf eine Verfolgung hin. Nahmen sie an, er sei nach Norden gelaufen, wie es sinnvoll gewesen wäre? Oder hatten sie nicht mal mitbekommen, daß er aus dem Gebäude geflohen war?

Es gab keine Möglichkeit, das festzustellen ... und jetzt, da ihn eine gefühlsmäßige Erschöpfung überkam, war es Justin fast auch schon egal. Was immer er tat, Cerenkov und Rynstadt waren so gut wie tot, es sei denn, Pyre wäre es inzwischen gelungen, die beiden zu befreien. Ganz gleich, wie schnell Justin ihr Gefängnis erreichte, es würde dort von Wachen nur so wimmeln.

Seine Wunden pochten schmerzhaft, stechend und dumpf, mit seiner Erschöpfung konnten sie es hingegen nicht aufnehmen. Langsam, aber unausweichlich, fielen ihm die Augen zu, sein Kopf sank auf das Kissen seiner Arme, und seine Scham fand den einzigen Trost, der ihm noch blieb.

Er schlief ein.

20. Kapitel

Zum dritten Mal innerhalb von fünf Minuten näherte sich von vorn ein Fahrzeug, und zum dritten Mal zuckte Pyre zusammen und zwang sich, ruhig weiterzugehen. Das Fahrzeug fuhr vorbei, ohne langsamer zu werden, und der Cobra seufzte erleichtert.

Erleichtert, aber bestenfalls für einen kurzen Augenblick. Wenn seine Erinnerung an die Karte von Sollas richtig war, befand er sich nur zwei oder drei Straßen von dem Gebäude entfernt, in dem Joshua und die anderen vor einer Woche Bürgermeister Kimmeron getroffen hatten. Bis jetzt wies nichts darauf hin, daß die Qasamaner die Möglichkeit in Betracht zogen, einer der Aventinier könnte soweit in die Stadt vorgedrungen sein. Doch diese Illusion konnte jederzeit wie eine Seifenblase zerplatzen. Bestimmt gab es rings um das Büro des Bürgermeisters Posten, und ebenso sicher herrschte dort reger Betrieb von Menschen, die ihre Besorgungen machten, während dieses angeblich so friedvolle Volk seinen Krieg gegen die *Dewdrop* fortsetzte. Cobrafeuerkraft oder nicht, ein direkter Vorstoß würde vermutlich ziemlich blutig enden. Für beide Seiten.

Aber bisher war ihm noch nichts Besseres eingefallen. Er war an einer Handvoll geparkter Autos vorbeigekommen, eine kurze Überprüfung jedoch hatte ergeben, daß ihr Antriebsmechanismus blockiert war, und er hatte keine Ahnung, wie er das System umgehen konnte. Von Dach zu Dach zu springen war möglich, der Nutzen jedoch zweifelhaft, da er dabei jederzeit gesehen oder gehört werden konnte. Hätte er irgendwelche Zeitbomben, könnte er ein paar Straßen von seinem Ziel entfernt ein Ablenkungsmanöver inszenieren, doch in seiner mageren Ausrüstung gab es nichts, was sich zu diesem Zweck hätte umarbeiten lassen. Das Pulver in den Patronen vielleicht? Davon war sicherlich reichlich vorhanden – man erlegte kein Tier von der Größe eines Bololin, ohne ein Geschoß mit großer Explosionskraft zu benutzen.

Bololins ...

Eine ganz andere Idee schoß ihm durch den Kopf. Pyre sah sich rasch um und vergewisserte sich, daß er unbeobachtet war, dann entdeckte er einen dunklen Mauerabschnitt und begann zu klettern.

Auf dem Dach angekommen, fand er dort zwar nicht, was er suchte, nach einem sorgfältig prüfenden Blick entdeckte er allerdings zwei Gebäude weiter einen möglichen Kandidaten. Zwei Sprünge später hockte er neben einem rechteckigen gelben Kasten, der mit einem großen Trichterhorn versehen war.

Ein Bololinalarm.

Die Fingerspitzenlaser machten mit dem Verschluß kurzen Prozeß, und kurz darauf stocherte Pyre vorsichtig zwischen den Drähten und Bauteilen im Innern herum. Sinnvollerweise installierte man ein solches Gerät, indem man es über die Stromversorgung des Gebäudes betrieb, deren Schalter mehrere Stockwerke tiefer unzugänglich angebracht war ... wenn die Qasamaner aber hier ebenso vorsichtig gewesen waren wie offenbar überall sonst ...

Und genauso war es. Die Notbatterie des Trichterhorns nahm fast ein Viertel des Raums im Kästchen ein.

Ein paar Minuten Arbeit, in denen er die Drähte untersuchte, und Pyre hatte das System durchschaut. Mit dem Durchtrennen des Hauptstromkabels hier würde er die Batterie – und wichtiger noch, den Notauslöseschalter – an den Stromkreis anschließen. Der Batterieschalter schien allerdings für Funksteuerung ausgelegt zu sein. Um das Ding auszulösen, würde er sich etwas anderes einfallen lassen müssen.

Als die Vorarbeiten aus Durchtrennen und Anschließen abgeschlossen waren, kam ihm ein rettender Gedanke.

Es dauerte fast fünfzehn Minuten, bis der Behelfsauslöser fertig war. Dann wischte er sich den Schweiß von der Stirn und ließ sich einen Augenblick Zeit, um die Gegend abzusuchen. Das Büro des Bürgermeisters ... wahrscheinlich dort drüben. Vorsichtig einen Bogen schlagen, dann dahinter ein Dach finden, auf dem man warten konnte ... das da.

Pyre sah auf die Uhr und verzog das Gesicht. Die Zeit lief ihm davon, und mit jeder verlorenen Minute stieg die Wahrscheinlichkeit, daß die Qasamaner eine ihrer Geiseln töteten oder sonst etwas gegen die *Dewdrop* unternahmen. Er ließ sich an der Seite des Gebäudes heruntergleiten, machte sich auf den Weg und rannte geräuschlos durch die menschenleeren Straßen.

Das Glück war auf seiner Seite. Fünfzehn Minuten später befand er sich auf dem von ihm ausgesuchten Dach und war bereit, sofort loszuschlagen. Zwei Häuser weiter lag das Gebäude des Bürgermeisters, das, nach den gedämpften Geräuschen zu schließen, die an seine Ohren drangen, von einer dichten Menschenmenge umgeben war. Vier Straßen dahinter entdeckte Pyre mit seinem optischen Verstärker den Bololinalarm und das gestohlene lichtverstärkende Fernglas, das dort auf dem Kasten lag. Er holte tief Luft, nahm das Fernglas in die Zielerfassung, hob sein linkes Bein an und feuerte einen Niedrig-Energieschuß aus seinem Antipanzerlaser darauf ab.

Der Lichtstrahl löste einen Impuls in der Elektronik der Lichtverstärkung aus, einen Impuls, der dank Pyres Schaltung nicht in die Linsen gejagt wurde, sondern das Notschaltersystem des Alarms umging.

Und das Tuten des Horns zerriß die Dunkelheit.

Pyre war bereit. Nach wie vor konnte er zufällig entdeckt werden, im Augenblick jedoch konnte man auf der Straße unten unmöglich den Aufprall seiner Landung hören. Er erreichte den Rand des Daches, sprang und sah laufende Menschen unter sich. Er landete auf dem nächsten Dach, überquerte es in vollem Sprint und sprang nach einem Stoßgebet an den Schutzpatron der Narren ein weiteres Mal.

Nicht auf das Dach des bürgermeisterlichen Gebäudes, sondern auf einen Vorsprung an der Seite auf halbem Weg nach unten – und das nur, um eine leichte Bremswirkung zu erzielen, bevor er unten auf der Straße landete. Das Gebäude war sieben Stockwerke hoch, seine hell erleuchteten Fenster legten Zeugnis ab für den Betrieb in seinem Innern, und Pyre wußte, wieviel er riskierte, indem er das Erdgeschoß betrat. Doch das Büro des Bürgermeisters befand sich nun einmal im Parterre, und der Cobra wettete darauf, daß die Qasamaner in ihrer Paranoia die wichtigsten Einrichtungen unterirdisch angelegt hatten.

Und dann landete er auf der Straße, und für weitere Pläne und Überlegungen war keine Zeit mehr. Die meisten der etwa dreißig Leute in Sichtweite rannten auf den heulenden Alarm zu, die beiden jedoch, die die verzierte Tür flankierten, blieben regungslos stehen . . . ihre starre Verwunderung übertrug sich allerdings nicht auf ihre Mojos.

Doch die Vögel sahen keine gezogene Waffe, und so musterten sie ihn nur überrascht und machten keine Anstalten, ihn anzugreifen. Pyre nahm die beiden in die Zielerfassung und schoß sie aus der Luft, anschließend erschoß er die Wachen, die zu spät reagierten. Er nahm die drei Stufen der Außentreppe mit einem einzigen Satz und schlüpfte hinein.

Das eine Mal, als Cerenkovs Team in dieses Gebäude gebracht worden war, hatte er dem Weg nicht allzu viel Aufmerksamkeit geschenkt, doch zum Glück schien der Grundriß einfach zu sein. Pyre folgte dem Hauptgang bis zum ersten Nebenflur und bog dann rechts ab. Am nächsten Quergang bog er nach links und hielt auf das Zentrum des Gebäudes zu – und dort, kaum zehn Meter entfernt, standen die beiden livrierten Wachen, an die er sich noch aus Joshuas Übertragung erinnerte.

Sie betrachteten ihn ungläubig und überrascht und griffen zu den Waffen. Pyre schoß die beiden unter ihren Mojos weg. Dann tötete er die Vögel, als diese versuchten, ihre Krallen von den Schulterstücken zu lösen und aufzusteigen. Pyre holte noch einmal tief Luft, stieß die Türen auf und trat ein, die Hände schußbereit.

Fast war es eine Wiederholung jener Szene, die er beim letzten Mal durch Joshuas Sensoren gesehen hatte – mit zwei wichtigen Veränderungen. Die Rauchschwaden, die sowohl er als auch das Kontaktteam zuvor nicht gesehen hatten, wirkten buchstäblich wie ein Dampfhammer auf die Nase. Sie ließen ihn abrupt verharren und verschlugen ihm fast den Atem. Außerdem war der Polsterthron des Bürgermeisters diesmal unbesetzt.

Pyre brauchte einige Herzschläge, bis er seinen Atem und seine Stimme wiedergefunden hatte. Wie sich herausstellte, reichten diese paar Sekunden den Leuten, die um den Thron an niedrigen Tischen saßen, sich zu retten. Ob die Rauchschwaden ihre Gehirnfunktionen verbesserten oder ob sie einfach von Natur aus wachsam waren, wußte er nicht, doch als er wieder handlungsfähig war, hatten alle begriffen, wer er war, und stürzten in blinder Hast aus dem Raum. In Sekundenschnelle war der Schauplatz verlassen.

»Verdammt«, murmelte Pyre kaum hörbar. Obendrein schmeckte dieser Rauch auch noch eigenartig. Er stellte seinen akustischen Verstärker höher, hielt die Luft an ... und von irgendeiner nicht einsehbaren Stelle zwischen den frei im Raum hängenden Vorhängen hörte er das leise Geräusch flachen Atems.

Sie hatten es also nicht alle durch die Schlupflöcher nach draußen geschafft. War der Nachzügler bewaffnet? Wahrscheinlich ... wenn auch keiner der anderen versucht hatte, von seiner Waffe Gebrauch zu machen, und das ließ einige interessante Schlüsse zu. Doch selbst wenn der Drückeberger Angst hatte zu schießen, verspürte Pyre keine Lust, ihn nur geleitet durch die diffusen Geräusche seines Atems durch diesen Irrgarten zu hetzen. Aber vielleicht gab es ja einen anderen Weg. Wenn die Mojos tatsächlich so empfindlich auf Waffen reagierten, wie es den Anschein hatte, als das Kontaktteam zum ersten Mal aus der Druckschleuse der *Dewdrop* getreten war ...

Die Linke bereithaltend, falls es Ärger gab, griff er mit seiner rechten Hand nach unten und zog die erbeutete Pistole.

Das Geräusch von Stahl, der über Leder kratzt, war in dem stillen Raum laut zu hören, und der einmalige Flügelschlag, der daraufhin folgte, waren Hinweise genug. Links vor ihm ... er sprintete um die Vorhänge herum und sah sich einem hokkenden Mann gegenüber, dem das Entsetzen ins Gesicht geschrieben stand.

Eine Sekunde lang starrten sie sich schweigend an. Pyre hatte sein Hauptaugenmerk auf den Mojo gerichtet, doch offenbar begriff der Vogel, daß ein Angriff Selbstmord wäre, und blieb auf seiner Schulterstange sitzen. Pyre richtete seine ganze Aufmerksamkeit auf den Mann und sagte das einzige qasamanische Wort, das er kannte: »Kimmeron.«

Sein Gegenüber verstand ihn offensichtlich falsch und schüttelte den Kopf. »Sibbio«, meinte er mit erstickter Stimme und schlug sich mit der offenen Hand auf die Brust, während sein Blick auf die Waffe fiel, die Pyre noch immer in der Hand hielt. *»Sibbio!«*

Pyre verzog das Gesicht und versuchte es erneut. »Kimmeron. Kimmeron?« Er schwenkte seine freie Hand vage durch den Raum.

Der Qasamaner verstand. Trotz der Rauchschwaden sah

Pyre, wie sein Gesicht sichtlich erblaßte. *Weiß er nicht, wo der Bürgermeister steckt? Oder weiß er es, und sein Aufenthaltsort ist streng geheim?* Er vermutete letzteres – Sibbios Kleidung war zu prunkvoll für einen einfachen Gefolgsmann. Der Cobra machte einen großen Schritt auf ihn zu und funkelte den Mann so wütend an, wie er nur konnte. »Kimmeron« stieß er barsch zwischen zusammengebissenen Zähnen hervor.

Der Mann starrte Pyre in die Augen und rappelte sich schweigend auf.

Das Schlupfloch befand sich dort, wo Pyre es hätte erwarten müssen: direkt vor dem Polsterthron. Sibbio zeigte ihm den verborgenen Hebel, mit dem die Falltür ausgelöst wurde. Pyre blickte hinab in das Loch und sah, daß der ein Quadratmeter große Schacht sich ein paar Meter weiter unten in eine gekrümmte Rampe verwandelte, die die Passagiere vermutlich irgendwo weiter unten in einem sicheren, schwer bewachten Raum ablud.

Leider ließ die Position der Falltür auch vermuten, daß sie ganz nützlich dabei war, unerwünschte Personen aus dem Blickfeld des Bürgermeisters zu entfernen, was bedeutete, daß die Wachen unten darin ausgebildet waren, mit potentiellen Plagegeistern fertig zu werden. Doch angesichts der Zeit, die ihm zur Verfügung stand, konnte Pyre daran nichts ändern ... und jetzt, da die Falltür offen stand, hatte es keinen Sinn, länger zu zögern. Er warf Sibbios Mojo einen letzten Blick zu und trat in die Grube.

Die Rutschpartie verlief durchaus glatt. Der gekrümmte Abschnitt des Tunnels begann so früh und sanft, daß er für den Rest des Dreißig-Grad-Gefälles sachte auf den Rücken geworfen wurde. Zudem war die Strecke viel kürzer als erwartet, und er hatte die Umrisse des schwach erleuchteten Quadrats, das auf ihn zugeschossen kam, kaum gesehen, als er durch einen nicht dichten Vorhang rauschte und, flach auf dem Rücken liegend, auf einer Schaumstoffmatte landete. Beim Aufprall glitt ihm die Pistole aus der Hand. Seine Augen gewöhnten sich an das Licht –

Und er fand sich inmitten von auf ihn gerichteten Gewehren wieder.

Fünf, zählte er, während er reglos dalag. Der Posten, der seiner heruntergefallenen Waffe am nächsten stand, hob sie auf und rammte sie in sein leeres Halfter. »Sie werden keine Bewegung machen«, sagte ein Mann, der in der Mitte des Halbkreises zu Pyres Füßen stand, mit einem starken Akzent auf Anglisch.

Pyre sah ihm in die Augen, dann ließ er einen Blick beiläufig über den Ring aus Wachen schweifen. »Ich will mit Bürgermeister Kimmeron sprechen«, wandte er sich an den Sprecher.

»Sie werden sich erst bewegen, wenn man festgestellt hat, daß Sie unbewaffnet sind«, erklärte ihm der Qasamaner.

»Ist Kimmeron überhaupt hier?«

Der andere überging die Frage. Statt dessen richtete er das Wort an seine Männer, von den zwei ihre Waffen den anderen reichten. Sie knieten zu beiden Seiten von Pyre nieder . . . und der Cobra stemmte seine Hacken fest in die Matte.

Die Matte war weich, doch hinter dem Tritt stand die Kraft der Servos, und einen Wimpernschlag später kreiste Pyre starr um die Achse seines Kopfes. Eines der Gewehre bellte – zu spät, denn Pyre löste die Lasersalve aus, die er einprogrammiert hatte, während er die Wachen eine nach der anderen angesehen hatte. Einen Augenblick lang war der Raum vom Laserfeuer hell erleuchtet . . . und als Pyre seine Drehung abgeschlossen hatte, knieten oder lagen die fünf Qasamaner in verschiedenen Stadien des Schocks auf dem Boden, während ihre blitzartig aufgeheizten Waffen zwischen den toten Mojos lagen.

Pyre stand auf und suchte den Sprecher mit den Augen. »Ich hätte Sie alle mit Leichtigkeit töten können«, sagte er ruhig. »Ich bin nicht gekommen, um Bürgermeister Kimmeron umzubringen –«

Ohne Vorwarnung sprangen die vier anderen Qasamaner auf und stürzten sich auf ihn.

Er ließ sie kommen, und als der erste in Reichweite war, stieß er ihm mit der Handfläche gegen die Brust. Man hörte ein dumpfes Stöhnen, das schärfere Knacken brechender Rippen, und der Qasamaner flog zwei Meter weit nach hinten und landete krachend auf dem Boden.

Die anderen drei verharrten augenblicklich in ihrem Angriff, und Pyre sah, wie sich plötzlich Angst und Respekt auf ihren Gesichtern breitmachte. Es war eine Sache, überlegte er, von wirkungsvollen magischen Lichtstößen entwaffnet zu werden, aber die rohe physische Kraft dahinter zu sehen war etwas völlig anderes. Oder gar sie zu fühlen. Das zeitweilige Taubheitsgefühl in seiner Handfläche ließ langsam nach. Die Haut an dieser Stelle schmerzte heftig. Der Qasamaner würde sich noch erheblich schlechter fühlen, wenn er wieder zu sich kam. Falls er jemals wieder zu sich kam.

Pyre blickte wieder den Sprecher an. »Ich bin nicht hier, um Bürgermeister Kimmeron zu töten, sondern ich will lediglich mit ihm sprechen«, sagte er so gefaßt, wie seine brennende Hand dies zuließ. »Bringen Sie mich zu ihm. Sofort.«

Der Mann befeuchtete sich die Lippen und warf einen Blick hinüber zu der Stelle, wo sich einer seiner Leute um seinen verwundeten Kollegen kümmerte. Dann sah er wieder zu Pyre hinüber und nickte. »Folgen Sie mir hier entlang.« Er sagte noch etwas zu seinen Leuten, dann machte er kehrt und ging zu einer Tür am anderen Ende des Raumes. Pyre folgte ihm, und die beiden übrigen Qasamaner schlossen sich ihnen an.

Sie traten durch die Tür, und für einen Sekundenbruchteil hatte Pyre das Gefühl eines Déjà-vu. Hier gab es denselben Polsterthron mit niedrigen Tischen wie im Büro oben. Doch dieser Raum war kleiner, und die herabhängenden Vorhänge hatte man durch Reihen visueller Displays ersetzt.

Und vor einem dieser Displays saß finsteren Blickes Bürgermeister Kimmeron.

Er sah auf, als Pyre und seine Begleiter näher kamen, und der Cobra wartete auf die unvermeidliche Reaktion. Kimmeron ließ den Blick über Pyres verfilztes Haar und seine Bartstoppeln schweifen, über die geliehene Jacke, die er über seinem Tarn- und Überlebensanzug trug, über den toten Mojo, der mittlerweile an einem einzigen Faden über seiner Schulter hing. Doch seine Miene blieb unverändert, und als er Pyre wieder ins Gesicht sah, war der Cobra überrascht, wie hell die Augen dieses Mannes strahlten. »Sie stammen aus dem Schiff«, sagte Kimmeron ruhig. »Sie haben es verlassen, bevor die Postenkette eingerichtet wurde. Wie das?«

»Zauberei«, erwiderte Pyre knapp. Er ließ den Blick durch den Raum wandern. Etwa fünfzehn weitere Qasamaner waren anwesend, und fast alle starrten in seine Richtung. Sie alle hatten die übliche Handfeuerwaffe und Mojos, doch keiner wirkte so, als wäre er daran interessiert, zur Waffe zu greifen. »Ihr unterirdischer Befehlsstand?« fragte er Kimmeron.

»Einer davon«, nickte dieser. »Es gibt noch viele andere. Es wird Ihnen nicht viel nützen, ihn zu zerstören.«

»Eigentlich bin ich gar nicht daran interessiert, etwas zu zerstören«, meinte Pyre zu ihm. »Ich bin hauptsächlich hier, um die Freilassung unserer Gefährten auszuhandeln.«

Kimmeron kräuselte die Oberlippe. »Sie begreifen bemerkenswert langsam«, fauchte er. »Haben Sie aus dem Tod des anderen Unterhändlers keine Lehren gezogen?«

Pyre spürte, wie sein Mund trocken wurde. »Welcher andere Unterhändler? Sie meinen das Kontaktteam?«

Einen kurzen Augenblick lang runzelte sein Gegenüber die Stirn. Dann hellte sich seine Miene auf, er hatte verstanden. »Ah. Die Störung Ihrer Funksignale hat zumindest bei *Ihnen* etwas bewirkt. Sie wissen also gar nicht, daß der Mann namens Winward Ihr Schiff ohne Erlaubnis verlassen hat und erschossen wurde?«

Winward? Hatte Telek bereits einen Ausfall versucht? »Warum haben Sie ihn erschossen?« fuhr er ihn an. »Sie sagten doch gerade, er sei ein Unterhändler gewesen –«

»Für den sinnlosen Tod von acht Männern in Purma und sechs hier sind Sie *alle* verantwortlich. Sie haben spioniert, und Sie haben gemordet, und Ihre Strafe dafür ist der Tod.«

Pyre starrte ihn an, sein gedankliches Räderwerk war unfähig, Tritt zu fassen. Winward . . . abgeknallt wie ein Stachelleopard, und das wahrscheinlich ohne jede Vorwarnung. *Wieso schießen Sie dann nicht auf mich?* Einfach aus Angst? – Schließlich konnte man *ihn* nicht überraschen. Oder hatte es praktischere Gründe? Wollten Sie, nachdem Winward tot war und nachdem das, was immer sich in Purma ereignet hatte, vorbei war, etwa einen lebenden Cobra zu Untersuchungszwecken?

Sein Blick wanderte zu eben jener Reihe Displays, die Kimmeron betrachtet hatte. Räume, Gänge, Außenansichten . . . auf dreien war die *Dewdrop* zu sehen. *Offenbar aus dem Turm am Flugfeld,* stellte er fest. *Eine Direktübertragung?* Dann bestand noch immer eine Chance, daß einige von ihnen fliehen konnten. Das Schiff sah unbeschädigt aus.

»Im Augenblick ziehen wir es vor, Sie am Leben zu lassen«, unterbrach Kimmeron seine Gedanken. »Sie sowie die beiden, die Cerenkov und Rynstadt heißen, haben keinerlei Fluchtmöglichkeit. Ich sage Ihnen das nur, damit Sie es gar nicht erst versuchen und uns dadurch zwingen, Sie vorzeitig zu töten.«

»Unser Schiff könnte fliehen«, gab Pyre zu bedenken. »Es wird unseren Leuten von unserer Gefangennahme berichten.«

»Auch Ihr Schiff kann nicht entkommen.« Kimmeron wirkte ruhig und seiner Sache sicher. »Die gegen das Schiff in Stellung gebrachten Waffen werden es zerstören, bevor es das Ende des Flugfeldes erreicht.«

Aber die Dewdrop *kann senkrecht starten.* Machte das einen Unterschied aus? Unmöglich zu sagen ... Angesichts der nationalen Paranoia hier neigte Pyre dazu, daran zu zweifeln. »Ich möchte trotzdem mit Ihnen über die Freilassung unserer Kollegen sprechen«, erklärte er dem Bürgermeister, nur um etwas zu sagen.

Kimmeron zog die Brauen hoch. »Sie reden dummes Zeug«, stieß er zwischen zusammengepreßten Zähnen hervor. »Wir haben Sie und Winwards Leichnam in unserer Gewalt, und aus ihm wird man sicher auf Ihre sogenannten ›magischen‹ Kräfte schließen können.«

»Anhand eines Leichnams kann man nichts über unsere magischen Kräfte erfahren«, log Pyre.

»*Sie* leben noch«, meinte der andere spitz. »Von Cerenkov und Rynstadt werden wir Informationen über Ihre Kultur und Technologie erhalten, die uns auf jeden Angriff vorbereiten, den Ihre Welt zukünftig gegen uns führen könnte. Und aus Ihrem Schiff – ob intakt oder in Trümmern – werden wir sogar noch mehr lernen. Vielleicht sogar genug, um endlich den interstellaren Verkehr wiederaufnehmen zu können. All das haben wir in der Hand. Was könnten Sie uns Wertvolleres anbieten, damit wir Ihnen Ihre Abreise gestatten?«

Darauf wußte Pyre keine Antwort ... Dann kam ihm in den Sinn, daß eine Methode, die es ihren Anwendern ermöglichte, Anglisch in einer Woche zu erlernen, es vielleicht tatsächlich möglich machte, die *Dewdrop* und ihre Systeme aus dem zu rekonstruieren, was an Trümmern nach ihrer Zerstörung übrigblieb.

War sein heldenhafter Rettungsversuch die ganze Zeit über zum Scheitern verurteilt gewesen? Niemand konnte Cerenkov und Rynstadt helfen, und Pyre würde seine letzten Minuten genau hier, im unterirdischen Nervenzentrum des Bürgermeisters, verbringen. Wenn es ihm irgendwie gelang, die Schaltzentrale für die Kommunikation zu finden – anschließend einen Weg, die Störung abzustellen oder trotzdem eine Nachricht zu übermitteln – und er sich dann eine Möglichkeit einfallen ließ, wie er der *Dewdrop* signalisieren konnte, sich verdammt schnell aus dem Staub zu machen – und das alles, bevor sie ihn mit ihrer Übermacht erdrückten –

Und als sich die Unmöglichkeit jedes einzelnen Schrittes wie ein Gebirge vor ihm auftürmte, da machte das Universum ihm etwas zum Geschenk. Es war ein kleines Geschenk, kaum mehr als ein Wink ... doch er sah es, Kimmeron dagegen nicht, und er empfand Genugtuung dabei, dem Bürgermeister ein echtes Lächeln schenken zu können. »Was ich anzubieten habe, Mr. Kimmeron?« sagte er ruhig. »Genaugenommen eine ganze Menge ... Denn alles, was Sie gerade noch in den Händen gehalten haben, zerrinnt Ihnen bereits in diesem Augenblick zwischen den Fingern.«

Kimmeron runzelte die Stirn ... und als er zu sprechen begann, hörte Pyre, wie der Sprecher der Wachen neben ihm erschrocken Luft holte. Kimmeron blickte hinter sich ... und als er sich wieder umdrehte, war sein Gesicht blaß. »Wie?«

»Wie?« Pyre blickte über Kimmerons Schulter und betrachtete die Displays, auf denen der Turm am Flugfeld und dessen Umgebung zu sehen war.

Zumindest bis vor wenigen Minuten. Jetzt war auf allen Displays nur ein einheitliches Grau zu sehen.

Wie? »Ganz einfach, Mr. Kimmeron« , sagte Pyre ... und schauderte, als er an die Erinnerung aus seiner Kindheit dachte. Wie vor ihm MacDonald an jenem grauenhaften Tag seiner Rache an Challinor ... »Es sieht ganz so aus, als sei Winward von den Toten auferstanden.«

21. Kapitel

Es kam so unerwartet – so völlig unerwartet, daß Winward nicht die geringste Chance blieb, sofort zu reagieren. Eben noch ging er in Begleitung der qasamanischen Eskorte um den Turm herum, suchte heimlich das Gebäude und seine unmittelbare Umgebung nach Waffen und zusätzlichen Posten ab und versuchte währenddessen, sich genau zu überlegen, was er sagen würde, sobald sie bei demjenigen angekommen waren, zu dem er gebracht wurde. Er lief einfach friedlich dahin... und dann murmelte der Anführer etwas und drehte sich um... und bevor Winward ihn noch richtig ansehen konnte, erhellte ein donnernder Blitz die Nacht, und ein Vorschlaghammer traf ihn gegen die Brust und warf ihn zurück ins Nichts, während der peitschende Knall des tödlichen Schusses ihm noch in den Ohren hallte...

Die Dunkelheit in seinem Kopf ließ langsam nach, und stundenlang, so erschien es ihm, trieb er auf jene Wirklichkeit zu, die er ganz schwach um sich herum zu spüren glaubte. Zuerst kam der Schmerz – ein dumpfer, pochender Schmerz in seiner Brust, spitze, stechende Schmerzen in Augen und Gesicht –, und nach diesem entscheidenden Durchbruch nahm auch der Rest seiner Sinne den Betrieb wieder auf. Geräusche drangen zu ihm durch: Schritte, das Öffnen und Schließen von Türen, manchmal unverständliche Stimmen. Er fand heraus, daß er auf dem Rücken lag, rhythmisch auf- und abfederte, als werde er getragen, und hin und wieder spürte er, wie ihm irgend etwas unter seiner Jacke über die Rippen lief.

Und ganz allmählich dämmerte ihm, was geschehen war.

Man hatte auf ihn geschossen. Absichtlich und arglistig auf ihn geschossen. Und wahrscheinlich lag er im Sterben.

Die einzige allgemeine Regel, an die er sich aus seinem Erste-Hilfe-Training erinnerte, besagte, daß man Verwundete nicht unnötig bewegen sollte. Und so lag er still, die Augen wegen der Schmerzen in ihnen geschlossen, und wartete, daß der Blutverlust sein Bewußtsein dämpfte, bis ihm wieder schwarz vor Augen würde.

Doch dazu kam es nicht. Im Gegenteil, mit jedem Herzschlag spürte er, wie sein Verstand an Schärfe gewann, wie ihm wieder Kraft und Gefühl in die Glieder fuhr. Weit entfernt davon zu sterben, kehrte er tatsächlich ins Leben zurück.

Was, zum Teufel, war hier eigentlich los?

Und erst als Körper und Geist wieder soweit ineinandergriffen, daß er feststellen konnte, wo er verletzt worden war, wurde ihm klar, was sich ereignet hatte.

Der Qasamaner hatte ihn mitten in die Brust geschossen. Direkt oberhalb des Brustbeins. Jenes Brustbeins, das aufgrund seiner Keramikbeschichtung praktisch unzerbrechlich war.

Was danach geschehen war, war weniger klar, im wesentlichen aber nicht schwer auszurechnen. Die Wucht der Kugel hatte ihm die Luft aus dem Leib getrieben, möglicherweise sogar vorübergehend einen Herzstillstand herbeigeführt, und während der letzten Sekunden oder Minuten hatte er darum gekämpft, wieder Sauerstoff in sein Blut zu bekommen. Den Schmerzen nach zu urteilen hatten sein Gesicht und seine Augen vermutlich das brennende Treibmittel abbekommen, und einen quälenden Herzschlag lang war er überzeugt, er könnte möglicherweise für immer geblendet sein.

Doch irgendwie schien selbst das im Augenblick nicht wichtig. Er lebte und war einigermaßen funktionstüchtig.

Und die Qasamaner hielten ihn für tot.

Für diesen Fehler würden sie bezahlen. Mit Blut bezahlen.

Und zwar ab sofort. Vielleicht waren Winwards Augen unbrauchbar, doch seine optischen Verstärker, die man in die Haut rings um sie eingesetzt hatte, waren nicht so einfach zu beschädigen und speisten optische Nerven, die weiter hinten im Schutz des Schädels lagen. Sie waren eigentlich nicht dafür konstruiert, das normale Sehvermögen zu ersetzen, doch eine Minute des Herumexperimentierens ergab, daß die Einstellung Null-Vergrößerung, kombiniert mit der niedrigsten Stufe der Lichtverstärkung, ein brauchbares Bild lieferte.

Zwischen den vier Köpfen und Oberkörpern, die am Rande seines Gesichtsfeldes auf- und abtanzten, konnte er sehen, wie oben eine Decke vorüberzog. Vorsichtig, mit ganz langsamen

Bewegungen, manövrierte er den Kopf ein paar Grad zur Seite. Ein paar Türen zogen vorbei, die Gruppe bog um eine Ecke, und plötzlich hatten sie eine offene Doppeltür hinter sich gelassen und befanden sich in einem Raum mit weißen Wänden und blitzblankem Stahlinventar, das an einigen Stellen bis zur Decke hinaufreichte. Die vier Träger setzten ihn auf einem harten Tisch ab, und er ließ seinen Kopf zur Seite rollen, so daß er, nach rechts geneigt, zum Ausgang hin, liegenblieb. Die Männer gingen, schlossen die Türen hinter sich, und er war allein.

Wenn auch vermutlich nicht für lange. Der Raum, in dem er sich befand, war ganz offensichtlich ein Krankenzimmer oder ein OP, und wäre er ein Qasamaner, würde er bei einem toten Cobra so schnell wie möglich mit der vorläufigen Autopsie beginnen wollen. Wahrscheinlich trafen die Ärzte in einem anderen Raum ihre Vorbereitungen und kamen jeden Augenblick herein.

Winward zwang sich erneut zu einer langsamen Bewegung und hob seinen Kopf immer wieder kurz an, bis er das gläserne Fischauge einer Monitorkamera entdeckt hatte. Sie befand sich hinten in einer oberen Ecke, außerhalb der direkten Schußlinie sowohl seiner Laser als auch des Zertrümmerers seiner Schallwaffe. Er hätte natürlich seine Hände heben und feuern können, aber wenn jemand den Monitor beobachtete, würde man Alarm schlagen, noch bevor er durch die Doppeltür in den Gang hinausgelangen konnte. Seine Rundum-Schallwaffe zu benutzen, um das Bild vor dem Feuern zu verwackeln, hätte ebenfalls keine nennenswerte Wirkung. Was er wirklich brauchte, war ein Ablenkungsmanöver.

Hinter ihm war das Geräusch einer Tür zu hören, die geöffnet wurde, und eine Sekunde später traten vier weißgewandete Gestalten um das Durcheinander aus Apparaturen und erschienen in seinem Gesichtsfeld.

Und auf einmal wurde ein Ablenkungsmanöver lebenswichtig. Den Soldaten und den Trägern draußen mochte sein langsamer Atem und der Umstand, daß die Haut auf seiner Brust noch immer blutete, vielleicht entgangen sein, doch bei Ärzten bestand dafür nicht die geringste Chance. Er mußte sie sich vom Leibe halten, bevor sie dahinter kamen, daß er noch lebte.

Der Anführer hatte sich ihm jetzt bis auf wenige Meter genähert. Winward aktivierte seine Rundumwaffe, fuhr sie auf die niedrigste Frequenz herunter und hielt den Atem an.

Ihre Reaktion entsprach exakt seinen Hoffnungen. Der Anführer blieb mit einem Ruck stehen, als die unhörbaren Wellen ihn trafen, und der zweite in der Reihe geriet leicht ins Taumeln und stolperte gegen ihn. Einen Augenblick lang standen sie in einem kleinen Knäuel außerhalb des unangenehmsten Bereiches beieinander und unterhielten sich in einem Tonfall, der sowohl besorgt als auch gereizt klang. Winward wartete, mußte selbst die Zähne gegen das gedärmdurchschüttelnde Geräusch zusammenbeißen, und wartete ab, was sie als nächstes tun würden.

Das ließ nicht lange auf sich warten und war gleichzeitig ein weiterer Hinweis darauf, wie sehr das Oberkommando darauf drängte, den Cobra *unverzüglich* einer Autopsie zu unterziehen. Der Anführer bedeutete den anderen mit einer Handbewegung, zurückzutreten, entnahm einem Tablett in der Nähe ein scharf aussehendes Instrument und trat an den Tisch heran. Er griff nach Winwards Jacke, um sie zurückzustreifen –

Und er sprang, einen Schrecklaut unterdrückend, zurück, als Winwards Zertrümmerer blitzartig die Haut seiner Hand erhitzte. Gefolgt von einem der anderen, schoß er um den Tisch herum und zurück zur Hintertür.

Die Tür wurde geöffnet und geschlossen, und einen Augenblick lang drängten sich die verbliebenen beiden Qasamaner – einer von ihnen war eine Frau – aneinander und tuschelten voller Angst oder ehrfürchtigem Schrecken – oder beidem – miteinander. Winward überlegte, was sie als nächstes versuchen würden, doch das Mahlen seiner Schallwaffe, zusammen mit den pochenden Schmerzen in seiner Brust, umnebelte seinen Verstand zu sehr, als daß er einen klaren Gedanken hätte fassen können.

Wiederum brauchte er nicht lange zu warten. Der Mann verschwand im Hintergrund des Raumes und kehrte eine Minute später mit einer Rolle isolierten Kabels zurück. Er schnappte sich ein Messer vom Instrumententablett und begann, von einem Ende die Isolierung zu entfernen . . . Und während die Qasamanerin das andere Ende des Kabels in eine Vorrichtung steckte, offenbar eine Erdungssteckdose unterhalb eines Wandanschlusses, registrierte Winward mit wachsender Erregung, daß die erhoffte Chance gekommen war.

Ganz offensichtlich war die Qasamanerin vorschnell zu

dem Schluß gelangt, daß ihr Kollege von Winwards Körper einen elektrischen Schlag erhalten hatte, und traf Vorbereitungen, um die überschüssige Aufladung abzuleiten.

Noch eine Minute, dann waren sie soweit. Der Mann legte das Messer auf das Tablett zurück und schwenkte das nackte Kabel sachte hin und her, um ihn über die Brust des Cobras zu werfen. Winward bewegte ganz leicht die rechte Hand und richtete seinen Fingerspitzenlaser auf die Steckdose, in der das Kabel geerdet war. Das Ganze war ein wenig gewagt, aber er hatte keine andere Chance. Er mußte es versuchen. Die kupferne Schlange segelte durch die Luft, legte sich um seine Brust, und Winward feuerte seinen Bogenwerfer ab.

Es war wirklich etwas gewagt, und den herzstoppenden Bruchteil einer Sekunde lang beobachtete er, wie das makellose Licht des Lasers seine einsame Bahn in die Luft brannte, ohne daß von Kondensatoren tief in seiner Körperhöhle irgendeine Reaktion erfolgt wäre. Dann war der Sekundenbruchteil vorüber, der ionisierte Pfad erreichte den gewünschten Wirkleitwert, und ein Blitz zerteilte die Luft. Der Donner drohte, Winwards Kopf zu spalten, als der plötzliche Stromstoß die Sicherungen überlastete.

Und der Raum versank in Dunkelheit.

Winward war vom Tisch herunter, bevor der Knall verhallt war, und eine Sekunde später war er durch die Doppeltür.

Wenn die Überwachungskameras nicht zusammen mit dem Licht ausgeschaltet worden waren, dann würden die Nachwirkungen des Blitzes so gut wie sicher das kurze Aufflackern der Gangbeleuchtung bei der Flucht des Cobras überdecken.

Erstaunlicherweise war der Gang menschenleer. Vermutlich befand sich im medizinischen Bereich keine Kommandostation, daher herrschte unter normalen Umständen wenig Betrieb. Er ging den Gang hinunter, um nach einem Treppenhaus zu suchen, und dabei öffnete er vorsichtig die Lider.

Nichts. Der Schuß des Qasamaners hatte ihn geblendet. Möglicherweise sogar so, daß es die medizinischen Möglichkeiten auf Aventine überstieg.

Die kalte Wut, die in seinem Innern brodelte, heizte sich erneut auf. Für seine Augen und Yorks Arm würden die Qasamaner teuer bezahlen.

Zweimal wechselte er den Gang, bevor er jemanden entdeckte, und als es schließlich soweit war, strich er gleich den gesamten Hauptgewinn auf einmal ein. Er bog gerade rechtzeitig um eine Ecke, um zu sehen, daß aus dem Aufzug, nach dem er gesucht hatte, gerade eben ein halbes Dutzend Qasamaner auf den Gang getreten war, kaum zehn Meter von ihm entfernt. Einer von ihnen war der Mann, der auf ihn geschossen hatte.

Die gesamte Gruppe erstarrte vor Schreck, und selbst bei der begrenzten Bildqualität seines Verstärkers war ihm die Genugtuung vergönnt, mitansehen zu können, wie schieres, ungläubiges Entsetzen in das Gesicht des Mannes trat. Drei Sekunden lang standen sie alle einfach da, vier Sekunden, fünf – dann plötzlich griffen sie alle hastig nach ihren Waffen.

Winward drehte eine Pirouette auf seinem rechten Fuß und jagte mit seinem Antipanzerlaser einen todbringenden Feuerstoß quer über sie hinweg.

Die Mojos entgingen diesem ersten Feuerstoß, doch noch während sie in hilfloser Wut über ihn herfallen wollten, schickte er sie mit seinem Fingerspitzenlaser zu Boden. Winward verschwendete keinen Blick zurück, als er über die verkohlten Kadaver hinweg zwischen die sich schließenden Aufzugtüren sprang. Die Knopfleiste ließ ihn einen kurzen Augenblick lang stutzen – es gab dort mindestens dreimal so viele Knöpfe, wie für den Turm nötig schienen. Aber er wußte, wohin er wollte. Er drückte auf den obersten Knopf, lauschte auf das schwache Summen des Aufzugmotors und machte sich für den Nahkampf bereit.

Die Tür ging auf. Er trat hinaus in einen schwach beleuchteten Raum und sah sich einem Dutzend gezogener Pistolen gegenüber.

Sie bellten alle auf einmal los . . . Winward jedoch befand sich längst nicht mehr in der Schußlinie. Die Beinservos schnellten ihn nach oben und drehten ihn rechtzeitig herum, so daß er mit den Füßen zuerst an der Decke landete, wo er bis zu den Schienbeinen durch die Deckenverkleidung brach, um von der festeren Decke darüber abzuprallen, dann stießen sie ihn Richtung Boden ab, hinter die Reihe der Bewaffneten, wobei sie ihn erneut mitten im Flug drehten. Er landete mit feuernden Fingerspitzenlasern . . . und es stand zu bezweifeln, daß auch nur einer der Qasamaner vor seinem Tod noch mitbekommen hatte, was los war.

Auch diesmal überlebten die Mojos ihre Herren, und auch

diesmal erledigte Winward sie sofort im Anschluß. Doch diesmal kam einer durch, bevor er starb. Mit seinen Krallen riß er eine zehn Zentimeter lange, klaffende Wunde in Winwards linken Arm.

»Verdammt noch mal«, knurrte Winward laut, riß den blutigen Jackenärmel ab und wickelte ihn unbeholfen um die Wunde. Da sie ihn erwartet hatten, war offensichtlich Alarm geschlagen worden, auch wenn er keine Sirenen gehört hatte . . . und als er sich zum ersten Mal im Raum umsah, wurde ihm klar, wieso sie eine solche Warnung gar nicht gebraucht hatten.

Rings um den Raum gab es in Augenhöhe große Fenster – durch deren Glas man wahrscheinlich nur von einer Seite sehen konnte, da ihm von außen in dieser Höhe keine Fenster aufgefallen waren. Draußen auf dem Flugfeld stand quälend verletzlich die *Dewdrop.* Unter den Fenstern befand sich ein Ring aus Überwachungsdisplays.

Er hatte also den Kontrollraum gefunden, zumindest einen davon, falls es mehrere gab. Auf einigen der Displays rannten bewaffnete Soldaten wild durcheinander, und Winward ging zurück zur Aufzugtür und lauschte. Die Kabine befand sich auf dem Weg nach oben – ohne Zweifel voll mit todesverachtenden Soldaten. Er sah sich im Raum um, entdeckte die drei Laserkameras und jagte in jede ein paar Laserstöße. Jetzt waren sie sogar noch blinder als er und würden einfach raten müssen, was er vorhatte . . . Und wenn sie das ins Schwitzen brachte, dann hatte er noch ein paar Überraschungen für sie in petto.

Er ging hinüber zur der *Dewdrop* abgewandten Seite, drückte sein Gesicht dort ans Fenster und sah nach unten. Viel bekam er unten nicht zu sehen, bevor auf ihn geschossen wurde, aber etwas hatte er dennoch erkannt . . . und tatsächlich, von oben konnte er die schweren Waffen sehen, die im Schatten des Turmes postiert waren. Bereit, aus der Deckung hervorgeschoben zu werden und Sprengstoff auf das Schiff zu schleudern . . . aber nur, wenn jemand dort war, der sie bediente.

Im nächsten Monitorschrank waren Duplikate eines Dutzends anderer Bildschirme von überall im Raum zu sehen, so als handelte es sich um die Verteilerstelle eines anderen Kontrollraums irgendwoanders im Gebäude. Winward jagte einen Stromstoß aus seinem Bogenwerfer in die Apparatur, um vielleicht vorhandene Stromleitungen auszuschalten, dann packte er fest zu, zog den Wandschrank aus der Wandhalterung und hob ihn gefährlich schwankend über seinen Kopf. Das Glas – oder was auch immer – der Fenster war zäh, er brauchte dafür fast fünfzehn Sekunden mit dem Zertrümmerer seiner Cobraschallwaffe. Winward fragte sich, was die Leute unten sich bei dem plötzlichen Glasregen dachten, als er an die Fensteröffnung trat und den Schrank mit aller Präzision und Wucht, die seine Cobraausrüstung ihm erlaubte, auf eine der Kanonen schleuderte.

Erschrockene Schreie wurden laut, einen Augenblick, bevor der Schrank krachend mitten zwischen die Kanoniere schlug – und gleichzeitig glitten die Aufzugtüren auf der anderen Seite des Raumes auf. Aber Winward wartete nicht, um die Verstärkung zu zählen. Er trat in den zersplitterten Fensterrahmen, drehte sich und sprang in einer einzigen Bewegung. Mit den Händen packte er im Vorüberfliegen die Oberkante des Fensters, wodurch sich seine Richtung soweit änderte, daß er mit einer sauberen Drehung auf dem Dach des Turmes landete.

Und zwar inmitten einer kleinen Menschenmenge, die offenbar herbeigeeilt war, um zu sehen, was es mit dem Lärm unten auf sich hatte.

Für diese Gruppe bemühte Winward nicht mal Laser oder Schallwaffen, trotzdem hatten sie keine Chance. Er ließ seine Arme im Stil einer servounterstützten Dreschmaschine kreisen und schleuderte sie blutend oder bewußtlos in alle Richtungen davon. Die Mojos waren eine andere Geschichte, doch allmählich gewöhnte er sich an ihre Angriffe und machte sich ein perverses Vergnügen daraus, sie aus der Luft zu brennen.

Und dieser kurze Anflug übergroßen Selbstvertrauens hätte ihn fast das Leben gekostet . . . denn vier der Qasamaner waren bei ihren Geschützen auf der anderen Seite des Daches geblieben, und als Winward von seinem jüngsten Gemetzel aufsah, stellte er fest, daß deren Mojos sich pfeilschnell näherten und nur noch Meter entfernt waren.

Seine programmierten Reflexe retteten ihn zunächst, indem sie die nahende Bedrohung erkannten, ihn in einem flachen Hechtsprung zur Seite warfen und abrollen ließen. Ein Manöver, daß er unzählige Male im Kampf gegen Stachelleoparden erprobt hatte . . . doch weder Stachelleoparden noch die Antipersonenprojektile, für die dieses System entwickelt worden war, verfügten über die äußerst präzise Manövrierfähigkeit der Mojos. Winward war kaum wieder auf den Beinen, als die ersten beiden Vögel ihn erreichten ... und diesmal durchbrachen sie seine Verteidigung.

Ihm blieb vor Schreck und Schmerz die Luft weg, als sich die Krallen tief in seinen linken Unterarm bohrten und ein Schnabel an der behelfsmäßigen Binde riß, die er um die tiefe Wunde dort gewickelt hatte. Kaum konnte er den Kopf noch rechtzeitig zur Seite werfen, um dem vernichtenden Angriff des Mojos auf sein Gesicht auszuweichen, als ihn der Flügel bereits quer über die Augen traf und mit betäubender Wucht seinen Nasenrücken zertrümmerte. Dann erreichten ihn die letzten beiden Mojos. Einer stürzte auf ihn herab, um sich in seinen rechten Unterarm zu krallen, der andere landete auf seiner linken Schulter und grub den Schnabel in seine Wange.

Und Winward lief Amok.

Er ließ sich auf den Rücken fallen und schlug beide Unterarme fest und krachend auf das Dach, spürte, wie Mojoknochen unter dem zerschmetternden Aufprall zersplitterten. Er schmetterte sie wieder und wieder auf den Boden, bis die blutigen Klumpen den Griff lösten und abfielen. Er hob die rechte Hand, packte einen weiteren Mojo am Hals und drückte zu. Er hörte, wie das Genick des Vogels brach, und dann war der letzte Vogel wieder da und stürzte sich auf sein Gesicht. Winward schnappte sich dessen Füße, verfehlte sie, bekam statt dessen die Flügel zu fassen und zog sie auseinander. Ein Flügel riß ab, und Winward schleuderte beide Stücke von sich. Von der anderen Seite des Daches hörte er das dumpfe Donnern eines Schusses, und eine Kugel pfiff an ihm vorbei. Winward schwenkte seinen Antipanzerlaser quer über die knienden Bewaffneten hinweg, bevor er aufsprang und zu ihnen lief.

Alle vier waren tot. Winward starrte voller Wut auf sie hinab, japste nach Luft ... und als sein Zorn sich legte, und er die Schmerzen spürte, die von seinem Arm, seiner Wange und seiner Schulter ausgingen, begann sein Verstand wieder zu arbeiten, und er suchte mit den Augen nach den Waffen, die seine Feinde bemannt hatten.

Es waren Mörser, oder etwas, was dem sehr nahe kam. Einfache Röhren mit einem Feuermechanismus am unteren Ende. Die Granaten lagen gleich daneben gestapelt. Er schloß daraus, daß sie mit einem ebenso simplen Kontaktsprengkopf versehen waren. Er raffte einen Armvoll auf und trabte zurück zum hinteren Teil des Daches.

Ein paar Gesichter linsten aus dem Fenster nach oben, das er zertrümmert hatte, daher flog seine erste Granate dort hinein. Die Explosion sprengte ein paar weitere Fenster heraus, und Winward ließ ihr eine zweite folgen, die mehr in die Mitte des Monitorraumes zielte. Danach konzentrierte er sich auf die Kanonen und Bodentruppen, die sinnlos von unten auf ihn feuerten. Schließlich war mehr als klar, daß aus diesen Kanonen lange Zeit nicht mehr geschossen werden würde.

Hinter ihm flog die Dachtür des Treppenhauses krachend auf. Winward sah nicht einmal hin, packte den Rand der Brüstung und schwang sich in den darunterliegenden Raum. Seine Nanocomputer glichen sein leichtes Ungleichgewicht aus, und er landete inmitten der Glassplitter auf den Beinen.

Ihm bot sich ein Bild der Verwüstung. Wo die beiden Mörsergranaten eingeschlagen waren, hatten sie Boden und Decke zerbombt und rußgeschwärzt. Dutzende der Überwachungsbildschirme waren von herumfliegenden Trümmern eingeschlagen worden, der Rest war erloschen. Wenigstens sechs Leichen lagen im Raum verteilt.

Das alles habe ich getan. Der Gedanke traf ihn mit unerwarteter Wucht und jagte einen unangenehmen Schauder durch seinen Körper. Zum ersten Mal in seinem Leben begriff er, wieso das Imperium der Menschen den Krieg gegen die Trofts gewonnen hatte . . . und wieso die Bürger des Imperiums ihre heimkehrenden Beschützer zurückgewiesen hatten.

Vorsichtig tastete er sich durch die Trümmer zum Aufzug und drückte auf den Knopf. Das war möglicherweise riskant, falls die Qasamaner immer noch nicht begriffen hatten, daß sie ihm nicht massenweise ihre Leute entgegenwerfen durften. Doch seine emotionale Reaktion in Verbindung mit dem Blutverlust machten ihn ein wenig leichtsinnig, und im Augenblick schien der Aufzug sicherer als die Treppe.

Kurz darauf fiel ihm ein Lichtschein auf, der von draußen hereinkam. Er drehte sich um und sah, daß die Wälder hinter der *Dewdrop* in Flammen standen.

Unfreiwillig zischte er verzweifelt – er war zu spät gekommen, das Schiff wurde angegriffen. Doch gleich darauf erinnerte er sich an die Anweisung, die er Telek kurz vor seinem Aufbruch gegeben hatte. F'ahl hatte die Explosionen gehört und, ganz wie Winward ihm aufgetragen hatte, den Wald mit Laserfeuer bestrichen. Was das aus den dort lauernden Soldaten gemacht hatte, war unklar. Dem Laub jedenfalls hatte es nicht gutgetan, und wenn dort noch Qasamaner überlebt hatten, stand ihnen der Sinn wahrscheinlich eher nach Flucht als nach Angriff.

Das brachte ihn auf eine Idee . . .

Der Aufzug kam – leer –, und er drückte auf den zweiten Knopf von oben. Erstaunlicherweise gehorchte der Aufzug dem Befehl – vielleicht befand sich die Vorrangschaltung im obersten Stock –, und er sprang hinaus in einen kleinen, menschenleeren Raum.

Menschenleer, aber keineswegs still. Wie das Stockwerk darüber war er mit Elektronik vollgestopft, und aus einer Steuerkonsole nahe der Mitte sprachen zwei Stimmen.

Winward klemmte etwas zwischen die offenen Aufzugtüren und ging hinüber zu der geschwätzigen Konsole. Wahrscheinlich hatte man den Funkverkehr eingeschaltet gelassen, als die Diensthabenden den Lärm oben gehört und sich klugerweise aus dem Staub gemacht hatten. Er fragte sich, ob das Mikro an diesem Ende noch immer offen war, und entschied, daß es einen einfachen Weg gab, dies herauszufinden. »Können Sie mich hören?« rief er.

Die Stimmen verstummten augenblicklich. »Wer sind Sie?« fragte eine von ihnen einen Augenblick später in passablem Anglisch.

»Michael Winward. Im Augenblick habe ich die Kontrolle über diesen Turm«, sagte er. Wenn er Glück hatte, erklärten sie ihm jetzt, er habe keinesfalls bereits die Kontrolle über den Turm, und dann wüßte er, wo er als nächstes anzugreifen hatte. Link müßte bereits von der *Dewdrop* auf dem Weg hierher sein, und zusammen sollten die beiden hier eigentlich einen eindrucksvollen Auftritt hinlegen können.

»Michael, hier spricht Almo«, drängte Pyres Stimme sich unerwartet in die Leitung. »Wie ist die Lage bei dir?«

Winward mußte zweimal ansetzen, um die Worte rauszubringen. »Almo! Wo steckst du?«

»In der unterirdischen Kommandozentrale des Bürgermeisters«, erwiderte Pyre. »Deine Auferstehung von den Toten scheint ihn ein wenig aus der Fassung gebracht zu haben.«

Trotz seiner Schmerzen und der Schwäche spürte Winward,

wie sich ein bitteres Lächeln auf seinem Gesicht breitmachte. Aus der Fassung – von wegen. Der Mann war völlig entsetzt, wenn er auch nur einen Funken Verstand besaß.

Pyre meldete sich wieder. »So, Mr. Kimmeron. Offenbar hat sich das Blatt gewendet. Ich habe Sie, Mr. Winward den Turm.«

»Er hat den Turm nicht unter Kontrolle«, warf Kimmeron ein. »Ich habe gerade mit dem Kommandanten des Turmes gesprochen.«

»Ich kann die Kontrolle übernehmen, wann immer es mir beliebt«, unterbrach ihn Winward barsch. Pyre versuchte offenbar, mit den Qasamanern zu verhandeln. Je besser die Karten waren, die Winward ihm zuschob, desto größer die Chance, daß er zum Schiff zurückkonnte, bevor er aufgrund seines Blutverlustes das Bewußtsein verlor. »Außerdem wurden die Waffen, die auf die *Dewdrop* gerichtet waren, ausgeschaltet. F'ahl kann starten, wann er will.«

Kimmerons Stimme war leise, aber seine Worte kamen klar und deutlich. »Sie scheinen Ihr Leben gegen weiteres Leben von uns eintauschen zu wollen. Ich sagte bereits, ein solcher Tausch ist nicht akzeptabel. Sie wissen zuviel über uns. Was immer es uns auch kosten wird, wir dürfen Sie auf keinen Fall fortlassen.«

Winward wartete Pyres Antwort nicht ab, sondern trat rasch wieder in den Aufzug. An Kimmerons Stelle hätte er wahrscheinlich die gleiche Entscheidung getroffen, und er wollte auf dem Weg zurück zur *Dewdrop* sein, bevor Pyres Verhandlungen offiziell scheiterten. Er blickte auf die lange Leiste mit Knöpfen für die Stockwerke und griff danach.

Er hielt inne.

All diese Knöpfe ... weit mehr, als ein Gebäude dieser Größe brauchte ...

Er blockierte die offenen Türen erneut und ging zurück in den Funkraum. Pyre sagte gerade etwas von Massenvernichtung. Winward ließ ihn gar nicht erst aussprechen. »Almo?« rief er. »Hör zu! Erinnerst du dich noch, wie jemand meinte, ein großer Teil der qasamanischen Industrie sei unterirdisch? Ich glaube, dieser Turm ist ein Eingang dorthin. Soll ich Dorjay holen, hinuntersteigen und mir das Ganze mal ansehen?«

Klopfenden Herzens wartete er und hoffte, daß Pyre etwas mit der Eröffnung anzufangen wußte, die er ihm gerade präsentiert hatte. Winward hatte eine vage Vorstellung, allerdings begann sein Verstand, sich zu umnebeln, und instinktiv war ihm klar, daß er sich nicht auf seine Logik verlassen konnte. Hoffentlich war Pyre in besserer Verfassung.

»Sie wirken plötzlich so verstört, Mr. Kimmeron«, drang Pyres Stimme durch den Nebel. »Darf ich daraus schließen, daß es Ihnen lieber wäre, wenn wir Ihre unterirdischen Einrichtungen nicht sähen?« Es kam keine Antwort, und nach einer Weile fuhr Pyre fort. »Wir sind durchaus in der Lage, dort hinabzusteigen, wissen Sie. Sie haben gesehen, wozu wir fähig sind und wie wenig ihre Gewehre gegen uns ausrichten können. Wenn unser Schiff befreit und startklar ist, können wir durch den Turm hinabsteigen, uns ausgiebig umsehen, und Qasama trotzdem lebend verlassen.«

»Wir werden Sie alle töten«, sagte Kimmeron.

»Das wissen Sie besser. Ich werde Ihnen also einen Handel anbieten: Lassen Sie alle unsere Leute frei, und wir fliegen ab, ohne uns anzusehen, was sie dort unten versteckt haben.«

Kimmerons Lachen klang wie ein kurzes Bellen. »Offenbar haben Sie die Absicht, etwas Vorhandenes gegen etwas nicht Vorhandenes einzutauschen. Selbst wenn ich zustimmen wollte, wie soll ich die anderen davon überzeugen?«

»Indem Sie erklären, daß wir entweder ein paar wenige Informationen über das Leben in den Städten und Siedlungen mit nach Hause nehmen oder aber sämtliche Geheimnisse, die Sie überhaupt haben«, erklärte Pyre ihm kalt. »Außerdem läuft Ihnen die Zeit davon. Winward wird in drei Minuten durch den Turm nach unten steigen, und ich kann nicht garantieren, daß Link den Weg dorthin nicht noch viel eher findet.«

Es dauerte die vollen drei Minuten und noch ein wenig länger, aber am Ende war Kimmeron einverstanden.

22. Kapitel

Nach weiteren fünfzehn Minuten hatte Kimmeron die Einwilligung der Offiziellen aus Purma eingeholt, die Cerenkov und Rynstadt festhielten. Die Funkstörung wurde erst fünf Minuten später aufgehoben, allerdings hatte man Pyre erlaubt, Link über die Außenlautsprecher des Turmes eine Nachricht zukommen zu lassen, in der er die anderen Cobras warnte, sich ruhig zu verhalten und von einem Angriff Abstand zu nehmen. Telek war, als man Pyre schließlich gestattete, Verbindung zu ihr aufzunehmen, mit der Vereinbarung einverstanden und wies Link an, im Turm bei Winward zu warten, bis Pyre zurück war. Dann stieg Pyre mit Kimmeron als unfreiwilligem Begleiter in den Wagen und fuhr über die breiten Boulevards hinaus zum Flugfeld . . . und wartete mit feuerbereiten Lasern auf den unvermeidlichen Hinterhalt.

Doch der blieb aus. Der Wagen passierte mehrere Posten, von denen keiner auch nur die Waffe hob, fuhr unter hohen Gebäuden hindurch, ohne daß jemand auch nur einen Ziegel nach ihnen geworfen hätte, durchquerte sogar die aufgebrachte qasamanische Menschenmenge am Fuß des Flugfeldturmes. Nichts. Sie hielten vor der Hauptluke der *Dewdrop*, und Pyre wartete mit Kimmeron an seiner Seite, bis Winward und Link zurückkehrten.

Die beiden Cobras betraten das Schiff, und Pyre wandte sich an Kimmeron. »Unseren Teil der Abmachung haben wir erfüllt«, sagte er und legte soviel stählerne Ruhe in seine Worte, wie er nur konnte. »Sie die Ihre erst zur Hälfte. Ich gehe davon aus, daß Sie jetzt keinen Rückzieher machen wollen.«

»Ihre beiden Gefährten werden auf Sie warten, wenn Sie in Purma landen«, sagte Kimmeron kalt.

»Gut. Und jetzt nehmen Sie den Wagen und gehen Sie auf

Abstand, bevor wir starten.« Pyre trat in die Schleusenöffnung, und die Tür der Luftschleuse schloß sich.

Die Innentür glitt auf, im selben Augenblick ging ein leichter Ruck durch die *Dewdrop,* und das Schiff hatte abgehoben.

Link wartete bereits, als Pyre den Bereitschaftsraum betrat. »Sieht ganz so aus, als könnten wir es schaffen«, meinte der jüngere Cobra leise.

»Mit starker Betonung auf ›könnten‹«, nickte Pyre. »Wie geht es Michael? Er sah ziemlich übel aus, als ihr da draußen an mir vorbeikamt.«

»Ich weiß es nicht – Gouverneurin Telek sieht im Augenblick nach ihm. Wahrscheinlich geht es ihm besser als Dekker.«

»Richtig, was ist mit ihm passiert? Ich habe gesehen, wie er auf einer Trage vom Bus fortgetragen wurde, aber weiter konnte ich nichts erkennen.«

Links Lippe zuckte, und er verzog das Gesicht. »Als die Geschichte losging, versuchte er, das Kontaktteam mit Gewalt aus dem Bus zu befreien. Die Mojos haben ihm den Arm zerfleischt, praktisch bis auf den Knochen.«

Pyre spürte, wie sich seine Nackenmuskeln anspannten. »Oh, Gott. Ist er –?«

»Ist noch zu früh, etwas zu sagen, aber wahrscheinlich wird er durchkommen.« Link fuhr sich mit der Zunge über die Lippen »Sag mal ... hat Kimmeron irgend etwas von Justin erwähnt? Er hat mit Joshua getauscht, als Decker hereingebracht wurde, und anschließend wurde er nach Purma gefahren.«

Für die sinnlosen Toten in Purma, hatte Kimmeron gesagt und damit das Todesurteil über die *Dewdrop* gesprochen. Justins Werk? Zweifellos. Aber Kimmeron hatte ihn bei der Verhandlung über die beiden anderen Gefangenen nicht erwähnt. War er dann frei, irgendwo dort draußen in der qasamanischen Nacht?

Oder war er tot?

»Kimmeron hat nichts davon erwähnt«, meinte er langsam zu Link. Jetzt war es passiert, sagte ihm vage sein Verstand, Justin war in Gefahr, so wie er es die ganze Zeit über seit Beginn der Mission befürchtet hatte. »Nun, das wichtigste zuerst, denke ich. Wir werden in Purma landen, Yuri und Marck sicher an Bord holen ... und dann versuchen wir, ihn zu finden.«

»Ja.« Link musterte sein Gesicht noch einen Augenblick lang, dann nickte er. »In Ordnung. Also, gehen wir zurück in den Salon und sehen nach, was los ist.«

»Sicher.« Zurück in den Salon, wo Joshua wartete ... Aber Pyre brauchte ihm schließlich nicht zu erzählen, daß sein Bruder vielleicht tot war. Wenigstens jetzt noch nicht.

Rynstadt saß fest auf den äußerst unbequemen Verhörstuhl geschnallt, starrte auf die Tür, durch die seine Befrager hinausgegangen waren und versuchte der Kameras wegen, die, wie er sehen konnte, auf ihn gerichtet waren, eine nichtssagende Miene aufzusetzen.

Keine leichte Aufgabe. Das Verhör war lautstark und brutal geführt worden, und er war erleichtert gewesen, als die vier Qasamaner plötzlich das schmerzhafte Stroboskoplicht abgeschaltet und den Raum verlassen hatten.

Doch während sich die Minuten dahinschleppten und er Zeit hatte, sich zu sammeln, erschien ihm ihre Abwesenheit noch bedenklicher. Was mochten sie für ihn vorbereiten, das eine halbe Stunde dauerte? Schockbehandlung? Schallwaffen? Vielleicht gar etwas so Primitives – und Entsetzliches – wie eine langsame Zerstückelung? Bei dem Gedanken drehte sich ihm der Magen um. Um mit nach Qasama zu kommen, war er bereit gewesen, seinen Tod – einen schnellen Tod – in Kauf zu nehmen. Eine langsame Folter war allerdings etwas völlig anderes ... und er wußte weit mehr über aventinische Technologie, als er bereit war, ihnen zu verraten.

Die Tür wurde ohne Vorwarnung aufgestoßen, so daß Rynstadt zusammenfuhr und an seinen Fesseln riß. Zwei der vier Befrager betraten den Raum und kamen auf ihn zu. Einen Augenblick lang starrten sie auf ihn herab, und Rynstadt zwang sich, ihrem Blick standzuhalten. Dann, noch immer wortlos, beugten sie sich vor und lösten seine Fesseln. *Jetzt kommt es,* dachte Rynstadt und wappnete sich innerlich. Die Folterkammer stand bereit, und in Kürze würde er erfahren, was sie sich ausgedacht hatten.

Die Qasamaner beendeten ihr Werk, doch noch während Rynstadt versuchte, seine Beinmuskulatur zu lockern, drehten sich die Männer um und gingen. Die Tür schloß sich mit einem Knall, und man ließ ihn stehen. Allein.

Für seinen verwirrten Verstand ergab das keinen Sinn. Sie

ließen ihm jedoch keine Zeit, sich darüber zu wundern. »Rynstadt«, tönte es aus einem versteckten Lautsprecher. »Ihre Gefährten haben Ihre Freilassung ausgehandelt. Man wird Ihnen erlauben, etwas zu essen und zu trinken, und Sie dann zum Stadtrand bringen.«

Der Lautsprecher schaltete sich mit einem lauten Klicken aus, gleichzeitig öffnete sich ein Schlitz im unteren Teil der Tür, und ein Tablett mit dampfendem Essen wurde hereingeschoben.

Das alles ergab ebensowenig Sinn. Was hatte die *Dewdrop* in der Hand, das die Qasamaner im Austausch als ebenso wertvoll erachteten wie Rynstadts Leben? Beim Anblick des Essens jedoch bahnte sich ein klarer Gedanke seinen Weg durch die Verwirrung in seinem Kopf.

Gift. Der Eintopf und der heiße Beerensaft waren vergiftet . . . und in Kürze würde er ihnen für das Gegenmittel alles erzählen, was sie wissen wollten. Oder man ließ ihn tatsächlich frei. In diesem Fall wäre er tot, bevor die *Dewdrop* die Planetenumlaufbahn verließ, gewissermaßen als letzter Racheakt der Qasamaner.

Sein Magen knurrte und erinnerte ihn daran, daß er seit dem Lunch in Huriseem, vor einer halben Ewigkeit, nichts mehr gegessen hatte . . . und bei näherer Betrachtung erschien es in der Tat ein wenig melodramatisch, ihn zu vergiften.

Wieder knurrte sein Magen. Angenommen, er weigerte sich schlicht zu essen? Wenn das Essen wirklich in Ordnung war, passierte wahrscheinlich überhaupt nichts, außer daß er hungrig bliebe. Wenn es vergiftet war . . . würden sie ihm das Zeug vermutlich irgendwie injizieren.

Er ging zum Tablett hinüber, hob es auf und schnupperte vorsichtig an der Schale und dem Becher. Während der Besichtigungstour des Kontaktteams hatte er den Eintopf und den Saft mehrere Male genossen, und beides roch so, wie er es in Erinnerung hatte. Eine ganze Weile war er versucht . . . doch wenn wirklich die Chance bestand, freizukommen, wäre er ein Narr, wenn er auch nur ein geringfügiges Risiko einginge. »Danke«, rief er in das versteckte Mikrofon, als er das Tablett wieder neben dem Schlitz auf den Boden stellte, »aber im Augenblick bin ich nicht hungrig.«

Er hielt den Atem an. Wenn die qasamanische Stimme jetzt wütend oder verärgert klang . . . »Wie Sie wollen«, kam als

Antwort. Der Schlitz öffnet sich erneut, und Rynstadt blickte kurz nach unten und sah, wie eine Hand das Tablett ergriff und aus dem Blickfeld zog.

Eine *glänzende* Hand.

Eine Hand, die in einem Chirurgenhandschuh steckte.

Die Abdeckung des Schlitzes glitt wieder an ihren Platz, und Rynstadt ging, am ganzen Körper fröstelnd, zurück zu seinem Stuhl. Gift, das stand fest – aber nicht im Essen. Sondern auf dem Tablett. Vermischt mit einem absorbierenden Kontaktmittel, das man dann auf dem Tablett verstrichen hatte.

Und jetzt hatte er es an seinen Händen . . . und in seinem Blut.

Er setzte sich, seine Beine zitterten. Man ließ ihn also tatsächlich frei – eine so ausgeklügelte List wäre kaum nötig, wäre das Gift einfach nur Teil des Verhörs. Man ließ ihn frei – und ermordete ihn zur selben Zeit. Melodramatisch oder nicht – barbarisch oder nicht –, sie hatten sich für die Rache entschieden.

Bestand überhaupt noch Hoffnung, diese Geschichte lebend zu überstehen? Vielleicht. Aber nur, wenn die Qasamaner die Dosierung so bemessen hatten, daß die *Dewdrop* ein gutes Stück weit weg war, bevor ihr Verrat aufflog. Aber wie lange war das? Eine Stunde? Zwei? Zwölf?

Unmöglich zu sagen. Die Tatsache jedoch, daß er von seiner Vergiftung wußte, gab Telek und den medizinischen Analysegeräten an Bord ein Maximum an Zeit, das Toxin zu bestimmen und Gegenmaßnahmen zu ergreifen.

Kommt schon, drängte er die *Dewdrop* stumm. *Holt mich, verdammt noch mal, hier raus.* Und in der Zwischenzeit . . . Er ließ sich auf den Stuhl sinken und verlangsamte bewußt seine Atmung. Je träger der Stoffwechsel, desto langsamer nahm sein Körpergewebe das Gift in sich auf.

Er lehnte sich zurück und wartete.

Das unverwechselbare Heulen der Schwerkraftlifts, das selbst für sein verstärktes Gehör sehr leise war, riß Justin schließlich aus dem Schlaf. Einen Augenblick lang blieb er ruhig im Gras liegen, versuchte, seine Orientierung wiederzufinden, mit der auch die bitteren Erinnerungen zurückkamen. Dann hob er vorsichtig den Kopf.

Unfreiwillig entwich ihm bei dieser Bewegung ein Zischen

zwischen den Zähnen hindurch. Er hatte vergessen, wo sein Körper überall schmerzte. Doch der Anblick, der sich ihm am nördlichen Himmel bot, ließ alle derartigen Überlegungen in den Hintergrund treten. Vor den leuchtenden Gestirnen der qasamanischen Nacht schwebte ein dunstig-rötliches Oval.

Die *Dewdrop* versuchte zu entkommen.

Eine volle Minute lang starrte er auf den Dunst und biß die Zähne fest aufeinander, um nicht loszuheulen. Sie flogen ab. Ohne ihn. Auch ohne Cerenkov und Rynstadt? Wahrscheinlich. Das ließ sich unmöglich mit Sicherheit sagen, aber Telek hatte darauf gezählt, daß er sie befreite, und weil er gescheitert war, ließ man sie alle zusammen im Stich.

Im Stich.

Automatisch, so als wollte er versuchen, sich gegen den emotionalen Schock zu rüsten, begann sein Verstand seine Möglichkeiten zu umreißen. Er konnte in den Wald fliehen, sich vom Wild dort ernähren und darauf hoffen, bis zur militärischen Expedition ausharren zu können, die mit Sicherheit kommen würde. Oder er könnte versuchen, eine Siedlung zu finden, die bereit war, seine Fähigkeiten als Cobra gegen den Schutz vor der zentralen Regierung einzutauschen. Oder –

Oder er konnte einfach hier im Gras liegenbleiben, bis er starb. Darauf lief letztendlich alles hinaus.

Erst in diesem Augenblick wurde ihm bewußt, daß sich die *Dewdrop* zu langsam bewegte.

Viel zu langsam. *Sie haben sie funktionsunfähig gemacht,* war sein erster, entsetzter Gedanke . . . aber wenn die Schwerkraftlifts zerstört worden wären, hätte F'ahl mittlerweile zusätzlich das Haupttriebwerk einschalten müssen. Nein, dort ging etwas anderes vor sich . . . und plötzlich begriff er.

Sie flogen absichtlich so tief und langsam. Sie suchten *ihn.*

Im Nu wälzte er sich auf den Rücken und warf, während er sein linkes Bein anhob, einen kurzen Blick Richtung Stadt, wobei es ihm eigentlich kaum scherte, ob jemand dort sein Signal sah. In ein paar Minuten würde die *Dewdrop* hier sein . . . und nach den Augenblicken der Verzweiflung überflutete die Aussicht auf Rettung seinen Verstand und Körper mit adrenalingetränkter Entschlossenheit. Sollten die Qasamaner ihn doch holen kommen – sollte sich die ganze Stadt ihm doch in den Weg stellen, wenn sie wollte.

Er nahm die *Dewdrop* in die Zielerfassung und feuerte seinen Antipanzerlaser dreimal ab.

Der dreißig Kilometer entfernte Schiffsrumpf würde die durch diese Schüsse hervorgerufene Hitze kaum registrieren, für die Menschen an Bord jedoch dürften die Lichtblitze kaum zu übersehen sein. Vorausgesetzt, jemand bemerkte sie.

Offenbar war das der Fall. An der vorderen Innenseite des rötlichen Ovals blinkten die Landelichter der *Dewdrop* zweimal als Antwort auf. Justin ging in die Hocke, machte sich bereit loszulaufen, und achtete auch weiterhin darauf, ob es von der Stadt her Ärger gab.

Die *Dewdrop* benötigte zehn Minuten, um zu landen – und dies tat sie unerklärlicherweise gut einen Kilometer weit nördlich. Justin überlegte kurz, ob er erneut ein Signal aussenden sollte, hielt es aber für sicherer, einfach hinzulaufen, und machte sich in geducktem Trab auf den Weg.

Niemand eröffnete das Feuer auf ihn, während er auf das Schiff zulief, und Link wartete neben der offenen Schleuse, als er näher kam, und begrüßte den jungen Mann mit einem gepreßten Lächeln. »Willkommen daheim«, sagte er und ergriff kurz Justins Hand. Er musterte ihn von Kopf bis Fuß, bevor er seinen Blick wieder auf die Stadt richtete. »Du hast noch nie so glückliche Leute gesehen wie uns, als wir dein Zeichen gesehen haben.«

»Ich war so glücklich wie ihr alle zusammengenommen«, meinte Justin und folgte Links Blick. Ein halbes Dutzend Autos und Busse, die sich vom Stadtrand her näherten, war zu sehen. »Sieht aus, als wäre es Zeit, von hier zu verschwinden.«

Link schüttelte den Kopf. »Sie bringen Yuri und Marck her – Almo hat eine Vereinbarung für ihre Freilassung ausgehandelt.«

»Was für eine Vereinbarung?« Justin runzelte die Stirn.

»Eine Art Versprechen, ihre industrielle Basis nicht in die Luft zu jagen, bevor wir abfliegen.« Link warf seinem Gegenüber einen knappen Blick zu. »Wieso gehst du nicht rein und läßt deine Wunden verarzten? Ich komme hier schon zurecht.«

»Also . . . na gut.« Irgendwas schien seltsam an der Sache, aber im Augenblick war Justin nicht klar, was. Er machte kehrt, trat in die Luke, löste die Verriegelung der Innentür – und lief seinem Bruder direkt in die Arme.

Einen Moment lang umarmten sie sich bloß – der Mann, der

seinen Job gemacht hatte, und der, dem dies nicht gelungen war.

Im Augenblick jedoch wurde seine Scham von der Erleichterung darüber übertroffen, wieder in Sicherheit zu sein.

Joshua ließ ihn los und trat zurück, seinen Bruder noch immer bei den Schultern haltend. »Hast du irgendwo Schmerzen?«

»Mir geht's gut«, sagte Justin und schüttelte den Kopf. »Was ist passiert, seit ich fort bin?«

Joshua sah zur Luke hinüber. »Gehen wir in den Salon, von dort aus können wir den Konvoi beobachten«, schlug er vor. »Auf dem Weg dorthin kann ich dir alles kurz berichten.«

Eine Minute später waren sie im Salon und sahen, daß Nnamdi und Christopher auf die Außenmonitore starrten. Die Wissenschaftler begrüßten ihn stumm, da sie mit ihrer Aufmerksamkeit woanders waren. Das war Justin nur recht, er hatte bereits einen Heldenempfang hinter sich, den er nicht verdient hatte. »Wo ist Gouverneurin Telek?« fragte er Joshua, als sie vor einem anderen Bildschirm Platz nahmen.

»Hinten in der Krankenstation bei Michael. Sie müßte zurück sein, sobald die anderen hier eintreffen. Und Almo ist draußen, hinter den vorderen Landescheinwerfern, von wo aus er Dorjay Rückendeckung geben kann, falls die Qasamaner Ärger machen.«

»Aber das werden sie nicht tun«, machte Nnamdi sich bemerkbar.»Sie haben ihre Vereinbarung getroffen, und die ist fair. Außerdem haben wir bereits gesehen, daß sie ihre Versprechen halten.«

Justin schnaubte. »Wie zum Beispiel mit dem fingierten Sprengkragen?«

Sämtliche Augen richteten sich auf ihn. »Was soll das heißen, fingiert?« wollte Christopher wissen.

»Das soll heißen, daß sie uns gewaltig reingelegt haben. Diese Zylinder enthielten Kameras und Aufzeichnungsgeräte, keinen Sprengstoff. Sie haben Joshua reingelassen, um rasch einen Blick ins Innere der *Dewdrop* werfen zu können.«

Christopher fluchte leise. »Aber dann müssen sie doch gesehen haben, wie ihr zwei die Plätze getauscht habt. *Mein Gott* – du kannst von Glück reden, daß du mit dem Leben davongekommen bist.«

Es war, als hätte man Justin einen Teil seiner Gewissenslast abgenommen. In *diesem* Licht betrachtet, hatte er seine Sache vielleicht doch nicht so übel gemacht.

Der Konvoi draußen hatte ungefähr einhundert Meter von der *Dewdrop* entfernt angehalten, und um die Fahrzeuge versammelten sich gerade Mengen von Qasamanern, als Telek wieder im Salon erschien. »Justin, ich bin froh, daß Sie es geschafft haben«, sagte sie abwesend, während sie sich über Christophers Schulter beugte. »Schon irgendein Anzeichen von ihnen?«

»Ich kann sie nicht sehen«, antwortete er. »Wahrscheinlich sitzen sie in dem Bus ein Stückchen seitlich, dort.« Er zeigte auf ihn, und wie auf ein Stichwort stiegen zwei Gestalten aus dem Fahrzeug und arbeiteten sich mit Mühe durch das kniehohe Gras.

Cerenkov und Rynstadt.

Der Rand der Menschenmenge wich ein Stück zurück, als die beiden Männer auf ihrem Weg zur *Dewdrop* vorüberkamen. »Achten Sie auf gezogene Waffen«, sagte Telek, an den gesamten Raum gerichtet. »Wir wollen nicht, daß Sie in letzter Minute noch einen selbstmörderischen Vorstoß oder etwas Ähnliches wagen.«

»Wenn sie irgend etwas vorhätten, hätten sie es dann nicht getan, solange sie noch Almo, Michael und Dorjay in ihrer Gewalt hatten?« gab Nnamdi zu bedenken.

»Vielleicht«, brummte Telek. »Aber da waren wir noch in höchster Alarmbereitschaft. Vielleicht nehmen sie an, sie hätten uns in Sicherheit gewiegt. Wie auch immer – ich traue ihnen nicht –, für meinen Geschmack haben sie die Vereinbarung zu schnell akzeptiert.«

»Genau wie mein Ultimatum, Decker zum Schiff zu bringen«, murmelte Joshua. Justin warf einen Blick auf seinen Bruder, der mit einem Ausdruck höchster Konzentration im Gesicht die Männer beobachtete, die sich dem Schiff näherten.

Telek sah zu den Zwillingen hinüber. »Ist etwas?«

»Sag es ihr, Justin«, sagte Joshua, den besorgten Blick noch immer auf das Display geheftet.

Justin erklärte ihr die Geschichte mit dem Spionagekragen. »Hm«, brummte Telek, als er fertig war. »Sie glauben, sie haben einem von den beiden eine Bombe oder etwas Ähnliches untergeschoben, Joshua?«

»Ich weiß es nicht«, sagte Joshua langsam. »Aber plötzlich gefällt mir das nicht mehr.«

»Mir auch nicht.« Telek zögerte, dann nahm sie das Mikrofon zur Hand und tippte auf den Schalter für den Außenlautsprecher. »Yuri? Marck? Warten Sie doch bitte einen Augenblick dort, ja?«

Die beiden blieben, wie es aussah zögernd, ungefähr zwanzig Meter von der Luke entfernt stehen. »Gouverneurin? Was ist?« rief Cerenkov.

»Ich möchte, daß Sie beide sich bis auf die Unterwäsche ausziehen«, erklärte sie ihnen. »Eine Sicherheitsmaßnahme.«

Rynstadt warf einen Blick über seine Schulter auf die schweigenden Qasamaner. »Können wir uns das nicht sparen?« rief er, während seine Stimme vor Anspannung fast brach. »Sie haben uns nichts in die Kleidung gesteckt – ich bin mir völlig sicher. Bitte – lassen Sie uns an Bord.«

»Irgendwas ist da faul«, raunte Christopher. Er riß Telek das Mikro aus der Hand und tippte auf einen anderen Knopf. »Dorjay, signalisieren Sie ihnen, sie sollen Ihnen *stumm* erklären, was da gespielt wird.« Ohne eine Bestätigung abzuwarten, schaltete er wieder auf den Außenlautsprecher um. »Kommt schon, Leute – ihr habt Gouverneurin Telek gehört. Zieht euch aus.«

Er schaltete den Lautsprecher aus und gab Telek das Mikrophon zurück. Auf dem Monitor legten die beiden Männer gerade ihre Jacken ab, und weil er wußte, daß er darauf achten sollte, sah Justin, wie Rynstadt die Lippen bewegte. Sie waren bei ihren Stiefeln angelangt, als Links Stimme sich leise in die Leitung einschaltete. »Marck sagt, sie seien beide vergiftet worden – irgendein Toxin auf einem Metalltablett. Der Servierer trug Handschuhe, um nicht damit in Berührung zu kommen.«

»Kein Wunder, daß man sie so bereitwillig hat gehen lassen«, knurrte Nnamdi. »Wir werden sie sofort an Bord holen und ans Analysegerät anschließen, Gouverneurin.«

Doch Telek sah nur auf den Monitor, das Gesicht zu einer Maske des Entsetzens erstarrt. »Sie haben sie *infiziert.* Sie haben ihnen etwas verabreicht, mit dem sie uns alle umbringen wollen.«

Eine ganze Weile stand der Schrecken fast greifbar in der Luft. Telek erholte sich als erste. »Almo, kommen Sie wieder rein – benutzen Sie die Frachtluke, durch die Sie ausgestiegen sind. Dorjay ... kommen Sie rein und versiegeln Sie die Außentür. Sofort.«

»Was?« riefen Christopher und Joshua wie aus einem Munde.

»Wir haben keine andere Wahl«, fauchte Telek zurück. Die Knöchel ihrer Hand, mit der sie das Mikro umklammert hielt, waren weiß, und ihr Gesicht wirkte plötzlich sehr alt. »Wir haben keine Quarantänemöglichkeiten an Bord – Sie alle wissen das.«

»Das medizinische Analysegerät –«

»Es besteht durchaus die Möglichkeit, daß es nicht einmal herausfindet, was man ihnen verabreicht hat«, fiel sie Christopher ins Wort, »ganz zu schweigen davon, wie man sie behandeln muß.«

Unter seinen Füßen spürte Justin, wie das Deck leicht vibrierte, als Pyre die Frachtluke schloß, einen Augenblick später folgte das Echo der Hauptluke, die Link versiegelte.

Und auf dem Außendisplay erstarrten Rynstadt und Cerenkov in fassungslosem Entsetzen. »He!« brüllte Cerenkov.

»Tut mir leid«, sagte Telek, und ihre Worte waren fast ein Seufzer. Dann schien sie sich auf das Mikro zu besinnen und hob es an die Lippen. »Tut mir leid«, wiederholte sie. »Sie wurden infiziert. Wir können unmöglich riskieren, Sie an Bord zu nehmen.«

»Es werden Waffen gezogen!« sagte Nnamdi unvermittelt. »Sie wissen, daß wir dahinter gekommen sind.«

»Captain, das Laserkom auf die Qasamaner«, lautete Teleks knapper Befehl ins Interkom. »Blenden Sie sie. Dann . . . dann treffen Sie die Startvorbereitungen.«

»Sie können sie doch nicht hier zurücklassen?«

Justin hatte nicht mitbekommen, wie Pyre den Salon betreten hatte, doch sein Ton ließ keinen Zweifel daran, daß er bereits lange genug hier war, um zu wissen, was da vor sich ging.

Und daß er es nicht hinnehmen würde.

Telek drehte sich und sah ihm ins Gesicht, doch ihr Blick hatte nichts Kämpferisches. »Nennen Sie mir eine Alternative«, sagte sie leise. »Sollen wir sie zwei Wochen lang in Raumanzüge stecken – und zusehen, wie sie da drinnen krepieren, weil wir nicht an sie herankommen, um sie zu behandeln?«

»Wir übrigen könnten in den Raumanzügen bleiben«, sagte Pyre.

»So lange würde der Sauerstoff nicht reichen«, meinte F'ahl

von der Brücke aus. »Und ihn in einer kontaminierten Atmosphäre aufzuladen wäre verdammt riskant.«

Die Monitore leuchteten kurz grell auf, als das Laserfeuer über die Qasamaner hinwegstrich. Rynstadt und Cerenkov lösten sich aus ihrer Starre, als die Geräusche von Gewehrschüssen und das Gekreische der Mojos hörbar wurde, und die beiden stürzten auf das Heck der *Dewdrop* zu. Warfen sich in Deckung, so gut dies hinter dem Schiff möglich war, wie Justin vermutete . . . bis es abhob, sich von ihnen entfernte und im All verschwand.

Und plötzlich hatte er es.

»Almo!« brüllte er und unterbrach Telek, ohne sich darum zu scheren. »Zwei Raumanzüge zur Frachtluke raus. Beeil dich.«

»Justin, ich hatte doch gerade erklärt –« setzte Telek an.

»Wir können starten, wenn sie sich im Frachtraum befinden«, fuhr Justin fort, der sich verhaspelte, weil er die Worte so schnell wie möglich rausbringen wollte. »Der Frachtraum läßt sich luftdicht verschließen – wir können die Luft abpumpen und UV-Strahler aufstellen, um die Anzüge außen zu sterilisieren.«

»Und zusehen, wie sie da drinnen sterben?« stieß Telek wütend hervor. »Der Frachtraum besitzt nicht einmal eine echte Luftschleuse, und wir haben nicht die Mittel –«

»Aber die Troftschiffe dort draußen!« brüllte Justin zurück.

Und plötzlich wurde es still im Salon, bis auf das tiefe Summen der leerlaufenden Schwerkraftlifts und Pyres leise im Gang verhallenden Schritte.

Drei Minuten später, unter einem höchst ungenauen Kugelhagel der Qasamaner, hob die *Dewdrop* ab und jagte dem sternenübersäten Himmel entgegen. Eine Stunde darauf befanden sich Cerenkov und Rynstadt in einer Quarantäneeinrichtung an Bord eines Troftkriegsschiffes, Prognose ungewiß.

Wiederum eine Stunde später war die *Dewdrop* im Hyperraum und auf dem Weg nach Hause.

23. Kapitel

Der *Menssana* wurde bei ihrer Rückkehr von der Erkundungsmission auf Aventine jene Art des Empfangs zuteil, die Entdekker zu allen Zeiten erfahren hatten. Die Mannschaft wurde mit einer offiziellen Grußnote seitens des Rates empfangen, ihre MagCards mit Datenmaterial wurden kopiert und an Hunderte von Wissenschaftlern überall auf dem Planeten verteilt, die es kaum erwarten konnten, mit der Arbeit daran zu beginnen.

Der Empfang der *Dewdrop,* zwei Tage später, fiel beträchtlich stiller aus.

Die letzte Seite von Teleks vorläufigem Bericht verschwand vom Bildschirm des Combords, und Corwin legte das Gerät mit einem Seufzer zur Seite.

»Und?«

Corwin hob den Kopf und sah seinem Vater in die Augen. »Sie haben Glück gehabt«, meinte er schlicht. »Im Grunde hätten sie alle dort draußen draufgehen können.«

Jonny nickte. »Ja. Der einzige Fehler der Qasamaner bestand darin, daß sie so viele Informationen wie möglich sammeln wollten, bevor sie das Schiff vernichteten. Wäre ihnen das egal gewesen, hätten sie ein dutzendmal Gelegenheit gehabt, die *Dewdrop* in die Luft zu sprengen.«

Corwin verzog das Gesicht. York hatte seinen Arm verloren, Winward gewann sein Augenlicht nur allmählich zurück, Cerenkov und Rynstadt befanden sich an Bord des Troftschiffes im Orbit noch immer in einem kritischen Zustand – und trotz alledem brachte er es noch immer fertig, im Zusammenhang mit der Mission von *Glück* zu sprechen. »In was sind wir da, um Himmels willen, eigentlich reingeraten?« murmelte er.

»In eine gewaltige Sauerei«, seufzte Jonny. »Wie lange wird es dauern, bis Sun und Konsorten mit ihrer Abschlußbesprechung fertig sind? Hast du eine Idee?«

»Äh . . .« Corwin nahm sein Combord wieder zur Hand und gab eine Anfrage ein. »Nicht vor heute abend. Und vor morgen früh bekommt niemand die Erlaubnis, an die Öffentlichkeit zu treten.«

»Das ist in Ordnung, wir sind nicht die Öffentlichkeit.« Der ältere Moreau starrte einen Augenblick ins Leere. »Paß auf, du holst heute abend deine Mutter ab und fährst mit ihr zur Cobraakademie – benutze meinen Namen, um reinzukommen, und wenn sie dich hindern wollen, erzähle ihnen, du seist ein naher Angehöriger. Ich bin sicher, du findest *irgendwas,* das in die Vorschriften paßt. Sprich mit deinen Brüdern nicht über Politik und halte sie nicht zu lange vom Schlafen ab. Sie werden morgen einen harten Tag haben, wenn der Rat an die Reihe kommt.«

Corwin nickte. »Wirst du auch da sein?«

»Ja, aber warte nicht auf mich. Ich habe vorher noch ein paar Dinge zu erledigen.«

»Allein?«

Jonny schenkte seinem Ältesten ein schiefes Lächeln. »Meine Gelenke haben gerade einen schönen Urlaub auf sonnigen Welten hinter sich. Ich bin durchaus in der Lage, dem aventinischen Winter ein paar Stunden lang allein zu trotzen, danke.«

Corwin zuckte die Achseln. »War ja nur eine Frage.«

Trotzdem verweilte er lange genug im Vorzimmer, bis er hörte, wie Yutu beim Star Field ein Boden-Orbit-Shuttle bereitstellen ließ. Es sah ganz so aus, als brauchte sich sein Vater heute abend keine großen Sorgen wegen des aventinischen Winters zu machen.

Winter im eigentlichen Sinne gab es auf Kriegsschiffen der Trofts nicht.

Zum vierten Mal in fast ebenso vielen Minuten schien der Monitor des Combords Telek vor den Augen zu verschwimmen, und zum vierten Mal schüttelte sie hartnäckig den Kopf und schluckte einen Mundvoll Kahve. Es war spät, sie war müde und sie brauchte für die Ratssitzung am nächsten Morgen wenigstens einen halbwegs klaren Kopf. Doch dies war die erste Gelegenheit, einen Blick in den Bericht der *Menssana* zu werfen, und sie wollte sich zumindest oberflächlich mit dem vertraut machen, was die Expedition herausgefunden hatte, bevor sie für heute abend Schluß machte.

An der Tür klopfte es leise. »Herein«, rief sie.

Es war nicht, wie sie erwartet hatte, jemand vom medizinischen Personal der Akademie. »Die Krankenschwestern in der Überwachungsstation sind verärgert, weil Sie noch nicht schlafen gegangen sind«, meinte Jonny, als er den Raum betrat.

Sie sah ihn verständnislos an, dann schnaubte sie. »Hat man Sie extra den weiten Weg von Capitalia hierhergeschickt, um mir das zu sagen?«

»Wohl kaum. Ich war zufällig in der Nähe und dachte, ich schaue mal rein.« Er zog sich einen Stuhl heran und setzte sich.

Telek nickte. »Gute Arbeit. Sie können stolz auf die beiden sein.«

»Ich weiß. Justin ist da allerdings anderer Ansicht.«

»Nun, da irrt er sich«, knurrte Telek. »Hätte er versucht, in die unterirdischen Anlagen in Purma einzudringen, wäre er nicht mehr lebend rausgekommen. Schluß. Und wenn er es nicht mehr nach draußen geschafft hätte, hätten wir Yuri und Marck vielleicht an Bord genommen, bevor wir gewußt hätten, wie die Qasamaner ihre Karten zinken.«

»Ich verstehe das. Und er wird es irgendwann auch verstehen. Hoffentlich.«

Jonny deutete vage auf ihr Combord. »Der Bericht der *Mens-sana*?«

»Genau. Ihre Leute haben ihre Sache auch nicht gerade schlecht gemacht.«

Jonny nickte. »Sie sehen alle recht vielversprechend aus«, gab er ihr recht. »Mindestens zwei von ihnen sogar mehr als das.«

Telek sah ihm in die Augen. »Ich will diese Welten, Jonny.«

Er erwiderte ihren Blick, ohne mit der Wimper zu zucken. »So sehr, daß Sie dafür einen Krieg in Kauf nehmen würden?«

»So sehr, daß ich alles dafür tun würde, was erforderlich ist«, sagte sie recht deutlich.

Er seufzte. »Ich hatte eigentlich darauf gehofft, die Geschehnisse auf Qasama hätten Ihren Eifer ein wenig gebremst.«

»Mir ist dadurch klar geworden, was es kosten wird. Die Alternative allerdings ist der Verlust von neunzehntausend Menschen auf Caelian.«

»So zumindest wird argumentiert. Sie können natürlich jederzeit hierher zurückkehren, das wissen Sie.«

»Aber das werden sie nicht tun. Wer bereit war, durch das Eingeständnis seiner Niederlage sein Gesicht zu verlieren, hat dies bereits getan. Wir können die anderen nicht einfach in die zivilisierte Welt zurückverfrachten – das läßt ihr Stolz nicht zu.«

»Wohingegen *Ihr* Stolz nicht zuläßt, daß Sie vor den Qasamanern kneifen?« konterte er.

»Das hat nichts mit Stolz zu tun.«

»Natürlich.« Jonny griff in seine Jacke, holte eine MagCard heraus und gab sie ihr. »Tja, wie immer Ihre Motive lauten mögen, wenn Sie Qasama schon auf Teufel komm raus fertigmachen wollen, dann dürfen Sie auch soviel über diesen Ort wissen wie möglich.«

Telek betrachtete stirnrunzelnd die MagCard. »Was ist das?«

»Der offizielle Baliu'ckha'spmi-Bericht über Qasama.«

Sie sah ihn an und spürte, wie ihr der Unterkiefer runterklappte. »Das ist *was?* Wo haben Sie den her?«

»Von dem Troftschiff da draußen«, antwortete er. »Es ist doch klar, daß jedes Schiff, das man zur Unterstützung unserer Mission entsendete, einen eigenen Bericht über diese Welt verfaßt hat, auf den man im Notfall zurückgreifen kann. Also bin ich heute nachmittag hochgeflogen und habe mir eine Kopie besorgt.«

»Einfach so?«

»Mehr oder weniger. Eine Kombination aus Bluff, wüsten Drohungen und ganz legaler Beinarbeit.« Er lächelte schwach. »Sowie ihrerseits einem neuen, gesunden Respekt uns gegenüber.«

»Den haben wir weiß Gott verdient«, sagte sie leise. Schon allein York und Winward hatten sich so sehr verdient gemacht ... Sie schüttelte die Schuldgefühle über ihre Fehler während der Mission ab, die plötzlich wieder hochkamen. »Und wieso geben Sie ihn mir?«

»Oh, morgen früh wird der gesamte Rat Kopien haben«, meinte er achselzuckend. »Wie gesagt, ich war gerade in der Nähe.«

»Tja. Nun ... danke.«

»Keine Ursache.« Jonny erhob sich – unter großer Mühe, wie ihr auffiel – und ging zur Tür. Dort blieb er stehen und sah sich noch einmal um. »Lizabet ... ich werde nicht zulassen, daß die Cobrawelten für Ihre neuen Planeten in den Krieg ziehen«, erklärte er ihr ruhig. »Nicht nach allem, was wir auf Qasama gesehen haben. Einen gezielten Schlag gegen ihre technologischen Basen vielleicht, wenn das machbar ist – Luftangriffe vielleicht, sollten sie wirklich etwas nützen. Aber keinen Landkrieg. Nicht einmal für Caelian.«

Sie nickte kaum merklich. »Verstehe. Ich bin genau wie Sie an einem Kompromiß interessiert.«

»Hoffentlich werden wir einen finden. Gute Nacht.«

Er ging, und Telek ertappte sich dabei, wie sie auf die Troft-MagCard in ihrer Hand starrte. Plötzlich fühlte sie sich sehr, sehr müde . . .

Sie nahm den Bericht der *Menssana* heraus, schob den der Trofts in ihr Combord und programmierte ihn für den Durchlauf durch den zentralen Übersetzer der Akademie. Dann seufzte sie erschöpft, schüttete sich noch etwas Kahve ein und fing an zu lesen.

24. Kapitel

Die Ratssitzung wurde um zwei Tage verschoben, damit die Mitglieder Gelegenheit fanden, sowohl den Abschlußbericht der Qasamamission als auch das Datenpaket der Trofts zu lesen, das Jonny besorgt hatte. Doch als die Debatte dann endlich begann, wurde schnell und überdeutlich klar, daß die vorsichtige Zustimmung, die es ursprünglich für die Mission gegeben hatte, ins Gegenteil umgeschlagen war.

Und es war unschwer auszurechnen, warum.

»Wäre dieser gottverdammte Planet nicht eine verlorene Kolonie der Menschen, würde kein Mensch so emotional auf die ganze Geschichte reagieren«, knurrte Dylan Fairleigh hinterher, als sich die Gouverneure zu einer eigenen Sitzung versammelt hatten.

»Von den Senatoren auf Caelian hat sich kein einziger beschwert«, gab Vartanson ruhig zu bedenken. »Wir wissen alle, worum es hierbei geht.«

»Etwa um die Frage: Wir oder die?« wollte Jonny wissen. »Ist es das? Jetzt machen Sie aber mal einen Punkt – wir wissen nicht einmal, wieso die Trofts wegen Qasama so besorgt sind.«

»Ach, nein?« erwiderte Roi wie aus der Pistole geschossen. »Eine blühende, hochparanoide menschliche Kultur? Davor soll man keine Angst bekommen?«

»Eine Kultur, die nicht über interstellare Raumflugmöglichkeiten verfügt, ja nicht einmal innerhalb ihres eigenen Systems?« hielt Hemner mit erregter Stimme dagegen.

»Wir wissen außerdem gar nicht, ob sie über die Fähigkeit zum Raumflug verfügen oder nicht«, erinnerte ihn Fairleigh voller Schärfe. Sein Blick ging kurz zu Jonny hinüber. »Es gibt eine ganze Menge, was wir über ihre industriellen und technologischen Grundlagen nicht wissen. Was wir jedoch hätten herausfinden sollen.«

Jonny nahm eine drohende Haltung ein, doch Telek hatte schon das Wort ergriffen. »Wenn das eine ganz allgemeine miese Kritik meines Teams und besonders Justin Moreaus sein soll, dann möchte ich Sie dringend bitten, diese zurückzunehmen«, fuhr sie Fairleigh kühl an.

»Ich meinte doch nur –«

»Wenn Sie wollen, können Sie gern die Leitung des nächsten Ausflugs nach Qasama übernehmen«, fiel sie ihm ins Wort. »Dann werden wir sehen, wie gut *Sie* abschneiden.«

Stiggur wählte diesen Augenblick, um selbst, wenn auch mit Verspätung, in die Diskussion einzusteigen. Sein Auftritt würgte den aufkeimenden Streit ab. »Einen guten Tag, tut mir leid, daß ich mich verspätet habe«, meinte er mit einer Miene, die gehetzte Zerstreutheit ausdrückte, als er sich auf seinem Platz niederließ und einen Stapel MagCards in die Mitte des Tisches schob. »Die vorläufige Analyse des biologischen Datenmaterials – gerade reingekommen. Ganz vorn finden Sie eine Zusammenfassung. Werfen Sie kurz einen Blick hinein, dann werden wir darüber sprechen.«

Es handelte sich, wie Jonny erwartet hatte, um eine Analyse sowohl der Daten von der *Dewdrop* als auch der von den Trofts, mit Schwerpunkt auf den Mojos. Er überflog die Zusammenfassung und hatte die genauere Untersuchung zur Hälfte gelesen, als Vartanson sich mit einem Räuspern bemerkbar machte. »Ganz übel. Erinnert mich an einige der gefiederten Killermaschinen, die wir auf Caelian haben.«

»Abgesehen von dem merkwürdigen Fortpflanzungsmechanismus, nehme ich doch an«, sagte Roi. »Das Ganze scheint mir recht instabil. Töten Sie eine genügend große Zahl der Wirte ihrer Embryos – diese, wie heißen sie gleich, diese Tarbine –, und Sie können die ganzen Spezies quasi über Nacht ausrotten.«

»Die meisten Ökosysteme erscheinen auf den ersten Blick instabil«, warf Telek trocken ein. »In der Praxis werden Sie feststellen, daß Sie eine *verdammt* große Zahl Tarbine töten müssen, um überhaupt eine Wirkung zu erzielen. Wenn ich Sie aber recht verstehe, sind Ihrer Ansicht nach die Mojos die größte Bedrohung.«

»Ohne Frage«, sagte Roi. »Sehen Sie sich die Aufzeichnungen an. Niemand, von Winward einmal abgesehen, ist durch die Gewehre der Qasamaner nennenswert zu Schaden gekommen, aber auf Winward haben sie quasi aus dem Hinterhalt geschossen. Die Mojos dagegen haben ihn *und* York erwischt, und bei Pyre und Moreau waren sie nahe dran.«

»Sie bilden tatsächlich ihre erste Verteidigungslinie«, gab Fairleigh ihm recht. »Und die Qasamaner wissen das. Verdammt, sie haben ihre Städte extra so angelegt, daß die Viecher bei Laune bleiben.«

»Das alles ergibt natürlich durchaus Sinn«, meinte Stiggur achselzuckend. »Wieso soll man im Kampf Menschenleben riskieren, wenn man Tiere hat, die die Hauptwucht eines Angriffs abfangen können?«

»Aber damit hat die Übereinkunft nicht begonnen«, sagte Telek. »Ursprünglich war es ein Schutz gegen Raubtiere, der sich dann zu einem System der persönlichen Leibwächter entwickelt hat.«

»Und jetzt können sie die Tiere für die Kriegsführung einsetzen«, sagte Stiggur. »Die historische Situation betrifft uns weniger als die gegenwärtige.« Er wandte sich an Jonny. »Ist Ihnen einen Möglichkeit bekannt, die Cobraausrüstung besser auf die Mojos einzustellen? Eine Veränderung der Zielerfassung, zum Beispiel?«

Jonny zuckte die Achseln. »Dieser Vorgang wurde für ein schnelles Erfassen der Ziele bei gleichzeitiger Minimierung zufälliger Aufschaltungen konstruiert. Wenn Sie die Prozedur einfacher und schneller machen, erhalten Sie automatisch eine höhere Zahl von Fehlschüssen.«

»Und wenn man den Nanocomputer umprogrammiert, so daß er Mojos als feindlich identifiziert?« schlug Fairleigh vor. »Auf diese Weise würde wenigstens die nächste Generation von Cobras mit ihnen fertig werden.«

Vartanson schnaubte. »Meinen Sie nicht, wir hätten sowas bei den Cobras auf Caelian längst installiert, wenn das möglich wäre? Umrißerkennung kostet einfach zuviel Speicherkapazität.«

»Eigentlich ist das Problem viel grundsätzlicher«, meinte Jonny und schüttelte den Kopf. »Sobald sie den Cobras eine Art automatischer Zielerfassung einsetzen, die über Wiedererkennen funktioniert, nehmen Sie ihnen ihre Flexibilität und letzten Endes ihre Effektivität. Sobald die Qasamaner dahintergekommen sind, brauchen sie uns nur Vögel in großer Menge entgegenzuschleudern, und während wir hilflos mit den Mojos beschäftigt wären, könnten die Qasamaner uns nach Belieben abschießen. Automatische Spezialwaffen sind dort, wo sie gebraucht werden, gut und schön – auf Caelian werden sie recht wirkungsvoll eingesetzt –, aber bitte versuchen Sie nicht, Cobras dazu zu machen.«

Einen Augenblick lang herrschte Schweigen. »Entschuldigen Sie«, murmelte Jonny. »Ich wollte keine Vorträge halten.«

Stiggur tat die Entschuldigung mit einer Handbewegung ab. »Der Einwand ist vernünftig, und Sie haben ihn verständlich dargelegt. Ich glaube, niemand will spezialisierte Cobrakader. Gut. Gibt es noch andere Möglichkeiten, die Effektivität der Mojos zu reduzieren?«

»Entschuldigen Sie, daß ich das Thema wechsle«, meldete sich Hemner zögernd zu Wort, »aber da sind noch immer einige allgemeine Punkte bezüglich Qasama, die mir Sorgen machen. Die historische Vorgeschichte ist, wie Sie anmerkten, Brom, nicht wichtig, trotzdem würde ich gern etwas über den Hintergrund der Kolonie erfahren. Besonders wann und wie sie entstanden ist.«

»Ich habe nicht gesagt, Geschichte sei nicht wichtig.« Stiggur tippte auf sein Combord ein. »Lediglich, daß – ach, was soll's. Mal sehen. Dem Bericht der Historiker zufolge haben die ersten Qasamaner das Imperium so um das Jahr 2160 verlassen, wahrscheinlich als Siedler von Reginine mit Ziel Rajput. Der Zielvektor kommt in etwa hin, und die verschiedenen historischen Bezüge sowie die Sprache – ganz zu schweigen von Namen Qasama selbst – deuten alle auf eine der elementaren Subkulturen von Reginine hin.«

»Der *Name* Qasama?« Vartanson runzelte die Stirn.

»›Qasama‹ ist ein altes arabisches Wort, das ›trennen‹ bedeutet. Es ist über mehrere verschiedene Sprachen ins Anglische gelangt und hat sich dort zu ›Kismet‹ gewandelt, was ›Schicksal‹ oder ›Verhängnis‹ bedeutet.«

»Durch ein Verhängnis abgetrennt«, murmelte Roi. »Irgendein Linguist an Bord des ursprünglichen Schiffes hatte offenbar einen seltsamen Sinn für Humor.«

»Oder ein Gespür für ein offenkundiges Verhängnis«, sagte Telek, halb zu sich selbst. »Ich habe bei den Qasamanern nie auch nur das geringste Anzeichen für Humor bemerkt. Sie nahmen sich selbst unglaublich ernst.«

»Na schön«, meinte Hemner. »Qasama existiert also seit etwas weniger als dreihundert Jahren, und in dieser Zeit haben sich Menschen und Mojos auf symbiotische Weise miteinander verflochten. Ist das korrekt?«

»Korrekt«, nickte Stiggur. »Wenn auch ›Symbiose‹ vielleicht ein etwas zu starker Ausdruck ist.«

»Ach ja?« Hemner zog eine Braue hoch. »Die Menschen töten die die Tarbine beschützenden Bololins, damit die Mojos sich leichter vermehren können. Die Mojos wiederum beschützen ihre Besitzer vor Angriffen. Was ist das, wenn nicht Symbiose? Aber eigentlich wollte ich fragen, was die Mojos gemacht haben, bevor die Menschen kamen?«

Alle Blicke richteten sich auf Telek. »Lizabet?« forderte Stiggur sie auf. »Irgendeine Idee?«

»Auf Anhieb nicht«, antwortete sie langsam und legte dabei nachdenklich die Stirn in Falten. »Hm. Die Frage ist mir noch nicht in den Sinn gekommen. Es muß sich um ein Raubtier gehandelt haben – ein *großes,* wenn es mit den Bololins fertig werden will. Ich werde in den Aufzeichnungen der Trofts nachschauen müssen, um einen geeigneten Kandidaten zu finden.«

»Ich hoffe, Sie verzeihen mir«, warf Roi ein, »ich verstehe nicht recht, wieso das ein entscheidender Punkt bei der Klärung der Frage ist, wie wir die Mojos jetzt, da sie auf den Schultern der Qasamaner herumreiten, aufhalten wollen.«

»Ich hoffe, Sie verzeihen mir«, feuerte Telek zurück, »aber in dieser Angelegenheit weiß niemand, welche Fakten entscheidend und welche unwichtig sind.«

Dann stürzte sie sich in einen Kurzvortrag über die gegenseitige Abhängigkeit von biologischer Struktur und Funktion und der Position im ökologischen System, doch Jonny bekam das meiste davon nicht mit. Beim Überfliegen des biologischen Datenmaterials von Qasama war er auf einen Satz gestoßen, der ihn augenblicklich innehalten ließ. Er las den Abschnitt sorgfältig . . . und ein noch recht unerklärbares Schaudern kroch seine Wirbelsäule hoch.

Stiggur machte gerade eine beschwichtigende Bemerkung, als Jonny seine Aufmerksamkeit wieder der Gruppe widmete. Er wartete, bis der Generalgouverneur fertig war, dann ergriff er das Wort, bevor ihm irgend jemand zuvorkommen konnte. »Lizabet, hatten Sie Gelegenheit, sich die Berichte über die Fauna anzusehen, die die *Menssana* mitgebracht hat? Insbesondere die vom Planeten Chata?«

»Ich habe einen Blick hineingeworfen.« Ihr Gesicht sagte: *Das wissen Sie doch ganz genau.* Doch der Gedanke blieb unausgesprochen. »Wollen Sie auf etwas Bestimmtes hinaus?«

»Ja.« Jonny tippte auf ein paar Tasten, um die beiden Seiten, die er sich angesehen hatte, auf die Displays der anderen zu schicken. »Links haben wir unsere Kurzbeschreibung des plattfüßigen Vierbeiners vom Planeten Chata, rechts Ihre des qasamanischen Bololins. Wenn Sie sich jetzt alle bitte einen Augenblick Zeit nehmen und die beiden Seiten kurz überfliegen wollen, dann werden Sie, glaube ich, verstehen, was ich meine.«

»Interessant«, nickte Vartanson eine Minute später. »Da gibt es reichlich Ähnlichkeit.«

»Insbesondere die Benutzung magnetischer Feldlinien für die Navigation«, gab Telek ihm recht. »Was für große Landtiere äußerst untypisch ist. Vielleicht ein klassisches Beispiel für die Trofttheorie des sogenannten ›gemeinsamen Urtyps‹ – Sie wissen schon, mit demselben Argument wird begründet, wieso wir auf Aventine, Palatine und Caelian eine ähnliche Fauna und Flora haben.«

»Tja«, meinte Jonny. Er hatte die beiden anderen Seiten gefunden, die er benötigte, und legte sie jetzt auf die Displays. »Also gut, und wie wär's dann mit dem Mojo rechts und *diesem* Vogel hier links?«

Fairleigh schaubte. »Nach einem durch ein Fernglas geschossenen Foto und vom Computer erzeugten Bildern? Selbst *ich* weiß, daß man für eine vergleichende Betrachtung ein wenig mehr benötigt.«

Jonny ließ den Blick nicht von Telek. »Lizabet?«

»Bei beiden handelt es sich um Raubvögel«, sagte sie zögernd. »Schnabel und Deckgefieder auf den Flügeln sind sehr ähnlich. Die Füße ... Es ist nicht detailliert genug, aber ... interessant. Diese kurzen Fädchen, die dort von Kamm und Zügel ausgehen – hier und hier? Der Mojo hat dort ebenfalls eine Art Feder, die unserer Ansicht nach ein Sinnesorgan ist und irgendwie mit seinem Gehör in Verbindung steht. Es sei denn, der Computer hat das falsch ausgelegt. Wo haben Sie ihn gesehen – oh, da steht es ja. Tacta. Dem letzten Planeten auf Ihrem Erkundungsflug, richtig?«

»Richtig«, sagte Jonny gedankenverloren. Offenbar waren die Mojos also nahe Verwandte dieses seltsamen Vogels, dessen unheimliches Verhalten sie von dieser Welt vertrieben hatte. Was bedeutete ... ja, was eigentlich?

»Zumindest vorläufig«, sagte Stiggur, »hat Lizabet insoweit recht, als wir die Mojodaten einer eingehenderen Prüfung unterziehen müssen, bevor wir etwas Gegenteiliges behaupten können. Ich würde jetzt also gern zu einer strategischen Diskussion der Gesellschaft selbst überleiten, vor allem über jene Strukturaspekte, die uns bereits bekannt sind. Hm ... Mal sehen ... hier: auf Seite 162 fängt es an.«

Die Diskussion dauerte fast eine Stunde, und trotz des vergleichsweise unvollständigen Materials ergab sich ein Bild, das Jonny, vom militärischen Standpunkt aus betrachtet, so deprimierend fand, wie man es sich nur vorstellen konnte. »Mal sehen, ob ich das alles richtig verstanden habe«, sagte er am Ende und versuchte dabei, seinen triefenden Sarkasmus so behutsam wie möglich zu dosieren. »Wir haben es mit einer Gesellschaft zu tun, deren Mitglieder stets bewaffnet sind, deren Bevölkerung weit verbreitet in kleinen Siedlungen lebt, deren Leichtindustrie ebenso stark dezentralisiert ist, deren Schwerindustrie tief unter der Erde angelegt wurde, und deren genauer technischer Stand uns noch immer unbekannt ist. War es das in etwa?«

»Vergessen Sie nicht die Bereitwilligkeit, mit der sie bewußtseinsfördernde Drogen nehmen, ohne auch nur im geringsten auf die persönlichen Konsequenzen zu achten«, knurrte Roi. »Und obendrein sind sie alle vollkommen paranoid. Wissen Sie, Brom, je weiter wir in die Materie vordringen, desto weniger behagt mir die Vorstellung, daß diese Leute irgendwo da draußen hocken und nur darauf warten, durchs All zu rasen, sobald sie den interstellaren Antrieb ein zweites Mal erfunden haben.«

»Sie hören sich an, als würden sie morgen früh schon in unserer Umlaufbahn kreisen«, sagte Hemner. Er hustete, zweimal, die Krämpfe schüttelten seine schmächtigen Schultern, doch als er fortfuhr, klang seine Stimme durchaus fest. »Qasama ist fünfundvierzig Lichtjahre entfernt, vergessen Sie das nicht – selbst wenn sie nach uns suchen, werden diese Leute *Jahre* brauchen, um uns zu finden. Lange vorher werden sie den Trofts über den Weg laufen, und ob sic mit denen nun Krieg führen oder Handel treiben, sie werden Generationen lang mit ihnen zu tun haben. Bis dahin werden sie dieses kleine Fiasko vergessen haben, und wir werden mit unseren Artgenossen einen neuen Anfang machen können, so als wäre nichts geschehen.«

»Eine hübsche Rede, Jor«, erwiderte Telek ironisch, »aber Sie übersehen ein paar entscheidende Punkte. Erstens: Was, wenn diese Leute auf Chata und die anderen Welten da draußen stoßen, bevor sie die Trofts entdecken?«

»Was wäre dann?« antwortete Hemner. »Wenn wir jetzt aus der Sache aussteigen, werden unsere Leute sowieso nicht dort draußen sein.«

Vielleicht zuckte Teleks Lippe in diesem Augenblick, ihre Stimme jedoch klang durchaus gelassen, als sie fortfuhr. »Punkt zwei ist die Annahme, daß die Qasamaner uns vergessen. Falsch. Sie werden sich an uns erinnern, und ob es ein Jahr dauert oder ein Jahrhundert, sie werden sich augenblicklich auf einen Krieg vorbereiten, sobald sie uns ein zweites Mal über den Weg laufen. Vielleicht glauben Sie das nicht«, fügte sie hinzu und ließ den Blick um den Tisch wandern, »aber es stimmt. *Ich* war dort, *ich* habe sie kennengelernt und gehört, wie sie reden. Sie können gern auf Hersh Nnamdis Abschlußbericht warten, doch er wird darin mit mir einer Meinung sein. Und drittens: Wenn wir ihnen erlauben, Qasama zu verlassen, dann steht uns in der Tat ein langer und blutiger Krieg bevor. Und angesichts der Drogen ist unser technologischer Vorsprung bedeutungslos – ein paar Monate oder Jahre Krieg, und sie werden auf unserem Stand sein, ganz gleich, wo wir selbst dann stehen. Und wenn Sie glauben, sie seien jetzt schon dezentral organisiert, dann warten Sie mal ab, bis sie sich auf Kubha und Tacta und weiß Gott wo noch eingegraben haben.«

»Ihre Argumente sind durchaus treffend«, sagte Stiggur, als Telek fertig war. »Doch übersehen Sie den eigentlichen Haken an der ganzen Sache. Nämlich: Sind die Cobrawelten tatsächlich dazu bereit, als Söldner der Trofts gegen eine andere menschliche Zivilisation zu kämpfen?«

»Das ist eine recht brisante Art, es auszudrücken«, meinte Vartanson vorwurfsvoll.

»Natürlich ist es das. Aber so werden die Anhänger dieses Standpunktes argumentieren. Und wenn ich ganz ehrlich bin, muß ich zugeben, es ist ein triftiges Argument. Wie Sie sich erinnern, haben wir uns auf diese Geschichte eingelassen, weil wir befürchteten, den Trofts gegenüber Schwäche zu zeigen – und ganz gewiß sind die ethischen Maßstäbe einer Welt Teil ihrer Stärke insgesamt. Abgesehen davon, würde es unsere Position nicht kräftigen, wenn wir menschliche Verbündete an der Grenze zu den Trofts hätten?«

»Sie übersehen die historischen Fakten, Brom«, wandte Jonny leise ein. »Eben weil die Trofts an zwei Seiten der Assemblage Menschen als Nachbarn hatten, waren ihre Domänen bereit, sich abermals gemeinsam in einen Krieg zu stürzen.«

Fairleigh schnaubte. »Was die Bedrohung an den Grenzen anbetrifft, besteht ein beträchtlicher Unterschied zwischen dem Imperium der Menschen und Qasama.«

»Nur der Größe nach. Und vergessen Sie nicht, daß Trofts nichts für Massenvernichtung von Raumschiffen aus übrig haben. Sie führen Krieg, indem sie Gebiete besetzen . . . und Qasama zu besetzen wäre alles andere als ein Vergnügen.«

»Da gebe ich Ihnen allerdings recht«, murmelte Telek mit einem Schaudern.

»Oder mit anderen Worten«, sagte Hemner, »die Trofts bringen es nicht fertig, eine Population abzuschlachten, also heuern sie uns an, damit wir das für sie erledigen.«

Mehrere Gouverneure versuchten etwas zu erwidern, Vartanson war es, der schließlich das Wort bekam. »Vergessen Sie die Trofts doch mal für einen Augenblick – vergessen Sie sie einfach. Lizabet hat recht – wir müssen uns mit ihnen befassen, und wir müssen uns *jetzt* mit ihnen befassen.«

Eine ganze Weile war es still in dem kleinen Raum. Jonny sah zu Hemner hinüber, doch der alte Mann starrte auf seine Hände, die zusammengepreßt auf dem Tisch lagen. Nach einer Weile brach Stiggur das Schweigen. »Ich denke, wir haben angesichts des vorliegenden Datenmaterials alles getan, was wir tun konnten«, sagte er und blickte einen nach dem anderen eindrücklich an. »Die endgültigen geologischen, biologischen und soziologischen Ergebnisse sollen in zehn Tagen vorliegen. Dann werden wir erneut zusammenkommen – und zwar vor der Vollversammlung – und versuchen, eine Entscheidung zu treffen.« Er langte neben sein Display und schaltete das versiegelte Aufzeichnungsgerät ab. »Die Sitzung ist damit beendet.«

25. Kapitel

Es dauerte nur wenige Tage, bis sich Stiggurs Vorhersage über das taktische Vorgehen der Opposition bestätigte, und wie auch schon Wochen zuvor, als die Qasamageschichte begonnen hatte, fand Corwin sich plötzlich im Mittelpunkt der öffentlichen Diskussion wieder.

Allerdings hatte die Auseinandersetzung eine andere Richtung eingeschlagen. Zuvor hatte man in Qasama kaum mehr gesehen als eine mathematische Gleichung: auf der einen Seite eine abstrakte Aufgabe, auf der anderen die sehr konkrete Hoffnung, den Landbesitz der Cobrawelten mehr als zu verdoppeln. Und nun hatte sich dieser wohlige Nebel gelichtet. Als Einzelheiten über die qasamanische Bevölkerung und ihre Feindseligkeit freigegeben wurden, kochten selbst in der logischsten und vernünftigsten Argumentation zunehmend Emotionen hoch, und zwar gleichermaßen bei den Befürwortern als auch bei den Gegnern. Die meisten Gegner, mit denen sich Corwin unterhielt, waren durch die Versicherung, Jonny sei ebenfalls gegen einen Krieg mit anderen Menschen, nur geringfügig zu besänftigen – gewöhnlich verlangten sie, er solle sich mehr dafür einsetzen, den Rat von ebendieser Ansicht zu überzeugen. Die Befürworter neigten dazu, derart knifflige ethische Fragen einfach zu ignorieren und erhoben die Sicherheit der Cobrawelten zu Jonnys dringlichstem Anliegen. Dies führte auf der Ebene der verbalen Auseinandersetzung zu einem Patt, und nach drei Tagen war Corwin es von Herzen leid.

Als er schließlich einen Anruf von Joshua bekam, erkannte er, wie sehr das Netz für Telekommunikation und öffentliche Information wieder von seinem Leben Besitz ergriffen hatte.

»Hast du in der letzten Zeit Justin mal getroffen?« erkundigte sich Joshua, nachdem sie sich begrüßt hatten.

»Seit dem Abend nach deiner Abschlußbesprechung nicht

mehr.« Corwin zuckte zusammen, als ihm das plötzlich bewußt wurde. Seit vier Tagen hatte er mit niemandem aus der Familie mehr gesprochen, von seinem Vater einmal abgesehen. Er war es nicht gewöhnt, derart den Kontakt zu vernachlässigen. »Ich hatte nicht viel Zeit.«

»Tja, ich denke, hierfür solltest du dir besser Zeit nehmen, und das möglichst sofort.«

Corwin runzelte die Stirn. »Wieso? Stimmt was nicht?«

Joshuas Konterfei auf dem Telemonitor zögerte, schüttelte kaum merklich den Kopf. »Ich weiß nicht. Ich kann es nicht genau sagen, aber . . . na ja, er ist noch nicht aus der Akademie zurück, weißt du.«

Corwin wußte es nicht. »Steht er unter medizinischer Beobachtung?«

»Nein, aber er verbringt fast seine ganze Zeit allein in dem Zimmer, das sie ihm da draußen gegeben haben. Und er recherchiert eine Menge am Computer.«

Corwin rief sich Justins Bericht in Erinnerung, den er zwei Tage zuvor hastig überflogen und dann abgelegt hatte. Sein Bruder war dort draußen durch die Hölle gegangen . . . »Vielleicht schlägt er nur die Zeit tot, bis er sich emotional wieder erholt hat«, vermutete er. Aber die Worte klangen ihm schon falsch in den Ohren, als er sie aussprach. Justin war einfach nicht der Typ, der heimlich seine Wunden leckte.

Es war, als hätte Joshua seine Gedanken gelesen. »Dann müßte er an wesentlich mehr zu knacken haben, als er zugibt, denn so hat er sich noch nie verkrochen. Und diese Geschichte mit den Recherchen in der Bibliothek macht mir auch Kummer. Kannst du dir irgendwie eine Liste der Themen verschaffen, die er recherchiert?«

»Vielleicht.« Corwin kratzte sich an der Wange. »Tja . . . Hast du ihn daran erinnert, daß die Familie Moreau heute abend Kriegsrat abhält?«

»Ja.« Sein Gegenüber nickte. »Er meinte, er wolle versuchen, es zu schaffen.«

»Na schön«, sagte Corwin langsam. »Gut. Paß auf, ich habe nicht mit dir gesprochen, also weiß ich natürlich auch nicht, daß ihn schon jemand daran erinnert hat. Ich werde ihn anrufen, wie es sich für einen guten großen Bruder gehört, und sehen, was ich sonst noch aus ihm rauskriegen kann. Einverstanden?«

»Prima. Danke, Corwin – das hat mich fast schon in den Irrsinn getrieben.«

»Schon in Ordnung. Bis heute abend.«

Joshua verschwand vom Bildschirm. Mit finsterer Miene tippte Corwin die Nummer der Cobraakademie ein und fragte nach Justin. Kurz darauf erschien das Gesicht seines Bruders »Hallo – oh, Tag, Corwin. Was kann ich für dich tun?«

Es dauert eine Sekunde, bis Corwin seine Sprache wiedergefunden hatte. Selten, wenn überhaupt jemals, war Justin so kühl gewesen – der Ausdruck *geschäftsmäßig* kam ihm in den Sinn. »Äh, ich rufe bloß an, um zu fragen, ob du heute abend zum runden Tisch der Familie kommst«, sagte er endlich. »Ich nehme an, Dad hat dir davon erzählt.«

»Ja, vor ein paar Tagen. Und heute noch einmal Joshua. Wie ich gehört habe, soll Tante Gwen auch da sein.«

Verdammt, dachte Corwin und schnitt innerlich eine Grimasse. Eigentlich hatte er diesen kleinen Leckerbissen Justin gegenüber als Überraschung und zusätzlichen Anreiz selbst einflechten wollen. Tante Gwen – Jonnys jüngere Schwester – war seit seiner Kindheit Justins liebste Verwandte; seit sie vor sechs Jahren nach Palatine umgezogen war, besuchte sie die Familie jedoch nur noch selten und in großen Abständen. »Richtig, stimmt«, meinte er zu Justin. »Sie gehört zu den Geologen, die das Datenmaterial von Qasama analysieren.«

Hatte Justin beim Wort *Qasama* mit der Lippe gezuckt? Corwin war nicht sicher. »Ja, Dad hat es erwähnt. Na ja, ich habe schon zu Joshua gesagt, ich will es versuchen.«

»Was sollte dich denn abhalten?« fragte Corwin, um Beiläufigkeit bemüht. »Du bist doch immer noch außer Dienst, oder?«

»Offiziell ja. Aber ich arbeite seit einiger Zeit an etwas, daß ich möglichst bald fertig haben will.«

»Und das wäre?«

Justin verzog keine Miene. »Das wirst du erfahren, wenn es soweit ist. Bis dahin möchte ich es lieber nicht verraten.«

Corwin seufzte innerlich und gab sich geschlagen. »Na gut, tu du nur geheimnisvoll. Was kümmert's mich. Aber sag mir Bescheid, wenn du abgeholt werden willst, dann schicke ich dir einen Wagen.«

»Danke. Wir unterhalten uns später.«

»Bis dann.« Der Bildschirm erlosch, und Corwin lehnte sich

in seinem Sessel zurück. Die Reise nach Qasama hatte seinen jüngeren Bruder entschieden verändert – und nicht unbedingt zum Besseren. Dennoch, wie er auch schon Joshua gesagt hatte, manche Dinge brauchten einfach ihre Zeit.

Sein Interkom summte: Yutu hatte irgendwelche Neuigkeiten im öffentlichen Netz, die einer offiziellen Stellungnahme bedurften. Seufzend schaltete Corwin das Netz ein, schob seine Sorgen um Justin in den Hintergrund und machte sich wieder an die Arbeit.

Für Pyre war es wie in alten Zeiten. Fast.

Eine Einladung zum Familiendinner bei den Moreaus war für ihn immer etwas Besonderes gewesen, nicht nur, weil er ihre Gesellschaft genoß, sondern auch, weil sie ihn stillschweigend als Mitglied der Familie akzeptierten, und diese Ehre wurde nur wenigen anderen Außenstehenden zuteil. Über die Jahre hinweg hatte er das Sonderrecht genossen, die Entwicklung der drei Jungs mitzuverfolgen: wie sie erst in ihren Kindersitzen gesessen hatten und schließlich als Erwachsene in ihren Meinungen voll akzeptiert worden waren. Er hatte durch eine Art osmotischen Prozeß einige der Feinheiten der Cobraweltenpolitik mitbekommen, hatte sogar Gwen Moreau, kaum drei Jahre älter als er selbst, so gut kennengelernt, daß er ernsthaft über eine Heirat nachdachte. Als er sich heute abend am Tisch umsah, den zwanglosen Gesprächen lauschte und seinen Teil dazu beitrug, zog die Erinnerung an diese glücklicheren Zeiten wie der Duft guten Kahves durch seine Gedanken.

An diesem Abend jedoch war diese Wärme abgekühlt, und ihrer aller Bemühungen zum Trotz ließ sich der dunkle Schatten nicht vertreiben, den Justins leerer Platz auf die Familie warf. Jonny hatte ihnen versichert, Justin wäre rechtzeitig zur Diskussion da, doch als das Essen erst beim Nachtisch und dann beim Kahve angelangt war, kamen Pyre die ersten Zweifel.

Und schlimmer noch als Justins freiwillige Abwesenheit war die kalte Gewißheit, die Pyre in seinem Inneren verspürte. Letzten Endes schrieb er sich selbst die Schuld daran zu.

Nicht nur, weil er Justins Cobraausbilder gewesen war, der den Jungen als Verantwortlicher ausreichend auf die Mission hätte vorbereiten müssen. Pyre hatte schon andere Cobras ausgebildet, und wenn es Justin nicht gelungen war, jenen Anflug defensiver Paranoia zu entwickeln, der in gefährlichen Situationen unabdingbar war, dann lag dies schlicht an seiner Persönlichkeit. Natürlich hätte er Justin die Teilnahme an der Mission auch verweigern können, doch der Rat wollte die Zwillinge an Bord haben, und Pyre hätte nichts vorbringen können, um ihren Ausschluß zu rechtfertigen.

Aber wenn er dem gepanzerten Bus gefolgt wäre, als Moff Justin von Sollas nach Purma geschafft hatte ...

Ein Szenario, das Pyre auf dem Rückflug nach Aventine wieder und wieder in unzähligen Variationen durchgespielt hatte, und das ihm in den stillen Stunden des Tages immer noch nachhing. Wäre er dem Bus gefolgt, hätte er Justin an jenem ersten Halt herausholen können, woraufhin die beiden dann Cerenkov und Rynstadt befreit hätten. Oder vielleicht hätte er sogar bis zum Hochsicherheitsgebäude warten können, um dann denselben Weg zurückzugehen, um die anderen zu befreien. Justin wäre niemals dieser scheinbar aussichtslosen Situation ausgesetzt gewesen, tief in feindlichem Gebiet, ohne die Hilfe von außen, auf die er sich verlassen hatte.

Vielleicht hätte er dann auch nicht auf die harte Tour lernen müssen, daß auch Cobras Angst haben durften. In Panik geraten durften.

Mensch bleiben durften.

Das Abendessen ging zu Ende, und die Gesellschaft begab sich ins Wohnzimmer. Doch Jonny hatte kaum angefangen, als es leise an der Tür klopfte und Justin hereinkam.

Einen Augenblick lang machte sich eine gewisse Peinlichkeit breit, als alle um die richtige Mischung aus Begrüßung, Interesse, Beiläufigkeit und Besorgtheit bemüht waren. Doch dann gelang es Joshua, das Eis zu brechen. »Wird auch langsam Zeit«, knurrte er in gespieltem Ernst. »*Du* solltest doch den Hauptgang mitbringen.«

Justin schmunzelte, und die Spannung löste sich. »Tut mir leid, daß ich mich verspätet habe«, entschuldigte er sich im gleichen gespielten Ernst bei seinem Bruder, »aber um die Verspätung wiedergutzumachen, ist das Fleisch *außergewöhnlich* frisch.«

Er nahm neben Joshua Platz, nickte den anderen zu, dann richtete er den Blick erwartungsvoll auf seinen Vater. »Habe ich viel verpaßt?«

»Eigentlich wollten wir gerade erst anfangen.« Jonny zögerte. »Was ich sagen – vorschlagen – möchte, wird ziemlich seltsam klingen«, sagte er und blickte die anderen am Tisch kurz nacheinander an. »Schlimmer noch, ich habe keinen einzigen hieb- und stichfesten Beweis. Das ist auch der Grund, weshalb ihr alle hier seid: Ihr sollt mir helfen zu entscheiden, ob ich tatsächlich einer Sache auf die Spur gekommen bin, oder ob ich mir das alles nur einbilde.« Sein Blick ging zu Chrys, die auf dem Sofa zwischen Corwin und Gwen saß, und verharrte dort, als suchte er bei ihr Kraft. »Ich bat euch, den Bericht über den Planeten Tacta zu lesen, den die *Menssana* mitgebracht hat, insbesondere den Abschnitt über den Vogel, dem wir den Spitznamen *Spookie* gegeben haben. Was dort stand, war nicht sehr viel – im wesentlichen handelte es sich nur um eine kurze Begegnung, die wir mit einem Exemplar nahe der Sicherheitszone des Schiffes hatten. Was dort *nicht* stand, war der starke Verdacht, den ich seitdem hege, daß nämlich Spookie in gewissem Maße telepathisch veranlagt ist.«

Das Wort schien wie Rauch in der Luft zu hängen. Pyres Blick schweifte kurz durch das Zimmer zu Chrys, die besorgt aussah, zu Corwin, Gwen und Joshua, deren Mienen erstaunte Skepsis auszudrücken schienen, zu Justin, dessen Gesichtsausdruck verschlossen aber . . . interessiert wirkte.

»Meine Beweise sind sämtlich subjektiv«, fuhr Jonny fort, »aber laßt mich genau beschreiben, was passiert ist, und seht dann selbst.«

Behutsam, fast so, als machte er eine Aussage vor Gericht, fuhr er fort und erzählte von dem Spookie, der ihn aus dem Gestrüpp heraus beobachtet hatte, von dessen Erregung, als er die anderen herbeirief, von seiner geschickt abgepaßten, geschickt ausgeführten Flucht, und von dem gescheiterten Versuch der Mission, weitere Exemplare dieser Spezies zu finden. Als er geendet hatte, blieb es lange still.

»Ist sonst noch jemand zu dem gleichen Schluß gekommen?« fragte Gwen schließlich.

»Zwei oder drei andere denken noch darüber nach«, meinte Jonny. »Verständlicherweise hat das keiner von uns in seinem offiziellen Bericht erwähnt, aber Chrys und ich haben da draußen gewiß keine Gespenster gesehen.«

»Hm. Es muß sich aber nicht um eine voll ausgebildete Telepathie mit der Fähigkeit, Gedanken zu lesen, handeln«, dachte Gwen laut nach. »Bei seiner Gehirngröße dürfte der Spookie eigentlich gar nicht imstande sein, seine Wahrnehmung auf diese Weise auszuwerten.«

»Dr. Hanford hat seinerzeit eine ähnliche Bemerkung gemacht«, sagte Chrys. »Wir hatten gerade über die Möglichkeit gesprochen, ob Spookies über eine Art Gruppenverstand verfügen oder ob dieser Sinn eher auf ein Gespür für Gefahr als auf Gedankenlesen herausläuft.«

»Ich würde mich für letzteres entscheiden«, warf Corwin ein. »Einem Gruppenverband, sollte es so etwas tatsächlich geben, dürfte der Verlust einer seiner Zellen eigentlich keine allzugroßen Sorgen bereiten. Er könnte sogar ganz bewußt einen oder zwei Spookies opfern, um eure Waffen im Einsatz zu beobachten.«

»Gutes Argument«, meinte Jonny und nickte. »Ich selbst neige auch zu der Theorie der Gefahrenerkennung, obwohl man für ein so gutes Timing eine ziemlich feine Abstimmung braucht.«

»Aber wenigstens die Feinabstimmung könnte doch Zufall gewesen sein«, schlug Corwin vor.

»Vielleicht war auch das Ganze Zufall«, äußerte sich Joshua zögernd. »Entschuldige, Dad, aber ich kann hier nichts entdecken, das sich nicht *irgendwie* erklären ließe.«

»Oh, zugegeben«, sagte Jonny ohne Groll. »Und wenn ich nicht selbst dabeigewesen wäre, würde ich mit der gleichen gesunden Skepsis darangehen. Um die Wahrheit zu sagen, ich hoffe sogar, du hast recht. Aber so oder so, wir müssen es irgendwie herausfinden, und zwar schnell.«

»Wieso?« wollte Pyre wissen. »Meiner Ansicht nach ist die Fauna auf Tacta kein besonders dringendes Problem. Was soll also die große Eile?«

Jonny öffnete den Mund – aber es war Justin, der sprach. »Weil der Rat in Kürze eine Entscheidung über einen Krieg mit Qasama fällen wird«, sagte er mit ruhiger Stimme, »und weil die Mojos mit diesen Spookies verwandt sind. Hab ich recht?«

Jonny nickte, und Pyre spürte, wie ihm das Blut aus dem Gesicht wich. »Soll das heißen, daß wir dort gegen *telepathische Vögel* gekämpft haben?«

»Ich weiß es nicht«, sagte Jonny. »Du warst doch da. Sag du es mir.«

Pyre fuhr sich kurz mit der Zunge über die Lippen. Er sah zu Justin hinüber. Der erste Schock ließ allmählich nach, und er konnte wieder klar denken . . . »Nein«, antwortete er nach einem Augenblick. »Nein, genaugenommen waren sie nicht telepathisch. Zum einen haben sie nicht erkannt, daß wir Cobras waren – sie haben nie reagiert, als wäre ich bewaffnet – immer erst, nachdem ich geschossen hatte.«

»Aber hast du je *gesehen*, wie sie auf eine konventionelle Waffe reagiert haben?« fragte Gwen.

Pyre nickte. »Draußen vor dem Schiff, bei der ersten Kontaktaufnahme. Das Team mußte seine Laser in der Luftschleuse zurücklassen.«

»Und bei Decker«, murmelte Joshua.

»Und bei Decker«, bestätigte Pyre, der schlucken mußte, als er an Yorks Opfer dachte. »Ich würde sogar behaupten, daß die Mojos das Vorhandensein von Gefahr nicht einmal spüren, jedenfalls nicht so, wie du dies von deinem Spookie behauptest. Als ich am Stadtrand von Sollas auf ein Gebäude kletterte, habe ich sowohl einen qasamanischen Posten als auch seinen Mojo überrascht. Der Vogel hätte wenigstens in der Luft sein müssen, wenn er mein Kommen gespürt hätte.« Er zog eine Braue hoch und sah Justin an. »Ist dir irgendwas aufgefallen?«

Der junge Cobra zuckte die Achseln. »Nur daß, was die Mojos anbetrifft, diese Geschichte mit dem Gruppenverstand nicht funktioniert – nicht ein einziger von ihnen hat etwas hinzugelernt, egal wie viele ihrer Gefährten wir abgeschlachtet haben.« Er hielt inne, und ein Anflug von Gequältheit schien sich über sein Gesicht zu legen. »Außerdem . . . da ist vielleicht noch etwas.«

Die anderen spürten es ebenfalls, und ein mitfühlendes Schweigen senkte sich über den Raum. Justin mußte mehrmals ansetzen, doch als er schließlich sprach, klang seine Stimme fest und emotionslos. »Ich nehme an, ihr habt alle meinen Bericht gelesen. Ihr wißt, daß ich – na ja, in Panik geriet, als man mich in Purma unter die Erde verfrachtete. Ich habe sämtliche Mojos und einige der Qasamaner im Aufzug getötet, und ein paar Minuten darauf eine weitere Gruppe oben im Gang. Was . . . was ein paar von euch nicht wissen, ich geriet nicht einfach nur in Panik. Ich verlor buchstäblich den Kopf, wenn die jeweilige Mojogruppe angriff. Ich kann mich nicht mal mehr daran erinnern, sie abgewehrt zu haben, ich kam gewissermaßen einfach wieder zu mir, und sie lagen tot um mich herum.«

Er hielt inne und hatte Mühe, die Fassung wiederzuerlangen ... und es war Joshua, der als erster den entscheidenden Umstand bemerkte. »Das ist nur passiert, wenn Mojos dich angegriffen haben?« fragte er. »Die Qasamaner selbst haben dir nichts ausgemacht?«

Justin schüttelte den Kopf. »Nicht im gleichen Maß. Zumindest nicht die im Aufzug. Die anderen ... gut, wahrscheinlich kann ich mich auch nicht erinnern, daß ich sie umgebracht habe. Ich weiß nicht – vielleicht suche ich auch bloß eine Erklärung für mein Versagen.«

»Vielleicht aber auch nicht«, sagte Jonny erbittert. »Almo, hast du eine ähnliche Erfahrung gemacht, als du gegen die Mojos gekämpft hast?«

Pyre zögerte, versuchte sich zu erinnern. Er wünschte, er könnte etwas Derartiges zugeben, allein Justins Selbstachtung zuliebe. Wenn die Mojos tatsächlich die Reaktion des jüngeren Mannes beeinflußt hatten ...

Aber er schüttelte nur den Kopf. »Tut mir leid, aber ich fürchte, nein«, meinte er zu Jonny. »Andererseits hatte ich auch nie mit Mojos zu tun, die schon gesehen hatten, daß ich gefährlich bin. Ich konnte sie immer in die Zielerfassung nehmen und mit der ersten Salve ausschalten. Vielleicht könnte uns Marck Winward mehr darüber erzählen.«

Joshua starrte ins Leere. »Die Städte. Sie haben sie den Mojos zuliebe so angelegt. Meinst du, das hat mehr zu bedeuten, als wir dachten?«

Gwen rutschte unruhig hin und her. »Ich muß gestehen, das mit der ›angelegten‹ Stadt verstehe ich nicht, vor allem nicht diese Verrücktheit, ganze Herden von Bololins durch die Straßen ziehen zu lassen. Wäre es nicht einfacher, auf die Jagd zu gehen, wenn man möchte, daß der eigene Mojo sich vermehrt?«

»Sie hätten auch Vogelhäuser für die Tarbine in den Städten aufstellen können«, schlug Chrys vor. »Ich stelle es mir sowieso schwieriger vor, wilde Mojos einzufangen, als zahme zu züchten.«

»Das wäre sicherlich sinnvoller«, meinte Pyre.

»Vorausgesetzt«, sagte Corwin in aller Ruhe, »es waren tatsächlich die Qasamaner, die diese Entscheidungen getroffen haben.«

Da ist es endlich, dachte Pyre. *Wovor wir alle anderen uns gedrückt haben, jetzt ist es endlich raus.* Er ließ den Blick in die Runde schweifen, doch über dieses Bild legte sich eine beunruhigende Vorstellung: ein Qasamaner als Marionette, die Fäden im Schnabel eines Mojos . . .

Justin war es, der nach einer Weile das Schweigen brach. »Aber so einfach können Mojos die Kontrolle über Menschen nicht übernehmen«, sagte er. »In jener letzten Nacht waren wir auf allen Seiten von Mojos umgeben und konnten trotzdem fliehen.«

Pyre überlegte. »Richtig«, gab er ihm zögernd recht. »Sowohl außerhalb von Purma als auch in Kimmerons Büro in Sollas hätten die Mojos in der Lage sein müssen, mich zu beeinflussen. Vorausgesetzt, sie sind wirklich dazu fähig.«

»Vielleicht müssen sie erst länger mit einem Menschen in Kontakt stehen«, warf Corwin ein. »Oder es gibt einen Entfernungs- oder Streßfaktor, der sie daran hindert.«

»Jetzt sprichst du von graduellen Unterschieden«, meldete sich Chrys mit leiser Stimme zu Wort. »Soll das heißen, wir sind alle einer Meinung, daß die Mojos irgendwie, auf irgendeiner Ebene, die Geschehnisse auf Qasama beeinflussen?«

Kurz herrschte Schweigen – dann, einer nach dem anderen, nickten sie. »Die Städte«, meinte Joshua, »sind der Schlüssel. Diese Leute haben sich enorme Mühe gegeben, das natürliche Paarungsverhalten der Mojos beizubehalten, sogar dort, wo einfachere Möglichkeiten bestehen. Komisch, daß niemand von uns vorher darauf gekommen ist.«

»Vielleicht aber auch nicht«, meinte Pyre erbittert zu ihm. »Wir sollten diesen Vögeln nicht allzu viele übermenschliche Fähigkeiten zuschreiben, einverstanden? Sie sind nicht einmal intelligent, vergeßt das nicht. Ich glaube, wir Menschen sind auch ohne Hilfe durchaus imstande, das Offensichtliche zu übersehen.«

Die Diskussion ging noch eine Weile hin und her, bevor sie sich anderen Themen zuwandten . . . und schließlich waren alle so in sie vertieft, daß nur Pyre bemerkte, wie Justin still von dannen schlich.

Der Schreibtisch in seinem provisorischen Büro in der Cobraakademie war kleiner, als ihm lieb war, aber er besaß ein Computerterminal, und das war alles, was Justin wirklich interessierte. Er hatte gerade einen neuen Suchbefehl eingegeben und wartete auf die Ergebnisse, als es an der Tür klopfte. »Herein«, sagte er abwesend. Wahrscheinlich wieder jemand, der gekommen war, um sich über seine lange Arbeitszeit zu beschweren –

»Hat dir noch nie jemand gesagt, daß es unhöflich ist, zu gehen, ohne sich zu verabschieden?«

Justin wirbelte auf seinem Stuhl herum, während ihm vor Überraschung und Ärger heiß wurde. »Oh . . . hallo, Tante Gwen«, brachte er hervor, ohne ins Stammeln zu geraten. »Äh – tja, ihr wart alle so beschäftigt, über die Mojos zu diskutieren, und ich hatte hier noch zu tun . . .«

Er verstummte bei ihrem festen, keinen Unsinn duldenden Blick, jenem Blick, der bei ihm seit seiner Kindheit mehr bewirkt hatte als alle Drohungen oder Vorhaltungen. »Aha«, meinte sie. »Nun, trotzdem schade, daß du gegangen bist. Du hast nämlich *meinen* Bericht versäumt.«

»Den über die Situation strategisch wichtiger Rohstoffe auf Qasama?«

»Genau den. *Und* die überraschende Zugabe: die Langstrekkenkommunikationsmethode der Qasamaner.«

Justin kniff die Augen zusammen, sein Herz begann schneller zu schlagen. »Du bist dahintergekommen? Erzähl schon – wie machen sie das?«

»Ich schlage dir ein Tauschgeschäft vor«, sagte sie und deutete mit einer Handbewegung auf den Schreibtisch und die darüber verstreuten Papiere und Landkarten. »Zuerst verrätst du mir dein Geheimnis.«

Er spürte, wie sich sein Mund zu einer Grimasse verzog. . . . aber er hätte ohnehin bald jemandem davon erzählen müssen. »Also gut«, seufzte er. »Ich versuche einen taktischen Plan für den nächsten Spionageeinsatz auf Qasama auszuarbeiten.«

Gwen sah ihm fest in die Augen. »Wie kommst du darauf, daß es noch eine Mission geben wird?«

»Weil es nicht anders geht«, sagte er. »Am Ende der ersten Mission sind zu viele heikle Fragen offengeblieben. Zumindest, was diese unterirdischen Produktionszentren betrifft, und wenn Dad recht hat, auch die Mojos.«

»Aha. Ich nehme an, du hast vor, diese Mission zu leiten?«

Justins Lippe zuckte. »Natürlich nicht. Aber ich werde zum Team gehören.«

»Hm.« Gwen sah sich im Zimmer um, schnappte sich einen

Stuhl, der neben der Tür stand, zog ihn heran und stellte ihn vor ihren Neffen. »Weißt du, Justin«, sagte sie und setzte sich hin, »wenn ich es nicht besser wüßte, würde ich glauben, du wolltest vor etwas davonlaufen.«

Er schnaubte. »Nach Qasama zu fliegen kann meiner Ansicht nach wohl kaum als Flucht ausgelegt werden.«

»Kommt ganz darauf an, was du hier zu erwarten hast. Es ist nicht einfach, dort zu bleiben, wo man ist, wenn man glaubt, echte oder eingebildete Ablehnung zu spüren. Aber manchmal ist es feige, wenn man sich für irgendeine andere Möglichkeit entscheidet.«

Justin holte ein weiteres Mal tief Luft. »Tante Gwen ... du kannst unmöglich wissen, wie das ist. Ich habe auf Qasama versagt – und jetzt ist es meine Aufgabe, das wiedergutzumachen, wenn ich kann.«

»Du hörst nicht zu. Versagt oder nicht, darum geht es gar nicht. Mit einem unreifen Plan einfach loszumarschieren ist gleichbedeutend mit Flucht – Ende. Abgesehen davon, ich *weiß*, was du durchzustehen hast. Als dein Vater aus dem Krieg zurückkam, hat er –« Sie hielt inne, die Lippen fest zusammengepreßt, dann fuhr sie ruhig fort. »Eines Abends passierte ein Unfall in der Stadt, und er ... hat dabei zwei Teenager getötet.«

Justin spürte, wie sein Mund trocken wurde. »Das höre ich zum ersten Mal«, sagte er vorsichtig.

»Wir sind nicht gerade versessen darauf, darüber zu sprechen«, seufzte sie. »Die Jungs taten so, als wollten sie ihn überfahren, woraufhin seine Cobrareflexe eine Reaktion zur Folge hatten, die sie am Ende indirekt tötete. Aber die Einzelheiten spielen keine Rolle. Anschließend wollte er davonlaufen – er hatte bereits einen ganzen Stapel Bewerbungen für Universitäten auf anderen Welten ausgefüllt und war bereit, weit fortzugehen. Aber er blieb. Er blieb und half nicht nur uns allen, mit der Ächtung fertig zu werden, sondern rettete auch ein paar Männer aus einem brennenden Gebäude.«

»Dann blieb er also ... bis er endgültig fortging und hierher nach Aventine kam?«

Gwen blinzelte. »Ja ... schon, aber das ist nicht dasselbe. Die Regierung des Imperiums wollte, daß die Cobras beim Aufbau der Kolonie helfen –«

»Hätte er sich weigern können?«

»Ich – das kann ich nicht sagen. Aber das hätte er niemals getan, denn sein Geschick und sein Können wurden hier draußen gebraucht.«

Justin breitete die Hände aus. »Aber merkst du denn nicht? – du benutzt mein Argument gegen mich. Dads Fähigkeiten als Cobra wurden gebraucht, also kam er her – meine Fähigkeiten als Cobra werden auf Qasama gebraucht, also gehe ich dorthin. Das ist ganz genau dasselbe.«

»Aber nein, ist es nicht«, entgegnete Gwen. Ihre Augen und ihre Stimme hatten fast etwas Flehendes. »Du hast weder die Ausbildung noch die Erfahrung eines Kriegers. Du versuchst bloß, durch einen Racheakt dein Gewissen reinzuwaschen.«

Justin seufzte und schüttelte den Kopf. »Ich bin nicht auf Rache aus, bestimmt nicht. Seit dem Rückflug hatte ich zwei Wochen Zeit, um mir über meine Gefühle in dieser Hinsicht klar zu werden und ... ich glaube, jetzt verstehe ich mich selbst und meine Motive. Qasama muß gestoppt werden. Und um das zu erreichen, brauchen wir mehr Informationen« – er holte tief Luft – »und wenn ich schon kein richtiger Krieger bin, dann vielleicht das, was dem auf Aventine noch am nächsten kommt.«

»Jonny hat hart dafür gearbeitet, daß aus den Cobras eine Truppe für Frieden und Fortschritt in den Welten wird.«

»Aber zuerst hat er seinen Krieg durchstehen müssen«, meinte Justin ruhig zu ihr. »Und ich muß meinen durchstehen.«

Eine volle Minute lang war es still im Zimmer. Dann machte Justin einen passablen Versuch zu lächeln und sah seine Tante an. »Jetzt bist du an der Reihe. Wie lautet *dein* Geheimnis?«

Gwen seufzte – ein langer zischender Laut, mit dem sie sich geschlagen gab. »Wenn du einen Blick auf die topographische Karte von Qasama wirfst, wirst du feststellen, daß alle Städte und Siedlungen in einem länglichen, bumerangähnlichen Streifen von insgesamt etwa viertausend Kilometern Länge und sechshundert Kilometern an der breitesten Stelle liegen. Es gibt Hinweise dafür, daß es sich dabei um ein Aufquellen basaltischer Magma recht junger geologischer Vergangenheit handelt.«

»Das ist eine Menge Magma«, murmelte Justin.

»Zugegeben, obwohl es auch noch größere Beispiele dieses Phänomens auf einigen Welten des Imperiums gibt. Wie auch immer, ich habe ein wenig mit dem Computer herumgespielt, und es erscheint durchaus möglich, daß der Basalt bis in stark metallhaltige Gesteinsschichten vorgedrungen ist. Wenn das stimmt, sitzen die Qasamaner einhundert Meter über einem betriebsbereiten Wellenleiter für niedrigfrequente Radiowellen, der nur darauf wartet, daß man Antennen in ihn hineinbohrt. Diese Art von System ist auch vorher schon benutzt worden, aber umgeben von Metallerz, ist das Signal fast vollständig abgeschirmt, so daß nur sehr wenig herausdringt, was jemand abhören könnte.«

Justin stieß einen leisen Pfiff aus. »Clever. Sehr clever. Ein Planet, der bereits verkabelt ist.« Und wenn es stimmte, würde dies seine letzten noch verbliebenen Zweifel bezüglich der telepathischen Langstreckenfähigkeiten der Mojos ausräumen. Und das war eine Menge wert. »Wann wirst du mit Sicherheit wissen, ob du recht hast?«

Sie seufzte erneut. »Wahrscheinlich werde ich erst dann sicher sein, wenn deine Spionagemission die Antennen findet.« Sie sah ihn noch einen Moment lang an und stand dann auf. »Ich gehe jetzt besser«, sagte sie und ging rückwärts zur Tür. »Almo wartet. Er bringt mich ins Hotel. Wir ... wir sprechen uns später noch.«

»Danke, daß du reingeschaut hast«, sagte Justin. »Keine Sorge – in ein oder zwei Tagen ist das hier erledigt, und wenn ich es eingereicht habe, werde ich auch mehr Zeit mit der Familie verbringen können.«

»Sicher. Also ... gute Nacht.«

»Nacht Tante Gwen.«

Nachdem sie gegangen war, blieb er eine volle Minute sitzen, den Blick auf die geschlossene Tür gerichtet. Hundert Meter waren es bis zum qasamanischen Wellenleiter aus Basalt. Mehr oder weniger dreißig Stockwerke ... ungefähr die Tiefe des Gebäudes in Purma, aus dem er geflohen war. Handelte es sich tatsächlich um das örtliche Kommunikationszentrum und nicht um den Industriekomplex, wie er geglaubt hatte? Wenn das stimmte –

Wenn das stimmte, dann war ihm durch seine voreilige Flucht nur wenig wirklich Wichtiges entgangen.

Vielleicht war er am Ende doch kein Versager. Oder wenigstens kein so großer, wie er gedacht hatte.

Schön zu wissen. Aber letzten Endes machte es in praktischer Hinsicht wenig Unterschied. Der Job auf Qasama mußte erledigt werden, und er und seine Cobragefährten waren die einzigen, die dazu geeignet waren.

Er wandte sich erneut seinem Schreibtisch zu und machte sich wieder an die Arbeit.

26. Kapitel

Stiggur war von Jonnys Argumenten weder beeindruckt noch überzeugt. Und das galt ganz offensichtlich auch für die meisten anderen.

»Ein telepathischer Vogel«, schnaubte Vartanson. »Jetzt hören Sie aber mal auf – meinen Sie nicht, daß Sie damit ein wenig zu weit gehen?«

Jonny fiel es schwer, die Beherrschung zu bewahren. »Was ist mit der Anlage der Städte?« fragte er.

»Ja, was ist damit?« feuerte Vartanson zurück. »Dafür gibt es Hunderte von Erklärungen. Vielleicht erkranken die Mojos, wenn sie sich nicht regelmäßig paaren, und die Bewohner der Städte wollen nicht jedesmal zu diesem Zweck in den Wald ziehen. Vielleicht können sie die Bololinherden nicht mit Mauern aussperren, und dies ist der beste Kompromiß.«

»Wieso haben sie dann überhaupt Städte gebaut?« fragte Jonny. »Sie mögen es, dezentralisiert zu leben – wieso belassen sie es dann nicht bei ihren Siedlungen?«

»Weil eine gewisse Bevölkerungsdichte soziologische und ökologische Vorteile bietet«, meldete sich Fairleigh zu Wort. »Allein die unterirdische Industrie zu verbergen wäre ein guter Grund.«

»Und bevor Sie auf die tactanischen Spookies zu sprechen kommen«, sagte Roi, »der Zusammenhang, den Sie zwischen ihnen und den Mojos sehen, ist bestenfalls hypothetisch – und die Schlüsse, die Sie daraus über die Spookies ziehen, sind lächerlich. Tut mir leid, aber so ist es eben.«

»Das ist eine ziemlich umfassende Bewertung für jemanden, der von Biologie keinen blassen Schimmer hat«, erwiderte Jonny bissig.

»Ach, wirklich? Nun, vielleicht sollten wir dann unsere anwesende Biologin fragen.« Roi wandte sich Telek zu. »Lizabet, wie denken Sie darüber?«

Telek bedachte ihn mit einem kühlen Blick und sah dann langsam in die Runde. »Ich denke«, sagte sie schließlich, »wir sollten uns verdammt noch mal vergewissern. Und uns damit besser beeilen.«

Verblüfftes Schweigen machte sich breit. Jonny starrte Telek an, da ihn ihre unerwartete Unterstützung ein wenig aus der Bahn geworfen hatte.

Stiggur räusperte sich. »Lizabet . . . ich sehe ein, daß Ihr professionelles Interesse in dieser Sache naturgemäß mehr auf die Mojos als auf die technologischen Fähigkeiten der Qasamaner gerichtet ist. Aber –«

»Dann lassen Sie es mich anders ausdrücken«, unterbrach Telek ihn. »Ich weiß seit gestern von Jonnys Theorie – woher, spielt keine Rolle –, und ich habe diese Zeit dazu benutzt, ein paar neue Untersuchungen des Bildmaterials durchzuführen, welches das Team mitgebracht hat.« Sie sah Roi an. »Olor, ich würde sagen, die palatinische Glühnase ist vermutlich das beliebteste Haustier in allen Welten – ja? Gut. Wie viele Menschen auf Palatine besitzen eine?«

Roi sah sie verständnislos an. »Das weiß ich aus dem Stegreif nicht. Achtzig Prozent, würde ich schätzen.«

»Ich habe die Zahlen nachgeschlagen«, sagte Telek. »Wenn wir von einer pro Person ausgehen, liegt die Zahl unter sechzig Prozent. Wenn Sie alle anderen Haustiere hinzuzählen, haben etwa achtundsiebzig Prozent unserer Bevölkerung eine.«

»Worauf wollen Sie hinaus?« fragte Stiggur.

Telek richtete den Blick auf ihn. »Dreizehn Prozent eines anerkanntermaßen tierverrückten Volkes besitzt kein Haustier. Aber *jeder gottverdammte Qasamaner hat einen Mojo.*«

Jonny blickte stirnrunzelnd in die nachdenklich schweigende Runde und versuchte, sich die Szenen ins Gedächtnis zu rufen, die er aus den Aufzeichnungen kannte. Denkbar war es, entschied er ein wenig überrascht. »Ohne Ausnahme?« fragte er Telek.

»Der Computerscan hat nur drei ans Licht gefördert, und zwei davon zählen eigentlich nicht: Kinder unter zehn sowie Tänzer und Duellanten. Die Duellanten bekommen ihre Vögel allerdings nach ihrem verdammten Ballspiel zurück, und die Tänzer lassen sie vermutlich hinter der Bühne. Und damit wären wir wieder bei einhundert Prozent der erwachsenen Bevölkerung. Bühne frei für Spekulationen.«

»Sie leben in einer gefährlichen Umgebung«, meinte Vartanson mit einem Achselzucken.

»Eigentlich nicht.« Telek schüttelte den Kopf. »Die Siedlungen sind dank der Mauern und der Seltenheit der Kriszahn-Raubtiere, von denen die Rede war, recht sicher. Und selbst gegen die Bololins sind Sollas und die anderen Städte gerüstet. Dieses Argument der ›großen Gefahr‹ kommt mir vor wie eine sich anbietende, aber fadenscheinige Rechtfertigung.«

»Dennoch laufen alle Qasamaner bewaffnet herum«, schnaubte Roi.

»Ja, was ist mit ihnen?« warf Jonny ein. Hemner auf der gegenüberliegenden Seite des Tisches murmelte etwas in sich hinein und fummelte an seinem Display herum. Jonny wartete eine Sekunde, als er aber nichts sagte, wandte sich Jonny an Vartanson. »Howie, lassen Sie zu, daß die Bevölkerung bei Ihnen innerhalb der befestigten Lager Waffen trägt?«

Vartanson schüttelte langsam den Kopf. »Die Cobras sind natürlich bewaffnet, aber sämtliche Handfeuerwaffen werden an den Innentoren registriert.«

»Die Qasamaner sind in einer Tradition des Waffentragens aufgewachsen«, argumentierte Fairleigh. »Sie lassen sich nicht zwingen, diese über Nacht aufzugeben.«

»Wieso nicht?« wollte Telek wissen. »Sie haben auch eine Tradition, die es ihnen verbietet, sich gegenseitig anzugreifen, haben Sie das vergessen?«

»Abgesehen davon«, fügte Hemner hinzu, ohne den Kopf zu heben, »ist das Verbot, innerhalb von Städten Waffen zu tragen, an Dutzenden von Orten im Imperium erfolgreich durchgesetzt worden.«

»Meiner Ansicht nach würden die Qasamaner sich das nicht gefallen lassen«, meinte Roi kopfschüttelnd.

»Kommen wir wieder zum Thema, ja?« ermahnte Telek die Runde. »Die Frage ist, wieso die Qasamaner sich noch immer die Mühe machen, diese Vögel mit sich herumzuschleppen, wenn es längst nicht mehr nötig ist.«

»Aber wir haben die Frage doch bereits beantwortet«, meinte Stiggur mit einem Seufzer. »Solange jeder eine Waffe und einen Mojo trägt, müssen es alle tun. Sonst würden sie sich nicht sicher fühlen.«

»Kulturelle Konditionierung –«

»Dürfte auf die meisten von ihnen zutreffen«, sagte Stiggur. »Aber nicht auf alle. Und wäre ich Qasamaner, würde ich auch einen Schutz vor dieser kleinen Gruppe gefährlicher Leute wollen.«

Telek verzog das Gesicht und versuchte es anders. »Brom –«

»Na schön, wir haben lange genug geredet«, platzte Hemner entschieden dazwischen. »Wir werden über Lizabets Vorschlag abstimmen. Und zwar jetzt.«

Alle Augen richteten sich auf den gebrechlichen alten Mann. »Jor, Ihr Antrag ist unzulässig«, entgegnete Stiggur ruhig. »Ich weiß, die Emotionen kochen bei diesem Thema –«

»Ach, tun sie das wirklich?« Hemner lächelte dünn. Seine Hände hatten, wie Jonny mit einem Anflug von Beklommenheit bemerkte, ihren gewohnten Platz auf der Tischplatte verlassen und lagen jetzt, vor den Blicken verborgen, in seinem Schoß. »Und Sie ziehen Taten Worten vor, nehme ich an. Es ist so viel einfacher, die Gefühle von Menschen zu manipulieren. Nun, jetzt ist es an der Zeit zu handeln. Wir werden abstimmen, und wir werden Lizabets Mojostudie verabschieden. Wenn nicht ...«

»Was, wenn nicht?« fuhr Stiggur ihn an, dessen Gereiztheit schließlich mit ihm durchging.

»Wenn nicht, werden alle Nein-Stimmen eliminiert werden«, sagte Hemner barsch. »Und mit *ihm* fangen wir an.«

Seine rechte Hand kam über die Tischkante, und die kleine Pistole, die er darin umklammert hielt, schwenkte herum und zielte auf Roi.

Jemand schrie erschrocken auf ... doch die Pistole hatte ihr Ziel noch nicht mal sicher ins Visier genommen, als Jonny bereits in Bewegung war. Beide Fingerspitzenlaser spien Feuer, einer auf die Pistole, der andere zeichnete eine Linie direkt vor Hemners Augen. Der alte Mann zuckte mit einem Schmerzensschrei zurück, als er Hitze und Licht an der Hand und in seinem Gesicht spürte, und schwenkte die Pistole von den anderen fort. Jonny packte die Tischkante mit beiden Händen, stieß sich mit beiden Füßen ab, daß sein Sessel kreisend durch den Raum schlidderte, und drehte seinen Körper, so daß er krachend rücklings auf dem Tisch landete. Seine Beine trafen Hemners Arm mit voller Wucht, worauf dieser zum zweiten Mal aufschrie, und die Waffe flog an die gegenüberliegende Wand.

»Holt die Pistole!« fauchte Jonny trotz der Höllenqualen, die die plötzlichen Bewegungen in seinen arthritischen Gelenken hervorgerufen hatten. Er brachte sich in eine sitzende Stellung und packte Hemner an beiden Handgelenken. »Jor, was, zum Teufel, sollte das?«

»Ich wollte nur etwas beweisen«, antwortete Hemner in aller Ruhe. Seine Barschheit war spurlos verschwunden. »Meine Handgelenke – Vorsicht –«

»Sie wollten *was?*« Es war Roi, der dies gesagt hatte, und Jonny drehte sich zu ihm um.

Roi stand an der gegenüberliegenden Wand und hielt Hemners ›Waffe‹ in der Hand.

Die aus nichts weiter als einem Stift und einer geschickt gefalteten MagCard bestand.

Jonny blickte Hemner an. »Jor . . . was wird hier gespielt?«

»Wie gesagt, ich wollte etwas beweisen«, meinte dieser. »Äh – wenn Sie nichts dagegen haben . . .?«

Jonny löste seinen Griff, kletterte vorsichtig vom Tisch herunter und ging wieder an seinen Platz. Roi setzte sich ebenfalls wieder hin, und Stiggur räusperte sich. »Ich hoffe, Sie hatten einen guten Grund für diese Aktion«, warnte er Hemner.

Dieser nickte. »Olor, waren Sie gerade eben bewaffnet, als ich die Waffe gegen Sie gezogen habe?« fragte er.

»Natürlich nicht«, protestierte Roi.

»Doch selbst mit einer echten Waffe wäre ich nicht in der Lage gewesen, auf Sie zu schießen? Ist das richtig? Und wieso nicht?«

»Weil Jonny hier war und er schneller ist als Sie.«

Hemner nickte und wandte sich an Stiggur. »Es geht um Sicherheit, Brom. Es ist nicht nötig, daß jeder Bürger einen Mojo mit sich herumträgt, um Schutz zu genießen. Die Mojos greifen *jeden* an, der eine Waffe zieht, ob ihre Herren gezielt bedroht werden oder nicht.« Er deutet mit einer vagen Handbewegung auf sein Display. »Die Aufzeichnungen des Angriffs auf York im Bus zeigen das ganz deutlich – ich habe es mir gerade angesehen. Selbst wenn jeder eine Waffe tragen wollte, brauchte man noch immer nicht so viele Mojos. Zwanzig Prozent oder sogar noch weniger, kombiniert mit der kulturell bedingten Abneigung gegen das Kämpfen, wären mehr als ausreichend.«

»Vorausgesetzt, sie verhalten sich ohne diese krallenbesetzte Gedächtnishilfe auf den Schultern ebenso friedlich«, brummte Fairleigh. »Vielleicht sind sie ohne die Mojos in der Nähe gewalttätiger.«

Plötzlich mußte Vartanson lachen. »Dylan, haben Sie gehört, was Sie gerade gesagt haben? Fast genau dasselbe, was Jonny angedeutet hat.« Er nickte Jonny zu. »Also gut, ich bin jetzt überzeugt, daß die Mojos weiterer Untersuchungen bedürfen. Aber wir müssen auch mehr über die technologischen Grundlagen der Qasamaner erfahren, und ich bin nicht sicher, was wichtiger ist.«

»Dann machen wir doch beides«, meldete sich Telek zu Wort. Sie griff in den Stapel MagCards vor ihr, wählte eine aus und ließ sie in ihr Lesegerät gleiten. »Dies ist ein vollständig ausgearbeiteter taktischer Plan, der gestern über Almo Pyre an mein Büro weitergeleitet wurde. Ich möchte, daß wir alle ihn lesen und als ernstzunehmende Grundlage für eine zweite Mission nach Qasama in Erwägung ziehen. Brom?«

»Irgendwelche Bemerkungen oder Einwände?« fragte Stiggur und ließ den Blick in die Runde schweifen. »Also gut. Sehen wir uns den Bericht mal an.«

Telek schickte ihn auf die anderen Displays, und alle begannen zu lesen. Jonny merkte, wie beim Studium des Planes Erinnerungen an seine eigene taktische Ausbildung hochkamen . . . Erinnerungen und ein wachsender Respekt für Pyres Arbeit. Sicher, in der Computerbibliothek gab es einige Militärhandbücher, trotzdem kostete es eine Menge unverdorbenen Talents, eine derart umfassende Darstellung zusammenzutragen, vor allem angesichts der eingeschränkten Ausbildung, die die Ersten Cobras Pyre und seinem Team hatten geben können.

Erst am Ende stieß er auf den Namen des Verfassers . . . und starrte ihn fast eine volle Minute ungläubig an, bevor er es schließlich glauben konnte.

Justin Moreau.

Obwohl er jetzt schon beinahe zwei Stunden in Teleks Büro wartete, war Pyre zu beschäftigt, um es zu bemerken. Justins Plan war äußerst detailliert, aber natürlich hatte der Junge keine konkrete Aufgabenzuteilung vorgenommen, eine Kompetenz, die Koordinator Sun und den oberen Rängen der Cobras zufiel, vorausgesetzt, der Plan wurde angenommen. Aber nirgendwo stand, daß Pyre nicht seine eigene Namensliste zur

Begutachtung vorlegen konnte. Er war mit der Hauptgruppe fertig und arbeitete am ersten der drei Vortrupps, als Telek zurückkam.

»Nun?« fragte er, als sie die Tür schloß und in ihren Schreibtischsessel sank.

»Sie haben ihn angenommen« sagte sie mit einem Anflug zufriedener Erschöpfung. »Brom will ihn noch einer Sichtungskommission der Ersten Cobras vorlegen, aber ich glaube kaum, daß sie großartige Veränderungen vornehmen werden. Bleibt es bei den zwei Wochen für die Ausrüstung und Ausbildung der Spezialeinheit?«

Pyre nickte. »Sie brauchen lediglich die Verstärker für die Mehrfachzielerfassung und ein bißchen taktisches Training. Zur Abwechslung wird uns die Erfahrung bei der Jagd von Stachelleoparden mal nützlich sein.«

»Hm. Sie . . . äh . . . haben die Absicht, selbst in den Wald rauszugehen?«

»Das hatte ich vor, ja. Es sei denn, Sie möchten mich im Trupp für die Siedlungen haben.«

Telek schürzte die Lippen. »Vielleicht wäre es sogar besser, wenn Sie an Bord des Schiffes blieben. Um die Dinge zu koordinieren.«

»Ja?« Pyre musterte sie. »Es wäre Ihnen lieber, wenn ich Qasama nicht betreten würde?«

»Mir wäre es lieber, wenn Sie Ihr Leben nicht aufs Spiel setzen würden, wenn Sie es unbedingt wissen wollen«, sagte sie widerstrebend. »Sie haben Ihren Teil bereits geleistet.«

»Aha. Sind Sie bei Justin, Michael und Dorjay der gleichen Ansicht? Oder ist das etwas anderes, weil Sie beim letzten Mal extra darum gebeten haben, daß ich an Bord der *Dewdrop* bleibe?«

Sie kräuselte die Lippen. »Sie haben es also doch gewußt. Ich hatte gehofft, ich hätte meine Spuren besser verwischt.«

»Auch ich habe Freunde in den oberen Etagen. Deshalb war ich überrascht, daß Sie mich angefordert hatten.«

Telek seufzte. »Nun ja, bestimmt nicht deshalb, weil Sie ein guter Freund der Moreaus sind«, sagte sie. »Obwohl das der Grund war, weshalb ich Sie und Halloran um die erste Kostenstudie gebeten habe. Aber was die Mission selbst anbetrifft . . .« Sie hielt inne, ihr Blick ging zum Fenster und der Silhouette von Capitalia dahinter. »Ich habe mich von Anfang an besorgt gefragt, wieso die Baliu-Domäne der Ansicht war, die Cobras würden mit den Qasamanern besser zurechtkommen als sie selbst.«

»Weil sie bereits von der Abneigung der Mojos gegen gezogene Waffen wußten«, meinte Pyre.

»Richtig. Zudem war da noch die Frage, ob das Ganze ein Test ist. Aber dann ist mir noch eine andere Möglichkeit eingefallen.«

Pyre runzelte nachdenklich die Stirn . . . und plötzlich wurde es ihm klar. »Sie denken, sie *wußten,* daß wir derselben Art angehören wie die Qasamaner?«

»Ich halte das für äußerst wahrscheinlich. In einem Krieg gegen eine andere menschliche Rasse hätten Cobras mit Sicherheit Vorteile. Und durchtrieben wie sie sind, sollten wir natürlich nicht wissen, mit wem wir es zu tun bekommen, bevor wir uns für irgendeine Vorgehensweise entscheiden.«

»Ja«, meinte Pyre gedehnt. »Wir sind auf Qasama fast draufgegangen, und noch immer können wir unseren Standpunkt in der Öffentlichkeit nicht durchsetzen. Stellen Sie sich den Aufruhr vor, wenn wir vorab gewußt hätten, daß wir andere Menschen vernichten sollen.« Er zog eine Braue hoch und sah sie an. »Das erklärt allerdings nicht, weshalb Sie mich mitgenommen haben.«

Sie holte tief Luft. »Mir gefiel die Vorstellung nicht, jemand könnte von mir verlangen, eine andere menschliche Kolonie da draußen zu verraten. Sie sollten dafür sorgen, daß ich meine Ziele klar vor Augen behielt. Wußten Sie, Almo, daß ich mal verheiratet war?«

Er schüttelte den Kopf und ging mühelos auf ihren abrupten Themenwechsel ein. »Geschieden?«

»Verwitwet. Schon bevor ich Gouverneurin wurde. Er war ein Cobra . . . Er starb auf Caelian.«

Sie hielt inne, und ihr war deutlich anzusehen, welche Erinnerungen ihr durch den Kopf gingen. Pyre wartete. Er ahnte, was als nächstes kommen würde. »Sie erinnern mich sehr stark an ihn«, fuhr sie schließlich fort. »Im Aussehen und noch mehr in Ihrer ganzen Art. Ich wollte Sie dort als ständige Ermahnung bei mir haben, daß wir eine neue Welt brauchen, auf die die Caelianer umziehen können.«

»Auch wenn diese Welt mit dem Leben der Qasamaner erkauft würde?« fuhr er sie an.

Die Worte kamen schroffer heraus, als er beabsichtigt hatte, Telek jedoch verzog keine Miene. »Ja«, sagte sie ruhig. »Selbst dann. Das ist meine erste und oberste Pflicht den Cobrawelten gegenüber . . . und daran wird sich auch nichts ändern.«

Pyre sah sie an, und plötzlich kroch ihm ein Frösteln den Rücken hinauf. All die Zeit gemeinsam auf der *Dewdrop* . . . und er hatte sie überhaupt nicht kennengelernt.

»Es täte mir leid, wenn Sie mich jetzt deswegen hassen«, sagte sie nach einer Weile. »Aber meines Erachtens hatte ich keine andere Wahl.«

Er nickte, wenn er auch nicht recht wußte, auf welchen Teil ihrer Bemerkung er damit antwortete. »Wenn Sie mich jetzt entschuldigen«, sagte er und merkte, wie förmlich seine Stimme klang, »ich muß wieder an die Arbeit. Ich muß das Team zusammenstellen, das ich nach Qasama mitnehmen werde.«

Sie nickte. »In Ordnung. Wir unterhalten uns später.«

Er machte kehrt und ging . . . und wunderte sich, daß er sie wegen ihrer Skrupellosigkeit nicht haßte.

Die Cobrakommission nahm Justins Plan auseinander, untersuchte ihn, diskutierte und änderte ihn – an einigen Stellen –, und dann setzte sie ihn wieder zusammen und befand ihn für vernünftig. Die achtundvierzig Cobras und vierzehn Wissenschaftler, die auf Qasama landen würden, wurden ausgewählt und trainiert. Die Baliu-Domäne äußerte Verstimmung, weil sie die finanziellen Mittel für eine zweite Mission, die nach wie vor rein auf Hypothesen beruhte, bereitstellen sollte, doch eine ganze Weile vor Ende der Trainingsphase gelang es Jonny und Stiggur, die Trofts zu überzeugen.

Und weniger als einen Monat, nachdem die *Dewdrop* von Qasama zurückgekehrt war, starteten sowohl sie als auch die *Menssana* lautlos vom Raumflughafen Capitalias aus zu ihrer zweiten Mission.

27. Kapitel

Nacht auf Qasama.

Die Siedlungen längs des Ostarmes jener Region, die man mittlerweile als »Fruchtbarkeitsbogen« bezeichnete, lagen im Dunkel, als die *Menssana* auf ihren Schwerkraftlifts niederschwebte. Im Dunkel zwar, auf den Infrarotscannern jedoch durchaus zu erkennen. Zu sehen waren auch die Straßen, die die Städte miteinander verbanden, und deren Netz sich wie eine filigrane Pfeilspitze verjüngte, die auf die am weitesten südlich gelegene Siedlung am Ende des Bogens zeigte ... welche nur über eine einzige Straße nach Nordosten mit dem Rest der qasamanischen Zivilisation verbunden war.

Das erste Mal machte die *Menssana* an dieser Straße halt, gut zwanzig Kilometer nördlich der Ortschaft, und als sie wieder startete, hatte sie zwanzig Personen und die beiden Luftfahrzeuge abgesetzt. Die Luftfahrzeuge selbst, unterwegs in eigener Mission, hoben bereits ab, bevor das Raumschiff außer Sicht war. Und fast träge schwenkte die *Menssana* nach Südosten und hielt auf ihr Ziel, eine schlafende Siedlung, zu, während ihre Sensoren große Mengen elektromagnetischer Strahlung, Geräusche und Materieteilchen aufsogen und im Gegenzug Landkarten und Statistiken auswarfen. Das Schiff umkreiste die Siedlung einmal und blieb dabei diskret auf Abstand, um der Entdeckung zu entgehen. Als sie schließlich gut fünfzig Meter von der Außenmauer entfernt im Wald landete, hatten die vierzig Passagiere, die ausstiegen, eine recht klare Vorstellung davon, was auf sie zukam.

Innerhalb einer halben Stunde hatten sie die Stadt eingenommen.

Der Bürgermeister machte zwei volle Schritte in sein Büro hinein, bevor sein Gesicht die erste Reaktion darauf zeigte, daß ein Fremder auf seinen Polstern saß – und er schaffte noch weitere anderthalb Schritte, bevor er stehenblieb. Er riß die Augen auf, dann kniff er sie zusammen, als seine Überraschung in Wut umschlug. Er fauchte irgendwas – »Wer sind Sie?« übersetzte es der Computer der *Menssana.*

»Guten Morgen, Bürgermeister«, sagte Winward ernst von den Polstern aus, die jüngst rekonstruierten Augen fest auf den Mojo seines Gegenübers gerichtet. »Entschuldigen Sie den Überfall, aber wir benötigen von Ihnen und Ihrer Bevölkerung einige Informationen.«

Bei den ersten Worten aus dem Anhänger um Winwards Hals schien der Bürgermeister zu erstarren . . . und während er das Gesicht des Cobras absuchte, wich ihm plötzlich das Blut aus den Wangen. »Sie!« sagte er tonlos.

Winward nickte verständnisvoll. »Ah, Kimmeron hat unsere Bilder also in Umlauf gebracht. Gut. Dann wissen Sie, wer ich bin . . . und wie töricht jeder Widerstand wäre.«

Die Pistolenhand des Bürgermeisters zitterte, als könnte er sich nicht entscheiden. »Das würde ich Ihnen nicht raten«, meinte Winward zu ihm. »Ich bin in der Lage, noch bevor Sie überhaupt gezogen haben, sowohl Sie als auch Ihren Mojo zu töten. Außerdem bin ich in Begleitung anderer – *vieler* anderer –, und wenn Sie zu schießen anfangen, wird das wahrscheinlich auch der Rest Ihrer Bevölkerung tun, und wir müßten eine Menge von Ihnen töten, um unsere Überlegenheit zu beweisen.« Er legte den Kopf fragend zur Seite. »Das ist doch nicht nötig, oder?«

In der Wange des anderen zuckte ein Muskel. »Ich habe die Berichte über das Blutbad gesehen, das Sie angerichtet haben«, sagte er verbittert.

»Gut«, sagte Winward und paßte sich seinem Tonfall an. »Ich mag es nicht, wenn ich mich wiederholen muß. Also, werden Sie mit uns zusammenarbeiten?«

Der Bürgermeister sagte einen Augenblick lang nichts. »Was wollen Sie von uns?«

Leise ließ Winward den Atem ab, den er angehalten hatte. »Wir möchten nichts weiter, als Ihren Leuten ein paar Fragen stellen und einige schmerz- und harmlose Untersuchungen bei Ihnen und Ihren Mojos durchführen.«

Er beobachtete das Gesicht des Bürgermeisters genau, konnte aber keine eindeutige Reaktion erkennen. »Also schön«, sagte der Qasamaner. »Ich gebe nach, aber nur um unnötiges Blutvergießen zu vermeiden. Doch seien Sie gewarnt: Wenn Ihre Tests nicht so harmlos sind, wie Sie behaupten, werden Sie bald ein größeres Blutbad erleben, als Ihnen lieb ist.«

»Einverstanden.« Winward erhob sich, deutete auf die Polster und die niedrige, mit Schaltern übersäte Konsole daneben. »Rufen Sie Ihre Leute und sagen Sie ihnen, daß sie ihre Häuser verlassen und auf die Straße kommen sollen. Ihre Mojos dürfen sie mitbringen, ihre Waffen müssen sie allerdings drinnen lassen.«

»Auch die Frauen und Kinder?«

»Alle müssen die Häuser verlassen, und einige werden Tests unterzogen. Falls Ihnen dabei wohler zumute ist, kann ich veranlassen, daß ein naher Verwandter dabei ist, wenn eine Frau oder ein Kind befragt wird.«

»Dafür . . . wäre ich Ihnen sehr dankbar.« Der Bürgermeister sah Winward einen Moment lang in die Augen. »Welchem Teufel haben Sie Ihre Seele verkauft, daß Sie von den Toten wiederauferstehen konnten?«

Winward schüttelte kaum merklich den Kopf. »Sie würden es nicht glauben, wenn ich es Ihnen erzählte«, sagte er. »Rufen Sie jetzt Ihre Leute zusammen.«

Der Qasamaner schürzte die Lippen und setzte sich hin. Er legte eine Handvoll Schalter auf der Konsole um und begann zu sprechen. Seine Stimme hallte schwach von den Straßen wider. Winward hörte einen Augenblick lang zu, dann griff er nach seinem Anhänger und schirmte das Mikro des Übersetzers ab. »Dorjay! Melden.«

»Am Langstreckensender ist die Lage ruhig«, war Links Stimme sofort in seinem Ohrhörer zu vernehmen. »Äh . . . sieht so aus, als brächte die Durchsage des Bürgermeisters da draußen ein wenig Bewegung in die Dinge.«

»Paß genau auf – es soll sich niemand heimlich reinschleichen und einen Notruf nach Sollas schicken.«

»Vor allem würden sie uns dabei erwischen, wie wir all das schöne Gerät hier drinnen auseinandernehmen und untersuchen«, fügte Link trocken hinzu. »Wir werden vorsichtig sein. Soll ich auch weiterhin das Tor und die motorisierten Patrouillen übernehmen?«

»Ja. Hier wird es ziemlich hektisch werden, wenn die Psychologen erst mit ihrer Arbeit angefangen haben.«

»Gut. Halte mich auf dem laufenden.«

Winward klopfte einmal auf das Mikro, um die private Verbindung zu unterbrechen, dann schirmte er es erneut ab. »Gouverneurin Telek? Wie ist der Empfang der Sensoren?«

»Perfekt«, sagte Teleks Stimme in seinem Ohr. »Wir haben ein paar gute Grundwerte bekommen, als er durch das Gebäude gegangen ist, und die unter Streß aus seinem Büro sehen sogar noch besser aus.«

»Gut. Wir werden die Dinge hier so schnell wie möglich in Gang bringen. Schon irgendeine Nachricht von den Vortrupps?«

»Nur Routinemeldungen. Von der *Dewdrop* kommen ebenfalls keine Meldungen über erkennbare Truppenbewegungen. Sieht so aus, als hätten wir uns unbemerkt reingeschlichen.«

Gut, dann hätten sie zumindest einige Stunden oder sogar einen ganzen Tag Zeit, bevor der Rest des Planeten die Invasion bemerkte. Danach konnte es recht heikel werden. »Dorjay sagt, die Techniker nehmen bereits alles auseinander. Sie werden von dieser Seite also bald einiges an Daten reinbekommen. Ende.«

Der Bürgermeister lehnte sich vor seiner Konsole zurück, hob den Kopf und warf Winward einen haßerfüllten Blick zu. »Man wird Ihren Anordnungen Folge leisten«, sagte er. »Jedenfalls zunächst.«

Gewann er seinen Mut zurück? Winward hatte nichts dagegen – je mehr Stimmungsschwankungen die Qasamaner durchmachten, desto nützlicher waren die Daten, die die versteckten Sensoren gewannen. Vorausgesetzt, der Bürgermeister wurde nicht übermütig. »Schön«, nickte der Cobra. »Dann wollen wir zu den anderen rausgehen, während unsere Leute alles organisieren. Aber zuerst geben Sie mir natürlich Ihre Waffe.«

Der Qasamaner zögerte einen Sekundenbruchteil, bevor er die Waffe aus dem Halfter zog und sie auf die Konsole legte. »Gut, gehen wir«, sagte Winward und ließ die Waffe liegen, wo sie war. Wenn Teleks Theorie stimmte, konnte er die Waffe aller Wahrscheinlichkeit nach in die Hand nehmen, ohne einen Mojoangriff zu provozieren . . . aber ihm war nicht danach, das jetzt zu testen. Jedenfalls noch nicht.

Der Qasamaner erhob sich schweigend, und die beiden Männer verließen zusammen das Büro.

Der Waldabschnitt, in dem Vortrupp Zwei sein Luftfahrzeug abgesetzt hatte, war einigermaßen licht und erinnerte Ray Banyon eher an die Wälder, die sie auf Chata gesehen hatten, als an die dichteren Wälder der Region im Westen von Aventine, wo er aufgewachsen war. Das Gute daran war, daß diese Offenheit eine hervorragende Sicht ermöglichte, das Schlechte war, es machte es größeren Tieren möglich, hier zu leben. Alles in allem war es also eine halbwegs ausgeglichene Angelegenheit.

Im Augenblick jedoch blieben die Bewohner des Waldes, ob groß oder klein, auf Distanz. Während er mit den Augen die unmittelbare Umgebung des Luftfahrzeuges absuchte, lauschte er mit einem halben Ohr auf die Unterhaltung zwischen Dr. Hanford und der *Dewdrop* im Orbit über ihnen.

»Also, *wir* haben nichts gesehen, als wir die Gegend abgesucht haben«, berichtete Hanford gerade. »Ist er noch immer hier in der Nähe?«

»Negativ«, antwortete die Stimme. »Ich glaube, er hat sich tiefer in den Wald zurückgezogen, und wir haben ihn verloren.«

Hanford atmete hörbar aus. Banyon verstand seine Gereiztheit nur zu gut: Das war schon das dritte Mal in sechs Stunden, daß sie zu einer Stelle geeilt waren, wo man möglicherweise einen Kriszahn geortet hatte, nur um doch wieder mit leeren Händen dazustehen.

Und um alles noch schlimmer zu machen, sie waren nicht einmal sicher, ob der Kriszahn überhaupt das Tier war, nach dem sie suchen mußten.

»Irgendeine Vorstellung, in welche Richtung er geflohen ist?« fragte der Zoologe schließlich.

»Dr. Hanford, die Infrarotsichtgeräte der *Dewdrop* sind leider nicht für solche Feinarbeit konstruiert, wenigstens nicht aus dieser Entfernung. Mal sehen . . . wenn ich raten müßte, würde ich sagen, versuchen Sie's nordwestlich von hier.«

»Danke«, sagte Hanford trocken. »Sagen Sie Bescheid, wenn Sie ein neues Ziel entdeckt haben.«

»Nordwestlich«, murrte einer der anderen Zoologen, als Hanford die Verbindung unterbrach. »*Ich* würde auch auf Nordwesten tippen. Das ist nun mal die Richtung, in die alle Tiere auf diesem verrückten Planeten ziehen.«

»Ich glaube nicht, daß Raubtiere das tun.« Hanford seufzte. »Was meinen Sie Ray? Zu Fuß oder durch die Luft?«

»Durch die Luft, denke ich«, sagte Banyon. »Wir werden eine Weile selbst auf die Pirsch gehen. Mal sehen, ob wir es besser machen.«

»Schlechter geht ja wohl kaum. Gut, brechen wir auf.«

Die drei Zoologen kletterten wieder in das Luftfahrzeug, gefolgt von Banyon und seinen drei Cobrateamgefährten. Sie stiegen bis kurz über Wipfelhöhe auf und flogen langsam Richtung Nordwesten.

Christopher schaltete das Mikro mit einem verächtlichen Schnauben aus, lehnte sich zurück, starrte wütend auf das Infrarotdisplay und fluchte leise vor sich hin. York beobachtete ihn über sein Display hinweg und mußte lachen. »Schwierigkeiten, Bil?«

»Das ist nicht mal mein Job«, knurrte Christopher, ohne aufzublicken. »Wie soll ich Kriszahn-Wärmepunkte finden, wenn ich nicht weiß, wie die Dinger aussehen?«

»Wenn du einen großen Wärmepunkt siehst, der sich bewegt –«

»Ja, das ist mir klar. Elsner soll sich bloß beeilen und machen, daß er zurückkommt, das ist alles, was ich dazu zu sagen habe.«

»Hockt er immer noch vor dem Hauptdisplay und sucht nach einer Bololinherde für Vortrupp Drei?«

»Ja.« Christopher erschauerte sichtlich. »Die Jungs müssen verrückt sein. *Mich* würde man jedenfalls nicht dazu bringen, Bololins durch die Gegend zu scheuchen.«

»Mich würde man gar nicht erst da runterbringen«, murmelte York.

Christopher sah ihn kurz an. »Ja, ich . . . äh, vermutlich hat man dich gebeten, bei Lizabet, Yuri, Marck und den anderen an Bord der *Menssana* zu bleiben.«

»Ganz recht«, meinte York gelassen zu ihm. »Ich habe mich geweigert, da runterzugehen.«

»Oh.« Christopher starrte auf Yorks neuen Arm – seinen neuen *mechanischen* Arm – und senkte dann schuldbewußt den Blick.

»Du denkst, es ist deswegen, hab' ich recht?« fragte York, hob seinen Arm und öffnete seine Hand. Die Finger zuckten dabei einmal kurz, eine stumme Ermahnung daran, daß sein Gehirn sich noch nicht völlig an Schnittstellen zwischen Nerven und Elektronik gewöhnt hatte. »Du denkst, ich habe Angst, noch mal dort runterzugehen?«

»Natürlich nicht –«

»Dann irrst du dich«, erklärte ihm York kategorisch. »Ich habe sehr wohl Angst, und ich habe verdammt gute Gründe dafür.«

Christophers Gesicht nahm einen zunehmend verlegenen Ausdruck an, und wahrscheinlich, so dachte York, hatte er noch nie jemanden so sprechen gehört. »Willst du wissen, wieso Yuri, Marck und die anderen da unten sind und ich hier oben?« fragte er.

»Na ja . . . also gut. Warum?«

»Weil sie ihren Mut beweisen wollen«, sagte York. »Teils den anderen, aber hauptsächlich sich selbst. Sie demonstrieren, daß sie, wenn es sein muß, ihren Schädel ein zweites Mal in den Rachen des Stachelleoparden legen können – und zwar ohne mit der Wimper zu zucken.«

»Wohingegen du ein solches Bedürfnis nicht verspürst?«

»Ganz genau so ist es«, nickte York. »Ich habe meinen Mut oft genug bewiesen. Sowohl bevor ich nach Aventine kam als auch danach. Ich *weiß,* wieviel Mut ich habe, und ich werde, verdammt noch mal, kein unnötiges Risiko eingehen, um es dem ganzen Universum zu beweisen.« Er deutete auf sein Display. »Wenn und falls die Qasamaner ihren entscheidenden Zug machen, kann ich ihre militärische Stärke ebensogut von hier oben wie von dort unten auf dem Boden beurteilen. Also bleibe ich hier.«

»Verstehe«, sagte Christopher und nickte. Doch sein Blick wirkte immer noch besorgt. »Das ergibt ganz sicher Sinn. Ich . . . also, glücklicherweise haben wir das geklärt.«

Er wandte sich wieder seinem Display zu, und York unterdrückte einen Seufzer. Christopher hatte überhaupt nichts verstanden, genausowenig wie die anderen. Sie dachten immer noch, dies sei einfach eine komplizierte Art zu erklären, daß er kein Feigling war.

Sollten sie sich doch alle zum Teufel scheren.

Er wandte sich seinem Bildschirm zu und machte sich wieder daran, nach militärischen Aktivitäten Ausschau zu halten. Die mechanische Hand in seinem Schoß ballte sich zur Faust.

Es war kurz nach Mittag, als die *Dewdrop* endlich eine Bololinherde in entsprechender Entfernung von der Siedlung ausmachte, und es dauerte eine weitere Stunde, bis das Luftfahrzeug von Vortrupp Drei sie erreicht hatte. Die Herde hatte zwischen den Bäumen haltgemacht, um zu grasen, und als das Luftfahrzeug über den Köpfen vorbeischwebte, stieß Rem Parker einen leisen Pfiff aus. »Übel aussehende Biester«, bemerkte er.

Einer der drei anderen Cobras pflichtete ihm murmelnd bei. »Ich glaube, ich kann die Tarbine erkennen – die braunen Flekken hinter den Köpfen, zwischen den Stacheln.«

»Ja. Toller Platz, den Sommer zu verbringen.« Parker sah kurz zu dem Techniker hinüber, der auf dem nächsten Platz über seinen Instrumenten kauerte. »Na, Dan, was meinst du, ist es möglich?«

Dan Rostin zuckte die Achseln. »So gerade eben. Wir befinden uns hier ziemlich weit südlich der direkten Route – es wird ein langer Umweg nötig sein, sie auf den richtigen Kurs zu bringen. Aber wenn sie so bereitwillig mitmachen wie die Plattfüßler auf Chata, müßte es eigentlich ganz gut funktionieren. Bleib mal einen Augenblick dran, dann kann ich dir die Einzelheiten durchgeben.«

Wie sich herausstellte, war es nicht ganz so schlimm, wie Parker befürchtet hatte. An keiner Stelle würde das Magnetfeld, das sie darüberlegen wollten, die allgemeine Richtung der Feldlinien um mehr als zwanzig Grad verändern, und die erforderlichen Amplituden lagen durchaus im Bereich der Möglichkeiten ihres Geräts.

Natürlich würden sie sich gelegentlich bis auf einhundert Meter der Herdenmitte nähern müssen, wobei ihr Luftfahrzeug durchaus in Gefahr geriet – was eine solche Annäherung eben mit sich brachte. Aber deshalb waren die Cobras ja schließlich überhaupt dabei.

»Gut, fangen wir also an«, meinte Parker zu den anderen. »Und hoffen wir, daß sie ihren plattfüßigen Vettern tatsächlich so ähnlich sind, wie die Biologen behaupten.« Sonst – das fügte er nicht hinzu – würden die Cobras sie am Ende im Stil von Ranchern den ganzen Weg bis zur Siedlung treiben müssen.

Und *das* war ein Kunststück, das er nicht unbedingt ausprobieren wollte.

Es war kurz vor Sonnenuntergang, als Winward von einem Rundgang durch seine Cobrastellungen ins Bürogebäude des

Bürgermeisters zurückkehrte, wo Dr. McKinley und die anderen Psycholeute sich eingerichtet hatten. Als Winward eintraf, wurde gerade einer der Qasamaner aus McKinleys Zimmer hinausbegleitet, und er benutzte die Gelegenheit, rasch einen Blick hineinzuwerfen. »Hallo«, nickte er den beiden Männern zu, als er den Kopf zur Tür hineinsteckte. »Wie läuft es?«

Vermutlich hatte Winward noch nie jemanden gesehen, der so müde aussah wie McKinley, seine Stimme hingegen klang durchaus munter. »Alles in allem ganz anständig. Selbst ohne die Computeranalyse zeigt sich, daß sich das Streßniveau ziemlich genau den Vorhersagen entsprechend verändert.«

»Gut. Machen Sie mit dieser Phase gleich Schluß für heute abend?«

»Einen haben wir noch vor uns. Bleiben Sie doch hier, wenn Sie wollen, und schauen Sie zu.«

Winward musterte den Cobraposten, der schweigend an der Wand lehnte. Auch er sah müde aus, war aber ebensoweit wie McKinley davon entfernt, es zuzugeben. »Aleck, wieso gehen Sie nicht schon vor und essen etwas«, meinte er zu ihm. »Ich bleibe hier, bis Dr. McKinley fertig ist.«

»Sehr freundlich«, nickte Aleck und ging zur Tür. »Danke.«

McKinley wartete, bis er gegangen war, dann tippte er auf einen Knopf an seinem Übersetzer-Anhänger. »Gut, schicken Sie jetzt Nummer zweiundvierzig rein.«

Einen Augenblick später hörte Winward mit Hilfe seines akustischen Verstärkers, wie sich draußen zwei Personen näherten. Die Tür ging auf, und herein kamen ein weiterer Cobra und ein angespannt wirkender Qasamaner. Der Cobra ging, und McKinley deutete auf einen niedrigen Sessel gegenüber dem Schreibtisch, den er sich zu eigen gemacht hatte. »Nehmen Sie bitte Platz.«

Der Qasamaner gehorchte und warf einen argwöhnischen Blick auf Winward. Sein Mojo war im Vergleich dazu fast ruhig, bemerkte Winward, wenn er auch seine Federn ziemlich häufig aufstellte.

»Fangen wir mit Ihrem Namen und Beruf an«, sagte McKinley. »Sprechen Sie einfach laut und deutlich in das Aufzeichnungsgerät hier«, fügte er hinzu und deutete mit einer Handbewegung auf das rechteckige Kästchen an der Ecke des Schreibtisches.

Der Mann antwortete, und McKinley ging zu allgemeinen

Fragen über, die seine Interessen und das Leben in der Siedlung betrafen. Allmählich jedoch veränderten sich Tonfall und Richtung der Befragung, und innerhalb weniger Minuten erkundigte sich McKinley bei dem Mann nach dem Verhältnis zu seinen Freunden, der Häufigkeit des Geschlechtsverkehrs mit seiner Frau und anderen äußerst persönlichen Dingen. Winward beobachtete den Qasamaner genau, doch für seinen ungeübten Blick schien dieser McKinleys bohrende Fragen einigermaßen bereitwillig über sich ergehen zu lassen. Die in das Aufzeichnungsgerät und in den Stuhl des Mannes eingebauten Streßindikatoren würden natürlich eine wissenschaftlichere Auswertung liefern.

McKinley hatte gerade die erste Hälfte einer Frage über die Kindheit des Mannes ausgesprochen, als er abbrach und, wie schon einundvierzig Mal zuvor an diesem Tag, vorgab, mit Verdruß auf ein Geräusch zu lauschen, das aus seinem Ohrhörer kam. »Tut mir leid«, meinte er an den Qasamaner gerichtet, »aber offenbar stören die Geräusche des Flügelschlags Ihres Mojos die Aufzeichnung. Äh –« Er sah sich im Raum um und zeigte dann auf ein großes Polster in der hinteren Ecke. »Würden Sie ihn bitte dort drüben absetzen?«

Der andere verzog das Gesicht und sah erneut zu Winward hinüber. Dann gehorchte er, wobei seine Körperhaltung jedoch deutlichen Protest zum Ausdruck brachte. »Gut«, sagte McKinley munter, als der Qasamaner wieder Platz nahm. »Mal sehen – ich denke, ich sollte ein wenig zurückgehen.«

Er begann mit der Wiederholung einer früheren Frage, und Winward richtete sein Augenmerk auf den in der Ecke hokkenden Mojo. Der saß still dort, wenn auch sichtlich unzufrieden über seine Verbannung. Die Kopfbewegungen und das Aufstellen der Federn, das Winward vorher schon aufgefallen war, häuften sich dramatisch und wurden heftiger. *Ist er nervös, weil man ihn von seinem Beschützer getrennt hat?* überlegte der Cobra. *Oder ist er verstimmt, weil er die Dinge aus dieser Entfernung nicht mehr so gut beeinflussen kann?* Der Gedanke, Mojos könnten eine unterschwellige Kontrolle über die Qasamaner haben, machte Winward entschieden nervös. Als einziger von all den Leuten, mit denen er gesprochen hatte, hoffte er noch immer, daß Jonny Moreaus Theorie sich als falsch erwies.

»Verdammt.«

Winward richtete sein Augenmerk wieder auf die Befragung und sah, wie McKinley mit finsterer Miene ins Leere starrte. »Tut mir leid, aber das Aufzeichnungsgerät nimmt noch immer zu viele Störgeräusche auf. Ich denke, wir werdenn Ihren Mojo ganz aus dem Raum entfernen müssen. Kreel? Kommen Sie doch bitte einen Augenblick rein. Und bringen Sie einen Krallenschutz mit.«

»Warten Sie«, sagte der Qasamaner und erhob sich von seinem Platz. »Sie können meinen Mojo nicht von hier fortschaffen.«

»Wieso nicht?« fragte McKinley. »Wir tun ihm nichts, und Sie haben ihn in wenigen Minuten zurück.« Die Tür ging auf, und der Cobra, der den Qasamaner zuvor begleitet hatte, kam herein, einen dicken Lappen um die Hand gewickelt.

»Sie dürfen ihn nicht mitnehmen«, beharrte der Qasamaner, hinter dessen Gleichmut sich die ersten Anzeichen von Zorn zeigten. »Ich war Ihnen bis jetzt bei dieser Sache behilflich – Sie haben kein Recht, mich so zu behandeln.«

»Noch sieben Fragen – das ist alles«, sagte McKinley beschwichtigend. »Fünf Minuten, vielleicht weniger, dann haben Sie ihn zurück. Hören Sie, auf der anderen Seite des Ganges gibt es ein leerstehendes Büro. Kreel wird sich einfach mit ihrem Mojo auf dem Arm dort mitten in den Raum stellen, und wenn Sie fertig sind, bekommen Sie ihn zurück. Es wird ihm nichts geschehen – das verspreche ich Ihnen.«

Vorausgesetzt, er benimmt sich, fügte Winward im stillen hinzu. Kreel würde einen weiteren Cobra bei sich im Raum haben, dessen Laser den Mojo die ganze Zeit über in der Zielerfassung hatte, trotzdem beneidete Winward ihn nicht um die Aufgabe, mit Mojokrallen weniger als einen halben Meter von seinem Gesicht entfernt herumzustehen.

Der Qasamaner protestierte noch immer, doch aus seiner Stimme ging klar hervor, daß er wußte, wie sinnlos es war. Kreel hatte sich den Lappen inzwischen um seinen linken Unterarm gewickelt und bückte sich, um ihn dem Mojo hinzuhalten. Sichtlich zögernd kletterte der Vogel auf den Arm. Kreel ging hinaus, schloß die Tür hinter sich, und McKinley setzte seine Befragung fort.

Wie versprochen war alles in weniger als fünf Minuten vorbei. Doch eine ganze Weile, bevor es zu Ende war, gelangte Winward zu der Überzeugung, daß er gerade beobachtete, wie wütend ein Qasamaner werden konnte, bevor er etwas physisch angriff. Die frühere widerwillige Kooperation des Mannes wandelte sich zu einer fast greifbaren Verbitterung, als er seine Antworten förmlich in das Aufzeichnungsgerät spuckte. Zweimal weigerte er sich, überhaupt zu antworten. Winward spürte, wie seine Muskeln sich in Erwartung des Augenblicks anspannten, indem die Selbstbeherrschung des Qasamaners endgültig zusammenbrechen und er sich beim Versuch, jemanden zu erwürgen, über den Schreibtisch werfen würde.

Doch soweit kam es zum Glück nicht. McKinley war mit seiner Liste durch, und dreißig Sekunden später waren Mann und Mojo auf der anderen Seite des Ganges wieder vereint. »Noch eins, dann können Sie gehen«, meinte McKinley zu ihm, als dieser den Hals des Vogels besänftigend streichelte. »Kreel wird Ihnen ein Band mit einer Nummer um den Hals legen, damit wir wissen, daß wir Sie bereits befragt haben. Ich nehme nicht an, Sie möchten das hier noch einmal durchmachen?«

Der Qasamaner schnaubte, ansonsten aber strafte er jeden außer seinen Mojo mit Nichtbeachtung, als Kreel ihm das rote Bändchen eng um den Hals schlang und beide Enden miteinander verband. Dann stolzierte er, noch immer wortlos, den Gang hinunter zum Ausgang. Kreel folgte ihm mit einem Schritt Abstand.

McKinley atmete durch und seufzte tief. »Und wenn Sie jetzt denken, *das* sei hart gewesen«, meinte er sarkastisch zu Winward, »dann warten Sie mal ab, was morgen ansteht.«

»Ich kann es kaum erwarten«, sagte Winward, als sie zurück zum Testraum gingen. »Bringt Ihnen das wirklich irgendwas Verwertbares?«

»Oh, sicher.« McKinley drehte den Kasten mit dem Aufzeichnungsgerät herum, öffnete eine Platte, hinter der ein Kompaktdisplay und eine Tastatur zum Vorschein kamen. An letzterer machte er sich zu schaffen, und auf dem Bildschirm erschien eine Reihe von Kurvengraphiken. »Eine Zusammenstellung der dreihundertsechzig Qasamaner, die wir heute getestet haben«, erklärte er Winward. »Verglichen mit einer Basislinie aus Daten, die wir eine Woche vor unserem Abflug auf Aventine gesammelt haben. Die Qasamaner zeigen ein erheblich niedrigeres Streßniveau, trotz des unangenehmen Inhalts der Fragen, solange die Mojos auf ihren Schultern sitzen. Es steigt leicht an, wenn wir die Vögel in die Zimmerecke verbannen, aber richtig in die Höhe schießt es erst, wenn die Vögel außer Sichtweite sind. Erst dann übersteigt es unsere Basiswerte – genau hier – und es fällt sofort, sobald sie ihre Mojos zurückbekommen.«

Winward schürzte die Lippen. »Die Gereiztheit könnte auch daher rühren, daß sie dieselbe Frage zweimal durchgehen mußten«, schlug er vor.

»Und sie könnte an den kulturellen Unterschieden liegen, wenn wir auch versucht haben, beide Effekte so gering wie möglich zu halten«, meinte McKinley nickend. »Natürlich. Wir haben noch keinen Beweis, aber es kristallisiert sich ein Trend heraus.«

»Ja.« Unterschwellige Kontrolle ... »Und was machen Sie morgen, was angeblich noch schlimmer sein soll?«

»Wir werden ihnen die Mojos während der gesamten Befragung lassen, aber wir werden die Vögel mit Ultraschall stören und dann feststellen, wieviel sich von ihrer Anspannung überträgt.«

»Klingt, als würde es ein Riesenspaß werden. Kennen Sie den Sinnesapparat der Mojos gut genug, um zu wissen, wie Sie das erreichen können?«

»Wir meinen ja. Wir werden es sehen, denke ich.«

»Hm. Und am dritten Tag dann mischen Sie Mojos und Besitzer?«

»Richtig. Und irgendwann um diese Zeit werden wir auch den Jagdstreß-Test durchführen, sobald Vortrupp Drei es schafft, eine Bololinherde hierher zu treiben. Ich hoffe nur, daß wir bis dahin genügend Leute mit einem Sensorhalsband zusammenhaben, um ein paar brauchbare Zahlen zu bekommen – denn soviel ist sicher, *dieses* Experiment werden wir bestimmt nicht wiederholen können.« McKinley zog eine Braue hoch. »Sie wirken nachdenklich. Gibt es Schwierigkeiten?«

Winward schürzte die Lippen. »Sind Sie wirklich der Meinung, der Rest des Planeten braucht zwei Tage, bis man dahinter kommt, daß etwas nicht stimmt, und zu einem großen Gegenschlag ausholt?«

»Ich dachte, wir *wollen* eine Reaktion herbeiführen?«

»Wir wollen sogar eine heftige Reaktion erreichen, damit wir ihre schweren Waffensysteme, falls es sie denn gibt, zu Gesicht bekommen«, sagte Winward. »Aber wir wollen *nicht,* daß hier etwas so Mächtiges auf die Beine gestellt wird, daß wir davon überrollt werden.«

»Oh, ja, natürlich. Ich gebe zu, da besteht ein Unterschied. Nun . . . wenn sie früher reagieren, werden wir die Dinge wohl auch ein wenig vorantreiben müssen. Und Ihr Cobras werdet anfangen müssen, euch Unterkunft und Verpflegung auf die harte Tour zu verdienen.«

Winward verzog das Gesicht. Schwer bewaffnete Qasamaner . . . und ganze Schwärme von Mojos. »Ja, das werden wir wohl müssen.«

28. Kapitel

York hatte an Bord des Schiffes einen langen Tag gehabt und sich darauf gefreut, wenigstens eine Nacht ausschlafen zu können, bevor die Lage unten heiß wurde. Er fand jedoch gerade mal vier Stunden Ruhe, ehe ihn das Summen des Interkoms brutal weckte. »Ja – York«, murmelte er. »Was gibt's?«

»Auf Qasama ist etwas im Gange«, sagte die Stimme des diensthabenden Offiziers. »Ich dachte, Sie würden sich das mal ansehen wollen.«

»Bin schon unterwegs.«

Genau zwei Minuten später saß er im Bademantel und barfuß vor einem der großen Displays ... und das Bild dort war in der Tat die Störung seines Schlafes wert.

»Helikopter«, identifizierte er sie für die beiden diensthabenden Flugmelder. »Möglicherweise mit Hilfstriebwerken – sie legen ein ziemlich hohes Tempo vor. Woher sind sie gekommen?«

»Das erste Mal haben wir sie ein paar Kilometer östlich von Sollas gesichtet«, erklärte ihm der diensthabende Offizier. »Können aber von erheblich weiter weg gekommen sein, wenn sie langsamer geflogen sind – uns ist ihre Bewegung aufgefallen.«

»Aha.« York tippte auf Tasten und betrachtete die Ergebnisse, die am unteren Bildschirmrand eingeblendet wurden. Sechs Einheiten, die knapp unterhalb der Schallgeschwindigkeit flogen – was nichts über ihre mögliche Höchstgeschwindigkeit aussagte – und zwar in südöstlicher Richtung, auf die Siedlung zu, wo sich die *Menssana* befand. Geschätzte Ankunftszeit in etwa zwei Stunden. »Verbinden Sie mich mit Gouverneurin Telek«, sagte er über seine Schulter.

Telek hatte ebenfalls geschlafen, und als der diensthabende Offizier der *Menssana* sie wachgerüttelt und aus dem Bett geholt hatte, hatte York bereits weitere Informationen in der Hand. »Zwei von ihnen sind recht groß, was möglicherweise auf Truppentransporter hindeutet«, erklärte er ihr. »Die vier anderen sind kleiner, wahrscheinlich Aufklärer oder Jäger. Die Wahrscheinlichkeit ist recht groß, daß es sich um umgerüstete Zivilflugzeuge handelt und nicht um spezielle Militärmaschinen, was ein Vorteil für uns sein sollte.«

»Na ja, wenigstens haben sie keine Schwerkraftlifts«, meinte Telek nachdenklich. »Wenigstens *ein* technologischer Vorteil, dessen wir uns sicher sein können.«

»Nicht unbedingt.« York schüttelte den Kopf. »*Kein Mensch* baut Schwerkraftlifts in Angriffshelikopter ein, ganz gleich ob man sie hat oder nicht – die Dinger sind bei engen Hochgeschwindigkeitsmanövern äußerst unpraktisch. Außerdem werden sie wegen des Leuchtens des Schwerkraftlifts bei Nachteinsätzen zu einer fliegenden Zielscheibe.«

»Wir müssen uns also tatsächlich Sorgen wegen dieser Dinger machen?«

York schnaubte. »Allerdings. Damals bei den Marines haben wir häufig Helikopter eingesetzt, und ich habe mitangesehen, wie sie ein Gebiet von der doppelten Größe dieser Siedlung dem Erdboden gleichgemacht haben.«

Telek preßte die Lippen zusammen. »Nur daß sie dreitausend ihrer eigenen Leute umbringen, wenn sie das versuchen.«

»Richtig, und ich glaube, dazu ist ihre Verzweiflung noch nicht groß genug«, gab York ihr recht. »Außerdem werden sie nicht einfach in der Luft herumkreisen und aus dem Hinterhalt auf Cobras schießen, solange sie keine Vorstellung haben, womit wir das Feuer erwidern können.«

»Das Forschungsteam rührt sich also nicht vom Fleck«, sagte Telek. »Aber die Vortrupps gehen runter?«

»Sie sollen sich unsichtbar machen. Außerdem muß die *Menssana* von dort verschwinden.«

»Verdammt.« Telek biß sich auf die Lippe. »Ja, Sie haben recht. Meinen Sie, es wäre sicher genug, hundert Kilometer entfernt von hier auszusteigen?«

»Je weiter entfernt, desto besser. Aber beeilen Sie sich, damit Sie nicht schon so nahe sind, daß sie unsere Schwerkraftlifts ausmachen können. Ich will nicht erst im Ernstfall herausfinden, über welche Luftkampfmöglichkeiten sie verfügen.«

»Gutes Argument. Captain Shepherd?«

»Drei Minuten bis zum Start«, war seine Stimme zu vernehmen. »Wir haben uns probeweise ein Versteck dreihundert Kilometer nordwestlich von hier ausgesucht, vorausgesetzt, Sie geben Ihr Einverständnis.«

»Was, mitten in der Flugbahn der Helikopter?« fragte York und runzelte die Stirn.

»Nein, mehrere Kilometer von ihrer Anfluglinie entfernt. Unter dem Überhang einer Felsspalte gibt es dort eine ganz ordentliche Deckung unter Felsgestein – außerdem ist es wohl die letzte Richtung, in der die Qasamaner unsere Flucht erwarten würden.«

»Schön«, warf Telek ungeduldig ein. »Sorgen Sie nur dafür, daß wir von hier verschwinden, ich werde mir die Karten ansehen, wenn ich Zeit finde. Decker, halten Sie ein Auge auf die Helikopter und geben Sie uns Bescheid, sobald noch etwas auftaucht.«

»Wird gemacht«, sagte York. »Und *ihr* klemmt euch ebenfalls vor eure Monitore – gut möglich, daß sie heute früh Luftabwehr oder Flugmelder da draußen unter die Bäume geschmuggelt haben.«

»Sie sind mir ein Trost im hohen Alter«, gab Telek trocken zurück. »Ich muß jetzt erst einmal Michael an den Apparat bekommen. Wir reden später miteinander.«

Teleks Bild verschwand vom Bildschirm. »Wenigstens können sie diesmal unseren Funkverkehr nicht blockieren oder zurückverfolgen«, meinte der diensthabende Offizier.

»Es sei denn, sie haben in den letzten sechs Wochen etwas über Trennfrequenzfunk hinzugelernt«, meinte York ernst. »Und das traue ich ihnen ohne weiteres zu.« Er holte tief Luft und verscheuchte die letzten Reste von Schläfrigkeit aus seinem Verstand. »Also schön, Gentlemen, an die Arbeit. Vollscan der Siedlung und der gesamten Umgebung eintausend Kilometer im Umkreis. Wenn sich irgendwas da draußen bewegt, will ich es wissen.«

Ungefähr fünfzig Kilometer westlich der Siedlung löste sich die Helikopterformation auf. Zwei der kleineren flogen geradeaus weiter, während die anderen nach Norden und Süden abdrehten. Winwards Cobras bereiteten sich schon auf einen Angriff vor ... doch die Maschinen flogen nur ein einziges Mal über ihre Köpfe hinweg, bevor sie sich im Osten neu formierten und schließlich nach Norden abdrehten. Eine Zeitlang folgten sie der Straße, und zur Abwechslung machten sich diesmal Pyre und sein Vortrupp auf einen Angriff gefaßt. Doch wenn sie erspäht worden waren, ließ sich dies nicht feststellen. Die Helikopter flogen weiter in Richtung Norden, verschmolzen irgendwo in der Nähe der nächsten Siedlung mit dem Hintergrund und verschwanden von den Monitoren der *Dewdrop.*

»Glaubst du, sie haben uns gesichtet?« fragte Justin bei Pyre nach, als die zehn Cobras von Vortrupp Eins vorsichtig in ihre Stellungen am Straßenrand zurückkehrten.

»Schwer zu sagen«, antwortete dieser seufzend und sah auf seine Uhr. Es waren noch ungefähr eineinhalb Stunden bis zum hiesigen Sonnenaufgang – reichlich Zeit, um die Maschinen aufzutanken, wieder zu bewaffnen, vielleicht sogar noch etwas rumzusitzen und die Taktik zu besprechen, und trotzdem noch rechtzeitig für einen Angriff vor Sonnenaufgang zurück zu sein, wenn man wollte. »Kommt ganz darauf an, wie gut ihre Infrarotsichtgeräte sind. Radar und Bewegungssensoren wären unter einem so dichten Laubdach ziemlich nutzlos.«

»Ich hätte gedacht, sie greifen uns an, sobald sie uns entdekken«, meinte einer der anderen dazu.

»Es sei denn, sie gehen noch immer davon aus, daß wir sie in der Dunkelheit nicht bemerkt haben«, gab Pyre zu bedenken. »In diesem Fall ist es ihnen vielleicht lieber, das Forschungsteam nicht durch das Inbrandsetzen eines Waldabschnitts zwanzig Kilometer weiter nördlich zu warnen.«

»Wahrscheinlich überlassen sie das den Bodentruppen morgen früh«, warf ein anderer trocken ein.

Pyre schnitt eine Grimasse. Erst fünfzehn Minuten zuvor war von der *Dewdrop* ein Konvoi gemeldet worden, der auf einer Straße in Richtung Süden unterwegs war. »Wahrscheinlich«, gab er zu. »An deren Stelle würde ich die Helikopter aber wieder mitbringen, wenn es losgeht. Raffinesse bringt dann nicht mehr viel.«

»Was für ein Spaß«, sagte Justin. »Gibt es vielleicht auch gute Neuigkeiten?«

Pyre zuckte die Achseln. »Nun ja, der Konvoi wird frühestens in ein paar Stunden erwartet – demnach können ein paar von uns bis dahin ein wenig Schlaf nachholen.«

»Nur ein paar?«

»Wir werden Wachen aufstellen müssen«, gab Pyre zu bedenken. »Wir können uns nicht darauf verlassen, daß die Qasamaner nicht versuchen, etwas an der *Dewdrop* vorbeizuschmuggeln – außerdem können die Helikopter zurückkommen. He, gewöhnt euch dran, Freunde – das ist es, was einen Krieg ausmacht: Kummer und zuwenig Schlaf.«

Und natürlich eine ganze Menge Tote. Pyre hoffte jedoch, daß sie diesen Aspekt nicht zu genau kennenlernen mußten.

Der frühmorgendliche Vorbeiflug des Helikopters war natürlich auch dem Forschungsteam nicht verborgen geblieben. Aber erst als das Tagesprogramm mit den Tests begann, stellten sie fest, daß auch die Siedlungsbewohner die Bewegungen im Luftraum über ihnen mitbekommen hatten.

»Man sieht es ihren Gesichtern und ihrer Körpersprache so deutlich an, als trügen sie ein Schild um den Hals«, meinte McKinley eine Stunde nach Beginn der Interviews verkniffen zu Winward. »Sie wissen, daß die Regierung uns auf die Schliche gekommen ist und warten nur auf irgendeine Reaktion – und zwar schon bald, womöglich innerhalb eines Tages.«

Winward nickte. York und die anderen an Bord der *Dewdrop* waren zum selben Ergebnis gekommen. »Auf jeden Fall können wir hier nicht auf dem Hintern sitzen und eine großangelegte Militäraktion abwarten. Wann können Sie frühstmöglich fertig sein?«

»Kommt ganz darauf an, wieviel Datenmaterial Sie mit zurücknehmen wollen«, meinte der andere achselzuckend. »Wir sind bereits dabei, die ursprünglich für Tag zwei und drei vorgesehenen Zeitpläne zusammenzulegen, wodurch die Hälfte der Meßpunkte, die wir ursprünglich für jeden einzelnen –«

Aus einem der Zimmer den Gang hinunter war ein gedämpfter Schrei zu hören, dem das Geräusch eines fallenden Gegenstandes folgte. »Was, zum –?« fuhr McKinley hoch und wirbelte herum.

Winward rannte bereits in vollem Tempo los, die akustischen Verstärker hochgefahren. Kampflärm ... gedämpftes Fluchen ... *Diese Tür hier* –

Er trat sie krachend auf und sah, wie einer der Cobras einen um sich schlagenden Qasamaner vom Schreibtisch herunterzerrte, über den sich dieser offenbar geworfen hatte. Der Tester, der sich hinter seinem umgestürzten Stuhl zitternd vom Boden erhob, war bleich vor Schreck. Seine blasse Haut stand in scharfem Kontrast zu dem Blut, das aus seiner Wange hervorquoll. Neben ihm auf dem Fußboden lag ein toter Mojo.

Der Kobra hob den Kopf, als Winward ins Zimmer stürzte. »Der Mojo hat versucht anzugreifen, und ich mußte ihn töten. Ich war ein bißchen zu langsam, sonst hätte ich den hier auch noch zurückgehalten.«

Winward nickte, als McKinley hinter ihm ins Zimmer gerannt kam. »Schaffen Sie ihn hier raus«, wies er den Cobra an.

»Mörder«, fauchte der Qasamaner in Winwards Richtung, als der andere Cobra ihn zur Tür zerrte. »Exkrement, Ungeziefer übelster Herkunft –«

Die Tür schlug krachend mitten in seinem Wutanfall zu. »Ich wette, durch die Übersetzung geht eine Menge verloren.« Winward und McKinley traten neben den Tester. »Alles in Ordnung?«

»Ja«, meinte dieser nickend und tupfte seine Wange mit einem Taschentuch ab. »Er hat mich völlig überrascht – er schien ganz plötzlich die Beherrschung zu verlieren, und dann war er auch schon über mir.«

Winward und McKinley sahen sich an. »Wann war das? Als sein Mojo getötet wurde?«

»Seltsamerweise nein. Um ganz offen zu sein, ich glaube, sie sind beide im selben Augenblick auf mich losgegangen. Beschwören kann ich das allerdings nicht.«

»Hm«, machte McKinly und nickte. »Nun, die Einzelheiten werden auf den Bändern zu sehen sein. Sie gehen besser ins Hauptquartier und lassen diese Kratzer untersuchen. Hat keinen Sinn, ein Risiko einzugehen.«

»Ja, Sir. Tut mir leid.«

»War nicht Ihr Fehler. Und kommen Sie erst zurück, wenn Sie ganz sicher sind, daß Sie weitermachen können. *So* eilig haben wir es auch wieder nicht.«

Der Tester nickte und ging. »Wenn er so offensichtlich nervös ist, könnte dies seine Resultate beeinflussen«, erläuterte McKinley.

Winward nickte. Er hatte den Kasten des Aufzeichnungsgerätes inzwischen wieder auf den Tisch gestellt und entfernte die Rückwand. »Mal sehen, was wirklich passiert ist.«

Wie sich herausstellte, hatte der Tester recht gehabt. Vogel und Mann hatten exakt im selben Augenblick angegriffen.

»Bei beiden können Sie Zeichen der Erregung beobachten«, hob McKinley hervor, als er das Band ein weiteres Mal abspielte. »Das Spreizen der Federn und die Schnappgeräusche des Schnabels dort, die Veränderungen der Gesichtsmuskeln und die Handbewegungen bei dem Menschen hier.«

»Und das alles ist eine Reaktion auf Ultraschallwellen, die Menschen nicht hören können?« Winwards Nacken begann zu prickeln.

»Genau. Sehen Sie sich doch den Tester hier an – er befindet sich im selben Bereich des Ultraschallstrahls und schwitzt nicht einmal.« McKinley biß sich auf die Unterlippe. »Eine so starke *gemeinsame* Reaktion hatte ich allerdings nicht erwartet.«

»Vielleicht gewinnen sie ein wenig ihren Mut zurück, jetzt, da sie wissen, daß Truppen im Anmarsch sind.«

»Aber angeblich sind die Vögel nicht intelligent genug, um derartige Dinge zu registrieren«, knurrte McKinley.

»Vielleicht entnehmen sie es der Körpersprache ihrer Menschen. Vielleicht überträgt sich die Erregung der Mojos auf diese Weise auch in umgekehrter Richtung.«

»Möglich.« McKinley seufzte. »Leider werden sich die Theorien über Körpersprache und telepathische Fähigkeiten ohne eine Langzeitstudie nur sehr schwer voneinander unterscheiden lassen.«

»Und dafür haben wir keine Zeit.« Winward verzog das Gesicht. »Nun, geben Sie Ihr Bestes – vielleicht gelingt es Ihnen und den Biologen, aus dem bisherigen Datenmaterial ein paar nützliche Ergebnisse zu gewinnen. Inzwischen versuchen Sie zu vermeiden, weitere Probanden zu sehr unter Streß zu setzen.«

»In Ordnung.«

Banyon holte tief Luft und stieß sie vorsichtig wieder aus. Schließlich doch noch ein Erfolg.

Die drei Geschöpfe, die die Menschen aus dem Unterholz beäugten, waren zweifelsfrei Kriszähne – bestimmt wiesen keine zwei Arten auf Qasama diese gewellten, flammenförmigen Eckzähne auf. Fast zwei Meter lang, bewegten sie sich mit der geschmeidigen Muskulatur und der Verstohlenheit von

Raubtieren vorsichtig auf die vier Menschen zu, den Blick fest auf ihre Beute geheftet.

Und Gouverneurin Teleks Theorie erwies sich als richtig. Auf der Schulter eines jeden von ihnen saß ein wachsamer Mojo.

»Was jetzt?« raunte Hanford ein wenig nervös neben Banyon.

»Haben Sie das Gerät eingeschaltet?« Der Cobra spürte Hanfords Nicken mehr, als daß er es sah. »Alle anderen sind auf ihren Posten?«

Drei Bestätigungen kamen durch seinen Ohrhörer. Die anderen Cobras hatten die Kriszähne eingekreist ... Jetzt war die Zeit gekommen, die Reaktionen der Raubtiere zu testen. »Halten Sie sich bereit«, sagte er leise zu der Gruppe der Zoologen, die sich hinter ihm drängte. »Auf geht's.« Er hob die Hände und feuerte eine Salve aus den Fingerspitzenlasern in das Gebüsch zu beiden Seiten der sich anpirschenden Tiere.

Dumm waren die Kriszähne nicht. Alle drei erstarrten eine volle Minute lang an Ort und Stelle, dann begannen sie ebenso vorsichtig zurückzuweichen, wie sie vorgerückt waren. Sie kamen allerdings kaum einen Meter weit, bevor einer der seitlich postierten Cobras mit einem Laserfeuerstoß die Vegetation hinter ihnen zum Schwelen brachte. Wieder erstarrten sie, dann drehten sie sich langsam um, so als wollten sie ihren verborgenen Angreifer aufspüren. »Tja«, meinte Banyon nach ein paar Sekunden, »sieht so aus, als würden sie sich ein Weilchen nicht von der Stelle rühren. Wie genau wollen Sie sie untersuchen?«

»Nicht genauer als unbedingt nötig«, sagte einer der Zoologen leise. »Ich bin nicht sicher, ob ein Wurfnetz ein Tier von dieser Größe halten kann.«

»Unsinn«, sagte Hanford – wenn auch nicht sonderlich überzeugt, wie Banyon fand. »Ich werde auf den ganz rechts feuern. Und halten Sie die Augen offen, falls es Schwierigkeiten gibt.«

Hinter sich hörte Banyon das leise, dumpfe Zischen entweichender Luft, dann sah er kurz einen winzigen Zylinder, der pfeilgleich auf den anvisierten Kriszahn zuschnellte – und mit einem explosionsartigen Knall flog das Wurfnetz auseinander und wickelte sich um Kopf und Vorderbeine des Kriszahns. Kreischend schoß der Mojo von dessen Rücken in die Höhe ... und dann spielte der Kriszahn völlig verrückt.

Auf Aventine hatte Banyon bei vielen Gelegenheiten Wurfnetze gegen Stachelleoparden eingesetzt – hatte größere und gefährlicher aussehende Tiere auf der Fünfweltenrundreise der *Menssana* vor ein paar Monaten damit eingefangen –, niemals jedoch während all dieser Zeit hatte er eine derart heftige Reaktion erlebt. Der Kriszahn kreischte vor Wut, riß so gut es ging mit Zähnen und Krallen an dem feinen Maschengeflecht, das sich um seinen Körper legte, wälzte sich im Unterholz und hob in seiner Raserei gelegentlich mit einer Körperdrehung sogar ganz vom Boden ab.

Und innerhalb von Sekunden hatte er die ersten Löcher in das Netz gerissen.

Hanford trat einen Schritt vor, hob erneut sein Gewehr, doch Banyon hatte seinen Entschluß bereits gefaßt. »Vergessen Sie's!« rief er dem Zoologen über den Lärm hinweg zu und drückte den Gewehrlauf nach unten. Er aktivierte die Zielerfassung, riß sein Bein hoch und feuerte seinen Antipanzerlaser ab.

Die Landschaft leuchtete kurz auf, und mit einem allerletzten Schrei brach der Kriszahn in den Fetzen des Netzes zusammen.

Irgend jemand stieß einen leisen Fluch aus. »Kein Wunder, daß die Qasamaner organisiert Jagd auf diese Viecher machen.«

»Ja.« Banyon richtete sein Augenmerk auf die beiden anderen Kriszähne, die noch immer stumm warteten, allerdings mehrere Meter weiter seitlich als noch eine Minute zuvor. Ein neuer Streifen verkohlter Vegetation schwelte neben ihnen. »Was ist passiert? Haben sie versucht, sich in dem Durcheinander davonzuschleichen?«

»Sie haben wohl mit dem Gedanken gespielt«, antwortete einer der Cobras trocken. »Ich glaube, fürs erste haben wir sie überzeugt, daß sie besser mitmachen.«

»Mitmachen«, meinte Hanford nachdenklich. »Wenn ich mich recht erinnere, sprach der Bürgermeister von Huriseem davon, daß Kriszähne recht friedlich waren, als die Qasamaner hierher kamen.«

»Er sagte, es sei eine Legende«, erinnerte einer der anderen ihn. »Und wie sollte sich das Verhalten eines Tieres derart drastisch verändert haben?«

»Womit haben wir es Ihrer Meinung nach hier wohl zu

tun?« schnaubte Hanford. »Diese beiden Kriszähne verhalten sich so friedlich, wie es nur geht.«

»Nur weil sie sehen, daß man sie in Streifen schneidet, wenn sie irgendwas versuchen, das uns nicht gefällt.«

»Was an sich schon recht vielsagend ist«, warf Banyon ein. »Erinnern Sie sich noch an den Bericht des Forschungsteams von heute morgen über die offenkundige Aggressionsübertragung zwischen Mensch und Mojo?«

»Sie glauben, der Mojo habe den Kriszahn veranlaßt, sich gegen das Netz zu wehren?« Hanford hielt die Hand über die Augen, während er die Bäume nach dem geflüchteten Vogel absuchte.

»Genau andersherum«, meinte Banyon. »Ich frage mich, ob der Mojo vielleicht die natürliche Aggression des Kriszahns unterdrückt und im Zaum gehalten hat, bis er fliehen mußte.«

»Das ist verrückt«, protestierte einer der Cobras. »Hier draußen bieten die Kriszähne ein leichtes Ziel – im Augenblick haben sie genau zwei Möglichkeiten: entweder weglaufen oder angreifen.«

»Nur haben wir bewiesen, daß wir sie töten können, sollten sie eine davon ausprobieren«, sagte Hanford nachdenklich. »Erinnern Sie sich noch an die Spookies auf Tacta? Wenn die Mojos ein ähnliches Gespür für Gefahr besitzen, erkennen sie vielleicht, wann es am besten für sie ist, einfach sitzenzubleiben und abzuwarten.«

Eine ganze Weile war es still, während die anderen das verdauten. »Ich denke, als Theorie ist das leidlich überzeugend«, meinte endlich einer der Zoologen. »Allerdings läßt sich nur schwer erkennen, wie ein solches System entstanden sein sollte. Ganz zu schweigen davon, wie Sie das beweisen wollen.«

»Ihre telepathischen Fähigkeiten einmal vorausgesetzt, scheint mir das recht unkompliziert«, sagte Banyon. »Die Mojos brauchen ein Raubtier, das stark genug ist, es mit einem Bololin aufzunehmen, damit sie Zugang zu ihren Embryowirten bekommen. Vielleicht fungiert – als Gegenleistung sozusagen – der Mojo als Späher für den Kriszahn.«

»Wenn der Mojo die Kontrolle hat, muß die Beziehung aber nicht zwangsläufig auf Gegenseitigkeit beruhen«, murmelte Hanford. »Könnte sein, daß diese Vögel durch und durch Parasiten sind.«

»Ja«, sagte Banyon. »Und was den Beweis dafür anbelangt . . . Dale, nimm den Mojo, der dir am nächsten ist, in die Zielerfassung, ja? Kopfschuß, schnell und sauber. Und treff mir den Kriszahn nicht!«

»In Ordnung«, ertönte die Stimme in seinem Ohr. »Bereit.«

Banyon nahm den entsprechenden Kriszahn in die Zielerfassung und verlagerte das Gewicht auf sein rechtes Bein. Wenn es funktionierte, mußte sein Antipanzerlaser feuerbereit sein. »Also gut: *Jetzt.*«

Ein Lichtblitz von seitlich hinter dem Kriszahn erwischte den Mojo – und einen Augenblick später kreischte der Kriszahn auf und griff an. Banyon lehnte sich nach hinten, während er die automatische Feuerkontrolle aktivierte und sein Bein nach oben schwenkte, um aus nächster Nähe auf das Gesicht des Tieres zu feuern. Abermals blitzte es hell, und das Fell des Kriszahns wurde schwarz, als der Laser es verbrannte. Das Tier schlug schwer zu Boden –

Und Banyon hob gerade noch rechtzeitig den Kopf, um zu sehen, wie der Mojo des verbliebenen Kriszahns auf sein Gesicht zustürzte.

Die Landschaft drehte sich in irrwitzigem Winkel, als ihn sein Nanocomputer aus der Angriffslinie des Vogels warf – doch zuvor bekam er noch mit, daß sich auch der Kriszahn in Bewegung setzte. Banyon landete auf dem Boden, rollte ungeschickt über die linke Schulter ab, als jemand schrie . . . und er kam hoch in die Hocke und sah, wie der Kriszahn Hanford ansprang.

Banyon riß seine Hände zu einer schnellen Doppelsalve auf das Raubtier hoch, doch was dem Zoologen das Leben rettete, war sein eigener reflexartiger Schuß mit dem Wurfnetzgewehr. Der Kriszahn rammte ihn, warf Hanford zu Boden, da seine Krallen und Zähne aber vorübergehend durch das Netz blokkiert waren, konnte er wenig mehr tun, als sein Opfer umzustoßen. Banyon trat um sich, um seine Beine aus dem Unterholz zu befreien . . . doch bevor er seinen Antipanzerlaser noch ausrichten konnte, erhellten zwei gleißende Lichtspeere den Wald, und der Kriszahn sackte zu einem verkohlten Haufen zusammen.

Banyon kam wieder auf die Beine und sah sich rasch um. Um den Mojo kümmerte sich noch immer niemand . . .

Aber nicht mehr lange. Der Vogel hatte sich in den gekreuzten Oberarmen eines der anderen Zoologen festgekrallt und schlug mit den Flügeln auf den Kopf des Mannes ein, während er versuchte, mit dem Schnabel zu dessen Gesicht durchzudringen.

Banyon war in einer einzigen Sekunde auf ihm, packte seinen Hals mit beiden Händen und drückte zu. Der Mojo löste den Griff und flatterte wild herum, derweil er Anstalten machte, sich gegen den Angreifer zu wehren. Doch hinter Banyons Griff standen Servokräfte ... und innerhalb von Sekunden hiel er den schlaffen Vogel in den Händen. »Alles in Ordnung?« fragte er den Zoologen und zuckte zusammen, als er das Blut sah, das durch die Ärmel des Mannes sickerte.

»Arme und Kopf tun höllisch weh«, ächzte dieser und nahm zögernd seine Deckung herunter. »Ansonsten geht so, glaube ich.«.

Wenigstens hatte sein Gesicht nichts abbekommen. »Wir werden Sie sofort zum Luftfahrzeug zurückschaffen«, erklärte Banyon ihm, dann wandte er sich wieder Hanford zu. Die anderen Cobras hatten inzwischen den Kriszahnkadaver von ihm heruntergezogen, und Dale kniete neben ihm. »Wie geht es ihm?« erkundigte sich Banyon.

»Möglicherweise ein, zwei gebrochene Rippen«, sagte Dale und kam wieder hoch. »Wäre keine gute Idee, ihn weit zu tragen. Ich gehe und hole das Luftfahrzeug hierher.«

Banyon nickte und kniete neben Hanford, als Dale sich in schnellem Trab auf den Weg machte. »Wie fühlen Sie sich?« wollte er wissen.

»Entlastet – in wissenschaftlicher Hinsicht«, murmelte Hanford und brachte ein schwaches Lächeln zuwege. »Jetzt haben wir den Beweis, daß Mojos in freier Wildbahn dasselbe Verhalten zeigen wie bei den Qasamanern. Sie helfen den Kriszähnen beim Kampf.«

»Und offenbar helfen sie ihnen auch bei der Entscheidung, wann ein Kampf das sinnvollste Verhalten ist«, nickte Banyon.

»Anstatt zum Beispiel einfach abzuhauen?«

Banyon hob den Kopf und sah den wütenden Blick des unverletzten Zoologen aus dem Team. »Ich hatte nicht die Absicht, Sie im Stich zu lassen«, verteidigte er sich leise.

»Selbstverständlich nicht«, schnaubte der Zoologe. »Sie wollten nur ein Plätzchen finden, von wo aus Sie in Ruhe zielen konnten, ja? Während diese Bestie über den Rest von uns herfällt. Toll – wirklich toll.« Er drehte ihm den Rücken zu.

Banyon seufzte und schloß für einen kurzen Moment die Augen. Sie würden es nie begreifen – weder die Leute, die Cobras als Leibwächter einsetzen wollten, noch die beschützten Leute selbst. Wenn es eng wurde, waren die programmierten Reflexe eines Cobras darauf abgestimmt, ihn zu verteidigen, und zwar ihn allein. Heroische Selbstaufopferung war im Programm des Nanocomputers nicht vorgesehen . . . und Zivilisten würden das niemals in den Kopf bekommen, ganz gleich wie oft man es ihnen erklärte.

In seinem Ohrhörer war ein leises Klicken zu hören: ein weitergeleitetes Funksignal des Trennfrequenzgeräts in ihrem Luftfahrzeug. »Banyon? Hier ist Telek, bitte melden.«

»Ja, Gouverneurin. Was gibt's?«

»Schon irgendwelche Ergebnisse bei Ihrer Jagd?«

»Um die Wahrheit zu sagen, ja. Wir können sie Ihnen rüberschicken, sobald wir die Aufzeichnungsgeräte an den Sender angeschlossen haben.«

»Sparen Sie sich das«, sagte Telek, und Banyon hörte den angespannten Unterton heraus. »Kommen Sie einfach nur mitsamt den Daten zurück zur *Menssana* – kennen Sie unseren derzeitigen Aufenthaltsort?«

»Wenn Sie sich seit gestern abend nicht mehr bewegt haben, ja. Was ist schiefgelaufen?«

»Eigentlich nichts«, seufzte sie. »Jedenfalls nichts Unerwartetes. Aber ich will schnell starten können, wenn es sein muß.«

Banyon verzog das Gesicht, als ihm flau im Magen wurde. »Hat der qasamanische Konvoi Vortrupp Eins erreicht?«

»Vor zehn Minuten. Und der Trupp liegt unter Beschuß.«

29. Kapitel

Im Wald herrschte Chaos. Unter dem abgehackten Knattern von Schnellfeuergewehren fraß sich ein wüster Kugelhagel durch Laub und Unterholz und verteilte überall einen Regen aus abgesprengten Baumstammsplittern. Flach auf dem Bauch liegend, hinter dem größten Baum, den er in der Nähe seines Postens hatte finden können, schmiegte Justin sich an den Boden und wartete darauf, daß das Sperrfeuer nachließ. Als es schließlich soweit war, riskierte er einen vorsichtigen Blick um den Stamm. Einhundert Meter entfernt rannten sechs Qasamaner zurück zum Konvoi, fort von jenem Baumstamm, den die Cobras quer über die Straße gefällt hatten. Sie hatten, Pyre hatte es geahnt, Sprengladungen angebracht . . . und vor Justins Augen schoß eine gelbe Feuerwolke aus der Sperre in die Höhe. Der Rauch legte sich, und ein Teil des Stammes hatte sich in seine Bestandteile aufgelöst.

»Sperre ist durchbrochen«, meldete einer der Cobras in Justins Ohr. »Konvoi setzt sich wieder in Bewegung.«

Der Bleihagel wurde stärker und übertönte fast das Motorengeräusch, doch nur ein geringer Teil des Feuers zielte in Justins Richtung. »Ich bleibe dran«, sagte er in sein Mikro. Zwanzig Meter weiter befand sich der nächste jener Bäume längs der Straße, die sie am vergangenen Abend so sorgfältig präpariert hatten. Er hob seine Hand aus dem verfilzten Blätterwerk, zielte sorgfältig und feuerte.

Das Tau, das den angesägten Baum hielt, zerriß, und unter dem Krachen brechenden Holzes, das sogar inmitten des Gewehrfeuers zu hören war, kippte der Stamm elegant quer über die Straße. »Sperre erneuert«, meldet er.

»Sofort fertigmachen zum Rückzug«, sagte Pyre knapp. »Rauch . . .?«

Als Antwort quoll zu beiden Seiten der Straße explosionsartig schwarzer Rauch aus dem Wald hervor. »Trupp Eins, zurückziehen«, befahl Pyre.

Justin begann, sich von seinem Baum zu entfernen, wobei er einen Kompromiß fand zwischen der Notwendigkeit zur Eile und der Notwendigkeit, unten in Deckung zu bleiben. Wegen des Rauches waren sowohl optische als auch Infrarotzielerfassung unmöglich, aber es galt, auf verirrte Kugeln aufzupassen. Bislang hatte sich der Mangel an Kriegserfahrung der Qasamaner in der Phantasielosigkeit ihrer Taktik gezeigt, allerdings machten sie das durch Begeisterung mehr als wett.

Er befand sich auf halbem Weg zu seiner neuen Deckung, mitten im Nirgendwo, als von oben Maschinengewehrgeratter einsetzte. Er erstarrte und unterdrückte einen Fluch.

Die Helikopter waren zurück. Ein Stück weiter östlich, schätzte er dem Geräusch nach – vermutlich sprengten sie ein paar der etwa einhundert im Infrarot erkennbaren Warmkörperköder in die Luft, die die Cobras den ganzen Morgen über dort aufgestellt hatten. Aber die Maschine kam näher. Justin traf einen schnellen Entschluß, sprang auf und brachte sich rennend in Deckung. Währenddessen veränderte sich die Tonlage des Helikoptergedröhns, eine Sekunde später bekam er den Flugapparat für einen winzigen Augenblick zwischen den Bäumen zu Gesicht . . . und ohne Vorwarnung schlug hinter ihm ein Kugelhagel ein.

Er legte einen Zwischensprint ein und war hinter seinem Zielbaum verschwunden, bevor der Bordschütze der Qasamaner sein Ziel korrigieren konnte. »Ich bin unverletzt«, rief er in sein Mikro, bevor irgend jemand nachfragen mußte. »Aber ich sitze fest.«

»Ich hab' ihn«, ächzte jemand. »Gibt mir jemand Feuerschutz?«

»Verstanden«, sagte Pyre. »Eins, zwei, *drei.*«

Der Helikopter war herumgeschwenkt und versuchte, Justin vors Visier zu bekommen. Das Luftgefährt stand fast perfekt eingerahmt zwischen den Ästen, als Pyres Antipanzerlaser aufblitzte und mitten ins Cockpitfenster traf.

Die Maschine machte eine ruckartige Bewegung, wodurch sie fast in die Baumwipfel wenige Meter unter ihr abgeglitten wäre . . . und von genau unter ihr schoß eine Gestalt durch das Laubdach in die Höhe und bekam den Griff der Seitentür des Helikopters zu fassen. Der Cobra schwang seine Beine nach oben und schraubte sich um seinen unsicheren Griff zu einem einarmigen Handstand an der Helikopterseite hoch . . . und als seine Füße kaum einen Meter von der Hauptrotorachse entfernt waren, feuerte sein Antipanzerlaser.

Der Pilot gab sein Bestes. Fast augenblicklich brachte er die Maschine in eine starke Schräglage und warf den Cobra ab – eine Aktion, die diesen eigentlich hätte umbringen müssen. Doch dank des Katzenlandeprogramms seines Nanocomputer blieb dem Qasamaner auch diese kleine Genugtuung verwehrt . . . und als er den Helikopter vorsichtig wieder aufrichtete, gab das beschädigte Metall des Rotors nach. Zwei Sekunden später erbebte der Wald unter dem Krachen des Absturzes.

»Meldung«, fauchte Pyre, als die Explosion verhallt war und in das dumpfe Prasseln brennenden Treibstoffs überging.

»War kein Problem«, beruhigte der Cobra sie alle. »Paßt auf die Äste auf, wenn einer von euch das auch versuchen will – die verdammten Dinger kratzen höllisch.«

Justin stieß einen erleichterten Seufzer aus, und plötzlich fiel ihm auf, wie still es geworden war. »Sie haben das Feuer eingestellt –«

»Almo, wir haben einen Qasamaner auf der Straße entdeckt«, unterbrach ihn einer der anderen. »Er ist allein – na ja, mit einem Mojo –, und er hält eine weiße Fahne in der Hand.«

Eine weiße Fahne. Auf dem letzten Trip hierher war Winward mit einer weißen Fahne rausgegangen . . . und zum Dank dafür hatte man auf ihn geschossen. Justins Kiefermuskeln spannten sich, als er überlegte, ob Pyre sich daran erinnerte . . . und wie er darauf reagieren würde.

»Also gut«, sagte Pyre einen Augenblick später. »Alle Mann die Augen offenhalten – möglicherweise benutzen sie ihn als Ablenkung, während sie versuchen, uns zu Fuß einzukreisen. Ich werde ihn hierher rufen und fragen, was er will.«

»Nehmt sofort den Mojo ins Visier«, meinte jemand trokken.

»Was du nicht sagst. Also los.«

In Justins Ohren klang Pyres Stimme auch weiterhin ganz ruhig, während die qasamanische Übersetzung megaphonverstärkt durch die Bäume hallte: »Gehen Sie weiter, lassen Sie Ihre Hände sichtbar und Ihren Mojo auf der Schulter. *Ich* sage Ihnen, an welcher Stelle Sie die Straße verlassen.«

Im Wald kehrte abermals Stille ein. Justin stellte seine akustischen Verstärker eine Stufe höher, ließ sich neben seinem Baum nieder und wartete.

Telek rieb sich die Augen mit den Handballen. »Das Problem«, meinte sie erschöpft zu Pyre, »ist immer noch dasselbe, seit der Konvoi aufgetaucht ist: Wir haben einfach noch immer nicht genügend Datenmaterial, um uns abzusetzen.«

»Sie wollen damit sagen, Sie haben immer noch keinen Beweis dafür, daß die Mojos die Qasamaner unmittelbar beherrschen«, erwiderte er.

Das wäre wohl möglich, gab sie insgeheim zu. »Nein, das Forschungsteam ist einfach noch nicht mit dem Programm durch.«

»Möglicherweise wird es auch keine Gelegenheit mehr dazu bekommen«, knurrte Pyre. »Ich glaube, sie bluffen nicht, wenn sie sagen, dies sei unsere letzte Chance, uns abzusetzen, bevor sie die Angriffe verstärken. Und wenn es ihnen egal ist, welchen Preis sie dafür bezahlen müssen, werden wir sie nicht lange aufhalten können.«

Und dieser kurze Aufschub würde Telek zehn tapfere Cobras kosten – *und* den Qasamanern möglicherweise einigermaßen unbeschädigt Cobraausrüstungen zu Studienzwecken in die Hand geben. »Das letzte, was ich will, ist eine offene Feldschlacht, an deren Ende Sie als Verlierer dastehen«, erklärte Telek ihm. »Aber ich sehe den Haken noch nicht. Und wenn ich an unsere Erfahrungen aus der Vergangenheit denke, muß das Angebot einen haben.«

»Vielleicht auch nicht. Vielleicht will Moff einfach Blutvergießen vermeiden.«

Teleks Lippe zuckte bei der Erwähnung des Namens. Moff. Der Begleiter für außerqasamanische Besucher, der scharfäugige Beobachter, der ihnen beim letzten Mal die Tour vermasselt hatte, und jetzt einer der Anführer dieser zusammengewürfelten Spezialeinheit. Ein Mann mit vielen Talenten ... und auch ein Mann mit Glück, schließlich hatte er Justins Raserei in Purma überlebt. Sie fragte sich, was Justin dabei empfand, daß Moff da draußen war, verbannte die Überlegung dann aber gereizt aus ihren Gedanken. Moff. Wußte sie nicht etwas über ihn, das ihr vielleicht einen Hinweis lieferte, was er mit dieser Sache bezweckte? Wollte er, daß in der Siedlung irgend etwas nicht gefunden wurde? Versuchte er womöglich nur, die beiden Kulturen vor einem ansonsten fast unvermeidlichen Krieg zu bewahren?

Aber das Forschungsteam brauchte mehr Zeit.

»Gouverneurin?«

»Ich bin noch da, Almo«, seufzte sie. »Also gut. Versuchen wir es mit einem Experiment. Erklären Sie ihnen, wir würden uns absetzen, sobald wir einem Repräsentanten beweisen konnten, daß wir niemanden in der Siedlung verletzt oder getötet haben.«

»Gewinnt Vortrupp Drei dadurch genügend Zeit, die Bololinherde an der Siedlung vorbeizutreiben?«

Telek überprüfte ihre Schätzungen. »Möglicherweise, wenn wir das Ablenkungsmanöver langsam genug angehen. Aber nach dem Jagdstreß-Test bleibt uns wahrscheinlich keine Zeit mehr, die Halssensoren zu entfernen, die das Forschungsteam seinen Probanden umgelegt hat.«

»Der Rat hat sich, was das Zurücklassen elektronischen Geräts anbetrifft, ziemlich unmißverständlich ausgedrückt«, erinnerte Pyre sie.

»Ich weiß, ich weiß. Na schön, wenn wir den Test abblasen müssen, blasen wir ihn eben ab und Schluß. Hören Sie, sorgen Sie nur dafür, daß sie uns die Idee mit der Führung abkaufen. Ich werde währenddessen mit Michael und McKinley sprechen und sehen, ob sie irgendwelche Vorschläge haben.«

»Gut.« Pyre zögerte. »Wenn es wirklich etwas nützt . . . wir sind wirklich bereit, hier draußen zu sterben.«

Telek blinzelte, als ihre Augen plötzlich feucht wurden. »Ich weiß das zu schätzen«, brachte sie hervor. »Aber Sie zählen auch zu dem elektronischen Gerät, das ich lieber nicht zurücklassen möchte. Reden Sie mit den Qasamanern und rufen Sie mich zurück.«

»Ja, ich hätte da tatsächlich eine Idee«, meinte Winward mit verbitterter Genugtuung zu Telek. »Ich trage sie schon mit mir herum, seit die Psycholeute mit ihren Beschwerden anfingen, sie müßten eigentlich Langzeituntersuchungen durchführen.«

»Und?«

»Nun, wenn man die Untersuchungen nicht selbst durchführen kann, ist die nächstbeste Lösung die, sich die Resultate zu beschaffen«, sagte er. »Und ich denke, ich weiß, wo ich sie finden kann.«

»Wir wollen, daß es jemand mit einer gewissen Machtbefugnis ist, auf dessen Wort die qasmanische Führung vertraut«, warnte Pyre den Unterhändler, seine Worte mit Bedacht wählend. »Sie sollen sehen, wie human unsere Leute vorgegangen sind.«

»Sie fallen in unsere Welt ein und versetzen eine ganze Siedlung in Angst und Schrecken, und dann erwarten Sie, daß man Ihnen das Verhalten von Gentlemen bescheinigt?« fauchte der Qasamaner. »Sie sind kaum in der Position, Forderungen zu stellen, nur weil Moff zufällig bereit ist, Ihre Eskorte bis zur Siedlung zu begleiten. Natürlich ausschließlich als Geste des guten Willens.«

»Natürlich«, nickte Pyre. Winward hatte es richtig vorhergesehen ... und welche Beweggründe Moff auch persönlich haben mochte, ihr Angebot anzunehmen, er würde bald in ihrer Hand sein.

Und von da an würde alles allein von McKinley und Winward abhängen. Hoffentlich schaffen sie das, dachte Pyre.

»Zwei, eins ... *jetzt!*« Dan Rostin schaltete den riesigen Elektromagneten des Luftfahrzeuges ab, als in perfektem Einklang damit Parker die kleine Maschine in die Höhe riß. Genau im richtigen Augenblick: Die Tiere an den Flanken der vorüberdonnernden Bololinherde streiften die Unterseite des Luftfahrzeuges mit ihren Rückenstacheln. Parker ging noch ein wenig höher und blies sich einen Schweißtropfen von der Nasenspitze. »Vortrupp Drei an Telek«, rief er in das Weitstreckenmikro. »Letzter Kurswechsel abgeschlossen. Können Sie bestätigen, daß die Richtung stimmt?«

»Telek hier«, antwortete prompt die Stimme der Gouverneurin. »Eine Sekunde – wir bekommen gerade eine Meldung von der *Dewdrop.*« Es folgte eine kurze Pause. »Ja, bestätigt. Sind sie aus irgendeinem Grund schneller geworden?«

»Das sind sie ganz sicher«, erklärte Parker ihr. »Ich glaube, all die Richtungswechsel und Schwankungen in der Feldstärke setzen ihnen allmählich zu. Wenn sie das Tempo beibehalten, werden sie die Siedlung in etwa fünf Minuten passieren.«

»Die *Dewdrop* gibt uns im wesentlichen die gleichen Werte. Also gut, ich sage dem Forschungsteam Bescheid. Hoffentlich bringt das deren Plan nicht durcheinander.«

»Das hoffe ich auch«, schnaubte Parker. »Wir können sie unmöglich bremsen, soviel steht fest.«

Telek seufzte. »Ja. Gut ... kommen Sie zurück, möglichst, ohne Aufmerksamkeit auf sich zu lenken. Sie brauchen sich nicht zu beeilen. Es sieht nicht so aus, als würden wir bald von hier aufbrechen.«

Moff lenkte seinen Wagen durch das offene Tor der Siedlung und sprach dann die ersten Worte, seit sie die Blockade der Cobras hinter sich gelassen hatten. »Wohin jetzt?«

»Zum Gebäude des Bürgermeisters«, erklärte Justin ihm. »Geradeaus die Straße runter und dann links.«

Der andere nickte, und Justin warf einen Seitenblick auf das Gesicht des Qasamaners. Moff hatte nicht überrascht gewirkt, daß man Justin mit seiner Begleitung beauftragt hatte, allerdings schien ihn ja selten etwas zu überraschen. Selbst jetzt, als er den Wagen in eine vom Feind besetzte Siedlung hineinlenkte, verrieten nur seine hin- und herhuschenden Blicke Anzeichen von Anteilnahme oder Besorgnis. »Wo sind die Bewohner der Siedlung?«

Justin sah sich um. Bis auf einen Cobra am Ende eines jeden Blocks, dem sie sich näherten, waren die Straßen tatsächlich menschenleer. Er übermittelte die Frage per Zeichengeber an Winward. »Sie befinden sich alle draußen im nördlichen und im zentralen Teil der Ortschaft«, gab er die Antwort weiter.

»Ich würde sie gern sehen, bevor ich mit Ihren Führern spreche.«

Justin zuckte die Achseln, darum bemüht, unbekümmert zu wirken. Ihr Zeitplan war knapp, aber das konnte er Moff gegenüber schlecht zugeben. »Von mir aus«, sagte er. »Lassen Sie sich nur nicht allzu lange Zeit. Ich möchte, daß die Gespräche in Gang kommen, bevor dort draußen wieder jemand zu schießen anfängt.«

»Unsere Leute werden keine Kampfhandlungen mehr beginnen, solange Ihre das nicht tun.«

Justin zuckte erneut die Achseln, lehnte sich zurück und ließ die Rundfahrt über sich ergehen. Eigentlich sollte er versuchen, sich ein Bild von Moffs Absichten zu machen, aber abgesehen von einem vielversprechenden Aufzeichnungsgerät in der Mojostange auf der Schulter des Qasamaners konnte er nichts entdecken, das ihm irgendwelche Hinweise hätte liefern können. Beim Gedanken an den bakteriologischen Angriff auf Cerenkov und Rynstadt während ihres ersten Aufenthalts bekam er eine Gänsehaut, obwohl Telek und Winward ihm versichert hatten, daß Moff vermutlich nicht sein eigenes Leben durch solche Tricks aufs Spiel setzen würde, solange ihn einfachere Methoden zum Ziel führten. Kein Naturgesetz zwang die Logik des Qasamaners, genauso zu funktionieren wie die des Aventiniers.

Moff bog ein paarmal ab, und – tatsächlich – dort waren die Siedlungsbewohner.

In Justins Augen wirkte es eher wie ein riesiges Picknick mitten im Ort. Die meisten Erwachsenen saßen in kleinen Gruppen auf dem Boden, während die Kinder zwischen ihnen und um sie herum spielten. An den Seiten des Platzes standen Cobras Wache.

»Befinden sich die übrigen hinter diesem Torbogen dort?« fragte Moff, indem er darauf zeigte.

»Ich glaube schon, ja.«

Ohne um Erlaubnis zu fragen, bog der Qasamaner um eine Ecke und fuhr in die angegebene Richtung. Der Rest der Siedlungsbewohner lagerte auf einem kleineren Freigelände ein paar Blocks weiter nördlich, und Moff hielt an, als die Menschenmenge in Sicht kam. Einen Augenblick lang betrachtete er sie prüfend, so als hielte er nach Hinweisen auf Mißhandlungen Ausschau, und Justin beobachtete, wie seine Schultern sich langsam drehten, während er dem Aufzeichnungsgerät in seinem Schulterstück einen Schwenk über das Gelände gestattete. Und so den Soldaten an der Blockade die Möglichkeit gab zu sehen, ob die Siedlungsbewohner wohlauf waren, falls das Gerät seine Bilder per Funk übertrug.

Plötzlich erstarrte Justin innerlich. Er beobachtete die Augen des anderen, merkte sich, wo sie innehielten. Moff betrachtete die Posten.

Er zählte die Cobras.

Natürlich. Es war derselbe Trick, nur von innen nach außen gekehrt, mit dem er auch das Innere der *Dewdrop* erkundet hatte, nachdem man Joshua und York die Rückkehr an Bord gestattet hatte. Justin schätzte, daß von den dreißig Cobras in der Siedlung etwa zwanzig die beiden Gruppen aus Zivilisten bewachten – eine lächerlich kleine Zahl für dreitausend Menschen, trotz der Möglichkeiten, die sie als Cobras hatten. Moff war dies sicher aufgefallen, und er würde ebenso gewiß zu dem Schluß kommen, daß die Gesamtzahl der Cobras nicht wesentlich höher war als die der sichtbaren.

Oder anders ausgedrückt: Das Forschungsteam bot ein leichtes Ziel. Was bedeutete . . . Ja, was eigentlich?

Justin wußte es nicht, aber die anderen brauchten diese Information umgehend. Er preßte sein Mikro heimlich an die Lippen und sprach leise hinein.

York schüttelte den Kopf, den Blick fest auf das Display vor sich geheftet. »Keine Helikopterbewegungen, soweit ich erkennen kann«, sagte er an Telek gewandt. »Sind Sie sicher, daß Moffs Apparat nicht nur aufzeichnet?«

»Wir haben die Sendefrequenz gefunden, die er benutzt«, erwiderte sie gereizt. »Was ist mit anderen Flugzeugen? Sie sagten, einige wären auf dem Landeplatz in Sollas aufgetaucht?«

»Sie stehen noch immer dort. Und Almo meldet noch immer keine Schwierigkeiten an der Blockade von Vortrupp Eins?«

»Nein. Es sei denn, sie umgehen das Gebiet in weitem Bogen mit Fußtruppen und stoßen in Richtung Süden vor.« Teleks Abbild auf dem Monitor schüttelte den Kopf. »Meinen Sie, sie warten einfach ab, bis wir die Siedlung verlassen haben?«

York öffnete den Mund . . . und hielt inne, als ihm plötzlich ein neuer Gedanke kam. »Sagen Sie mal, macht Moff den Eindruck, als kenne er sich in der Siedlung aus?«

»Na ja, in Sollas haben sie bestimmt Karten von dem Ort«, sagte sie trocken.

»Eben. Und jetzt verraten Sie mir, wo es für ein Shuttle in der Siedlung genügend Platz zum Landen gibt.«

»Na ja –« Telek hielt inne. »Das Gelände in der Nähe des Tores sowie die beiden Freiflächen, wo wir die Siedlungsbewohner untergebracht haben.«

»Und Moff hat alle drei gesehen«, nickte York bitter.

»Damit hat er soeben bestätigt, was die Helikopter wahrscheinlich in der Nacht gemeldet haben: Das Forschungsteam hat kein Raumschiff in der Nähe, mit dem es schnell fliehen kann.«

Telek blies in die Luft und schüttelte sich. »Verdammt. Verdammt und noch mal verdammt. Kein Wunder, daß er es nicht eilig hat. Er plant einen weiteren Schlag gegen das Raumschiff und will, daß seine Spezialeinheit halbwegs kampfbereit ist, wenn es hier eintrifft. Daher der Waffenstillstand. Captain, wie schnell können wir im günstigsten Fall in der Siedlung sein?«

»Von hier aus frühestens in dreißig Minuten«, meldete sich Shepherds Stimme in der Leitung. »Das Schiff ist für längere Hochgeschwindigkeitsflüge innerhalb der Atmosphäre nicht konstruiert.«

»Eine halbe Stunde«, schnaubte York. »In der Zeit können *wir* runtergehen und wären noch schneller bei ihnen.«

»Nur daß Sie unmöglich alle fünfzig Personen des Forschungsteams und des Vortrupps Eins an Bord nehmen könnten«, meinte Telek düster. »Also, Gentlemen, wir sollten uns etwas einfallen lassen, und zwar schnell. Die besten Chancen mit einem Ablenkungsmanöver haben wir, wenn es spätestens in knapp unter vierzig Minuten, von jetzt an gerechnet, in der Siedlung gestartet wird. Bis dahin muß das Forschungsteam abziehen.«

Oder, wie York im stillen hinzufügte, *es zieht womöglich überhaupt nicht mehr ab.* Er biß sich auf die Innenseite seiner Wange, starrte auf das Display und versuchte nachzudenken.

Der Cobra am Eingang des Bürgermeisterhauses trat zur Seite, als Moff und Justin näher kamen. »Sie warten im ersten Büro links«, sagte er und hielt ihnen die Tür auf. Als der Qasamaner vorüberging, machte er mit der Hand, für Moff unsichtbar, eine winkende Bewegung: das Codezeichen für *Bleiben Sie zurück.* Justin nickte und ließ sich auf dem Weg zu dem Büro, das ihnen der Posten angegeben hatte, einen weiteren halben Schritt hinter Moff zurückfallen. Die Tür stand offen, und beim Eintreten sah Justin, daß zwei Männer auf sie warteten: Winward und der leitende Psychologe des Forschungsteams, Dr. McKinley. Beide standen vor dem niedrigen Schreibtisch des Raumes und wirkten leicht angespannt.

»Guten Tag, Moff«, nickte Winward. »Wir sind uns noch nicht persönlich begegnet, aber ich habe eine Menge über Sie gehört.«

»Ich ebenfalls über Sie«, erwiderte Moff kühl. »Sie sind der Krieger des Teufels, der nicht getötet werden konnte. So heißt es zumindest.«

»Jedenfalls nicht durch Verrat«, sagte Winward, der ebenfalls einen kühleren Ton anschlug. »Sie werden bemerkt haben, daß wir Ihre weiße Fahne mit mehr Respekt behandelt haben.«

»Sie wagen es, von Ehre –«

»Ich werde über vieles sprechen«, schnitt Winward ihm das Wort ab. »Aber bevor ich dazu komme, möchte ich Sie bitten, Ihren Mojo ins Nachbarzimmer zu bringen.«

Moff versteifte sich sichtlich. »Damit ich Ihnen völlig schutzlos ausgeliefert bin?«

»Reden Sie kein dummes Zeug. Wenn wir Ihnen etwas tun wollten, wären sowohl Sie als auch Ihr gottverdammter Vogel längst tot. Das wissen Sie ebensogut wie ich. Ich forderte Sie zum letzten Mal auf.«

»Mein Mojo bleibt bei mir.«

Winward seufzte. »Also schön, ganz wie Sie wollen.« Er griff zum Schreibtisch hinter sich, packte ein kurzläufiges, schaftloses Gewehr, das dort lag, und legte an. Der Mojo kreischte auf und sprang –

Und kreischte erneut, als ihn das Wurfnetz mitten auf dem Schnabel erwischte.

»Hier, Justin, bring das ins Büro nebenan«, sagte Winward müde und reichte dem jüngeren Cobra den bewegungsunfähigen Vogel und das Netzgewehr. »Sie legen keine besondere Lernfähigkeit an den Tag, was?« meinte er an Moff gewandt.

Justin bekam Moffs Antwort nicht mehr mit, als er jedoch zurückkam, war es wieder Winward, der sprach. »Na schön, egal. Wir haben eine recht ausgeprägte Vorstellung davon, was die Mojos für Sie tun, und es ist ziemlich klar, daß wir im Falle eines richtigen Krieges mit Leichtigkeit gewinnen würden.«

»Weil Sie nicht sterben können?« schnaubte Moff. »Manche glauben das vielleicht, ich nicht. Kein Dämon beschützt Sie – oder teilt einen Verstand auf zwei Männer auf«, fügte er mit einem haßerfüllten Blick auf Justin hinzu. »Ihre Zauberei ist lediglich Wissenschaft, die wir vergessen haben, und wenn wir erst wieder gelernt haben, sie anzuwenden, wird sie uns ebenso gute Dienste leisten.«

»Möglich«, sagte Winward und zuckte die Achseln. »Aber das ist eine recht akademische Frage, denn um zu erfahren, wie unsere Zauberei funktioniert, müßten Sie ein paar von uns töten . . . und ich bezweifele sehr, daß Ihre Mojos Ihnen weiterhin erlauben, Auge in Auge gegen uns zu kämpfen.«

Moff öffnete den Mund, doch was immer er hatte sagen wollen, erstarb ihm auf den Lippen. »Was soll das heißen, sie werden uns *nicht erlauben* zu kämpfen?« fragte er vorsichtig.

McKinley schüttelte den Kopf. »Es hat keinen Sinn, uns etwas vorzuspielen, Moff. Wir haben kaum zwei Tage lang Daten gesammelt und wissen bereits, daß die Mojos Sie wie Marionetten am Faden baumeln lassen. Sie hatten dreihundert Jahre lang Zeit, sie zu studieren – dann wissen Sie doch bestimmt genauso viel wie wir.«

»Marionetten, sagen Sie?« Moff verzog spöttisch die Lippen. »Sie begreifen *überhaupt nichts.*«

»Ach, nein?« sagte Winward. »Dann klären Sie uns doch auf.«

Moff blickte ihn wütend an, sagte hingegen nichts. »Die Einzelheiten spielen keine Rolle«, meinte McKinley achselzuckend. »Was zählt, ist, daß die Mojos ein ureigenes Interesse daran haben, ihre Jäger – das sind Sie – am Leben zu erhalten und daß sie über ausreichend große telepathische Fähigkeiten verfügen, ihren Willen durchzusetzen. Wenn die Vögel der Ansicht sind, keine Chance gegen uns zu haben, werden sie Sie auch nicht kämpfen lassen.« Er winkte ab. »Die Reaktionen auf uns hier in der Siedlung sind Beweis genug.«

»Ach, wirklich?« fauchte Moff. Er schien sehr schnell die Beherrschung zu verlieren, wie Justin besorgt registrierte. Waren McKinleys Behauptungen für ihn wirklich so schwer zu ertragen? Oder war dies vielleicht einfach nur seit Jahren der erste wache Augenblick für Moff ohne den Mojo an seiner Seite? Einen Mojo, der seine menschliche Aggressivität unter Kontrolle hielt ... »Und was sagen Sie zu den Soldaten, die zwanzig Kilometer nördlich von hier darauf warten, sich auf Sie zu stürzen? Sind *die* vielleicht nicht in der Lage zu kämpfen?« Er zeigte mit dem Finger auf McKinley. »Die Siedlungsbewohner fürchten sich vor Ihnen, weil sie abergläubisch sind – unsere Soldaten sind das jedoch nicht. Und wenn wir erst einmal bewiesen haben, daß Sie besiegt werden können – was in wenigen Stunden der Fall sein wird –, wird die Angst, die die Mojos spüren, und mit der sie die Menschen lähmen, verschwunden sein. Wenn Sie das nächste Mal wiederkommen, werden Sie eine Welt vorfinden, die sich vereinigt hat, um sich gegen Sie zur Wehr zu setzen.«

»Glauben Sie denn nicht, daß die Mojos versuchen werden, Ihr Leben zu retten?« fragte McKinley.

Moff lächelte dünn. »Natürlich werden sie uns beschützen, sicher – und im Kampf werden sie Ihnen das Fleisch von den Knochen reißen. Das Gespräch ist beendet.«

Winward und McKinley sahen sich an, und letzterer nickte kaum merklich. »Also schön, wenn Sie es so wollen«, sagte Winward. »In wenigen Stunden, wie Sie eben sagten, werden wir Ihnen nicht mehr im Wege sein. Und mit etwas Glück brauchen wir auch nicht mehr zurückzukommen.«

»Es spielt keine Rolle, ob Sie das tun oder nicht«, sagte Moff ruhig ... und für Justin klang seine Stimme wie ein offenes Grab. »Eines Tages werden wir das Geheimnis interstellaren Raumfluges wiederentdecken. Und dann werden wir kommen und Sie finden.«

Winward preßte die Lippen aufeinander und suchte Justins Blick. »Gib ihm seinen Mojo zurück und begleite ihn nach draußen. Er kann bei den übrigen Siedlungsbewohnern bleiben, bis wir startbereit sind.«

Justin nickte und deutete auf die Tür. Wortlos schritt Moff an ihm vorbei hinaus auf den Gang, wo er wartete, bis Justin ihm seinen immer noch im Netz verhedderten Mojo gebracht hatte. »Wickeln Sie ihn vorsichtig aus, dann wird dem Vogel nichts passieren«, erklärte er dem Qasamaner, als er ihm das Tier in die Arme legte.

Moff nickte einmal und stolzierte zur Tür hinaus. Justin verfolgte, wie der Qasamaner die Straße hinunter zum Sammelplatz für die Zivilisten ging, dann kehrte er ins Büro zurück. »Er ist auf dem Weg zum Platz«, meldete er Winward.

Der ältere Cobra nickte, mit den Gedanken sichtlich woanders. »Also gut. Wenn ihr bereit seid, wir sind es auch«, sagte er ins Mikro. »Sorgst du dafür, daß Vortrupp Eins sich in Bewegung setzt? Gut. Justin ist hier, ich werde mich also um ihn kümmern. Geschätzte Ankunftszeit? ... Fünfzehn Uhr zwanzig. Verstanden. Viel Glück.«

»Und?« fragte McKinley.

»Die *Dewdrop* ist unterwegs«, sagte Winward gepreßt. »In ungefähr fünfzehn Minuten wird sie auf dem Hauptplatz runtergehen.«

»Die *Dewdrop*?« Justin runzelte die Stirn. »Wieso die *Dewdrop*?«

»Weil die *Menssana* länger brauchen würde und den gesamten Weg über Angriffen ausgesetzt wäre.« Winward wandte sich McKinley zu. »Sind alle Sensorhalsbänder abgenommen worden?«

»Und zum Verladen eingepackt, zusammen mit dem Rest des Geräts.«

»Gut. Bringen Sie Ihre Leute zum Platz.« Winward tippte auf seinen Anhänger, als McKinley zur Tür ging. »Dorjay? Es geht los . . . Richtig. In fünfzehn Minuten. Schaff die Leute fort und richte eine Schutzzone ein. Achte besonders auf Moff – er ist bei weitem nicht so beeindruckt von uns wie die anderen, und überall liegen Gewehre herum. Möglicherweise greift er zu . . . Gut. Das Ablenkungsmanöver ist in etwas weniger als zwanzig Minuten geplant – dann müssen wir startbereit sein. In Ordnung. Ende.«

Er ließ die Hand sinken und sah Justin an. »Fangen wir an – wir beide spielen eine wesentliche Rolle in der Verteidigung gegen die Helikopter und müssen an der Mauer sein, wenn sie dahinter kommen, was hier gespielt wird.«

»Und was dann?« fragte Justin leise. »Die *Dewdrop* kann uns unmöglich alle transportieren.«

Winward lächelte ihn gepreßt an. »Genau das ist manchmal die Aufgabe der Nachhut – zurückzubleiben. Komm schon, auf zur Mauer. Suchen wir uns eine gute Stelle, von der aus wir feuern können.«

»Gut, jetzt ganz langsam zurück«, raunte Pyre in sein Mikro. »Keinen Mucks. Und seht zu, daß ihr außer Sichtweite der Qasamaner seid, wenn ihr auf die Straße stoßt.«

Gemurmel drang an sein Ohr, und Pyre richtete sein Augenmerk auf das Knäuel von Soldaten zwanzig Meter direkt vor ihm. Er hatte sich bereit erklärt, als eine Art Austauschgeisel in Sichtweite zu bleiben, solange Moff sich in der Siedlung befand . . . weshalb er, wenn die Zeit abgelaufen war, verschwunden sein mußte, bevor die Qasamaner das Feuer eröffneten. Er aktivierte seine akustischen Verstärker und lauschte darauf, ob er in den Stimmen der gegnerischen Soldaten eine Erregung feststellen könnte, die auf eine Sichtung der *Dewdrop* hindeutete.

Das Geschrei, das sich auf das Führungsfahrzeug der Qasamaner konzentrierte, ging knapp zwei Minuten später los, und

Pyre raste zwischen den Bäumen hindurch, bevor jemand auf die Idee kam, auf ihn zu schießen. Jetzt, da er auf Heimlichtuerei verzichten konnte, hielt er geradewegs auf die Straße zu, wo es ihm der bessere Untergrund ermöglichte, seine Beinservos effektiver einzusetzen. Von hinten war eine Explosion zu hören, als die Qasamaner den Baum sprengten, der ihnen den Weg versperrt hatte. Pyre wurde langsamer, als er den letzten ihrer präparierten Bäume passierte, und ließ ihn krachend hinter sich niederstürzen – ein Schachzug, der die Bodentruppen endgültig aus dem Spiel nehmen dürfte. Er beschleunigte seine Schritte bis an die äußerste Grenze und suchte den Himmel sowohl nach der landenden *Dewdrop* als nach der unvermeidlichen Antwort der Qasamaner aus der Luft ab.

Von seinem Standpunkt aus geschahen die Ereignisse gleichzeitig. Weit vorn fiel die glitzernde Form des kleinen interstellaren Raumschiffes rasch aus dem blauen Himmel, als genau über ihm drei kleine Helikopter ihren Angriff heulend Richtung Süden flogen. Ein harter Kloß setzte sich in Pyres Hals fest, als er sie hinter den Baumwipfeln verschwinden sah. Wie York vorhergesagt hatte, handelte es sich um umgerüstete Zivilmaschinen ... doch die kurze Auseinandersetzung mit den Cobras hatte gezeigt, daß diese durchaus ernst zu nehmen waren.

Er rannte weiter. Weit vor ihm veränderte sich die Tonhöhe der Helikoptermotoren, als sie die Siedlung erreichten. Geschoßlärm drang schwach mit dem Wind an seine Ohren, und einmal auch der Explosionsknall, den er bereits vom Abschuß eines Helikopters über der Barrikade kannte. Er fragte sich, wer es wohl diesmal geschafft hatte und ob der Cobra mit dem Leben davongekommen war. Er blinzelte die Tränen aus seinen Augen und lief weiter.

Und plötzlich war alles vorbei. Eine riesige, aufquellende Säule schwarzen Rauchs erhob sich über den Bäumen, und Sekunden später schoß die *Dewdrop* daraus hervor wie eine Rakete aus ihrer Abschußvorrichtung. Die beiden verbliebenen Helikopter schwirrten hinterher, doch ihre Waffen waren nicht dafür konstruiert, senkrecht in die Höhe zu feuern, und die Schwerkraftlifts der *Dewdrop* waren mehr als ausreichend, um den Vorsprung der *Dewdrop* zu halten. Die drei Maschinen wurden zu Lichtpunkten am Himmel ... und dann waren es nur noch zwei.

Die *Dewdrop,* mit den Wissenschaftlern des Forschungsteams an Bord, war entkommen. Und hatte die Cobras zurückgelassen.

Weiter vorn trat jemand zwischen den Bäumen längs der Straße hervor und winkte Pyre kurz zu, bevor er wieder in Deckung ging. Pyre bremste ab und lief zu ihm hin. »Schwierigkeiten?« erkundigte sich der andere Cobra.

Pyre schüttelte den Kopf. »Sie sind wenigstens zehn Minuten hinter mir. Schon irgendwelche Anzeichen von unserer Eskorte?«

Der andere grinste. »Klar. Hören Sie doch mal hin.«

Pyre stellte seine Verstärker höher. In der Ferne konnte man ein leises Donnern hören. Begleitet von einem Schnauben, an das er sich noch gut erinnerte. »Genau nach Plan. Sind alle bereit?«

»Jedenfalls auf dieser Seite. Vermutlich sind die Cobras des Forschungsteams entkommen, als alle durch die Wand aus Rauch geblendet waren –«

»Und annahmen, die Cobras würden vorrücken, anstatt abzuziehen«, nickte Pyre. Es würde erheblich einfacher werden, wenn die Qasamaner glaubten, *alle* seien mit der *Dewdrop* geflohen.

Das Donnern kam näher . . .

Und dann brach sie auf der anderen Seite der Straße aus dem Wald hervor: eine Bololinherde, die auf Teufel komm raus vorwärtsstürmte. Eine *große* Herde, wie Pyre sah, deren breite Front sich hinter einer Kurve der Straße und in dem von ihr selbst aufgewirbelten Staub verlor. Alles in allem vielleicht eintausend Tiere . . . zwischen all diesen warmen Leibern, verborgen im Staub, würden vierzig Cobras kaum auffallen. Selbst wenn jemand auf die Idee kommen sollte, nach ihnen zu suchen.

Die vorderste Reihe war vorüber, die Flanken der Herde vielleicht zwanzig Meter entfernt. Pyre und die anderen drehten bei und liefen neben ihnen her. Dabei kamen sie der Herde immer näher, bis sie vielleicht nur noch vier Meter entfernt waren. Ein kurzer Blick nach vorn und hinten ergab, daß der Rest von Vortrupp Eins sich dem Strom angeschlossen hatte. Auf der gegenüberliegenden Flanke der Herde – vorausgesetzt, alles hatte funktioniert – taten die Cobras des Forschungsteams das gleiche.

Und während der nächsten paar Stunden würden sie alle einigermaßen sicher sein. Danach –

Danach lag die *Menssana* dreihundert Kilometer entfernt fast genau vor ihnen, aller Wahrscheinlichkeit nach von den Machthabern des Planeten noch immer unbemerkt. Würde das während der nächsten sechs Stunden so bleiben, befänden sich die Cobras an Bord des Schiffes und im Orbit, lange bevor irgendein Flugzeug versuchen konnte, ihnen den Weg abzuschneiden.

Jedenfalls theoretisch. Pyre verfiel mit seinen Beinen in einen rhythmischen Trab und überließ den Servos soviel der Last wie möglich. Er persönlich wäre schon zufrieden, wenn sie es wenigstens knapp schaffen würden.

Und so sollte es auch kommen.

30. Kapitel

Sie hörten schweigend zu, während McKinley seinen Vortrag hielt, und als er geendet hatte, seufzte Stiggur. »Die Möglichkeit, daß ein Fehler gemacht wurde, besteht wohl nicht?«

McKinley schüttelte den Kopf. »Bestimmt kein entscheidender. Wir hatten genügend Testpersonen, um gute statistische Daten zu bekommen.«

Auf der anderen Seite des Tisches schürzte Jonny die Lippen, den bittersüßen Geschmack eines Pyrrhussieges im Mund. Er war bestätigt worden, seine ›verrückte‹ Mojotheorie hatte sich mehr oder weniger als richtig erwiesen.

Doch der Preis für diesen Sieg würde ein Krieg sein.

Das sah er den Gesichtern rings um den Tisch an. Die anderen Gouverneure hatten Angst – mehr noch als nach der ersten Mission der *Dewdrop.* Und obwohl einige von ihnen vielleicht nicht wußten, wie sie mit dieser Angst umgehen sollten, kannte er die menschliche Natur gut genug, um zu wissen, welche Entscheidung die meisten letztendlich treffen würden. Kämpfen oder sich zurückziehen, das waren die beiden einzigen Alternativen ... Allerdings standen die Cobrawelten mit dem Rücken zur Wand.

Fairleigh räusperte sich. »Mir ist immer noch nicht recht klar, wie die Mojos dies alles bewerkstelligen. Ich meine, Sie haben doch nachgewiesen, daß ihr Gehirnvolumen zu klein für Intelligenz ist, oder?«

»Hierfür ist nicht unbedingt Intelligenz erforderlich«, antwortete McKinley. »Es ist der Partner der Mojos in dieser Symbiose – entweder ein Kriszahn oder ein Mensch –, der die Situation einschätzt. Der Mojo übernimmt diese Einschätzung lediglich und drückt diejenige Reaktion durch, die am ehesten seinen eigenen Interessen dient.«

»Aber dazu braucht man Urteilsfähigkeit, und *das* bedeutet Intelligenz«, beharrte Fairleigh.

»Nicht unbedingt.« Telek schüttelte den Kopf. »Gradlinige, extrapolative Logik könnte einfach ein Teil der Instinktausstattung der Mojos sein. Ich habe bei anderen Tieren Instinkte beobachtet, die scheinbar genausoviel oder gar mehr Intelligenz erfordern. Sie haben sicher bemerkt, daß der Spookie auf Chata denselben Trick bei nur leicht größerem Gehirnvolumen zu beherrschen scheint.«

»Es könnte sogar noch einfacher sein, wenigstens für den Mojo«, fügte McKinley hinzu. »Vermutlich präsentiert der Mensch seine eigene Liste mit möglichen Reaktionsweisen, darunter auch – auf einer bestimmten Ebene –, wie die jeweilige Reaktion den Mojo beeinflussen würde. Zwischen diesen auszuwählen erfordert nicht mehr Intelligenz, als jedes Tier für das Überleben in freier Wildbahn braucht.«

»Könnten Sie das Datenmaterial dann vielleicht irgendwie falsch ausgelegt haben?« fragte Stiggur. »Wir müssen absolut sicher sein, was dort geschieht.«

»Ich glaube nicht, daß wir das getan haben, Sir.« McKinley schüttelte den Kopf. »Wir haben aus Moff nicht so viele Einzelheiten herausbekommen, wie Winward gehofft hatte, aber was er gesagt hat, scheint diese Interpretation durchaus zu bestätigen.«

»Ganz zu schweigen von den Kriszähnen«, murrte Roi. »Für deren Verhalten gibt es keine vernünftige Erklärung, es sei denn, die Mojos hatten wenigstens teilweise die Kontrolle.«

Schweigen legte sich über den Raum. Stiggur ließ den Blick um den Tisch wandern, dann nickte er McKinley zu. »Vielen Dank, Doktor, daß Sie sich die Zeit genommen haben. Wir werden uns mit Ihnen in Verbindung setzen, sollten wir noch Fragen haben. Werden Sie diesen Vortrag morgen vor der Vollversammlung halten können?«

McKinley nickte. »Um zwei Uhr, richtig?«

»Richtig. Wir sehen Sie dann dort.«

McKinley verließ den Raum, und Stiggur drehte sich wieder zum Tisch um. »Wollen Sie darüber diskutieren, bevor wir über unsere Empfehlung abstimmen?«

»Wie konnte so etwas passieren?« fragte Vartanson. Sein Ton klang fast gereizt. »Symbionten machen schließlich nicht einfach nach Belieben Partnertausch.«

»Wieso nicht?« meinte Roi achselzuckend. »Lizabet kann bestimmt Dutzende anderer Beispiele nennen.«

»So viele nicht gerade, aber es gibt ein paar«, nickte Telek. »In diesem Fall brauchen Sie sich bloß die Eigenschaften der Kriszähne anzusehen, um zu verstehen, wieso Menschen als Partner so attraktiv erscheinen. Erst einmal benötigen die Mojos gute Jäger, die die Bololins für sie töten. Die Aggressivität, die die Kriszähne zu guten Jägern macht, bedeutet aber auch, daß ein zurückkehrender Mojo Gefahr läuft, selbst gefressen zu werden, bevor er wieder die Kontrolle übernimmt. Sie haben die Filme über den Angriff gesehen – die Mojos hatten kaum den Rücken ihrer Kriszähne verlassen, als die Tiere auch schon jegliche Beherrschung verloren.«

»Und bei Menschen ist ihre Reichweite größer?« fragte Hemner.

»So scheint es, ja, aber vielleicht ist das auch nur Zufall«, sagte Telek. »Das eigentlich Entscheidende ist, Menschen mit Gewehren sind gleichzeitig zuverlässigere und bessere Jäger. Das bedeutet übrigens auch, daß die Menschen selten, wenn überhaupt, einen Kampf verlieren und getötet werden, was dem Mojo die Mühe erspart, jemand Neues zu suchen und ihn an sich zu gewöhnen.«

»Wobei die Trainingsphase vor allem dann besonders gefährlich ist, wenn er statt dessen einen neuen Kriszahn abrichten muß«, sagte Vartanson und nickte ernst. »Ja, jetzt verstehe ich. Was Sie meinen, ist, die Qasamaner haben ihren Planeten zu einem kleinen Paradies für Mojos gemacht.«

Telek schnaubte kurz. »Das wohl kaum. Vielleicht war es früher einmal so, aber die Mojos bewegen sich rasch auf eine Sackgasse zu.« Sie programmierte ihr Display, und eine Luftaufnahme des Fruchtbarkeitsbogens erschien. »Hier unten«, sagte sie und setzte weiße Punkte mit einem Zeigestock auf das Bild. »Hier, hier und hier. Die Qasamaner bauen ihre Kette von Städten aus.«

»Ja, und?« Vartanson runzelte die Stirn.

»Verstehen Sie nicht? Städte sind für einen Raubvogel ein ungeeigneter Lebensraum. Sie müssen lange Entfernungen zurücklegen, wenn sie jagen wollen, oder von ihrem Herrn Tiernahrung akzeptieren. Doch die Bevölkerungszahl der Menschen steigt, und ihr nettes, kleines unterirdisches Kommunikationssystem macht es erforderlich, daß sie sich auf eine vergleichsweise kleine Zone des Planeten beschränken. Und *das* wiederum bedeutet: Städte.«

»Aber ich dachte, die Städte seien ausdrücklich im Interesse der Mojos angelegt worden«, brummte Roi. »Das war doch Ihr entscheidendes Argument für die zweite Erkundungsreise, haben Sie das etwa vergessen?«

»Im Interesse ihrer Fortpflanzung, ja«, nickte Telek. »Aber nicht im Interesse ihrer Nahrungsaufnahme. Ich glaube nicht, daß wir tatsächlich einen Mojo bei der Jagd zu Gesicht bekommen haben, aber wahrscheinlich besteht ihre Beute aus kleinen Vögeln oder großen Insekten, und ganz gleich, was die Bololins oder Tarbine tun, kleine Vögel werden sich nicht in großer Zahl bis in die Städte wagen. Die Anlage der Städte ist im wesentlichen ein Kompromiß, und wäre ich ein Mojo, ich würde mich durch ihn zutiefst getäuscht fühlen.«

»Und wieso wechseln sie dann nicht zurück?« wollte Vartanson wissen. »Das haben sie doch schon einmal getan – warum nicht wieder?«

»Zurückwechseln? Wohin denn? Seit ihrer Landung haben die Qasamaner praktisch jeden Kriszahn abgeschossen, der seinen Kopf aus dem Gras gehoben hat. Mittlerweile dürften sie den gesamten Fruchtbarkeitsbogen geräumt haben, und noch immer ziehen sie ungefähr einmal im Monat Leute von der Arbeit ab, um Jagd auf diese Tiere zu machen. Es ist verrückt.«

»Vielleicht nicht«, warf Jonny ein. »Wie Sie schon sagten, ist die qasamanische Führung im Bild. Welchen besseren Weg gäbe es, sich der fortgesetzten Loyalität ihrer Leibwächter zu versichern, als dafür zu sorgen, daß es niemanden gibt, zu dem diese wechseln könnten?«

Telek zuckte die Achseln. »Möglich. Auf jeden Fall sind sie hinterhältig genug, sich sowas auszudenken.«

»Andersherum bedeutet das«, fuhr Jonny fort, »daß sie die Vorzüge kennen, Mojos in der Nähe zu haben, um zwischenmenschliche Reibereien auf ein Minimum zu beschränken. Wenn sie diesen Umstand für so bedeutend halten, dann sollten wir vielleicht nicht über einen Krieg nachdenken, sondern uns überlegen, wie wir die Mojos loswerden können.«

»Wie denn?« schnaubte Telek. »Indem wir sie alle töten?«

»Wieso nicht? Auch früher sind schon ganze Arten ausgerottet worden – damals im Imperium. Artenspezifische Pestizide können schließlich für jedes Tier entwickelt werden, oder?«

»Theoretisch ja, vorausgesetzt, man weiß genug über die Hormonfolge bei der Fortpflanzung. Über die Mojos besitzen wir kein dementsprechendes Datenmaterial.«

»Aber wir haben genug Zeit«, beharrte Jonny. »Die technische Auswertung besagt, daß die Qasamaner wenigstens noch fünfzehn Jahre von einem interstellaren Antrieb entfernt sind.«

»Das nützt uns nichts«, brummte Roi. »Die Städte, Jonny. Jedes Tier, das eine gute Umgebung für die Fortpflanzung höher einschätzt als eine gute Umgebung für die Nahrungssuche, wird sehr schwer auszurotten sein.«

»Besonders, wenn die Qasamaner auf ihrer Seite stehen«, sagte Telek. »Denken Sie daran, welchen Einfluß die Mojos auch immer auf die Anlage der Städte hatten, es waren die Menschen, die sie errichtet haben. Durchaus möglich, daß am Ende keine großartigen Einflüsterungen nötig waren – dieses Arrangement begünstigt einen steten Nachschub an Mojos für die wachsende Bevölkerung der Qasamaner, gleichzeitig hält es sie an einer ausreichend kurzen Nahrungsleine, wodurch sie nicht einfach die Flinte ins Korn werfen, sich einen Kriszahn suchen und mit ihm zusammentun können.«

»Und anders als die Annäherung aus der Luft erscheint dies den Mojos natürlicher« meinte Roi nachdenklich. »Macht sie fälschlicherweise glauben, daß alles in ihrem Interesse geschieht, während die Qasamaner jeden Kriszahn in tausend Kilometern Umkreis töten.«

Stiggur tippte leise mit den Fingern auf seine Tischplatte. »Der Gipfel der Ironie: Die Marionetten verschwören sich, um die Puppenspieler zu behalten.«

»Der Gipfel der Ironie?« Hemner schüttelte den Kopf. »Nein. Der Gipfel der Ironie ist Moffs letzte Warnung . . . und die Tatsache, daß sie angesichts ihrer kulturellen Paranoia sehr gut ewig dort auf ihrer kleinen Welt hätten hocken können – aus Angst, in den Weltraum vorzustoßen, wo ihnen vielleicht etwas begegnet, das ihnen nicht gefällt. Hätten die Trofts sie nicht aufgescheucht und uns nicht ermuntert, das gleiche zu tun, sie wären möglicherweise für keinen von uns auch nur die geringste Bedrohung geworden. Bedenken Sie das, sollten Sie versucht sein, sich auf die Schulter zu klopfen, wie toll wir uns in dieser Geschichte verhalten haben.«

Ein langes, peinliches Schweigen machte sich am Tisch

breit. Jonny rutschte leise in seinem Sessel hin und her, während der dumpfe Schmerz in seinen Gelenken die Bitterkeit seiner Gedanken widerspiegelte. Hemner hatte recht, hatte tatsächlich schon von Anfang an recht gehabt. Und jetzt stand die Bedrohung, um die sie sich Sorgen gemacht, über die sie gestritten hatten, kurz davor, zu einer sich selbst erfüllenden Prophezeiung zu werden.

Und es war viel zu spät, um einen Rückzieher zu machen.

Stiggur brach das Schweigen als erster, und zwar mit genau den Worten, die er, wie Jonny wußte, benutzen würde. »Möchte jemand einen Vorschlag machen?«

Vartanson ließ den Blick um den Tisch wandern, preßte die Lippen aufeinander und nickte ernst. »Ja, ich, Brom.« Er holte tief Luft. »Ich schlage vor, wir nehmen das Angebot der Baliu-Domäne von fünf neuen Welten als Gegenleistung für die Beseitigung der qasamanischen Bedrohung an.«

Stiggur nickte. »Sonst noch jemand?«

Jonny befeuchtete sich die Lippen ... Vor seinem inneren Auge sah er die Qasamaner und ihre Mojos bereits auf dem Weg nach Chata, Kubha und Tacta ... und von dort weiter zu den Cobrawelten selbst. *Wir werden kommen und Sie finden,* hatte Moff gesagt, und Jonny wußte, daß es ihm ernst damit war ... Der Einwand, den zu erheben er im Begriff stand, blieb ihm in der Kehle stecken.

Vielleicht hatten die anderen ähnliche Visionen. Auf jeden Fall sagte niemand etwas.

Drei Minuten später wurde Vartansons Empfehlung angenommen.

Es war lange her, daß Justin in seinem Apartment in Capitalia gewesen war. Er stand am Wohnzimmerfenster, blickte hinaus auf die Lichter der Stadt und versuchte zu zählen, wie oft er seit seiner Ausbildung zum Cobra – vor vier ... fünf Monaten? – hierher zurückgekehrt war.

Der Gedankengang verlor sich mangels Interesse. Seufzend ging er an seinen Schreibtisch zurück und setzte sich hin. Das blanke Papier und die MagCards, die er vor einer Stunde dort hingelegt hatte, waren noch immer unberührt; wie er wußte, würden sie dies auch noch eine ganze Weile bleiben. An diesem Abend sah er nur die Gesichter der drei Männer vor sich, die an diesem Morgen beerdigt worden waren – jene Cobras, die gefallen waren, um der *Dewdrop* das Abheben von Qasama zu ermöglichen. In dem Chaos seinerzeit hatte er überhaupt nicht mitbekommen, daß es Verluste gegeben hatte. Das hatte er erst erfahren, als sie alle auf der *Menssana* eintrafen und er sah, wie die Leichen von ihren Freunden fortgetragen wurden.

Heute war nicht der Abend, um mit den Vorbereitungen für einen Krieg zu beginnen.

Es klingelte an der Tür. Höchstwahrscheinlich Gouverneurin Telek, die sich nach seinem Vorankommen erkundigen wollte. »Herein«, rief er.

Die Tür öffnet sich. »Hallo, Justin« sagte Jonny.

Justin spürte, wie sich ihm der Magen zusammenschnürte. »Hi, Dad. Was machst du so spät noch hier draußen?«

»Im kalten Regen?« fügte Jonny mit einem halben Lächeln hinzu und schüttelte die Tropfen von seiner Jacke, bevor er in das Apartment trat und die Tür hinter sich ins Schloß fallen ließ. »Ich wollte dich eigentlich heute abend zu uns bitten, aber dein Telefon war abgestellt. Da habe ich einfach reingeschaut.«

Justin senkte den Blick auf den Schreibtisch. »Entschuldige . . . aber eigentlich sollte ich . . . an etwas arbeiten.«

»An einem Schlachtplan?« fragte Jonny freundlich.

Justin verzog das Gesicht. »Hat Gouverneurin Telek dir das erzählt?«

»Nicht ausdrücklich, aber es war nicht schwer zu erraten. Du hast deine überraschend guten taktischen Fähigkeiten bereits bewiesen, und es stand zu erwarten, daß sie etwas haben wollte, was sie der Vollversammlung morgen präsentieren kann.«

»Taktische Fähigkeiten«, meinte Justin verbittert. »Oh, sicher. War doch ein toller Plan, oder? Bis auf die unbedeutende Tatsache, daß Decker und Michael am Ende improvisieren mußten, um uns überhaupt dort rauszubringen. Und selbst dabei haben wir noch drei Mann verloren.«

Jonny schwieg einen Augenblick lang. »Die meisten militärischen Pläne müssen am Ende geändert werden«, sagte er schließlich. »Ich wünschte auch, ich hätte ein paar tröstliche Worte für die Angehörigen, aber mir fällt nur die völlig unzureichende Bemerkung ein, daß die drei sich geopfert haben, um die anderen zu retten. Damit habe ich mich auch nie zufriedengegeben.«

»Sie haben sich also für die Mission geopfert, und das nächste Tausend opfert sich dann für die Welten. So läuft das also, ja?« Justin schüttelte den Kopf. »An welchem Punkt wollen wir sagen, bis hierhin und nicht weiter?«

»Wo immer wir können«, sagte Jonny. »Und je eher, desto besser. Deswegen möchte ich ja auch, daß du heute abend nach Hause rauskommst.«

»Ein Familienrat?«

»Du hast es erfaßt. Wir haben bis zur Ratssitzung Zeit, uns eine Alternative zum Krieg einfallen zu lassen.«

»Zum Beispiel eine Blockade oder so etwas?« Justin seufzte. »Das hat keinen Sinn, Dad – ich habe bereits versucht, mir zu überlegen, wie man das machen könnte. Aber ein Planet ist einfach zu groß, um abgeriegelt zu werden.« Er starrte auf seine Hände. Seine cobrastarken, tödlich starken Hände. »Wir haben einfach keine andere Wahl.«

»Wirklich nicht, nein?« sagte Jonny, und Justin hob angesichts des unerwarteten Feuers in der Stimme seines Vaters den Kopf. »Das behaupten die Leute, seit uns die Trofts diese unselige Geschichte vorgeschlagen haben. Um ganz genau zu sein, den größten Teil meines Lebens haben irgendwelche Leute versucht, mir das einzureden.«

Jonny stand vorsichtig auf und ging zum Fenster. »Sie haben mir erzählt, man müßte die Trofts mit Gewalt von Andirondack und Silvern verjagen. Vielleicht hatten sie damals recht damit, ich weiß es nicht. Dann hieß es, wir Cobras müßten unbedingt in der Armee bleiben, weil wir nicht in die Gesellschaft des Imperiums paßten. Statt dessen kamen wir nach Aventine und bauten eine Gesellschaft auf, die es mit uns aushielt. *Dann* hieß es, wir müßten unbedingt ein weiteres Mal gegen die Trofts kämpfen, sonst würde Aventine zerstört werden ... es hat ein wenig Mühe gekostet, aber auch dieses Mal konnten wir beweisen, daß sie sich geirrt hatten. Akzeptiere niemals etwas, von dem es heißt, es müsse unbedingt getan werden, Justin. Nicht bevor du selbst sämtliche Möglichkeiten ausgelotet hast.« Er hustete, zweimal, und schien dann in sich zusammenzusinken, als er sich wieder seinem Sohn zuwandte. »Und genau dabei sollst du mir heute abend helfen.«

Justin atmete ruhig aus. »Was ist mit Mum?«

»Was ist mir ihr? Sie will auch keinen Krieg.«

»Du weißt, was ich meine.« Justin versuchte, die Worte herauszubringen, doch seine Zunge schien nicht gewillt, sich zu bewegen.

»Du meinst, weil du dich freiwillig für die zweite Mission gemeldet hast, ohne dich vorher mit der Familie zu beraten?« Jonny ging zu seinem Sessel zurück und ließ sich hineinsinken. »Das hat sie verletzt, ja. Uns alle. Aber ich glaube, ich verstehe, warum du es getan hast. Mitansehen zu müssen, wie die Kinder ihre eigenen Wege gehen, war schon seit Anbeginn aller Zeiten eines der stummen Leiden einer Mutter.« Er seufzte. »Wenn es dir irgendwie hilft, ich kann dir verraten, daß ihre Ängste und Sorgen um dich nicht ausschließlich auf das zurückgehen, was du selbst getan hast. Sie wurde ... regelrecht *verfolgt,* nehme ich an, von der Bitterkeit und von den Erinnerungen an den Weg, den ich nach Beendigung meiner Dienstzeit bei den Cobras eingeschlagen habe.«

Justin runzelte die Stirn. »Meinst du die Politik? Ich weiß, Mum macht sich nicht viel aus Politik, aber –«

»Das ist eine schlimme Untertreibung.« Jonny schüttelte den Kopf. »Sie kann Politik nicht ausstehen. Sie haßt die Zeit, die uns während der letzten Jahrzehnte dadurch entgangen ist. Sie haßt sie, weil sie darin ein verschwenderisch schlechtes Verhältnis zwischen Aufwand und Erfolg sieht.«

»Aber du wurdest gebraucht. Sie hat mir selbst erzählt, wie du geholfen hast, die Cobras in das politische System zu integrieren.«

»Vielleicht wurde ich damals gebraucht, aber jetzt nicht mehr. Und heute, wo du gelegentlich entschlossen zu sein scheinst, in meine Fußstapfen zu treten – nun, das hat die Dinge auf die Spitze getrieben.«

»Also, in *dieser* Hinsicht braucht sie sich wegen mir keine Sorgen zu machen«, sagte Justin mit Nachdruck. »Was mich angeht, kann Corwin die aventinische Politik geschenkt haben. Lieber würde ich jeden Tag Stachelleoparden jagen.«

Jonny lächelte kurz. »Gut. Warum kommst du dann nicht mit und sagst ihr das selbst?«

»Und lasse mir, wenn ich schon mal da bin, eine Möglichkeit einfallen, wie sich ein Krieg verhindern läßt?«

»Wenn du doch sowieso da bist – wieso nicht?«

Justin schüttelte in gespielter Verzweiflung den Kopf und stand auf. »Dad, du warst entschieden zu lange im Politikgeschäft.«

»Das habe ich schon mal gehört. Gehen wir. Es wird wahrscheinlich eine lange Nacht.«

Das Transfermodul piepte, zum Zeichen, daß der Kopiervorgang der MagCard abgeschlossen war. Ein Gähnen unterdrückend, drehte Telek sich wieder zum Telefon und zu Jonnys wartendem Abbild um. »Gut, ich habe es«, meinte sie zu ihm. »Und jetzt erklären Sie mir bitte, warum Sie mich um, äh, –«

»Um vier Uhr vierzig?« half Jonny ihr.

»– um vier Uhr vierzig morgens früh wecken müssen, um einen Bericht in Empfang zu nehmen, den Sie mir in vier Stunden, von jetzt an gerechnet, ins Büro hätten schicken können?«

»Aber sicher. Ich wollte, daß Sie vier zusätzliche Stunden Zeit haben, um festzustellen, ob wir eine Alternative zum Krieg aufgetan haben.«

Teleks Blick durchbohrte ihn. »Sie haben einen tragfähigen Gegenvorschlag zu bieten?«

»Das sollen *Sie* mir sagen. Und dem Rat, vorausgesetzt, Ihre Antwort lautet ja.«

Sie befeuchtete sich die Lippen. »Jonny . . .«

»Wenn es funktioniert, werden wir die neuen Welten bekommen«, fügte er ruhig hinzu. »Corwin und ich haben bereits ausgearbeitet, wie wir das Ganze der Baliu-Domäne als angemessene Erfüllung des Vertrages verkaufen können.«

»Verstehe. Danke, Jonny. Ich mache mich sofort an die Arbeit.«

Dem Moreau-Vorschlag, wie der Plan später genannt werden sollte, wurde seitens der Experten, die ihn untersuchten, schließlich eine achtzigprozentige Aussicht auf Erfolg bescheinigt. Ein paar Prozentpunkte weniger als einem gut organisierten Krieg . . . aber mit großen Einsparungen an Menschen und Material. Er wurde nach zweiwöchiger öffentlicher und privater Debatte angenommen.

Und zwei Monate darauf nahmen die *Menssana* und die *Dewdrop*, begleitet von zwei Truppentransportern der Trofts, erneut Kurs auf Qasama.

31. Kapitel

Nacht auf Qasama.

Wieder gingen sie lautlos nieder, und nur das Licht der Schwerkraftlifts war zu sehen. Diesmal jedoch waren es drei Schiffe anstelle von nur einem. Die Trofttransporter setzten in zwei weit auseinanderliegenden Waldgebieten längs der Innenkrümmung des Fruchtbarkeitsbogens auf, während die *Menssana* oben, in der Nähe der Mitte des Bogens landete. Für York an Bord dieses Schiffes war dieser Ort mit unangenehmen Erinnerungen verbunden: Er lag kaum zehn Kilometer von der Verbindungsstraße zwischen Sollas und Huriseem entfernt. Für ihn ein wahrlich geeigneter Ort, um es den Qasamanern für seinen verlorenen Arm heimzuzahlen.

Im Lautsprecher auf der Brücke knisterte eine Störung des Trennfrequenzsenders. »*Dewdrop* an *Menssana,* beeilen Sie sich. Wir haben ein paar sehr unangenehm aussehende Überschalljäger geortet, die sich in Ihre Richtung bewegen. Geschätzte Ankunft in weniger als fünfzehn Minuten.«

»Verstanden«, sagte Captain Shepherd ruhig. »Erregen die Trofts ähnlich viel Aufmerksamkeit?«

»Nicht definitiv, aber wir haben einige andere Flugzeuge geortet, die sich nach einem Alarmstart in Suchformation etwa in Ihre Richtung bewegen. Sie sind offenbar gewarnt.«

»Ihr Radar ist besser geworden«, knurrte York.

»Da kommen sie«, sagte jemand am linken Sichtfenster der Brücke.

York stellte sich neben ihn. Man hatte die Außenflutlichter der *Menssana* zu einem sanften Glühen heruntergefahren, trotzdem gab es genug Licht, um den stummen Exodus aus den Frachtluken des Schiffes verfolgen zu können.

Den Massenexodus von Stachelleoparden.

Die meisten Tiere blieben einen Augenblick lang stehen, bevor sie den unvertrauten Boden betraten, sahen sich um oder rangen sichtlich um ihr Gleichgewicht, als die Auswirkungen des langen Schlafes nachließen. Doch keines hielt sich lange in der Nähe des Schiffes auf. Sie sprangen in den dunklen Wald und schon verschwand die Meute aus dem Blick und verteilte sich, und York konnte den Eifer fast spüren, mit dem die Tiere sich an die Erkundung ihrer neuen Heimat machten. Woher auch immer sie es wußten, ganz sicher war ihnen klar, daß diese Welt voller Gebiete war, auf die niemand Anspruch erhob. Wie groß würden ihre ersten Würfe hier sein, fragte er sich. Fünfzehn Junge? Zwanzig? Egal. Hier existierte eine ökologische Nische, und die Stachelleoparden würden tun, was nötig war, um diese Lücke auszufüllen.

Und mit Glück würden die Mojos bald ihre neuen Wahlmöglichkeiten erkennen. York hoffte beim Teufel, daß Telek mit der Abneigung der Vögel gegen Städte recht behielt.

»Alle draußen«, meldete eine Stimme aus dem Interkom. »Alle Luken versiegelt, Captain.«

»Klarmachen zum Abheben«, sagte Shepherd. »Fliegen wir zurück nach Hause.«

Einen Augenblick später schwebte das Schiff auf die Sterne zu. York spähte hinaus in die Dunkelheit und versuchte, einen allerletzten Blick auf die fast buchstäbliche Saat der Zwietracht zu erhaschen, die sie in einer nichtsahnenden Welt gesät hatten. *Seid fruchtbar und mehret euch,* richtete er in Gedanken die uralte Aufforderung an die Stachelleoparden unten, *füllt das Land und macht es euch untertan.*

32. Kapitel

»Wie ich gehört habe«, bemerkte Joshua, »waren die Baliu-Trofts nicht gerade überwältigt von unserer Lösung des qasamanischen Problems.«

Corwin zuckte die Achseln, während sein Blick noch für eine Sekunde auf dem Star Field verweilte, bevor er sich wieder zu seinem Bruder umdrehte. Die Landung der *Menssana* stand jeden Augenblick bevor, und das wollte er sich auf keinen Fall entgehen lassen. »Sie waren keinesfalls sicher, ob es funktionieren würde, falls du das meinst«, sagte er zu Joshua. »Wir mußten eine MagCard mit Datenmaterial nach der anderen aus dem Ärmel zaubern, auf denen nachgewiesen wurde, wie unkooperativ sich Menschen normalerweise verhalten und daß jeder Fortschritt in Richtung Weltraum dramatisch gebremst oder gar völlig zum Stillstand gebracht werden würde, wenn die Mojos sie erst einmal verlassen hatten.«

»Wenn sie das denn überhaupt tun«, murmelte Justin, dessen Aufmerksamkeit noch immer aus dem Fenster gerichtet war.

»*Das* Problem besteht«, räumte Corwin ein. »Tatsächlich waren die Trofts in diesem Punkt wesentlich optimistischer als wir selbst – das Ergebnis dieses Wechsels war es, dessen sie nicht sicher waren. Ich bekomme das Gefühl, ihre biologischen Vorhersagemethoden sind den unseren ein Stück voraus.«

»Wie alles andere auch«, gab Jonny ihm zerknirscht recht. »He – da kommen Almo und Tante Gwen.«

»Da seid ihr ja«, sagte Gwen, als sie sich durch die wimmelnde Menschenmenge zu ihnen drängten. »Ich dachte, ihr würdet vom Gang auf der anderen Seite aus zusehen.«

»Von hier aus hat man einen besseren Blick auf die Passagiere«, erklärte Corwin. »Ich habe schon geglaubt, ihr wolltet euch das Ereignis entgehen lassen.«

Pyre schüttelte den Kopf. »Wir haben uns gerade verabschiedet. Alle anderen hat man schon rausgescheucht, aber bei uns haben sie eine Ausnahme gemacht. Erstaunlich, welche Vorteile es mit sich bringt, ein Held zu sein.«

Die anderen lachten – alle bis auf Justin, wie Corwin auffiel, der lediglich ein wenig schmunzelte. Immerhin, das war ein gewisser Fortschritt. Die Wunden seines Versagens – echt oder eingebildet – waren noch immer sichtbar, aber sie bluteten wenigstens nicht mehr. Allein um seines Bruders willen konnte Corwin nur darauf hoffen, daß der Moreau-Vorschlag ein Erfolg wurde.

»Jonny hat mir erzählt, du hättest die Trofts überredet, ein paar Truppentransporter für die Evakuierung von Caelian zur Verfügung zu stellen«, fuhr Pyre fort. »Wie hast du ihnen denn *das* verkauft?«

Corwin zuckte mit den Achseln. »War eigentlich gar nicht schwer. Sollte es den Qasamanern tatsächlich gelingen, in den Weltraum vorzudringen, wäre es den Baliulys durchaus lieb, wenn sie für uns eine ebenso unmittelbare Bedrohung darstellten wie für sie. Es ist zu ihrem Vorteil, wenn sie uns die neuen Welten überlassen und uns ein wenig bei der Besiedlung helfen. Vor allem, wenn man bedenkt, daß sie gerade die Kosten für einen Krieg eingespart haben.«

»Da sind sie«, sagte Justin plötzlich.

Alles drehte sich um und schaute. Die Schlange der Passagiere nach Kubha – oder Esquiline, wie man es jetzt offiziell umgetauft hatte – überquerte gerade das kurze Stück zwischen dem alten Eingangsgebäude und dem wartenden Schiff. Ganz vorn in der Reihe entdeckte Corwin seine Eltern. Chrys hatte Jonny einen Arm stützend um die Hüfte gelegt, aber beide schritten munter aus. Auf dem Weg in eine neue Welt ...

Hinter ihm seufzte Gwen. »Das ist wirklich verrückt, wißt ihr«, sagte sie an niemanden Bestimmtes gerichtet. »In diesem Zustand auszuwandern – zudem in eine noch nicht ausreichend erkundete Welt.«

»Völlig unerkundet ist sie nicht«, erinnerte Pyre sie. »Außerdem wird ihm das warme Klima dort besser bekommen als alles, was ihm die zivilisierten Regionen Aventines zu bieten haben.«

»Und dort gibt es keine Politik«, murrte Justin.

Corwin sah ihn an und fragte sich, wieviel er über den alten wunden Punkt der Eltern wußte. Doch Justins Gesicht verriet nichts. *Ist eigentlich auch egal,* dachte Corwin und zuckte in Gedanken die Achseln. Was zählte, war, daß seine Eltern ihre letzten zwei oder drei gemeinsamen Jahre weit weg von den schlimmsten Erinnerungen an Aventine verbringen konnten – und zwar in einer kulturell ebenso unbeleckten Welt, wie jener, auf der sie sich einst ineinander verliebt hatten. Das war, überlegte Corwin, vielleicht ihre beste Chance, glücklich zu werden. Hoffentlich funktionierte es.

Zusammen verfolgten die fünf, wie Jonny und Chrys an Bord der *Menssana* gingen. Dann atmete Joshua erleichtert auf, reckte den Hals und blickte den Gang hinunter. »Ich glaube, vom Balkon oben haben wir einen besseren Blick auf die Startrampe«, meinte er und zeigte dorthin. »Möchte jemand mitkommen?«

»Klar«, sagte Gwen. »Komm schon, Almo.«

»Ich habe für dieses und das nächste Leben genug startende Raumschiffe gesehen«, knurrte Pyre. Trotzdem ließ er sich bereitwillig von ihr fortzerren.

Justin sah noch einen Augenblick aus dem Fenster, als die drei gingen, und ein paar Herzschläge lang fragte sich Corwin, ob er nicht bemerkt hatte, daß auch er zurückgeblieben war. »Meinst du, sie finden jemals zueinander?« fragte er.

»Wer – Almo und Tante Gwen?« Corwin zuckte die Achseln. »Keine Ahnung. Das hängt wahrscheinlich ganz davon ab, ob Almo jemals lange genug seine Verantwortung als Cobra ablegen kann, um jemand anderes in sein Leben zu lassen. Du weißt besser als ich, wie ernst er seine Arbeit nimmt.«

»Ja.« Justin schwieg eine ganze Weile. »Dir ist doch klar, wenn es nicht klappt . . . na ja, Dad wird nicht mehr leben, wenn die Qasamaner die neuen Welten entdecken, aber Mum vielleicht.«

Corwin verstand. »Ich weiß es nicht, Justin. Aber wenn die Mojos die Qasamaner *tatsächlich* verlassen, dann gibt es nichts, was sie vereinen könnte, sei es im Krieg oder aus einem anderen Grund. Vor allem, weil sie eine Weile ins Schwimmen geraten werden, bis sie sich an die neue Konkurrenz gewöhnt haben. Und wenn sie sich in kleinere Staaten oder Parteien aufgespalten haben, ist es ebenso wahrscheinlich, daß sie Handelsbeziehungen aufnehmen wie daß sie auf uns schießen.«

Justin schüttelte den Kopf. »Du vergißt, wie sie sind. Ich habe sie selbst erlebt, Corwin, und ich sag dir, sie werden den Groll, den sie gegen uns hegen, pflegen, bis ihre Sonne verglüht ist. Diese Art Haß und Angst wird sie gegen uns zusammenhalten lassen, ganz gleich, welche Konkurrenz sich auftut.«

»Kann sein«, meinte Corwin und nickte. »Aber nur wenn ihre Paranoia auf dem gleichen Niveau bleibt wie jetzt.«

»Wieso sollte das sich ändern?« Justin brach ab, als ein ungläubiger Zug über sein Gesicht huschte. »Meinst du . . . die Mojos haben dahinter gesteckt?«

»Wieso nicht? Wir wissen, daß sie menschliche Emotionen verstärken können, wenn sie wollen.«

»Aber was ist dadurch gewonnen, wenn sie mitansehen müssen, wie ihre Jäger Jagd auf Schatten machen?«

»Nun . . .« Corwins Lippe zuckte, und er lächelte geheimnisvoll. »Wenn du überzeugt wärst, das Universum hätte es auf dich abgesehen, wo würdest du lieber leben? In einer Stadt in einer Ebene, oder in einer Siedlung mitten im Wald?«

Justin öffnete den Mund und machte ein ungläubiges Gesicht . . . und plötzlich mußte er lachen. »Das glaube ich einfach nicht.«

»Na ja, vielleicht irre ich mich«, meinte Corwin achselzukkend. »Aber vielleicht stellen wir in ein paar Generationen fest, daß aus den Qasamanern eine vollkommen vernunftgesteuerte Gesellschaft geworden ist, die reif ist für Handel und Diplomatie.«

»Immerhin besteht die Hoffnung.« Justin wurde wieder ernst und wandte sich erneut zum Fenster. »Es ist hart, wenn die Eltern das Nest verlassen.«

Corwin legte seinem Bruder eine Hand auf die Schulter. »Wir werden sie alle vermissen«, sagte er leise. »Aber . . . na ja, sie sind alt genug, um ihre Entscheidungen selbst zu treffen. Komm, gehen wir zu den anderen hinüber. Für schwierige Zeiten wie diese sind Familien schließlich da.«

Dann gingen sie zusammen den Korridor hinunter.

HELDEN, ALIENS UND DU!!
OFFICIAL
STAR WARS™
FAN-CLUB
DAS CLUBMAGAZIN
4 x im Jahr über 90 Seiten (rund 70 in Farbe) mit News zu den Star Wars Prequels, Infos, Berichten, Fan-Szene Reports, Grafiken, Leserbriefen u.m.!
SPECIALS FÜR ALLE MITGLIEDER
„Entry-Kit" (Poster, Button, Aufkleber, Ausweis), das Begrüßungsschreiben von George Lucas, kostenlose Kleinanzeigen, attraktive Gewinnspiele, exclusive Merchandise-Angebote, großer Shop, regionale Treffen, Conventions mit Gaststars...
SO BIST DU DABEI
Einfach 40,- DM als Scheck oder per Überweisung (Konto siehe unten) mit kurzem Brief (Adresse und Geburtsdatum nicht vergessen) an den OSWFC senden.
Detaillierte Clubinfos können kostenlos angefordert werden.
JOIN THE CLUB!
OSWFC „Membership"
Postfach 11 04 07 / 86029 Augsburg
Stadtsparkasse Augsburg
ltd. auf Miracle Images
BLZ: 720 500 00 / KTO: 0 928 333
TM & © 1997 Lucasfilm Ltd. All Rights Reserved.